I0502927

1.ª edición: octubre, 2013

para el sello B de Bolsillo
Consell de Cent, 425-427 - 08009 Barcelona (España)
www.edicionesb.com

Printed in Spain
ISBN: 978-84-9872-885-9
Depósito legal: B. 18.645-2013

Impreso por NOVOPRINT
Energía, 53
08740 Sant Andreu de la Barca - Barcelona

Detrás de la lluvia

JOAQUÍN M. BARRERO

A Jesús Catalán Rafael, trabajador indesmayable que un día creyó en el sueño imposible. El Rey de Toledo, mi amigo.

A Antonio Hidalgo Girón, lector infatigable y buscador impenitente de parajes en la todavía inexplorada España.

A Georgina Fernández de la Riva, Teresa Sánchez Muñoz y Mireia Boladeras Bosque, inasequibles a la desesperanza y que siempre están en la parte emocional de mis sentimientos.

Al Club Hernández: Ángel Sotomayor Cerdeño, Mariví y Esther Huerta Parra, Luis Rodríguez Fernández, Valeriano López Díaz, José Antonio Rivera Fernández y Jesús Rivera Ávila, que mantienen vivo el impulso de su juventud huyente.

Cuando no sabemos hacia qué puerto navegamos, ningún viento es bueno.

ANÓNIMO DANÉS

1

Madrid, enero de 2005

De repente, el tipo se volvió con una pistola en la mano y disparó. La bala me entró en el pecho. Caí hacia atrás sobre los cascotes del angosto pasadizo, golpeando de lleno el suelo con la espalda. Quedé conmocionado pero sabía que el daño real era el del proyectil. Permanecí inmóvil en la agonizante luz tratando de evitar un segundo disparo, que no se produjo. Oí pasos cortos alejarse a la carrera. Con dificultad saqué un pañuelo y taponé la herida. Luego cogí el móvil e hice la llamada.

2

Lena, Asturias, julio de 1928

Audendo magnus tegitur timor.
(Con la audacia se esconden grandes miedos.)

LUCANO

Llevaban horas caminando por el monte igualado de verdor, cada uno con su boina encasquetada. Se ayudaban con un palo previsor para afianzarse en los desniveles y para descubrir hoyos arteros. Los robles, hayas, acebos y abedules aparecían en grupos como vigías en acampada. Vieron levantarse perdices y más de una liebre saltó rauda ante ellos.

—Olvidé el tirachinas. Pudiéramos cobrar alguna pieza —se lamentó Jesús, de once años, fuerte, corpulento, mirando a su compañero.

—No tamos a eso. No podemos perder tiempo, aunque hubiéraslo traído.

Por esas alturas el sol perdía fuerza. Pero ellos sudaban, las ganas apremiantes, aunque distaban de estar cansados. La aventura emprendida les estimulaba, si bien con intensidad diferente.

—¿Paramos un momento? —dijo Jesús con un tinte de inseguridad en su mirada.

—Sí —concedió José Manuel, adhiriéndose a la idea. Tenía la misma edad que su primo, era delgado como un bambú y miraba siempre con la agudeza del águila.

Se detuvieron y bebieron de las cantimploras. Miraron hacia atrás. Reconcos, Villarín, Piñera y otros se veían lejanos al otro lado del valle del Huerna. Y más allá apenas se perfilaba Pradoluz, su pueblo, como si lo hubieran perdido y ya no pudieran regresar a él. Aquí y allá los almiares se erguían aunque muy disminuidos de volumen en esas fechas. Había escasa circulación por la sinuosa y estrecha carretera que unía la mayor parte de las aldeas. Carros tirados por mulos, un camión de tarde en tarde. Vieron un alimoche, el buitre blanco con cara amarilla, flotando en el espacio.

—¿Cuánto queda?

—Tamos cerca —aseguró José Manuel.

—No pregunté eso.

—Pasando la Tesa, ya mismo. —Le miró—. ¿Qué te ocurre, ho?

—Nada. —Jesús golpeó distraídamente un terrón con el palo—. Bueno... Espéranos una buena felpa.

—Con eso ya contamos.

—¿Merece la pena, verdad?

Amigos desde los primeros reconocimientos. Tan distintos en todo salvo en su pelo incendiado y en sus ojos celestes. No hace tanto, siendo chiquitajos, iban a coger grillos durante los veranos hasta que se les terminaban las meadas necesarias para hacerles salir de las cavidades pétreas. Los retenían en los puños, riendo, los dientes alzados al sol hasta ver quién aguantaba más las cosquillas. Luego los dejaban ir y los veían desaparecer entre las rendijas. También cogían pomas, chiquitas y verdes, que su fuerte dentadura desmenuzaba. Y escalaban los *teixos* y los carbayones hasta que las ramas les advertían del peligro de seguir. Pero aunque ya no eran rapacinos tampoco tenían el cuerpo maduro. Habían emprendido algo serio, más allá de todas sus travesuras. Algo que era cosa de mozos, y ellos estaban en medio de ese tiempo lento en el que no se es nada todavía.

—Hablámoslo muchas veces. Hiciéramos un plan.

—Hiciéraslo tú y pareciome bien. Pero ahora... No sé...

José Manuel rehusó responder. Se calmó los tobillos, que no cubrían los muy remendados pantalones de dril. Las ortigas y raíces habían dejado sus huellas también en las alpargatas de suela de esparto. Cuando fueran mayores quizá podrían tener botas de cuero con cordones o esas polainas con hebillas que protegían las piernas hasta la rodilla y que usaban algunas autoridades de esos pueblos y señorones de Oviedo, cuando llegaban para vigilar sus quintanas arrendadas. Echó a andar hacia arriba y su primo le siguió. No había pistas ni senderos en las amplias *erias*, sólo la referencia de los altos montes con los picachos surgiendo como centinelas. Para guiarles allí estaban la Mesa y la Marujas, al frente, en plena Sierra Negra. Antes de llegar a ellos los prados competirían con los roquedales.

Habían salido de casa cuando la noche aún palpaba los contornos de las cosas y un presentir de palideces se agazapaba para reclamar su turno. Habían caminado por la *caleya* para no pisar la gleba y, cuando la ruta impuso la dirección adecuada, se afanaron por los prados, algunos todavía henchidos de pasto, la siega retrasada, con la oscuridad difusa sosteniéndose alrededor. Escapaban de la vigilancia familiar y del lento despertar del domingo. Apenas hablaban. Eran herederos de una forma de vida donde las palabras salían menguadas y los esfuerzos se prodigaban. Además se perdían fuerzas y lo sustancial lo habían tratado con todo detalle a lo largo de los últimos meses. Llevaban una bolsa cada uno colgada a la espalda conteniendo los candiles de carburo y otros pertrechos. Aparte, un rollo de cincuenta metros de cuerda y otra más corta. La lista la había hecho José Manuel y Jesús no se sorprendió de su meticulosidad porque era posiblemente el más listo del pueblo. Debían tener gran cuido de esos utensilios porque costaban un montón de perronas y el conseguirlos supuso sacrificios para sus padres. En cualquier caso, no les iban a perdonar el haber dispuesto de su uso.

Siguieron adelante por la empinada ladera refugiándose en su vitalidad, caminando los ribazos y sorteando montañuelas. En las brañas altas y lejanas las vacas ponían puntos rosas en el verdor inacabable. Cuando dejaron atrás la Tesa y se asomaron al río Foz, el sol estaba al otro lado y les daba en la espalda. De la ribera hicieron acopio de arándanos. Bajo una ristra de laureles oyeron un canto melodioso. El pájaro, totalmente blanco, simulaba sonidos con galanura.

—Ye un mirlo —dijo José Manuel.

—No. Ningún mirlo ye blanco.

—Te digo que ye un mirlo.

El ave les miró y se eclipsó en el ramaje. Ellos quedaron un momento en silencio esperando verlo reaparecer.

—Nos traerá suerte —aseguró José Manuel, mirando el rostro cada vez más desanimado de su primo.

—Vamos a necesitarla —respondió Jesús.

Nunca se habían alejado tanto de su casa solos y era la primera vez que subían a esos parajes. Pero no se extraviarían porque él había hecho un plano basado en datos que fue recogiendo de las conversaciones de unos y otros. En lontananza, a la derecha, los imperturbables Peña Vera, Pico Almagrera y Peña Ubiña señalaban la provincia de León. Ellos no llegarían tan lejos. No tenían reloj pero calcularon que habrían empleado unas cuatro horas cuando vislumbraron las praderas antesala de los puertos de la Ballota, donde pastaban más vacas. Dieron un gran rodeo para evitar ser descubiertos por los pastores, que mostraban su indiferencia a la festividad del día. Vieron venir unas nubes de inocente apariencia por el oeste. Pararon a repostar. Comieron una parte de las *fayuelas*, único alimento que llevaban de casa, y unas *panoyas* requisadas de un maizal, finalizando el avío con los arándanos. Luego examinaron la copia de la gaceta que él había ido copiando poco a poco cuando nadie en casa le observaba.

La gaceta era una simple hoja que alguien había manuscrito en castellano dudoso y con nutridas faltas de ortografía no se sabe cuándo. En ella se decía que en la cueva había un tesoro, pero no su lugar exacto ni en qué consistía. En otro papel, unos trazos confusos querían representar el dibujo de algo no comprobado. Esa era la misión que se había impuesto: descifrar o establecer si el asunto se enraizaba en lo real o en lo imaginario. Porque si el tesoro era tan importante, ¿cómo es que todavía nadie lo había encontrado? Decían que podía haber sido guardado por los moros. ¿Qué moros? Allí nunca los hubo desde que Pelayo los echara a todos. Podría ser de los caballeros cristianos, esos que llevaban cota de malla y que fundaron el reino Astur-Leonés. O quizá de cuando los franceses, los que vinieron con Napoleón. Ficticio o no, lo cierto es que el asunto venía de muchos años atrás, según pudo saber cuando indagó. Y eso era a tener en cuenta.

Siguieron subiendo y caminaron por un *mayao*, vacío a esas horas, en un extremo del cual se empinaban las montañas con tiznes de verdor. Habían llegado a la zona llamada Veguina Llarga. A un lado se destacaba una vetusta cabaña de piedra y techo de tejas curvas, que supusieron se destinaba como refugio para los pastores de vacas. Más allá vieron otra cabaña apoyada en la roca, también de piedra pero con techo de escoba. Buscaron en las paredes del peñasco. Por allí debería estar la famosa cueva. Tardaron en encontrarla porque se ocultaba tras una gran hendidura y se había mimetizado con otras oquedades. Eran dos cavidades separadas por un prominente cinturón escarpado, una alta y otra a ras del suelo. La de arriba semejaba un balcón asomado al interior. Había que saltar a tierra desde allí. La inferior, bajo un arco en forma de ceja, era el acceso lógico a pesar de tener menos de un metro de altura. Avanzaron de rodillas varios metros hasta alcanzar un espacio alto donde pudieron ponerse de pie. Apenas se veía a esa distancia de la entrada. El suelo era de roca y desigual, con tramos escurridizos. José Manuel desenroscó uno de los candiles mineros, echó en el compartimiento inferior un puñado de carburo de calcio que sacó de una bolsita, lo cerró y reguló el paso del agua. Prendió el gas acetileno que salía de la espita y una luz vivísima inundó el lugar. Miró los rasgos danzantes en la cara de su primo, notando en él la excitación por la aventura a pesar de no ser propenso a la inventiva. No cargaban con aparejos para excavar porque José Manuel descartaba el hacer ese trabajo. Confiaba en dar con el lugar soñado aplicando la intuición. Su padre había consultado en Oviedo con una *alduvinona* que le dio unas indicaciones evidenciadas como falsas por la realidad. Esa gente era poco de fiar y probablemente la gaceta tampoco decía verdad.

Empezaron a caminar con precaución por una galería estrecha que sólo permitía el paso de uno en uno y que en la parte central del piso presentaba una depresión longitudinal, como un canalillo, seguramente labrado durante siglos por el agua filtrada del techo en épocas de lluvia. La galería serpenteaba y, a unos veinte metros, terminaba abruptamente en un pozo. Había una escalera de cuerda bien fijada por la que descendieron unos cinco metros para dar en una sala amplia y alta donde encontraron un pico, una barrena, una maza, dos palas y un candil de aceite. Sin duda que eran herramientas de sus padres, como la escala. José Manuel iba contando los pasos y dibujando con un lápiz en el dorso del plano los espacios que recorrían. No había restos de animales. Los osos y lobos debieron de considerar poco adecuado el lugar, quizá por la humedad y el viento. Ni siquiera los murciélagos lo habitaban. Siguieron por el sumamente estrecho conducto abierto a la derecha, que terminaba diez metros más adelante. La corriente de aire apagó el candil. Lo encendieron. No había ningún paso, sólo una abertura en el techo, a varios metros, como una chimenea. Regresaron a la sala de los utensilios. No podía ser que ahí acabara la cueva. José Manuel miró con cuidado y en otra pared apreció una excavación casi a ras de tierra. Aproximó el candil y el viento volvió a apagarlo. De nuevo con luz vieron que la falta de espacio era por acumulación de detritus de la roca caliza, como si el alfombrado hubiera sido colocado a propósito para disimular el hueco. Allí continuaba el camino.

Reptaron y, a menos de un metro, se encontraron con otra sala mucho más grande, de la que partía una ancha galería. El camino tenía una fuerte pendiente hacia abajo y tuvieron que extremar la precaución. José Manuel se escurrió y la mano de su primo impidió que cayera quién sabe a qué lugar. Apercibidos, se ataron la cuerda corta a la cintura para marchar unidos. Descendieron hasta llegar a una zona plana donde había hoyos y tierra amontonada a los lados, signos de las excavaciones realizadas por los buscadores que también habían agredido el techo de estalactitas. El túnel se extendía sin que se viera el final. José Manuel volvió a estudiar la gaceta. Hablaba de que en una de esas galerías había un gran *duernu*, una cavidad como si fuera un cofre, con el tesoro depositado en él. Decidieron buscar en otra bifurcación. También estaba con cavas. Encontraron un hoyo natural en la roca sólida. Debía de ser el cuenco citado. Contenía agua cristalina que permitió ver el fondo vacío. José Manuel metió el palo y removió. El agua se enturbió pero al poco volvió a transparentarse, lo que significaba que había una corriente de agua inapreciable a la vista. Siguieron adelante. Salieron a una zona más ancha, con grietas de varios tamaños en el borde de las desiguales paredes. Otra corriente de aire les dejó a oscuras. Volvieron a prender el gas y Jesús lo protegió con la mano mientras proseguían. Apenas perceptible oyeron un correr de agua. A su derecha vieron el reguerillo. La tambaleante luz movía los relieves de las paredes pareciendo que había rostros malignos agazapados. Continuaron por el prolongado conducto sumidos en silencio. La humedad dificultaba la respiración y se inmiscuía en la temperatura bajándola a grados insospechados. La simple camisa de manga corta resultaba insuficiente protección.

—Joder, qué frío —dijo Jesús—. ¿Qué tal si salimos a tomar un poco el sol? Podemos volver más tarde.

José Manuel valoró la sugerencia de su primo y la encontró razonable.

—Vale.

Desanduvieron el camino. En el exterior el día se agarraba aún con fuerza al paisaje. Pero las otrora inocentes nubes habían cambiado a otras grandes y henchidas de negror. Ninguna vaca se distinguía en la cercanía por lo que ese aprisco no parecía ser objetivo de pastores. Cuando iban a descender les llegó un ruido de conversación. Se apretaron contra el suelo. Dos hombres salieron de la cabaña de tejado curvo y uno de ellos señaló el ya no muy distante nubarrón. Los vieron entrar y salir de nuevo, esta vez con unos costales vacíos colgados del hombro. No daban señales de haberles detectado. Habrían llegado mientras ellos estaban en la búsqueda para llevar quién sabía qué cosas, seguramente *panoyas* o leños. Esperaron pacientemente hasta verlos desaparecer y quedar seguros de estar solos.

Se olía la lluvia que llegó a ellos de golpe y acompañada de relámpagos. Corrieron hacia el *teito*, la cabaña más cercana. La puerta estaba sin trancar. Eran cuatro paredes de piedra protegiendo un suelo de tierra. Había costras de humo enredadas en las paredes, testimonio de largas vigilias. En un rincón ennegrecido la *llábana* señalaba el lugar asignado al fuego. Cerca, un montón de *panoyas* desgranadas para utilizar como combustible. Un tablón sobre unas cajas de madera hacía la suerte de mesa. Encima, unos vasos de hojalata, botellas vacías, un cenicero lleno de colillas y un cuchillo. De unos clavos colgaban dos monos, que ambos reconocieron como pertenecientes a sus padres. Por tanto, estaban en la cabaña que ellos construyeron mano a mano y donde pasaban las noches de las cortas vacaciones de verano dedicadas a la obsesionante búsqueda. En el ambiente podía percibirse el sudor de tantos años gastados. Los amigos se miraron y tuvieron un mismo sentimiento de respeto y temor. Era como estar en un lugar sagrado, rezumante de esfuerzos, esperanzas y desesperación.

No hicieron fogata a pesar de que hacía algo de frío por las alturas y la lluvia. Se refugiaron en la paciencia esperando que escampara. Horas después la nube seguía aposentada en el lugar. Lo más aconsejable era esperar al día siguiente para continuar la exploración. Tomaron otra parte de las *fayuelas*, del maíz y de los arándanos. En otro rincón había un colchón informe de hojas de *panoya* con pinchos y una gastada manta. Se echaron encima del jergón tapándose con el cobertor e intentaron dormir.

3

Madrid, junio de 1940

> Ya asomaba la fúlgida estrella que viene entre todas a anunciar en el cielo la luz de la Aurora temprana cuando recta avanzaba a la isla la nave crucera.
>
> ODISEA, Canto XIII

La estación del Norte era un hervidero cuando el tren procedente de Gijón se detuvo con una hora de retraso aportando su ración de humo al de los otros trenes recién llegados. El arribo casi coincidente de los grandes expresos de la Compañía de los Caminos de Hierro del Norte de España pintaba de niebla el aire cobijado en la enorme estructura metálica. Los numerosos viajeros tardaron en dejar vacíos los coches dado que la mayoría cargaba con grandes bultos y enormes maletones de madera atados con cuerdas, como si estuvieran de mudanza. Había familias completas con colecciones de niños, todos sudando bajo el implacable calor.

Carlos y su circunstancial amigo Andrés avanzaron apretujados por el tupido andén buscando la cantina para asearse un poco. Como casi todos los que hicieron el trayecto en los atiborrados pasillos, no durmieron en toda la noche pero recogieron su ración de carbonilla, codazos y pisotones. Hubo quienes viajaron sentados en sus maletas, pero ellos estuvieron de pie todo el tiempo porque las suyas eran pequeñas. El largo convoy con coches de tres categorías llevaba la tercera clase atestada, lo que había forzado a situaciones complicadas durante el desplazamiento, como era habitual, especialmente cuando alguien necesitó utilizar los retretes, que algunos habilitaron como lugares innegociables donde pasar las largas y traqueteantes horas. Era de admirar el esfuerzo que debía realizar el revisor para cumplir con su misión en esa masa compacta.

Comprobaron que era labor imposible encontrar sitio ante la barra en tiempo razonable, lo mismo que en el raquítico retrete para ambos sexos del local. Decidieron intentarlo en el retrete de la estación. Allí, y tras esperar turno, pudieron enjuagarse las caras, secándose con los pañuelos. Andrés pensó lo curioso de que ambos buscaran quitarse el tizne antes de entrar en la ciudad. Él tenía una inclinación natural al aseo, pero con seguridad su compañero no partía de las mismas motivaciones. Sin duda que su disposición para el esmero personal era diferente, pero ese factor común les acercaba.

Salieron a la gran plaza que daba al paseo de Onésimo Redondo cuando el gran reloj de la fachada frontal señalaba las 9.45 horas. Estaba nutrida de alboroto por el ruido de las carretillas y los gritos de los botijeros y de los vendedores ambulantes de cervezas y gaseosas. Vieron a guardias civiles registrando los bultos de algunas mujeres y, a un lado, otras con aspecto de estar detenidas y cuyas cestas, con género considerado como procedente del estraperlo, habían sido confiscadas. Observaron la frialdad de los agentes ante la amargura y el llanto de las mujeres que, con grandes sacrificios, traían alimentos para familiares necesitados, o para ganarse la vida, y debían volver a sus pueblos sin haber cumplido y, además, multadas. Era sabido que en la mayoría de los casos la mercancía requisada se repartía entre los propios guardias sin llegar a los depósitos de Arbitrios.

Subieron por la acera de la izquierda, donde se concentraban varias tabernas. Entraron en una y pidieron café con leche que les fue servido en vasos grandes desde jarras de aluminio, ya mezclado e hirviendo a pesar del calor.

—Bueno, tenemos que despedirnos. —Los ojos de Andrés tenían un atisbo de pesar.

—Sí —dijo Carlos, pagando una peseta por la consumición.

—Cogeré un tranvía hasta la estación de Atocha. Creo que es la línea 60.

—No podrás ir. Ni en el tranvía ni en el metro permiten las maletas.

—¿Tú adónde vas?

—Tengo que hacer algo cerca de Neptuno.

—¿Dónde está eso?

—A corta distancia de Atocha.

—¿Y cómo piensas ir?

—Caminando. Mi maleta pesa poco.

—La mía igual. Si te parece podemos ir juntos y luego me indicas.

Subieron paseo arriba oyendo los pitidos de los semáforos y giraron por Bailén. Vieron a los lecheros, que iban en carros tirados por mulas. Voceaban su mercancía por las casas y servían la leche a las mujeres midiéndola en recipientes de hojalata desde las cántaras de estaño. Carlos miraba todo con ojos nuevos, la mirada desconcertada, incluso con expectación. Descubría rincones de la ciudad enorme que la guerra trastornó. Aunque andaba despacio y medido, sus largas zancadas forzaban el ritmo de su acompañante. Al pasar por la plaza de Oriente, Andrés se detuvo.

—Espera.

El edificio era el más grandioso que nunca viera. Lo admiró un momento y luego observó a Carlos, que permanecía absorto. No dejaba de extrañarle su vestimenta. La mayoría de los hombres iba con petos o ropas combinadas de mal corte y, por el calor, muchos en mangas de camisa con persistencia de sandalias, alpargatas y hasta zapatillas. Él mismo vestía de acuerdo a las circunstancias. Sin embargo, su alto y parco compañero llevaba traje cruzado, si bien con desgaste: corbata y zapatos lustrosos, lo que no era una excepción, ni mucho menos, pero establecía una diferencia. Pese a tener cedidas las hombreras de la chaqueta y negro de hollín el cuello de la camisa, su aspecto destacaba integrándolo en un indefinido aire de misterio. También le sorprendió que los policías del tren pidieran la documentación a casi todos los hombres, él mismo incluido, pero no a Carlos, como si llevara en la mirada un salvoconducto. Toda la noche juntos y no tenía idea de quién era. Sólo sabía que regresaba al hogar en que nació y que, al igual que él, estaba sin trabajo. Pero le gustaba y trataría de que su amistad perdurara.

—Eres de Madrid pero miras todo como si fuera la primera vez, igual que este paleto.

—Salí con ocho años —respondió Carlos tras un rato de silencio—. Y nunca pasé por estas calles.

—¿Por dónde vivías?

—Por Cuatro Caminos, lejos de aquí.

Llegaron a la Puerta del Sol, llena de gente cruzando por entre los tranvías. Había gran cantidad de soldados de permiso ya a esas horas esperando a las chachas en su diario paseo de los niños.

—Nunca vi tanta gente y tan variada, salvo en las evacuaciones —observó Andrés.

Carlos coincidió en silencio con su acompañante. De forma especial miraba a las mujeres y lamentaba apreciar que la mayoría carecía de atractivo. Sin duda que por efecto de la guerra y de las carencias. Eran un tanto de aluvión y ninguna paseaba. Iban deprisa a sus quehaceres, con los rostros grises y vestidos humildes. Le recordaban a las mujeres de los mineros y campesinos de las tierras del norte. Sabía que en Princesa, Serrano y otros lugares las había atrayentes, pero dudaba de que fueran como las inalcanzables mujeres de clase de Oviedo.

Frente a los leones de bronce de las Cortes Españolas hicieron una parada.

—Allí ves Neptuno. En la plaza gira a la derecha y llegarás a Atocha. De allí a Vallecas tienes un paseo.

—Ha sido bueno conocerte —dijo Andrés—. Si no encuentras curro ya sabes que yo tengo puesto en la estación.

Se dieron la mano después de anotar sus direcciones. Carlos caminó por la calle de Duque de Medinaceli y entró en el templo, grande, lleno de bancos. Allá al fondo, en tamaño natural, el Cristo Nazareno resaltaba del policromo retablo. Se colocó frente a la escultura de madera ennegrecida. Sabía que había sido enviada a Ginebra en febrero del año anterior por el Gobierno republicano, junto a los cuadros del Prado y otros muchos objetos artísticos, para salvarlo de las bombas de la aviación nacionalista; un exilio que duró hasta septiembre del mismo año. Carlos miró los ojos abatidos, el gesto sufriente que el artista anónimo del siglo XVI puso en la talla, la corona de espinas clavada en la frente, las manos atadas con cuerdas. Se estremeció porque daba la sensación de querer latir. Luego se concentró en la promesa hecha en recuerdo de aquella mujer que muriera tan joven y que tan poco disfrutara de su hijo. Un turbión de sensaciones le poseyó. Tanto tiempo. El templo estaba casi vacío, unas pocas beatonas murmurando letanías. Había un silencio casi sepulcral y dejó que formara parte de él.

4

Madrid, enero de 2005

La bala me había atravesado una costilla, obstáculo suficiente para que perdiera fuerza. Rompió la pleura y, por fortuna, sólo contusionó el pulmón, sin perforarlo, lo que impidió que alcanzara el íleo pulmonar, zona donde confluyen el bronquio, la arteria y la vena.

El 112 llegó rápido y los sanitarios resolvieron eficazmente la hemorragia. Luego, en quirófano, la operación consistió en extraer la bala e instalar una grapa de titanio en la costilla quebrada, sin olvidar la colocación de un tubo de drenaje intratorácico.

Habían pasado cinco días y ya me habían retirado el tubo de drenaje, una vez que el pulmón quedó reexpandido. En unos días más podría dejar el hospital para hacer la convalecencia en el mejor lugar.

—No creí que pudieras correr tan altos riesgos —dijo Rosa, iniciando una de esas sonrisas que predisponían a entrar en un mundo mágico.

—Viviste uno conmigo, en Caracas.

—Sí, pero una cosa es intuirlo y otra es comprobar sus consecuencias.

—Esa bala no llevaba mi nombre —bromeé. Luego miré a Sara—. Tendrás que ocuparte de todo durante unos días.

Ella tenía la mirada sosegada, sabiendo ya que su jefe estaba fuera de peligro. Para mí fue un hallazgo que ambas mujeres se hicieran amigas desde el principio. No podía esperarse otra cosa de quienes han domado lo más difícil de su juventud. Incluso, cuando la ocasión lo permitía, salían juntas a algún evento mientras yo pateaba para resolver enigmas.

—Trataré de estar a la altura. —Sonrió, y su boca hizo dúo con la de Rosa.

—¿Qué tal Javier?

—Sigue en Chile, en sus peregrinaciones.

—Tendrás que irte con él, al final.

—Sí —dijo, entre ilusionada y dubitativa.

En ese momento se abrió la puerta de la habitación. Allí estaba el voluminoso inspector Rodolfo Ramírez seguido de otro, a quien me presentó como su nuevo subinspector ayudante. Saludó a las mujeres y luego se desparramó en una silla.

Mi caso entraba en la jurisdicción de la comisaría de Chamberí, situada en la calle de Rafael Calvo, al haber ocurrido en la zona. Ramírez había sido trasladado unos meses antes desde la de Leganitos. Así que ambos tuvimos una sorpresa cuando nos vimos al salir yo de la UCI, aunque entonces apenas pudimos hablar. Ahora sí podíamos hacerlo.

—Supongo que el traslado conllevará un aumento de sueldo —apunté.

—Esperanzas. No he subido de escalafón sino cambiado de sitio.

—Estás más delgado.

—¿A que sí? ¿Se nota? Rebajé diez kilos pero aún estoy en la faena. Lo jodido es tener que renunciar al tabaco.

—¿Cómo es que no traes a Martínez? —pregunté.

—Él no fue trasladado. Además, está de baja y hecho una mierda. Le han tenido que operar las rodillas. Le colocaron unos hierros para enderezárselas. Eso lleva tiempo. Como lo tuyo, supongo.

—No me digas que no tenéis ninguna pista.

—Dice Sara que te citaron por teléfono. ¿Un tío tan listo como tú y no comprobaste la llamada? Hubieras visto que fue hecha desde una cabina. Estaba claro que no quería ser identificado. Y caíste en el cepo como un principiante. Pero supongo que te dio tiempo de ver cómo era.

—Ya te dije. Estaba demasiado oscuro. ¿Qué hay sobre el arma?

—Fuiste policía. ¿No recuerdas cómo funciona lo de la identificación de un arma?

—Sí. Pero estoy seguro de que querrás ilustrar a las damas.

—El proyectil llega del muerto, en tu caso desde el hospital, al Laboratorio Central de Balística Forense. Allí se le da un número de referencia y se le hace un estudio denominado Balístico Operativo e Identificativo. Para ser más exacto, cuando es de bala se llama Bulestras. Si es de vaina se llama Brastras. —Se tomó una pausa para ver si tenía interesado al auditorio y no ocultó su satisfacción al apreciar nuestra atenta disposición—. El perito del Operativo examina físicamente la bala: el peso, el calibre, las estrías, los campos, el paso helicoidal y si es blindada, semiblindada, esto es, la ojiva descubierta, o de plomo desnudo. También obtiene fotografías. Bien —dijo, moviendo la mano como para refrendar lo dicho—. Tenemos ya la ficha del proyectil, que pasa después al perito del Identificativo, quien comprueba esa ficha en la base de datos, como si fuera la huella dactilar. Porque ninguna otra pistola deja la misma huella. Es perenne, inmutable y diversiforme.

—Siempre me llamó la atención esa palabreja última —comenté—. No se le da mucho uso.

—Es perfecta por su concreción —sentenció—. Sigo. El estudio se remite luego a la comisaría correspondiente, que abre diligencias. Si el asunto es estimado por un juez, se abren diligencias judiciales e interviene el médico forense, cosa que en tu caso no ha ocurrido porque estás vivo y coleando y no has hecho denuncia. Por cierto, ¿la vas a hacer?

—¿Qué se hace con la bala? —dije, obviando responderle.

—Se guarda el tiempo que sea, mientras no aparezca el arma.

—Vale. Dame noticias de mi proyectil.

Ramírez hizo una seña a su ayudante, que puso unos papeles grapados sobre la sábana.

—Ésa es una copia del informe, para que veas que hemos hecho nuestro trabajo. Sabemos que el calibre es de 7,65. Pero en la base de datos no hay eco. Ningún documento que muestre una Bulestras idéntica a la que se confeccionó para tu bala.

—Me extraña que esa pistola no haya sido disparada antes.

—Seguramente lo habrá hecho muchas veces. El calibre es poco habitual hoy día. Será un arma antigua que alguien guarda. Durante la guerra desaparecieron cientos de pistolas. Resumiendo, no podemos seguir la investigación porque no tenemos datos. Y no los tenemos porque seguramente no existen.

—Explícate.

—Está claro. Si hubo balas y estudios relacionados con esa arma habrán sido destruidos o perdidos antes de empezar a almacenarse en las actuales bases de archivo.

—O sea, que lo dejáis.

—No, depende de ti. —Sostuvo mi muda pregunta—. Por ese lado queda abierto dentro de «elementos anónimos». Otra cosa es que tengas un sospechoso fundamentado para poder seguir por otra vía.

—Tengo varios asuntos en estudio pero no un sospechoso.

—No podemos convertirnos en tus ayudantes. Si no puedes denunciar a alguien en concreto, deberás hacer tu trabajo. Lo averiguas y nos lo dices.

—Me resisto a creer que os falte curiosidad.

—Lo que nos falta es tiempo. Estamos al servicio de gente viva. No indagamos sobre fantasmas.

—No me disparó un fantasma.

—Creo que lo entiendes. Una cosa es tu caso, buscar a quien te disparó. A nivel de comisaría no podemos continuar. Carecemos de nombres, pruebas y datos. Lo que estás indagando en el pasado para tus clientes no es cometido nuestro.

—Espero que tu visita no haya sido sólo para decirme eso.

Movió la cabeza como si hablara con un niño.

—Vine a ver cómo estás. Y para que me dieras un nombre.

—No lo tengo —mentí.

—Me extraña. Sé cómo trabajas. Estoy seguro de que ocultas cosas. —Sostuvo la afirmación con una mirada sardónica y luego optó por levantarse—. Ponte bien. Y a buscar, tío.

Cuando salieron, las mujeres me miraron.

—¿Por qué no les dices los nombres de los que has entrevistado? —se extrañó Rosa.

—Porque sé quién intentó asesinarme.

—¿Lo sabes? —dijo Rosa, tan admirada como Sara—. ¿Cómo que lo sabes?

—Ramírez acaba de darme el convencimiento —dije, cogiendo el informe.

—Entonces con más motivo deberías decírselo.

—No todo hay que contarlo a la policía. Además, primero tengo que conseguir pruebas, buscar testimonios indiscutibles. Luego he de hablar con él para considerar si es candidato a que la ley le caiga encima o lo que hizo fue por un acto de irreflexión o miedo.

—¿Miedo?

—Pudiera ser. En este caso.

—¿Intenta matarte y te enredas en consideraciones sobre si aplicarle o no el castigo? —Rosa me obsequió con una mirada de incredulidad que derivó luego hacia Sara. La experta secretaria mantuvo su animada sonrisa.

—Más o menos.

—Bueno. Entonces lo primero es ir a la residencia hasta que te recuperes. Uno o dos meses. Lo que dijo el cirujano. Allí tendrás tiempo de discurrir sobre los hechos.

5

Lena, julio de 1928

Capienda rebus in malis praeceps via est.
(En la desgracia conviene tomar algún camino atrevido.)

SÉNECA

José Manuel tardó en conciliar el sueño. La lluvia repicaba fuera y fue consciente de la soledad en que se encontraban. La realidad mostraba que la escapada era diferente en vivo que la imaginada. No tenía miedo pero había fuerzas incontrolables, como esa lluvia intempestiva que podía malograr el proyecto. Oyó el fuerte respirar de su amigo y admiró su lealtad para con él. Tenía razón en lo de las tundas que les esperaban. A pesar de ello, sabiéndolo, le había secundado, como en todas sus ocurrencias. Siempre tan unido a él como su sombra. Su misteriosa ausencia habría sembrado la alarma en las familias porque eran muchas horas sin aparecer y no tendrían idea de dónde podrían estar. Seguramente habrían llamado a la Guardia Civil y les estarían buscando por todos los sitios. Pero nunca se les ocurriría pensar que fueron a descubrir el escondrijo del tesoro. El tesoro. Un asunto del que llevaba oyendo desde que tuvo uso de razón. Había sido testigo de discusiones entre sus padres, tíos y vecinos cuando se agrupaban durante los inviernos ante el *llar*, rodeando el fuego instalado en el suelo de piedra, entre vaharadas de humo y vino. Y la verdad es que ninguno de los que visitaron la cueva descubrió nada nunca. En noches macilentas, cuando el viento y la nieve atemorizaban fuera y el hambre hacía crepitar las tripas, su padre repetía a su madre que el único camino para salir de la pobreza era encontrar el tesoro. Hablaba de él como si lo tuviera delante. Cuando le miraba a hurtadillas creía verlo en el reflejo de la lumbre en sus ojos extraviados, tal era el hechizo que embargaba a su progenitor. José Manuel creció viendo arder esa fiebre en ese hombre amordazado de palabras, el tesoro atrapando sus pensamientos.

—Sólo quiero que tengamos un poco de felicidad —oyó susurrar una noche a su madre.

—¿Qué felicidad puede haber en la maldita miseria? Mira al indiano. Ese cabrón sabe lo que ye vivir. A lo meyor debiera haber marchao como él, como mi tío Antón, como tantos otros...

—Entonces... —el susurro se volvió brisa—, entonces no nos...

—Y qué más da. Tuviéramos mejores vidas, seguro —sentenció, sin atender al dolor que se instalaba en el rostro de ella—. Pero no sigamos por ahí. Lo importante ahora ye encontrar el tesoro.

Él y su tío Miguel, el padre de Jesús, lo habían buscado muchas veces, pero la cueva fue reacia a mostrarles su secreto. Les había visto a los dos salir muy temprano en las mañanas de los festivos cargados con cuerdas, mochilas, picos y palas. Los veía regresar en la noche desplomada con el gesto amargo pero el mismo fervor en los ojos. El resto de la semana trabajaban en El Chaposo, la mina de antracita de Campomanes, adonde iban caminando sobre sus madreñas aunque cayeran rayos, por lo que no disponían de más días. Durante las cortas vacaciones marchaban al mismo destino, del que volvían dos semanas después sin éxito pero no vencidos. Hasta que llegaron al convencimiento de que el único modo de profundizar en ese terreno rocoso que mellaba los metales era utilizar dinamita, algo muy difícil de conseguir por su alto precio y sus escasos ingresos. Tendrían que demorar la búsqueda hasta que pudieran ahorrar para el explosivo y los pertrechos, lo que supondría la paralización de la exploración durante un largo tiempo, quizá dos veranos, porque lo primero era alimentar a las proles, seis hijos la de su padre y los mismos la de su tío Miguel, cuyas hambres se equilibraban y nunca desaparecían.

Y así el carácter de su padre se agrió aún más del que ya manejaba. Cuando le llegaba el arrebato cogía el cinto y zanjaba a golpes las disputas, las hubiera o no, siempre acompañándose de nutrida ristra de blasfemias. Sus hermanos salían de estampida y sólo quedaba la madre para aguantar los demonios que habían invadido al hombre. Entonces, y como siempre desde que era neñín, él se abrazaba a ella y recibía parte de los golpes hasta que el furor se diluía. Luego el hombre les miraba con ojos llorosos y se iba, dejándoles con sus dolores. Nunca entendió por qué el pegar era costumbre en los hogares, pues su casa no era la excepción. Incluso muchas mujeres habían enfermado y muerto por las palizas de los fieros maridos. Y ello no venía de un mal congénito sino de locuras que invadían a los amos inesperadamente.

Un día en que curaban de los correazos, él dijo a su madre que odiaba a su padre y que de mayor se vengaría por lo que le hacía. Su madre, una mujer dócil y sufrida, que había perdido los encantos que reflejaba la foto de boda, le sorprendió al disculparle. Le dijo que de soltero su padre era alegre y simpático y que las miradas de las rapazas le perseguían esperando que él las apagara con un noviazgo. Dijo que nunca le había pegado hasta que las carencias y la abundancia de hijos, a los que era muy duro mantener, le apagaron la felicidad y le volvieron así. Descubrió que aún estaba enamorada de él.

—Si los fiyos somos una carga, ¿por qué nos tienen? Padre y usted pudieron tener sólo uno o dos.

—Los fiyos mándalos Dios. No debemos oponernos a su voluntad. Si vienen, vienen. Porque son una bendición.

Él no lo entendía, a la vista de la realidad, y empezó a desconfiar ya de ese Dios que mandaba tener muchos hijos para mal alimentarlos, hacerles trabajar sin descanso, recibir palizas y llevar la infelicidad a las familias. Hasta entonces tenía por cierto que su madre les quería pero que su padre no participaba de ese sentimiento, o bien les consideraba a su manera, especialmente a él, el más pequeño, nacido debilucho y aparentemente más torpe que los otros. Era verdad que aunque ponía gran empeño en hacer las faenas, pocas veces conseguía realizarlas con el debido acierto. En sus primeros años, con frecuencia arruinaba un trabajo aparentemente sencillo, como ordeñar las vacas o colocar los tochus en la leñera. Entonces su padre le miraba con desprecio.

—¡Rediós! Este guaje non vale ni pa tomar por rasca.

Esa escasa aptitud por los trabajos del campo le hizo preguntarse si servía para algo. Y a pesar de la desconsideración con que su padre le distinguía, no por ello dejaba de querer ganar su reconocimiento haciendo cosas diferentes, como limpiar la casa, los establos o los pucheros.

—Eso ye cosa de muyeres. ¿Ye tú una muyer?

Supo desde siempre que, posiblemente como compensación a su ineptitud, tenía más imaginación e inteligencia que sus hermanos, que trabajaban en la huerta y con el ganado sin hacerse preguntas. O quizá las tenían pero la dura realidad diaria fue borrándolas de sus cabezas. El hambre y el temor al padre deshacían cualquier iniciativa que no fuera el trabajo. Y por esa curiosidad se enteró de repente de que su padre no era lo malo que parecía sino que la suerte le había dado la espalda, lo que explicaba ese llanto contenido que veía en sus ojos cuando dejaba de golpear. A partir de ese momento, y de forma imperceptible al principio, una fuerza irreprimible le fue impeliendo a buscar la forma de ayudarle con algo grande, diferente a los simples trabajos que nunca les darían el bienestar necesario. Y así empezó a sembrarse en su cabeza la idea de buscar el tesoro. Él podía conseguirlo dado su espíritu sufrido y sus ganas de reivindicarse. Buscaría el tesoro que tan necesario era, lo encontraría y se lo entregaría para que le regresara la felicidad perdida, el amor hacia su madre y la sonrisa hacia los hijos. Ese impulso fue tomando forma y desarrollado desde meses atrás, cuando los días fríos dejaban muchas horas para pensar. Y ese año, justo cuando acontecía el segundo paréntesis de la búsqueda patriarcal, se sintió lo suficientemente fuerte y con todo previsto en su mente para acometer la aventura. Después de Semana Santa consideró que era tiempo de hacer a Jesús partícipe de sus planes. Con él ultimó los detalles para hacerlo al principio de las vacaciones. Y ahora estaban allí, aunque no sabían cómo hallar el famoso tesoro.

No le despertó el ronquido acompasado de su primo ni las vaharadas de su respiración contra su oreja, porque en su casa dormían apretados y echándose los alientos, sino el ruido cercano del agua. La lluvia se filtraba entre el ramaje del techo y los chorros habían formado charcos, afectando todo el suelo. Una débil claridad hacía perceptible los trazos de las cosas. Miró a Jesús, pegado a él, que dormía con todos los sentidos involucrados en la tarea. Sabía que, al contrario que él, nunca soñaba. Le dio una punzada de pena despertarle, pero tenían una tarea que realizar. Tuvo que empujarle rudamente. Luego se asomó. El día se anunciaba pero el sol tardaría en aparecer. Se lavaron con el agua de las cantimploras y dieron cuenta del resto del alimento. El aguacero parecía tener empeño en prolongarse. Echaron una carrera y entraron empapados a la cueva. Dentro se oía el circular del agua, que sería por filtraciones de la lluvia porque el día anterior no la oyeron. Se adentraron hasta situarse en el punto que dejaron. José Manuel buscó la fina corriente de agua y la siguió hasta verla desaparecer por una estrecha grieta.

—Espera —dijo, súbitamente alertado, como si tuviera *quecabú.*

Se echó al suelo e introdujo la cabeza y hombros. Alargó la mano con el candil. La luz mostró un pozo esquinado que ocultaba su fondo. Se incorporó y siguió inspeccionando la galería, seguido por el confiado Jesús. Se volvió de nuevo, la corazonada empujando, y regresó a la grieta donde se perdía el agua. Colocó el candil bien apoyado en un saliente.

—Sujeta bien ese extremo de la cuerda con las dos manos —dijo, mientras se ceñía con decisión el otro a la cintura. Luego procedió con el otro farol y prendió el gas.

—¿Qué vas a hacer?

—Bajar ahí.

—Tas loco. Ye peligroso. Puédete pasar algo. Además, ¿quién *carayu* pensara en meter nada por ahí? No ye lógico.

—Tú ve soltando cuerda. Cuando vaya a acabarse sacude dos veces. Cuando quiera volver, daré tres tirones. Entonces empiezas a recogerla. Aguanta fuerte.

José Manuel reptó e introdujo los pies en la grieta. Aplastó su cuerpo y fue deslizándose hacia atrás con dificultad. Jesús le vio desaparecer y arrastrar consigo la luz hasta que también ésta se desvaneció. Dejó correr la cuerda lentamente. El movimiento de la soga cesó y él tomó conciencia de que estaba solo y ello le desasosegó. Nunca había estado en tal soledad. Sintió que el miedo le inundaba. De repente la cueva se llenó de pequeños ruidos y otra vez creyó ver figuras en las paredes danzantes. Era fuerte, capaz de cargar grandes pesos, pero no era tan valiente como su primo. Si José Manuel hubiera tenido un accidente, él estaría con grandes dificultades porque, con tantas vueltas, había extraviado el rumbo. Era su primo quien se manejaba en aquel laberinto, dibujando en sus papeles el camino seguido. Si no aparecía, él vagaría perdido. Y si lograba encontrar la salida, ¿cómo iba a enfrentar solo ese desastre ante las familias? No sabría qué hacer. Siempre fue José Manuel quien dio la cara por los dos en las travesuras anteriores.

El tiempo pasó. Nervioso, se esforzó en meter la cabeza por la fisura, consiguiéndolo tras arañarse. No entendió cómo su primo pudo entrar aunque fuera tan delgado. Asomó el candil. La luz no llegaba para distinguir lo de abajo y tampoco vislumbró el resplandor de la lámpara de su amigo.

—¡José Manuel! —gritó.

No obtuvo respuesta. Repitió la llamada. Silencio. Desprendió la cabeza de las rocas y se sentó en el suelo, atemorizado. ¿Le habría pasado algo finalmente? Sacudió la cuerda varias veces y suspiró cuando recibió tres tirones en respuesta.

—¡Tira con cuidao! —oyó.

Poco a poco fue subiendo la cuerda viendo el resplandor creciente al otro lado. Apareció el candil, empujado por una mano. No fue sencillo sacar a José Manuel por la abertura. Cuando salió del todo, Jesús se asustó al verle. Estaba lleno de raspaduras sangrantes, su ropa rota por varios sitios y había perdido el gorro. Tiritaba.

—¿Qué pasó, ho?

—Nada. Busqué pero eso ye muy largo, sin fin. Se adentra en la tierra.

—¿No viste nada?

—No. Salgamos un rato.

José Manuel recogió la cuerda con ayuda de su primo y echó hacia la salida. El sol había abierto brecha en el manto nuboso y un gran arco iris les dio la bienvenida. Los colores estaban definidos con tanta nitidez que el arco impalpable parecía hecho de materiales sólidos. Nunca vieron uno así. Se sentaron en una piedra y lo miraron embelesados hasta que se deshizo. Toda la tierra rezumaba agua pero recuperaron el calor dejado en la cueva. José Manuel sacó la gaceta. No parecía corresponder con la realidad. Quizá fuera un *engañu*, como decía su madre. Luego miró el plano y lo comparó con el que él había hecho. Sólo había semejanza al principio. Juzgó que el suyo era más fiable. Se aplicó en él y en las notas mientras su primo oteaba la lejanía. Lo estudió girando el papel lentamente. Se fue concentrando como viera hacer a don Celestino cuando jugaba a eso que llamaban ajedrez, aislándose de las sensaciones que a su alrededor imponía el campo vivo. Y de pronto recordó algo que le quedara flotando en los rincones del cerebro. El agua que entraba en la grieta no caía al fondo del pozo. Estuvo allí y en el conducto lateral que salía de él y no se mojó los pies. Debía tomar otra dirección. Tan fácil y tan indetectable a la vez porque los papeles no reflejaban sonidos. Tendría que comprobarlo.

—Volvamos.

—¿Qué? ¿Otra vez adentro? Dijeras que ye imposible ver nada.

José Manuel ya caminaba hacia la cueva y Jesús le siguió a regañadientes. Ya en la grieta, José Manuel se deslizó nuevamente por ella con el candil. Jesús apreció que la cuerda iba hacia un lado, no abajo como la vez anterior. Esperó un buen rato y de repente oyó un ruido y sintió el tirón de la cuerda, tan fuerte que le lanzó contra la abertura y casi se le escapa de las manos. Notó que se tensaba hacia abajo.

—¡Sujeta fuerte! —gritó José Manuel. Luego añadió—: Tira despacio.

Poco a poco Jesús izó la cuerda. José Manuel apareció. Le ayudó a salir de la grieta y le tendió en la roca.

—¡Joder! ¿Qué pasó?

—Escurrime y caí. Quedara colgando. Hubiérame estrellado abajo como el candil de no ser por ti. Creo que tengo quebrada una pierna.

La sangre salía de una raja alargada que iba desde la rodilla al tobillo. Se quitó la camisa y con ella envolvió la pierna. La tiritona les envolvió.

—Átame la cuerda corta al muslo. Aprieta fuerte.

Jesús procedió. Luego enrolló la cuerda larga, recogió los bártulos y se los echó al hombro. Agarró a José Manuel por la cintura e inició el camino de salida.

—No podrás arrastrarme por el camino de escombros ni subirme por la escalera de cuerda. Y menos llevarme luego tanto camino.

Pero Jesús lo hizo, obviando la discusión. Fuera, el verde cercano estallaba de brillo como si acabara de ser pintado por una brocha gigante. No se apreciaba vida cercana, salvo un buitre balanceándose allá en lo alto. De nuevo el sol acudió en su ayuda para quitarles los temblores.

—No puedo caminar. Ties que bajar y pedir ayuda.

Jesús no hizo caso de las protestas de su primo. Lo cargó a horcajadas sobre su espalda y echose a bajar el monte con determinación valiéndose del cayado. Caminaba lentamente, el pisar precavido. A cada paso José Manuel estallaba de dolor, sujetándolo dentro de sí, venciendo el impulso de calmarse en el grito. Pasaron minutos y minutos, largos, renuentes, el avance inapreciable, esquivo el momento de toparse con otra presencia. El aire circulaba demasiado lento, allá lejos las vacas herbajeando, los carros sin descargar ante algunas tenadas y nadie en las aldeas a su vista, como si todos hubieran abandonado el valle. Jesús sudaba, empeñoso en la porfía, sin ceder al reposo necesario.

—Espera, espera —rogó José Manuel con los ojos llenos de lágrimas—. Descansa, déjame aquí.

Pero Jesús seguía, obstinado, mirando el suelo, sabiendo que si paraba podía ser vencido. Una eternidad más tarde, entre la neblina que distorsionaba su mirar, José Manuel vio algo verde moverse sobre el verde quieto.

—Allí —dijo al oído a su primo—. Un coche de los picoletos, delante.

Jesús se paró y José Manuel alzó los brazos para llamar. El movimiento descompuso el conjunto y ambos cayeron al suelo, el bastón despedido lejos. Mientras rodaban buscaron con desespero agarrarse a algo para no despeñarse en la deslizante pendiente. Clavaron sus manos en los surcos húmedos como si fueran *fesorias* hasta conseguir frenar la caída. Quedaron boca arriba sobre el herbazal viendo cómo el cielo giraba en una nada inédita.

Los guardias civiles les habían visto y caminaban hacia ellos. El vehículo era una excepción y significaba un cambio en su rutina porque los uniformados siempre iban caminando. Seguro que les estaban buscando, como habían sospechado. Pero cuando se acercaron, algo en sus rostros oscuros y abigotados activó la premonición que llevaba un tiempo rondándole a José Manuel.

—¿Sois José Manuel y Jesús?

—Sí señor.

—¿Qué pasó, ho?

—Éste rompiose una pierna, pero tamos bien —respondió Jesús, jadeante.

El uniformado miró la pierna sangrante.

—Debe verte un médico —dijo, cogiendo al herido y cargándoselo al hombro. Fueron hasta el coche, detenido a un lado del camino.

—Taban buscándonos, ¿verdad? —preguntó José Manuel mientras el coche bajaba dando tumbos.

—Sí. ¿Dónde tábais metíos?

—No ye sólo eso. Algo pasara, ¿verdad?

La iglesia de Piñera estaba abierta, hecho tan sorprendente para un lunes como ver a tanto paisano arracimado. Allí estaban las gentes del valle, las que no vieron en sus tareas. El cura, el alcalde pedáneo y el maestro, todos en silencio.

—¡Padre! —gritó uno de los guardias, parando el coche—. Venga acá.

El sacerdote se apartó del grupo de prebostes y corrió hacia ellos seguido de las madres, los hermanos, las tías, el maestro, el pedáneo y algunos vecinos. Se hizo cargo de la situación y quitó las cuerdas y la empapada camisa de la pierna de José Manuel.

—Dios —dijo, al ver la enorme herida sangrante—. Hay que llevarlo enseguida a Campomanes.

—¿Qué ha pasao, madre? —dijo José Manuel viendo sus lágrimas e intuyendo que sólo una parte eran para él.

—Lleváoslo rápido —urgió el cura.

José Manuel no podía evadirse de una congoja que iba creciéndole desde que viera el silencio flotando sobre tanta gente.

—Quiero ver qué pasa.

—Ya lo verás, primero hay que curarte.

—¡No, ahora! —gritó—. Ayúdame, Jesús.

Con la pierna a rastras y colgado de su primo, José Manuel avanzó y entró en el templo. La gente se apartó para dejarles paso. Al fondo, tendido en el altar de madera, había un cuerpo sin vida. José Manuel se acercó y reconoció a su hermano Pedro. Le miró durante un largo tiempo, sin entender, como si todo fuera un invento de su imaginación. Miró a su madre y a los demás. Los ojos de Adriano, su hermano mayor, se clavaron en él con tan gran rencor que le llenó de aprensión. Era un jayán de dieciocho años, recién casado con una rapaza de la aldea, a la que tenía preñada.

—¡Me cago en las pestañas de la puta Virgen! —le espetó sin que nadie pusiera gesto de escándalo—. Saliéramos a buscaros. Pedro escurriose y cayera al río. Ahogose. Y tú llegas descalabrao.

Como en un mal sueño miró a su progenitor. Se acercó a él pero su mirada le detuvo.

—Padre...

El hombre se volvió a la madre.

—Non quiero verle —dijo.

6

Madrid, septiembre de 1940

> Cobertores y colchas vistosas odié desde el día que de vista perdí las nevadas montañas de Creta...
>
> El suelo mi lecho será. ¡tantas noches pasé en él sin dormir sobre infame yacija esperando que asomase la Aurora divina de espléndido trono!
>
> ODISEA, Canto XIX

Acomodó las maletas en la carretilla hasta alcanzar el peso máximo y se dirigió por el andén de servicio al gran almacén de consigna. Las depositó en el lugar indicado, donde otros las llevarían a los lugares marcados según destinos. Regresó al pie del vagón en el muelle de descarga situado en el terminal de carga de la línea de Gran Velocidad de la estación de Atocha, y repitió la acción, esta vez con un baúl, cruzándose con los que hacían su misma función bajo el machacón ruido de las ruedas metálicas. Todos se movían con rapidez porque los encargados tenían inacabable colección de gritos, que repartían al menor respiro. Los mozos hablaban poco, de vez en cuando algún comentario sobre la marcha o una breve parada para encender un cigarrillo, ir a mear o sonarse los mocos. Carlos llevaba cuatro meses en ese trabajo y no le costaba mantener una actitud amable con los demás a pesar de que su figura imponía una sutil equidistancia.

La jornada tocó a su fin con el vaciado de los vagones. Había una segunda tanda, en la noche, para embarcar los bultos que saldrían en los trenes nocturnos. Carlos se lavó las manos y la cara en las desconchadas pilas del destartalado retrete, se quitó el peto y se vistió con traje y corbata, lo que contrastaba con las ropas que vestían los otros. Cerró la taquilla y caminó hasta la oficina poniéndose en la fila para el cobro, que se hacía a diario.

—Siete horas a seis pesetas. Aquí tienes las cuarenta y dos —dijo el pagador, poniendo el dinero sobre la mesa. Carlos lo cogió y salió. Se encontró los ojos de águila del encargado de la Contrata clavados en él. Era un tipo alto y fornido, vestido con traje sin arrugas y corbata.

—¿Qué hay con lo de anoche?

—Ya dije lo que pienso —contestó Carlos.

Se miraron con distinta intensidad.

—No es lógico que algo así se rechace. Deberías pensarlo mejor. ¿No quieres ganar más dinero?

—El dinero es necesario, pero sólo para vivir.

—Llevas corbata y traje ramplón pero te sienta mejor el mono de trabajo. Eres un simple mozo de descarga, al parecer sin oficio. ¿Qué esperas de la vida?

Carlos le miró.

—Trabajar. Y que me dejen en paz.

Salió por la puerta número 4 que daba a Méndez Álvaro y entró en la taberna La Ferroviaria, llena a esas horas de ruidosos comensales. Allí le esperaba Andrés con la sonrisa encajada en sus grandes ojos negros. Trabajaba en otra Contrata en las líneas de Pequeña Velocidad. Tomaron lentejas, melón, pan y agua mientras, como siempre, Andrés ponía el derroche verbal. Se despidieron y él caminó hasta la gran plaza, deteniéndose en la parada frente al abandonado hotel Nacional, donde esperó un tranvía de la línea 45 con dirección a Hipódromo. Era un vehículo cuadrado, pintado de amarillo, con gente aprisionada en las plataformas y muchos hombres colgados de los cuatro estribos. Circulaba con lentitud y daba continuos saltos en las vías mal ajustadas sobre los rotos del pavimento. Una vez más Carlos fue contemplando el paisaje urbano de ese Madrid añorado en tantas noches de infelicidad. La ciudad soñada seguía siendo un lugar cerrado, como en los años de guerra precedentes por imposición del cerco nacionalista. Ahora el motivo era diferente. Los habitantes no podían salir sin permiso y, como aquellos que pretendían entrar, habían de responder ante cuestionarios selectivos y comprometedores.

Se apeó en Cibeles y entró en Correos, donde mandó una cantidad de dinero por giro postal a una dirección de Asturias. Luego cogió otro tranvía de la misma línea. El largo paseo de la Castellana, ahora avenida del

Generalísimo, mostraba sus notables edificios públicos en las zonas del Prado y los admirados palacios en la parte larga que se abría al norte. Pero el ambiente no era el de una ciudad feliz. Era otra cosa, algo irreal, como si todos temieran que todavía quedaran por llegar la paz y el sosiego. Veía multitud de uniformes brillantes, camisas azules y flamantes sotanas, como si las hubieran sacado a orear. Barbillas alzadas y miradas fogosas sobresaliendo de un fondo de rostros agrietados por el temor, de miradas huidizas y pieles grisáceas.

Se bajó al final del trayecto, en la rotonda situada ante la Escuela Superior de Ingenieros Industriales. Cruzó hacia el otro lado de la avenida, sorteando el monumento a Isabel la Católica instalado en una rotondita en medio de la ancha arteria. Cerca de la Escuela de Sordomudos y Ciegos había un quiosco de bebidas. Se acercó y volvió a sentir las contradicciones profundas al contemplar a la joven morena que ayudaba en las tareas. Tenía un rostro galardonado de belleza, fresco como el rocío. Sabía su nombre y que era la hija del titular, un hombre silencioso en la cuarentena que llevaba un delantal blanco y estaba elaborando horchata en la parte exterior de la caseta, prensando a mano las chufas con un torniquete. Le pidió un vaso a la mujer y notó su nerviosismo, ya contrastado en su visita anterior. El líquido, totalmente natural, le supo tan agradable como la vez anterior. La joven era vecina de su misma casa y se vieron por primera vez días atrás en el ascensor. Él se limitó a mirarla comprendiendo que algo había perturbado su sosiego. No entraba en la lógica que preguntara por ella a Alfonso, su primo, quien le dio todos los datos. Estaba soltera y vivía sola con sus padres. Tenía dieciocho años y nunca había dispuesto de novio. Era introvertida y no se vinculaba en los corrillos que durante muchas horas hacían otras vecinas en la calle. Vestía de negro, la manga acodada, como si tuviera cortedad en adornar su juventud. No la había visto antes porque al parecer había estado unos meses cuidando de una tía enferma en un pueblo de Valladolid. La atracción era nueva y ponía un interrogante en su posterior actividad. Quiso hacer de ello un hecho aislado pero al día siguiente se vio impelido a verla y se presentó en el quiosco para valorar su ansiedad. Obtuvo mayor desasosiego cuando los grandes ojos captaron similares dudas a las que él sentía. Fue consciente de que no podría desprenderse fácilmente de aquella perturbación.

Un carro tirado por un caballo percherón se detuvo y el repartidor bajó un barril de madera conteniendo cerveza El Águila. La joven pagó al cervecero y aprovechó la tregua para romper el encadenamiento de las miradas. Carlos abonó la consumición y se alejó caminando, pasando por el campo de La Tranviaria donde los chicos del barrio jugaban al fútbol. Enfrente, una valla circundaba las paralizadas obras de los Nuevos Ministerios sobre los terrenos del antiguo Hipódromo. Subió por la desarbolada calle de Ríos Rosas, pasó por delante del cuartel de Infantería y entró en el número 30, un edificio de buena planta que destacaba del resto y que una placa pregonaba orgullosamente que había sido construido en 1927. Las hojas de madera del gran portal en chaflán siempre permanecían abiertas durante el día. El sereno se encargaba de que todos los portales estuvieran cerrados en las noches, lo que era obligado no tanto por evitar robos en las humildes casas como por mantener el espíritu cuartelario de las autoridades. Subió al cuarto piso y abrió la puerta de una vivienda exterior. Su tía Julia estaba haciendo punto en el cuartito de estar con sus orejas ocupadas por los cordones de una radio galena. Las gafas centradas en la abigarrada nariz, como ruedas de bicicleta en miniatura, liberaban sus ojos para las distancias largas. Tenía un rostro bonachón, nunca trocado por ningún acontecimiento.

—¿Te preparo algo? —le dijo al recibir el beso.

—No. He comido en la estación. Voy a descansar un rato y luego escribiré unas cosas. Cuando llegue Alfonso, que no se vaya. Quisiera hablar con él.

El dormitorio tenía espacio para un armarito, una mesa y una silla. Sobre la cama un crucifijo, que él descolgaba cada noche y escondía en un cajón, para volver a colocarlo al irse. Todo estaba limpio como la sala de un hospital, los baldosines fregados a diario, las paredes desalojadas de polvo. La ventana, que parecía no tener cristales a fuer de limpios, estaba entreabierta para aliviar el calor. A esas horas el intenso sol huyente ponía tonos dorados en los frondosos árboles del jardín que adornaba el chalé situado entre la Escuela de Minas y el convento de María Inmaculada, al otro lado de la tranquila calle. Un ligero viento hacía oscilar los visillos. Subían pocos ruidos de la ancha vía, sin apenas circulación rodada, de vez en cuando el tintineo y el chirrido del tranvía 45 al pasar por delante sobre la calzada terrosa. Se quitó la chaqueta, el pantalón y la camisa y los colgó con meticulosidad en las perchas. Se sentó en la cama en calzoncillos y camiseta y estuvo pensando un rato mientras fumaba de forma mecánica. Fue al armario y cogió la maleta que estaba encima. La puso en la cama y accionó las cerraduras. Abrió una de las cajitas de madera contenidas en su interior. Dentro, un pequeño bulto de tela. Lo desenvolvió y apareció una pistola. La desarmó y con un paño estuvo limpiando cada pieza. Ya armada la sopesó y la hizo funcionar en vacío. Comprobó que estaba lista. Volvió a guardarla y finalmente puso la maleta en su sitio. Luego se echó en la cama y siguió fumando.

Pocos días después de finalizada la guerra, Franco nombró gobernador general de Madrid al general Espinosa de los Monteros, jefe del Ejército del Centro, quien, entre otras disposiciones, dio orden de que todos los habitantes se personaran en las comisarías y otros puntos para su identificación. Era imperativo poseer cuanto antes un censo completo y riguroso de la población y determinar con exactitud quiénes provenían de la zona roja o habían sido empleados de la administración republicana, incluso los que hubieran expresado simpatías por el régimen anterior. El control tenía eficacia militar y afectaba a todos, españoles y extranjeros. Se había anulado la libre circulación de personas en toda España, por lo que los necesitados de traslado debían registrarse para obtener el imprescindible salvoconducto.

Carlos llegó a Madrid procedente de Asturias con un pase expedido por el gobernador militar de esa provincia, que hubo de presentar en ventanilla al sacar el billete a la vez que a los policías que harían el recorrido.

Cuando en junio llamó a la puerta, su tía apenas le reconoció. Intentó relacionarle con el niño que guardaba en su memoria y con el de las fotos que de él conservaba. Pero no era lo mismo verle allí delante y por sorpresa. El delgado crío que con ocho años marchara con su madre a las montañas del norte se había transformado en un hombre alto y bien formado. Sus facciones parecían identificarle y sus ojos eran repetición de los suyos, pero había desaparecido la alegría que siempre le caracterizó. Su sonrisa de reencuentro, aunque con un matiz de fatiga, era auténtica pero estaba desvinculada de un rostro grave donde unos ojos de color celeste proclamaban un tormento interior. Cuando la besó desaparecieron todas sus dudas y se colgó de él con el dolor de la hermana ausente, como si fuera ella la huérfana.

El encuentro entre los dos primos fue muy emotivo. Alfonso era dos años menor que él y tenía gran don de gentes. Pero no había escalado la altura de su primo ni heredado el color de ojos de la familia, cuya rama principal procedía de Cuevas de Almanzora. Allí como en otros muchos lugares de Andalucía había gran cantidad de gente con el cabello dorado y los ojos azules, consecuencia de tantos caballeros francos, germanos e ingleses que llegaron a unirse a los Reyes Católicos en la Cruzada por la conquista de Granada. Alfonso nunca le preguntó lo que había hecho durante esos años. Su pertenencia a Falange y la buena reputación de su madre, catequista de La Milagrosa y antigua estudiante en las Hijas de la Caridad, colegio de niñas situado junto a la iglesia de los Paúles y perteneciente a esa congregación, aportaron las garantías necesarias para que no hubiera indagaciones sobre su pasado y fuera considerado una persona sin sospechas para el régimen naciente.

Su primo llegó pasadas las ocho y llenó de sonrisas la tranquila casa. Llevaba la camisa azul con el emblema en rojo sobre el bolsillo izquierdo. Después de la cena, con la luz todavía en el cielo, los dos hombres bajaron a la calle. En el portal se encontraron con Pedro, el jefe de la casa, también con el uniforme azul, que los saludó brevemente.

—Ese tío sigue mirándome como el lince al conejo. Seguro que sigue indagando mi procedencia.

—No te preocupes —contestó Alfonso—. Estás con nosotros, eres de la familia.

—¿Qué tal va lo del economato?

—No es posible. Por el momento sólo aceptan militares. No olvides que es un economato del ejército.

—Debo buscar algo pronto.

—Lo entiendo. Tienes un trabajo duro.

—No es eso. Es que tendré que dejarlo.

Alfonso se paró. Habían llegado al puesto de melones situado en la acera y junto al cuartel. Eran de Villaconejos, grandes y oblongos como obuses. Ninguno por debajo de los seis kilos. Se miraron.

—Me ocultas algo.

—En realidad no valgo para ese trabajo.

—Debo darte la razón. Creo que podrías aspirar a mejores empleos y no a esos trabajos de jornaleros. No me has explicado nunca a qué te dedicabas.

—Trabajaba en la mina. Soy picador.

—Tienes algún amor esperándote en Asturias, ¿eh?

—¿Por qué lo dices?

—Sé que de vez en cuando haces un envío de dinero.

—No es lo que crees.

Alfonso lucía una madurez consolidada a pesar de su juventud, quizá debido a la fuerza que imprimía el sindicato azul. Miró a su primo en profundidad.

—Sería bueno que te hicieras de Falange. Tendrías acceso libre a tus proyectos, que seguro tienes aunque te los calles, y no dependerías de intermediarios. Y no lo digo porque no me guste ayudarte.

—No tengo proyectos y me gustaría que no insistieras sobre lo de Falange. Intento vivir en la neutralidad, fuera de la política.

—Nadie es neutral. Debemos tomar partido por algo. No hay que esperar a que otros hagan todo el trabajo.

—Ese tipo de trabajo no me interesa. Sólo quiero el que produce riqueza al país.

—¿Crees que Falange no quiere lo mismo?

Carlos guardó silencio y su gesto definió que no quería seguir con el tema, tan recurrente en su primo.

—¿Cómo va lo de Espasa?

—Muy bien. Pero has de esperar todavía. —Le envió una sonrisa—. Voy a mirar unos libros, ¿vienes?

Cruzaron la calle y entraron en el estanco-librería regentado por dos jóvenes hermanas. Toda la industria editorial estaba controlada por el Estado a través del Instituto Nacional del Libro, estricto censor tras la guerra. Aparte de libros de autores tradicionales, los de actualidad eran casi todos de la Editora Nacional, dirigida por Falange, y versaban inevitablemente sobre la Victoria, la degeneración de la República y la esperanza de un futuro de la mano de Dios. Alfonso encontró una biografía de Bismarck y el magazín *Gran Mundo.*

—¿Lees esa revista para ricos?

—Mi deseo es entrar en el mundo de la moda, como diseñador. Ahora no es fácil, pero a pesar de los malos tiempos, siempre hay gente con pasta. Sólo necesito algún patrocinador que se interese. Y lo encontraré porque creo que soy bueno en este terreno.

Fuera, eligió un melón. Iniciaron la vuelta a casa.

—He quedado con unos amigos en El Sotanillo. ¿Te apetece venir?

—No quiero ser un convidado de piedra. Tengo que escribir una carta.

—Entonces súbete el melón.

Tía Julia celebró recibir la fruta y le hizo los honores. Cortó un trozo y puso el resto en la fresquera. Hizo dos mitades y las partió en trocitos, una vez eliminada la corteza, sirviéndolos en dos platos que colocó en la mesa. Trajo tenedores y se sentó frente a Carlos.

—Qué rico, ¿verdad? Es mi fruta preferida.

—Allí no hay. Son otras las frutas —dijo Carlos.

—Allí... Hijo... —Siempre lo llamaba así desde el primer momento en que volvió—. Nunca me cuentas cosas de tu vida, dónde has estado después de lo de tu madre. Eres tan reservado...

Él ladeó el rostro como si no pudiera enfrentar esa mirada maternal.

—Tienes las cartas. Supiste lo que ocurrió con mamá.

—No es lo mismo. Ahora estás aquí y puedes decírmelo de viva voz.

—No fueron tiempos felices. Recordarlos me produce dolor.

—El hablar descarga las angustias.

—Un día, tía, lo haré.

Ella le dio la mano por encima de la mesa y él se la apretó.

7

Llanes, Asturias, febrero de 2005

Para intentar descubrir al autor de una acción delictiva es regla fundamental investigar a quién beneficia.

Un mes antes había sido citado telefónicamente en Madrid en una dirección por alguien con voz rara, según Sara, que dijo tener información sobre Carlos Rodríguez Flores, cuya huella buscaba por encargo de su nieto. Dio su nombre y dijo que era hijo de un viejo amigo suyo. No me extrañó la cita porque la situó en un lugar céntrico y había estado preguntando tiempo antes en los comercios de la zona. Tampoco la hora, las 21 horas, parecía tan intempestiva como para sospechar.

La calle Robledillo, que serpea entre las calles de Alonso Cano y María de Guzmán, se mostraba oscura y vacía, desertada de farolas y personas. Un viento frío la recorría. La cuarta casa estaba en obras, el portal abierto. Pasé al fondo, pisando escombros. Me hallé en un patio cuadrado de dos pisos con galerías tipo corralas. El edificio parecía estar poco ocupado. Una luz lánguida agarrada a un farol intentaba luchar contra las sombras. La figura se destacó en el portal y señaló la escalera. Y luego vino lo otro. Hasta ahí los hechos.

La confianza casi me cuesta la vida. Un calibre más grande, por ejemplo un 9 mm Parabellum, que penetra doce centímetros, me habría matado. Eso, lo que respecto al arma explicó Ramírez y el rastro del asesino me permitió identificarle, pero necesitaba saber el porqué.

—Tendré que volver a Madrid para investigar.

—Debes descansar unas semanas más —dijo Rosa—. Haz caso a los médicos. No debe acuciarte la prisa.

Estábamos en la residencia La Rosa de Plata, donde me recuperaba de la operación. La tentación era grande porque, además del lugar idóneo, estaba junto a ella.

—No sirvo para dejar correr el tiempo.

—Si sabes quién te disparó, no necesitas indagar más. Déjate de pruebas.

—No es sólo eso. Quiero entender el trasfondo. Aunque parece sencillo, hay misterios por aclarar.

—¿Qué piensas hacer?

—Antes de enfrentarme con el candidato a asesino, lo de siempre, haré un peregrinar por distintos departamentos policiales en busca de archivos que aún se conserven. Si encuentro pistas pondré lógica a lo ocurrido. —Acaricié sus manos—. Bueno, esperaré esas semanas.

8

Pradoluz, Asturias, agosto de 1928

Mens inmota manet lachrimae volvuntur inanes.

(Permanece firme en tu pensamiento y deja correr las inútiles lágrimas.)

VIRGILIO

Tumbado en el camastro, a un lado del espacio común donde se agolpaban cada noche todos los hermanos, José Manuel dejó de leer *La isla del tesoro*, que le había dejado don Celestino. Ahora todos estaban en las faenas del campo menos él... y Pedro. Su hermano fue enterrado al día siguiente de ahogarse pero él no pudo asistir. Después de ver su cadáver en la iglesia de Piñera los guardias le llevaron a Campomanes, donde el único médico le saneó la herida, la cubrió con sulfamidas y luego se la cerró con quince puntos. De ahí le trasladaron en una ambulancia al Hospital Provincial de Oviedo. Allí volvieron a curarle y le tuvieron un día en observación antes de colocarle una escayola. Vuelto a casa se sintió muy vulnerado por la situación derivada de su irreflexión. No sólo Pedro murió por su culpa sino que la escapada produjo gran alarma en el vecindario. Además, y aunque no comparable con la desgracia ocurrida al hermano, había perdido el farol de carburo y destrozado la ropa, todo difícil de reponer por la congénita escasez pecuniaria. Y ahora estaba inutilizado para cualquier trabajo, con esa pesada funda blanca y la recomendación de no hacer esfuerzos. No se podía causar tanto mal en tan poco tiempo. Por las noches su padre no se recataba de expulsar sus demonios sobre él.

—Nunca será na en la vida. Ye flojo.

Su madre no contestaba. Nunca lo hacía. Imposible oponer el mínimo comentario. Pero cuando estaban solos le regalaba sus palabras cariciosas y fantaseaba sobre cómo hubiera podido ser su vida si no se hubiera enamorado de su padre. Le dijo que tuvo muchos mozos rondadores y que alguno de ellos resultó buen esposo, sin ánimos fieros. En cuanto a sus hermanos, practicaban hacia él la indiferencia habitual del medio, que, en el caso de Adriano, se marcaba de acritud. No perdía ocasión de renegar de él. La constancia de esa actitud en la familia le hizo considerar que, salvo su madre y Eladio, lo ocurrido con Pedro les había causado más enfado que pesadumbre. Quizá porque eran dos brazos menos para la brega. Sólo en Eladio encontraba atisbos de la ternura escatimada. Fue él quien le acompañó a Campomanes y a Oviedo y quien le tranquilizó cuando se lamentaba del costo de las intervenciones médicas. La

Diputación había corrido con todos los gastos. Por otra parte, no había vuelto a hablar con Jesús. No les permitieron compartir presencia. Pero cuando se cruzaban por el caminito de casa nadie podía evitar que sus ojos se enlazaran y se transmitieran su profunda confraternidad.

Se levantó y requirió la muleta, rudimentariamente hecha con un palo nudoso y un tope acolchado para apoyar el sobaco. Bajó lentamente. Su madre trabajaba con la *fesoria* en la *llosa*.

—Madre.

Ella levantó la cabeza, que cubría con un largo pañuelo negro, y se tomó un respiro. Luego caminó hacia él.

—Hoy te quitan la escayola.

—Sí.

—Luego tu hermano te llevará a Piñera para una sorpresa.

—¿Sorpresa?

—Sí. No me preguntes —dijo, llenando su rostro de mil arrugas al sonreírle.

Más tarde apareció Eladio. Venía en un carro tirado por un caballo. Montaron e iniciaron la traqueteante marcha.

—¿De dónde sacaste el carro?

—Ye del indiano. Prestolo gratis a padre.

—¿Don Abelardo? Si to el mundo dice que ye el rey de la usura...

—Pos ya ves. Mostrose *manudu*. Dios sabrá por qué.

Don Abelardo había estado en América y allí se le

escurrieron los años mientras ahorraba cada centavo hasta hacérsele hábito. Volvió con un fortunón cuando todos los parientes cercanos habían quedado descartados de este mundo. Se construyó una de esas casas con palmeras, esos árboles raros de tierras de playas y soles que, sin embargo, aguantaban bien el duro clima montañés. Había tomado una criada para él y un chofer para su flamante Citroën negro. De vez en cuando se llegaba a Oviedo e incluso a Madrid, pero la mayor parte del tiempo el coche descansaba en el jardín, siempre limpio y reluciente por el cuidado del empleado, mientras el anciano se hastiaba de ocio, acaso viendo desvanecerse sus recuerdos en el humo de los cigarros.

Ya en Oviedo en su segunda vez, ahora sin acoso de dolores, pudo admirarse de la ciudad, de su ruido, de sus edificios, de cómo vestía la gente. Era otro mundo nunca sospechado que le cohibió. Se veían muchos carros pero más automóviles. Altos árboles, no frutales, daban sombra a gente sentada en bancos de madera y que paseaba como si no tuvieran otra cosa que hacer. No vio huertas ni ganado. Era como si esas personas no necesitaran de lo que él creía la única fuente de vida. En el enorme hospital lleno de pacientes, que también le apabulló, le quitaron la escayola y los puntos. Los tiernos huesos quedaron perfectamente soldados y la herida había cerrado muy bien. No tendría cojera pero sí una larga cicatriz, cosa que no le importó porque quedaría oculta por el pantalón. Le frotaron una crema por toda la pierna y le dieron unos consejos.

Horas después, ya en Lena, Eladio dirigió el caballo hacia Piñera.

—¿Por qué vamos allí?

Su hermano no contestó. Paró el carro ante la iglesia. El párroco se les acercó y ellos le besaron la mano que no portaba el cigarro.

—Bien. Así que este hombrecito desea hacerse cura —dijo, las blancas manos cruzadas sobre su prolongado abdomen y soltando humo a tramos, con lo que José Manuel supo que ese era el castigo recibido de su hermano mayor en compensación por la paliza no recibida—. Escribí a la Diócesis de Oviedo y me contestó indicando que te han otorgado una beca para el Seminario Menor de Valdediós. Aquí está el escrito. El rector y el ecónomo tienen ya la solicitud. Te esperan allí. —Le miró rebosante de bonachonería y le puso una mano en el hombro—. Te felicito porque es muy difícil entrar. Lo mejor que podemos hacer en esta vida es ponernos al servicio de Dios.

9

Madrid, octubre de 1940

Cuando quieras mirarme y no me veas, habrás de mantenerte igual de afable pues nada de lo que hubo habrá cambiado.

RAÚL LOSÁNEZ

Andrés tenía una educación somera y ningún oficio definido. Era huérfano desde hacía años y predispuesto a la confraternización y a la alegría, aunque consciente de que en ocasiones no tenía libre licencia para tales demostraciones. Procuraba en todo momento hacer discreción de lo que se consideraba como defecto de nacimiento. No siempre lo conseguía y ello le hacía colectar torcidas sonrisas y comentarios vejatorios de algunos, incluso de aquellos que siendo amigos caían en el impulso de hacer la chanza hiriente. No conocía a nadie en la capital salvo a su tío Paco, hermano de su padre y oriundo de Algezares, su mismo pueblo murciano. Le había escrito para brindarle su casa y procurarle un trabajo seguro. No tenía hijos y con el apoyo de su mujer deseaba completar una familia con él. Nunca contó en demasía a la larga para nadie, salvo para Carlos, su misterioso amigo, al que conoció en el largo trayecto de Oviedo a Madrid en un vagón de tercera clase que iba hasta los topes. La proximidad y el bamboleo propiciaron que él iniciara su charla contagiosa y salpicada de chistes, logrando saltar la coraza de silencio del desconocido viajero aunque no sus confidencias. Al llegar a Madrid diez horas después, la noche en vela, habían puesto la simiente de su amistad. De eso hacía cuatro meses. Cuando Carlos dejó el trabajo en la estación siguieron viéndose con cierta frecuencia. Había estado varias veces en su casa y conocido a su tía Julia y a su primo, que le encantaron. Alfonso le impactó por su vitalidad y simpatía. En todo ese tiempo nunca vio en Carlos el chispazo de la suficiencia en su mirada abierta ni en su comportamiento. Era el amigo sin fisuras, dispuesto siempre a la ayuda. Pero aunque le tenía desalojado de secretos, ahora guardaba uno que creía debía mantener camuflado hasta circunstancias más favorables. Se trataba del amor encontrado al fin, ese amor ansiado durante su corta vida. Temeroso de su fragilidad, prefería dar tiempo a su consolidación antes de hacérselo partícipe y darle la sorpresa. Con sus compañeros de Contrata mantenía una buena relación a pesar de todas sus cautelas. Pero nunca imaginó el buen trato que le dispensaron el encargado y su hermano, y las posibilidades que se derivaban del mismo.

En realidad el grupo era más amplio porque había

otros mozos turnándose durante la noche, aunque no tenía casi comunicación con ellos por imposición del encargado. Trabajar, callar y cerrar los ojos: ése era el lema. Claro que a él le resultaba difícil no comentar las cosas con alguien. Lo hizo en los encuentros de las tabernas, cuando los peones que estaban en el ajo desahogaban temerosamente la tensión ante unos vasos de vino. Era entonces cuando los demás expresaban sus recelos sobre los encargados. Desde luego que eran estrictos y despedían en el acto al que no les cumpliera. Pero de ahí a que fueran peligrosos, o que hubieran eliminado a más de uno, había una gran diferencia. Decían que a un tal Gerardo no se le había vuelto a ver. Pues claro. Los despedidos se desvanecen Dios sabe en qué lugares. Tuvo cuidado de no participárselo a Carlos. Su amigo apenas hablaba, parecía haber abandonado en Asturias la capacidad de conversar. Nunca le hacía preguntas, aunque a veces había interrogantes en su franca mirada. Era como estar en un confesionario. Pero un día antes de dejar el empleo fue extrañamente explícito.

—Sobre tu trabajo en las noches. Tienes que dejarlo.

—¿Por qué? El que puede lo hace. No todos tienen esa oportunidad. Deberías estar conmigo.

—Déjalo, Andrés.

No le haría caso porque era absurdo. Como otras noches salió por la puerta número 5, la que daba frente a la calle Murcia, en el largo muro que se prolongaba por la calle Méndez Álvaro hacia el arroyo de Abroñigal. La verja estaba entornada porque a esas horas de la madrugada casi nadie cruzaba, sólo los de servicio nocturno. Pero durante el día el trasiego era grande, con salida de las mercancías, sobre todo la gran cantidad de pacas de paja. Y, destacando por su número, los productores de leche que a diario traían sus cántaras desde Alcalá, Arganda y otros pueblos, y causaban un enorme guirigay delante de la taberna Domínguez, un lugar grande donde realizaban las transacciones a los lecheros de la capital.

Andrés saludó al guarda jurado y fue a la taberna, que siempre mantenía un turno de guardia. Allí le esperaban los dos encargados con los que había quedado. Charlaron un buen rato en un rincón, él con alguna cautela porque quisiera o no algo se había adherido en su ánimo. Pero, cuando uno de ellos le entregó un sobre con billetes de veinticinco pesetas que sacó de un bolso de cuero, se le desvanecieron todas las inquietudes. Dijeron que era por su trabajo, que estaban contentos porque veían que correspondía a la confianza depositada en él y que, si mantenía la boca cerrada en beneficio de todos, podía estar mucho tiempo ganando un buen dinero. Se sintió importante y a gusto con ellos. La vida le estaba sonriendo en todos los sentidos. Hasta podría alquilar un piso para compartirlo con la persona amada.

Unos tragos más tarde salieron; él un poco achispado, como parecían estar los otros. Al rato notó que iban en dirección a la parte más oscura de Méndez Álvaro, donde se juntaban los viejos cementerios de San Nicolás y San Sebastián. Los camposantos ocupaban un gran terreno y sus lindes se adentraban en el enorme campo virgen que se perdía hacia el suroeste y que era atravesado, medio kilómetro más abajo, por las vías férreas que conectaban las estaciones de Atocha y Príncipe Pío.

Por el día la Metalúrgica Torras y la Sociedad Comercial de Hierros, próximas a las vías, generaban la actividad de sus cientos de obreros y empleados. Todo estaba lleno de vida. En las noches, sin embargo, era un enorme espacio degradado, tenebroso y poco recomendable. Los cementerios habían sido clausurados años atrás y demolidos en gran parte. Pero no había cercas y, entre los escombros y los nichos y tumbas que aún se mantenían, convivían grupos de gitanos y vagabundos que parecían seres de ultratumba.

—Te vamos a enseñar algo que ni te imaginas —le dijo el más alto, poniéndole un brazo sobre los hombros en un gesto amistoso.

—¿Qué es? —se interesó Andrés.

—Algo que descubrimos éste y yo. Es un secreto.

Avanzaron casi a oscuras hacia un panteón parcialmente demolido y sembrado de cascotes. No había nadie cerca, aunque sombras fugaces se adivinaban en las inmediaciones. El hombre alto llevaba en la mano una pequeña barra de hierro. Se situó detrás de Andrés y se la colocó en el cuello sin precipitación. Apretó con fuerza sin encontrar resistencia. Expertamente, ambos compinches desnudaron el cadáver, lo vistieron con un mono sucio de grasa que llevaban al efecto en una bolsa y lo echaron en el hoyo. Guardaron la ropa en la bolsa y se fueron.

10

Madrid, octubre de 1940

Debió de ser un muchacho muy joven, enardecido por la impaciencia y la fiebre, un muchacho que se anudaba el lazo ante el espejo y presentía la extinción.

MONTSERRAT CANO

El puesto de Policía situado en la estación de Atocha albergaba una Brigada Móvil para la vigilancia y la actividad criminal, y en ella actuaban miembros del Cuerpo Superior de Policía y del Cuerpo de Policía Armada, cada una dedicada a su función y dependientes ambas de la Comisaría del distrito de Mediodía. Su misión consistía en atender los diferentes incidentes que surgían en ese animado núcleo poblacional; destino, salida y paso diario para miles de personas y gran cantidad de mercancías. A veces atendían también casos producidos en el entorno de la estación, obedeciendo órdenes delegadas de la principal.

El inspector Blanco era un hombre maduro, delgado, de estatura media. Vestía con esmero un usado traje cruzado. Vivía solo y él mismo se lavaba la ropa y se la planchaba. Por las noches se cepillaba los zapatos y todas las mañanas se rasuraba. Intentaba mirar con altivez para camuflar su decepción por no haber podido llegar más alto en su carrera. Y todo por la República que, al depurarle durante nueve años, le robó su tiempo. Por eso odiaba tanto a los que participaron de ese régimen. Sabía que nunca podría dirigir una comisaría porque una hornada de jóvenes había tomado el relevo tras la Victoria. Además tenía pocos resquicios donde actuar porque los de Seguridad Interior y de Falange se apropiaban de casi todos los casos, incluso de los que siendo meramente civiles ellos convertían en políticos.

Cruzó la plaza por el centro en línea recta, sorteando el tumulto de carros tirados por animales, tranvías y viandantes, y pasó a la plazoleta de Sánchez Bustillo. Dejó a la izquierda la entrada principal del Hospital Provincial, también llamado Palacio de Sabatini, y se dirigió al de San Carlos, un enorme edificio que ocupaba el lateral oeste de la plazoleta y cuyo acceso general se hacía por la calle de Atocha. Buscó la parte trasera, justo al final de la calle de Santa Isabel. Un largo, alto y lúgubre pasadizo con acceso para carruajes unía las dos fachadas interiores del hospital. Parecía la antesala al más allá, como si las ánimas estuvieran en compás de espera. Había automóviles negros detenidos y gente vestida de oscuro con rostros de circunstancias. Subió los tres escalones situados ante una puerta de hierro abierta en el bloque de la izquierda. En la espaciosa sala de espera del Instituto Anatómico Forense unas personas esperaban los ataúdes con los cadáveres de sus familiares para llevarles a las pequeñas capillas y encomendarles que fueran recibidos en un mundo mejor o para acompañarles directamente al cementerio. Se identificó al funcionario.

—El director médico está ocupado. Tendrá que esperar a que termine.

—¿Dónde está?

—En la sala de Disección, con el jefe de Tanatología de la Escuela de Médicos. Están practicando una autopsia.

Blanco se hizo guiar hasta ella y miró a través del cristal de la ventanilla de la puerta de doble hoja. La sala era grande y en el centro un gran hueco dejaba ver lo que parecía un jardín. En la parte cercana al acceso había cinco mesas de mármol, cada una con un soporte del que colgaba un grifo conectado a un tubo de goma para el lavado de los cuerpos. Sobre una de ellas yacía un cadáver iluminado por una potente lámpara. Un hombre en bata verde con peto de hule, gorro ajustado y manos enguantadas daba explicaciones a un grupo de unos veinte jóvenes —supuso que alumnos de Medicina Legal y también en peto pero con batas negras— que se agolpaban en unos bancos corridos y escalonados. Otro hombre de verde miraba hacer al primero. Blanco volvió al despacho. Tiempo después apareció el hombre de verde que miraba. Blanco le saludó sin quitarse el sombrero. Había visto muchas películas americanas y los policías nunca se descubrían. Además le daba la importancia necesaria a la autoridad que representaba.

—Al fin la policía. Al hombre hay que enterrarle ya.

—La notificación llegó hoy a la Brigada.

—La otra vez vino otro agente.

—Inspector —corrigió Blanco—. Estoy al mando del puesto.

—Venga conmigo.

Salieron al tenebroso callejón y entraron en el depósito de cadáveres situado en el bloque de enfrente. Bajaron al sótano, medianamente iluminado. En un extremo había varios cajones de madera vacíos.

—Qué frío hace aquí. ¿Cómo lo consiguen?

—Hielo.

—¿Qué olor es éste?

—¿No ha estado nunca en una morgue?

—No —dijo Blanco, después de dudar. No quería parecer inexperto pero si afirmaba quedaría como un ignorante.

—Desinfectantes. Entre otros usamos mucho formol. No sólo permite una asepsia total de la sala sino que es fundamental para retrasar la descomposición de los cuerpos.

En una mesa de mármol había un bulto tapado con una sábana. El médico se puso unos guantes de goma, encendió un gran foco encimado sobre la mesa y apartó la tela. El cadáver tenía algunas partes corroídas y mostraba un color verdusco. Debió de haber sido joven por la textura del cuerpo y los rasgos faciales. Tenía algunas incisiones y le faltaban porciones de carne en los muslos. Blanco miró al forense.

—Perros —dijo el médico—. Habían comenzado a devorarle. Al otro casi lo hicieron.

—¿Qué otro?

—El encontrado hace unos meses en el mismo lugar, según ustedes. Esos cementerios. No me diga que no lo recuerda. No hace tanto tiempo de eso. Estaba muy descarnado. Hicimos el informe.

—Pues la verdad... Seguramente estará en la Central —dijo Blanco intentando evadirse de la imagen de ineptitud que proyectaba—. ¿Por qué lo trae al caso? Aquí llegarán muchos muertos por causas diversas, indocumentados la mayoría.

—Vea. —El médico señaló un gran moratón en el cuello—. Aquí. Tiene hundida la tráquea.

—¿Un accidente?

—No. Un golpe accidental afecta normalmente a la nuez, la parte saliente del cartílago tiroideo. La presión mortal que refleja el cuello es más abajo, en el gaznate. No hay huellas de dedos pero sí de óxido. Este hombre fue asesinado. Debieron estrangularlo con algún objeto de hierro. Exactamente como al otro que no recuerda. —Se acercó a una repisa y cogió un papel—. Tenga el informe. En él está todo detallado.

Blanco se inclinó y miró el rostro del muerto. Había visto muchos en los campos y en las carreteras. Los ojos de ese hombre desconocido estaban abiertos y en vez de tener un velo neblinoso mostraban un color celeste limpio. Estuvo mirándolos un rato como si una fuerza misteriosa se desprendiera de ellos y le reclamara.

Blanco llegó a la comisaría del distrito de Mediodía, situada en la calle de Tres Peces, en pleno barrio de Lavapiés. Era un vetusto edificio de tres plantas con la fachada saliente sobre la línea, haciendo más estrecha la calzada. La planta baja y la primera estaban alquiladas por las fuerzas del orden al casero, que vivía en la segunda planta. Junto a la entrada una fuente de hierro vertía agua de manantial. Blanco bebió de ella porque decían que era buena para los riñones. Luego saludó al guardia de la entrada, subió los dos escalones y golpeó la puerta del despacho del jefe situado a la izquierda de la planta baja. La oficina era grande, suma de dos habitaciones una vez tirado el tabique medianero. Una luz matizada entraba por las dos ventanas enrejadas. El comisario estaba enfermo desde hacía tiempo, al menos eso se decía, y quien ostentaba el mando era Perales, el inspector jefe. Era un tipo de ojos de halcón que parecía haber salido del pincel de Alex Raymond. Impecable en su traje cruzado de buen paño y excelente corte. Blanco se preguntaba, siempre que le veía, de dónde sacaría los dineros para ese vestir diferenciado cuando bien parcas eran las asignaciones para el personal policial. Sin duda que tendría quien le lustrara los zapatos, no como él. Además, fumaba cigarrillos Camel con profusión, un lujo en esos tiempos en que el tabaco, como casi todo, estaba racionado. Aferraba una palmeta en su mano derecha como si fuera un cetro. De vez en cuando la abatía sobre una mosca que indagaba sobre la mesa, a veces sobre un grupo de ellas, en un gesto que la reiteración hacía mecánico. Luego movía la palmeta hasta el borde, barriendo los cuerpos aplastados hacia una papelera.

Blanco se quitó el sombrero porque con ese tío no valían otras consideraciones que la rigidez ordenancista. A él no le gustaba el tuteo, empleado con total falta de respeto durante la República. En esos años cualquier gaznápiro llamaba de tú a todo el mundo con la mayor desvergüenza. Los nacionales habían traído la necesaria diferencia de clases. Se acabó el que todos fueran iguales, porque era un disparate. Un obrero nunca podría ser igual que un hombre con carrera. Él participaba de esa diferenciación y, además, le gustaba ver en la gente la intranquilidad, a veces temor, cuando les decía que era policía. Eso estaba bien. Pero Perales, que pertenecía además al Servicio de Seguridad Interior, era demasiado extremoso con las jerarquías. Nunca al menor resquicio donde pudiera colarse algo parecido a la confianza. Siempre una pared por delante entre él y los demás. Ninguna vez le ofreció asiento ni compartir sus cigarrillos americanos, y menos preguntarle sobre cuestiones distintas a lo policial. No era peor que otros en ese aspecto, porque, con buena o mala salud, el comisario era prácticamente inabordable, tan lejano que parecía no existir. Y qué decir del jefe superior de Policía, tan inaccesible como Franco.

—¿Qué ocurre, Blanco? ¿Qué coño le pasa?

—Disculpe, jefe —dijo, bajando velozmente de las nubes y poniéndose tieso—. Quisiera hablarle del muerto encontrado hace unos días en los restos del cementerio de San Nicolás.

—¿San Nicolás? ¿Qué cementerio es ése?

El subordinado se contuvo de exponer su sorpresa. Si señalaba la ignorancia, el otro lo tomaría como afrenta y se lo haría pagar caro más tarde por cualquier motivo.

—Sí, jefe —dijo, compadreando—. El que estaba por Méndez Álvaro, abajo. Hace años que fue derruido pero todavía quedan nichos entre los escombros.

—Ya sé, ya sé. Siga.

—Hicimos el informe, que luego enviamos a esta comisaría. He traído una copia para no perder el tiempo.

El inspector jefe cogió el informe con la mano izquierda y empezó a leerlo, mientras levantaba la mano derecha y la dejaba quieta en el aire, sin dejar de mirar el papel, como si tuviera la visión de un camaleón. De repente abatió el mosquero sobre la mesa, sin dar tregua al díptero. Lo barrió sin mirar y volvió a colgar el brazo del aire.

—Muy eficiente —dijo, taladrándole con la mirada. Luego comentó—: ¿Qué pasa con este muerto? Son muchos los que tenemos. El informe es incompleto. No pone su nombre.

—Como ha podido leer, no llevaba ningún documento que lo identificara. Joder, jefe. ¿Ha estado en una morgue alguna vez? —dijo, sin poder contenerse, aunque se arrepintió al momento cuando miró sus ojos.

—¿Qué mierda de pregunta es ésa?

—Quise decir que si recuerda cómo son esos depósitos. Dan escalofríos.

—Déjese de gilipolleces. ¿Dónde está el informe del forense?

—Aquí lo tiene.

Perales leyó y volvió a bajar el brazo. Plaf. De repente se escucharon gritos de dolor procedentes de los calabozos situados justamente detrás, en el patio. Torturas. Los desgraciados que pasaban por allí, a veces hasta ocho hacinados en cada celda, eran llevados posteriormente a la Dirección General de Seguridad.

—¿Qué le ocurre? —dijo el inspector jefe, mirándole—. Se ha quedado como su apellido.

—No me pasa nada.

—¿Le afectan esos gritos?

—A nadie le gusta oír sufrir a la gente. Pero supongo que los agentes estarán cumpliendo con su cometido.

—Usted lo ha dicho. Muchas veces nos vemos obligados a ejercitar la dureza para cumplir con nuestra misión, que es la de mantener la paz. ¿Vio esos calabozos?

—Una vez.

—¿Qué le parecieron?

Blanco había estado en esos calabozos en una ocasión en que sorprendentemente estaban vacíos. Eran dos, de unos seis metros cuadrados con un escaño de cemento alargado y un agujero en un rincón del suelo para las evacuaciones. No había ventanas ni luz eléctrica. La puerta, de madera sólida, tenía un ventanillo que permitía pasar el aire. El piso y las paredes eran de cemento. No quiso volver a verlas porque le fue insoportable el olor mezclado de sudor, humedad y excrementos que despedían. En el aire se sentía el sufrimiento y el llanto, todo el dolor humano. Las paredes, de color indefinido, tenían manchas de sangre e incluso apenas perceptibles tiras de carne secas.

—Por su gesto entiendo que le impresionaron. Igual que a mí. Es la huella de los rojos, no nuestra. Aquí llevamos sólo unos meses. Quizá no sepa que durante la guerra hubo en Madrid sesenta y cinco mil muertos en retaguardia, la mayoría por responsabilidad de la canalla marxista. De ellos, más de diez mil asesinatos, muchos correspondientes a «sacas» y otros sin aclarar. ¡Cuántos de ellos habrán pasado por esta comisaría! Con esas paredes y ese suelo que no hemos querido pintar. Es el testimonio de lo que encontramos al hacernos cargo. Y eso lo hicieron gentuza como la que ahora grita. ¿Le sigue pareciendo desagradable?

Blanco no respondió. Sabía que el otro mentía porque había muchas huellas recientes, y agentes de la Armada, como el Fraile, a los que se tenía verdadero pavor en el barrio por sus métodos. Además, en las comisarías no se maltrataba a nadie durante la República. Los guardias de Asalto no torturaban. Lo hacían los milicianos en las checas, en las cárceles y en sótanos de Asociaciones, aunque no eran tormentos físicos, porque su obsesión era fusilar a cuantos fachas y reaccionarios activos pudieran, de los numerosos que atrapaban bajo denuncias. La tortura de aquellos desgraciados no era menor, acaso más tremenda por ser mental, el miedo a saber si citarían su nombre en cada amanecer. Pero eso no dejaba rastros sangrientos en las paredes. Blanco se preguntó de dónde sacó Perales los datos. Estaba demasiado cercana la guerra como para tener una evaluación de los daños sufridos por una población cerrada para los nacionales durante tres años. En cualquier caso, muchos de los muertos los causaron los bombardeos y no sería justo cargar a los republicanos todos los homicidios habidos. Los quintacolumnistas alguna culpa tuvieron al respecto, como otros desconocidos sin fundamentos políticos.

Perales llamó a un guardia.

—Diga a los del calabozo que paren un momento.

—Miró a Blanco mientras el agente salía—. Esta comisaría es una mierda. Todo se oye, hasta los pedos del casero. —Movió la cabeza con irritación—. Dicen que harán una comisaría como Dios manda aquí al lado, en Escuadra. Tienen el solar y los planos. Sólo hace falta el dinero, lo principal. No sabemos cuánto tiempo estaremos aquí, jodidos. —Suspiró—. Volvamos al asunto. ¿Qué tiene de especial este muerto para que perdamos el tiempo con él?

—Hubo otro hombre que aparentemente murió de la misma forma hace meses, también encontrado sin documentos y sólo con un mono. Se le calificó como «muerto por causa desconocida». Ahora sabemos cuál fue la causa. Vea el informe que hicimos entonces con base al del forense.

El jefe cogió el papel pero no lo miró.

—Diga lo que tenga que decir y no se ande por las ramas.

—Según los datos, era la primera vez que aparecía un cadáver así en el cementerio. Y ahora tenemos al segundo, que sepamos.

—Creí que era en los cementerios donde se encuentran los cadáveres —dijo Perales lleno de frialdad—. Y más en estos tiempos.

—Enterrados, incluso los fusilados —contestó Blanco, procurando hacer racional su discurso pero sin caer en el didactismo—. No tirados en un foso de cualquier manera, sin rastro de disparos, desnudos dentro del mono.

—¿Qué le sugiere eso?

—Que el asesino se llevó su ropa y el calzado y luego le puso el mono para desviar sospechas. Pero nadie va sin calzoncillos. No podemos saber cómo era el mono del anterior. No hay detalles. Pero el de ahora no era suyo porque le estaba grande. Y aunque grasiento, el hombre no era mecánico.

—¿Quiere decir que era un hombre de bien?

—Le miré las manos. No tenía huellas de grasa. Era un obrero de otro ramo.

El jefe extremó su mirada sobre Blanco.

—Por tanto —señaló—, y según sus datos, podríamos afirmar dos cosas sin equivocarnos: que no es uno de los nuestros y que sería un rojo. No podemos perder tiempo en averiguar quién mató a uno de éstos cuando los estamos persiguiendo. Seguramente lo habrá matado un amigo en una disputa de taberna.

—Tengo el mismo concepto que usted de esa gente. Pero puede que estemos ante un asesino, digamos, reincidente. Eso trasciende de ideas previas. Si pudiéramos hacer algo en lo poco que nos dejan los políticos, los policías podríamos distinguirnos y mostrarnos ante la sociedad que no estamos sólo para mantener el orden sino para perseguir a los criminales de cualquier tipo.

El comisario sabía de qué pie cojeaba su subordinado y por eso le sorprendió lo que parecía un intento de entrar en un camino diferente a sus atribuciones. Le miró y quiso hacerle bajar de las nubes.

—Su misión es la vigilancia en la estación y la persecución de las faltas y actividades criminales. Este cadáver se sale de su competencia porque no estaba en la estación.

—La orden para que interviniéramos fue dictada por

el comisario jefe, supongo que por la cercanía. Nos limitamos a cumplir instrucciones.

—Ya ha cumplido. Esto es un trabajo para la Brigada Criminal. Lo mío es la captura de rojos, que son los elementos nocivos para la sociedad. No sé por qué me trae este cuento.

—Quizás ese presunto asesino sea un rojo. La investigación, de tener éxito, tendría una gran repercusión en lo criminal y en lo político. Vea: un asesino rojo en serie.

El comisario retiró la mirada de Blanco, abandonó la palmeta y el sillón y se acercó a la ventana. Sacó una pitillera dorada, eligió un cigarrillo y lo prendió pensativamente. Luego volvió a su mesa y se sentó, invitando a Blanco que hiciera lo mismo, lo que supuso una enorme sorpresa para el subalterno. Estuvo escribiendo pulcramente sobre un folio con su pluma estilográfica Waterman negra y con plumín dorado. Luego alzó la mirada.

—Vuelva al depósito y haga unas fotografías del rostro del muerto. Me las trae. Hablen con los que encontraron el cuerpo y con otros que vivan en esos cementerios. Quizás alguno haya visto algo que nos sirva. Vayan también a los talleres mecánicos de la zona, enseñen la foto, pregunten si echaron a faltar a alguien.

11

Valdediós, Asturias, septiembre de 1928

Ad primos ictos non corruit ardua quercus. (La fuerte encina no cae nunca con los primeros golpes.)

SÉNECA

El Alto de la Campa destacaba desde hacía varios kilómetros, unas veces enfrente y otras a la derecha. No era más alto que los picos de su tierra, pero estaba muy cerca de la carretera y a José Manuel le pareció un vigilante que espiara sus movimientos. Más adelante, a la izquierda, en un valle profundo y exuberante vio el Monasterio de Valdediós. Surgía en medio de la naturaleza encrespada de verde como si hubiera caído del cielo. Quizá fuera así porque alguna señal celeste debían de ver los que lo habitaron en los antiguos tiempos para darle tal nombre; es decir, Valle de Dios.

José Manuel, en el pescante del carro, miró el lugar

donde iba destinado. No dejó de hacerlo mientras descendían lentamente por la sinuosa y estrecha carretera. Más adelante tomaron el sendero entre un bosque de castaños, cruzaron el río Valdediós y los viejos muros se les acercaron. El largo viaje desde Pradoluz tocaba a su fin y él empezaría una nueva vida en algo desconocido. Estaba lleno de preguntas, que no le permitieron formular, pero no le agobiaba la desazón. A su lado su hermano Eladio, que conducía el carro y que apenas le habló durante el trayecto, no porque no quisiera hacerlo sino porque era mozo de escasas palabras, además de que ignoraba todo lo relacionado con el mundo de los curas. Ahora le miró y le guiñó un ojo, lo que en él significaba una oferta de ánimo.

Eladio detuvo el caballo ante la entrada del monasterio. La mole pétrea estaba llena de silencio y de misterio, como si hubiera sido abandonada. José Manuel miró en torno. No se veía un alma en el valle. Un pequeño bosque esquinado y una cuidada pumarada desafiaban la soledad del convento y la iglesia adyacente. No muy lejos, un riachuelo recogía los parpadeos del sol. Eladio se bajó del carro, se acercó a la puerta y golpeó la aldaba. El sonido se extendió por el aire limpio como si fuera un eco. El cielo empezaba a abrumarse de sombras allá lejos, por el este, como si algo ominoso viniera a apoderarse del paisaje. Pero las viejas piedras mantenían un color dorado, como invitando a un futuro esperanzador.

Lo había intentado con Eladio cuando fueron a Oviedo.

—Quiero que padre me escuche.

—¿Para qué, ho?

—Sobre la cueva del tesoro.

—¿Qué contarás?

—Creo que allá había algo.

—¿Viste el tesoro?

—No sé qué vi.

—No viste nada, hermano. Lo inventas para no marchar donde los curas.

José Manuel miró a su hermano, las lágrimas pugnando por desparramarse.

—Sí lo vi. Fuera algo diferente al lugar. Un brillo.

—Padre estuviera allá con el tío durante meses, y otros antes que ellos. —Movió la cabeza—. Aunque vieras algo no sería el tesoro. No hay tal cosa. Ye una locura. Padre no te dará oportunidad de contarlo. Acepta las cosas como son. Será más fácil.

Fue a despedirse del maestro. Don Celestino era un hombre acosado de delgadez, con el cabello nevado. Tenía una nariz larga sobre la que se habían aposentado unas gafas grandes, con cristales que parecían lupas. Llegó hace años de lejana tierra y había sido un remanso de bondad tanto para él como para todos los guajes. Jamás una voz destemplada o un gesto impaciente, y menos un coscorrón. Siempre llevaba el mismo traje gastado y puede que la misma corbata negra, como si hubiera nacido con ellos. Le hizo pasar al húmedo despacho, lugar que a él siempre le imponía. Tenía algo de sagrado por la gran cantidad de libros y mapas que revestían las paredes y que creaban una atmósfera de gran sabiduría. Le dijo que se sentara y le volvió la espalda mientras limpiaba sus gafas. Siempre procedía del mismo modo. Por eso nunca le vieron los ojos y durante mucho tiempo la chavalería creyó que no tenía y que eran las gafas las que le daban la visión.

—¿Por qué quieres ir al seminario? —preguntó, ya de frente a él.

—No quiero ir. Me mandan.

—Es un lugar difícil. Aprenderás muchas cosas pero no todas te servirán.

José Manuel notaba que deseaba decirle algo, pero su prudencia lo impedía. Le hizo varias recomendaciones generales. Luego se levantó y le dio la mano.

—Vivirás solo, de ti y contigo mismo. No tendrás más ayudas de las que tú puedas darte. No te acomplejes de temores ni vaciles en expresar tus cuitas con firmeza de ánimo. Los profesores somos hombres como tú, aunque tengamos más edad. Y si un día sientes que no puedes seguir, no aguardes al desprestigio de que te expulsen. Hay otros caminos en la vida. Escríbeme siempre que puedas.

Una parte de la gran puerta de madera se abrió y apareció un hombre de edad indefinida aunque más joven que su padre. Alto, huesudo, con cabello muy corto y barba como la que llevaban los frailes que a veces veía caminar por sus pueblos. Una sotana negra absorbió todas las luces pareciendo que el cuerpo se le disolvía en la penumbra que tenía a su espalda.

—Soy el padre Lucas, el encargado de tu educación. Te esperaba. Tus compañeros del primer curso ya llegaron todos. Eres el último —dijo con amabilidad, dándole la mano para que se la besara, pero José Manuel notó que en su ánimo se colaba una incipiente zozobra.

Pasaron los tres a la gran sala de recepción y subieron la escalera de piedra. En el primer piso entraron en los dormitorios; una sala grande rectangular con algunas ventanas altas. Las camas de hierro estaban situadas a lo largo de las paredes, separadas por tabiques de paja prensada de unos tres metros de altura, con una cortina a la entrada. Eran como celdas sin techo. Muy arriba, el cielo raso apenas se apreciaba. En medio de la sala se asentaban las taquillas de madera, una larga fila doble que impedía la visión desde las camas de un ala a las de enfrente y cuyas puertas se abrían delante de cada cubículo. José Manuel se preguntó dónde estarían sus ocupantes porque no había nadie. La cama que le asignaron estaba vacía, los alambres del somier al aire. Eladio subió el colchón que trajeron en el carro y le ayudó a preparar el lecho con sábanas y cobertor, siguiendo las instrucciones de don Lucas. Luego le dijo cómo colocar en el armario el otro juego de sábanas, los dos calzoncillos, los pares de calcetines, camisetas, pantalones, pañuelos, zapatos, toallas, las dos sotanas para quita y pon y los mandilones, cosas que su hermano sacó de las dos maletas de cartón que transportaron en el carro. También su equipo de mesa: vaso de aluminio, y tenedor, cuchillo y cuchara de un metal brillante. Nada que ver con los cubiertos que usaban en la aldea. Más tarde supo que pertenecieron a don Abelardo. José Manuel nunca había dormido en sábanas y tampoco tuvo esa ropa, que aparecía a sus ojos por vez primera y que tendrían que enseñarle a ponerse, sobre todo los zapatos. Ignoraba quién había proporcionado todas esas cosas porque la familia nunca podría haberlas comprado. El carro y el caballo que les sirvió de transporte eran los mismos que usaran para ir a Oviedo cuando lo de su pierna escayolada; o sea, propiedad del señor Abelardo. Esa extraña generosidad quizá se debiera a indicaciones del cura de Piñera. El indiano era uno de los más ricos de la zona pero, salvo las dádivas a la parroquia de la que era el mayor contribuyente, de su puño cerrado no salía ninguna ayuda para nadie que no pudiera ser recobrada con beneficios. Por ello resultaba digno de consideración el gesto de dejarles el carro, y más cuando vino a despedirse de él y le dio la mano, lo que le llenó de perplejidad.

—Te presentaré al vicerrector —dijo el padre Lucas—. Quiere darte la bienvenida.

Les condujo a un cuarto grande, con sombras por los rincones. Un hombre alto se destacó y se puso frente a él sin mostrarle los ojos. Nunca olvidaría sus palabras.

—Puedes llegar a ser uno de los elegidos. No es fácil serlo. Tendrás que estudiar mucho y obedecer lo que te diga tu profesor encargado. Siempre.

Cuando Eladio se despidió, notó que algo se le rompía. Le habían dicho que pasaría mucho tiempo antes de volver a ver a su familia, a sus amigos, a su querido Jesús, a su pueblo. Quizás años. Cuando le abrazó notó el golpeteo de su pecho, el crujir de sus músculos, el olor de su cuerpo trabajado. Su hermano más querido. Le vio subir al carro y marchar, rehuyendo mirarle a los ojos. Sintió un impulso imparable. Salió corriendo y de un salto se subió al pescante. Eladio detuvo el caballo. Había muchas cosas en su mirada.

—Bájate. Ties que hacer lo que te manden.

—Me escaparé.

—¿Adónde irás? A casa no puedes volver. Adriano ye el moirazo. Ni él ni padre quieren te ver allá. Además, no ye malo venir al seminario.

—¿Tú vinieras?

—Si tuviera tu edad puede que me gustara. Pero no ye fácil entrar —dijo con palabras arrastradas, tras una pausa—. Creo que ye lo meyor para ti. No tendrás que trabayar la tierra, ni apacentar las *roxas*, ni segar la yerba con la *gadaña*, ni ir a la mina, ni a la mili. No pasarás *fame* nunca. Serás hombre sabio y cuando llegues a cura vivirás muy bien. —Puso una sonrisa amarga en sus labios—. Así que baja y manda tu pena al *cuchu.*

Bajar. Miró al suelo y vio un enorme espacio, como si se hubiera hundido a una distancia incalculable. La hierba había desaparecido y todo estaba negro.

—Vamos, hermanín —oyó decir a su hermano.

Cerró los ojos. Cuando los abrió la hierba estaba a su normal distancia. Saltó del carro y le vio alejarse. Un poco antes de coronar la cuesta, Eladio se volvió y agitó una mano. José Manuel entró en el monasterio desde donde el padre Lucas no dejaba de mirarle. Luego la puerta se cerró ante sus ojos y el sonido se enredó durante largos segundos por la inmensa sala.

12

Madrid, noviembre de 1940

Me vi,
me vi por la espalda,
hasta que no quedó nada de mí.

MARINA OROZA

Carlos salió del gran edificio que albergaba la editorial Espasa Calpe, al término de la jornada. Eran las ocho de la tarde y había anochecido hacía tiempo. Cogió el metro en Ríos Rosas. Durante el trayecto volvió a leer la carta recibida y cuyo remite era de la casa donde vivió el desaparecido Andrés. En el papel rayado ordinario, la escritura desigual y con fallos ortográficos decía: «Madrid, segundo año de la Victoria. Estimado señor Carlos. Deseamos que al recibo de ésta se encuentre bien de salud, nosotros bien gracias a Dios. Como sabe guardamos las cosas de Andrés, que lleva tanto sin aparecer.

Nos gustaría que viniera para ver si encuentra algo que le pudiera ayudar en su búsqueda. Puede venir por la tarde. Que Dios le guarde muchos años. Viva Franco. Arriba España. Francisco Espinosa.»

Había estado allí con Andrés varias veces, la última, un mes antes, cuando su ausencia empezó a ser inexplicable. Una casa de una planta, casi una chabola, con una pequeña huerta delante. El hombre trabajaba en el ferrocarril, en el mantenimiento de las vías. Días después de llegar de Asturias, Andrés le llevó con él y le presentó, y fue quien les colocó en las Contratas. El matrimonio era de una bondad extrema, derrochadores de atenciones. Siempre que iba le obsequiaban con un desbordado cocido y un buen trozo de blanca hogaza, traída del lugar de trabajo como otras provisiones, tras pasar por ojos que miraban hacia otro lado. No podían ocultar su consternación por la desaparición de su sobrino.

También había estado en la estación.

—¿Cómo voy a saber dónde está tu amigo? —le dijo el encargado de la contrata—. Aquí venís y nadie os pregunta. No hay nóminas ni contratos. Sois libres de iros cuando os salga de los huevos, como nosotros de echaros. Sabes cómo funciona esto porque estuviste aquí. Él dejó de venir. Simplemente.

Había buscado en los hospitales, comenzando por el de Ferroviarios, situado en un lateral de la estación. En todos facilitó su nombre y descripción. El personal de recepción no encontró en sus registros a nadie que se le pareciera. En el depósito de cadáveres le dijeron que siempre llegaban algunos sin identificación que, al no ser reclamados por nadie, se enviaban a enterrar en fosas sin nombres, tarea a cargo del Ayuntamiento. Quizás Andrés fuera uno de ellos.

Descartó ir a la policía. No quería tener el menor trato con ella porque siempre hacían demasiadas preguntas, indagando más en la vida de los denunciantes que en las de los desaparecidos. Y eso no le convenía por su pasado, que invitaba a los vigilantes del nuevo orden a comportarse con reticencias. Recurrió a Alfonso, quien pareció tener un desmedido interés en el asunto, como si le fuera algo en ello, lo que le hizo mirar a su primo bajo otra consideración, descubriendo en él un fondo de solidaridad que no sospechaba. Dijo que encomendaría las pesquisas a algunos de sus camaradas y que no pararía hasta que apareciera. Pero al presente seguía la gran incógnita.

Se apeó en la estación de Puente de Vallecas, la última de la línea, y caminó por la larga avenida del Monte Igueldo. Era una de las arterias principales del Puente, a pesar de ser estrecha y con las mismas casas de humilde construcción. Estaba débilmente iluminada y cruzaba callejuelas más oscuras. De día siempre había grupos de vecinos charlando en las esmirriadas aceras y pasaban carros tirados por animales, esporádicos coches y mucha gente deambulando, pero en esas horas el frío nocturno disuadía a los aficionados al aire libre. Aunque pegado a Madrid y estirándose para no desmerecer de la gran ciudad, el Puente de Vallecas era un municipio independiente y tenía las hechuras de cualquier otro pueblo de la provincia.

Al girar en la desierta calle Hachero, dos sombras fornidas se le acercaron por detrás, una a cada lado. Llevaban boinas caladas y los cuellos de los chaquetones alzados. Uno de ellos le puso algo duro en la espalda.

—Haz lo que te digamos o te pego un tiro.

Cruzaron la avenida de Entrevías, y pasaron por el túnel bajo las líneas ferroviarias. Salieron al inmenso campo deshabitado con huertas lejanas, hundido en la oscuridad salvo por unas débiles luces en el barrio del Japón. Bajaron el terraplén, cruzaron el ancho arroyo de Abroñigal, cauce natural hacia el Manzanares para avenidas de agua e inundaciones pero seco casi todo el año, y subieron el terraplén del otro lado. Estaban al final de la calle Méndez Álvaro, también cubierto por la penumbra. Carlos había reconocido a sus aprehensores. No sabía adónde lo llevaban pero no esperaba nada bueno de ellos. Caminaban por un sendero terroso, ninguna vivienda en esa zona. A veces se cruzaban con bultos embozados como fantasmas. A la izquierda, camino de Atocha, le hicieron pasar a un solar. Apreció con sorpresa que había muchas tumbas y cruces derruidas. No sabía que allí hubiera un cementerio. De repente sintió que le pasaban algo por el cuello y que apretaban. Un hierro. Lo estaban ahogando. Con la mano izquierda frenó la presión mientras que con la derecha buscó la entrepierna del agresor. Apretó los testículos del otro fuertemente. A punto del ahogamiento, el hierro se soltó mientras el hombre gritaba de dolor. Carlos tosió y recobró el aliento. Vislumbró al otro individuo enarbolando otra barra. Le golpeó con fuerza en la cara con el puño, lanzándolo a tierra. Se volvió, pero ya la primera barra descendía sobre su cabeza. Recibió el impacto y cayó al suelo, notando que sus fuerzas le abandonaban. No tenía salida. En la distancia profunda oyó hablar a sus atacantes y sintió que le quitaban la ropa. Luego se rindió a la oscuridad.

13

Valdediós, Asturias, septiembre de 1928

Imperare sibi maximum imperium est.
(El gobierno más difícil es el de uno mismo.)

TERENCIO

Un sonido desconocido e irritante se introdujo en los oídos de José Manuel. Caminaba por la cueva del tesoro y el sonsonete le confundía. Luego hubo otros ruidos extraños. Despertó lentamente, desorientado. Todo estaba a oscuras aunque se apreciaban luces titubeantes más allá de la pared. No reconocía el lugar. Poco a poco recordó dónde se hallaba e identificó el tañido de una campanilla. Bajó de la cama enredándose en el pijama y cayó al suelo de húmedas baldosas. Nunca había usado esa prenda y desde ese momento consideró que era un estorbo. Hacía frío. Se calzó las alpargatas sin reparar en las zapatillas, objetos tan extraños como casi todo lo demás, y de su taquilla sacó un trozo de jabón. En algunos lugares había candiles que aportaban una luz fantasmagórica. Torpemente salió al pasillo y se situó en la fila de chicos, algunos tan inseguros como él y casi todos con una especie de perola blanca con asa en las manos. Antes de interpretar el significado, oyó:

—Eh, rapaz, tu orinal —dijo el encargado. José Manuel le miró sin entender—. Debajo de tu cama, el recipiente que has usado de noche para hacer tus necesidades. Cógelo y haz como los demás.

José Manuel recordó que el día anterior se lo habían indicado. Para él era un nuevo descubrimiento. Nunca había visto ninguno y no entendía su necesidad. En casa dormían en jergones sobre el suelo y no era habitual que nadie se levantara por las noches. Pero el que lo hacía se iba a la parte trasera a resolver.

—No lo usé —dijo—. No lo necesito.

—Está bien. Pero si lo usas ya sabes que debes lavarlo.

Llegó a la sala de lavabos corridos y esperó su turno, viendo lo que hacían los otros. Todo era tan nuevo como si hubiera surgido de la varita de un mago, esos que iban por las aldeas los días de feria en carromatos y traían las fantasías que había más allá de los montes. Después de lavarse la cara con el agua helada bajó para defecar. Buscó la salida, juntándose con otros.

—¿Adónde vais? —preguntó un profesor.

—A cagar.

—Podéis hacerlo arriba, en los retretes. Venid, os lo enseño.

Subieron tras él. Cerca de los lavabos había una fila de puertas que no llegaban al suelo. Dentro, en el centro de un espacio individual, destacaba una especie de banco blanco con un gran agujero. José Manuel había usado uno igual en el hospital de Oviedo y no participó de la sorpresa de los otros novatos.

—Os sentáis, lo hacéis, os secáis con un papel de cuaderno, que pondréis luego en ese cubo. A continuación debéis tirar de esa cuerda que cuelga.

Entraron los primeros y José Manuel esperó pacientemente. De pronto uno de los chicos salió despavorido.

—¿Qué ocurre? —preguntó el cuidador responsable.

—Tirara de la cuerda y oyera un ruido tremendo. La cosa ésa iba a caérseme encima.

—No seas bruto. Es el ruido del agua al caer de eso que llamas cosa y cuyo nombre es cisterna.

José Manuel, ya evacuado, volvió al cubículo para cambiar el pijama por ropa que nunca tuvo, lo que le llevó más tiempo que a los demás y dio lugar a que el alumno mayor apareciera para recordarle que había que despabilar. Bajaron en recua a la iglesia, un recinto grande lleno de bancos en línea donde los alumnos se iban colocando por orden. En las filas de delante, los de los cursos superiores; en las últimas, los recién llegados para el primer curso, los más numerosos. El lugar estaba iluminado por velas, aunque las primeras claridades entraban ya por las altas vidrieras. Era el tiempo para la meditación, que el padre espiritual dirigía. ¿Qué era eso de la meditación? ¿De qué hablaba el padre, en su pausada perorata? No entendía nada. Ellos permanecían arrodillados con la cabeza inclinada entre las manos, mirándose de reojo y transmitiéndose su incomprensión. Sin poder evitarlo pensó en su pueblo y en su familia.

Cuando todos los de Pradoluz se enteraron, vinieron a admirarle. Porque no eran exactamente felicitaciones lo que aparentemente recibía sino miradas de envidia.

—¡Qué suerte!

—¡Felicidades, guaje!

—¡Ojalá pudiera ir el mío fiyo!

Estaba asombrado. Parecía que todos querían que sus hijos fueran curas. No lo entendía porque no recordaba que alguien del pueblo lo hubiera sido. Se lo preguntó a su madre, que tenía los ojos llorosos como cuando murió la abuela y cuando se ahogó su hermano.

—Nadie del pueblo, ni de esta casa. Dios escuchara mis rezos.

—¿Por qué, madre? ¿Por qué quiere que sea cura?

—Ye lo más grande que puede ser alguien. Más que ingeniero, más que dueño de una mina. He rezao porque eres el más débil de tus hermanos, no vales pa las faenas del campo y la huerta. Pero eres el más listo, el que puede llegar a ser algo en la vida. Somos probes. Aquí sólo serás un peón, un obrero. Ahora llegará el milagro y podrás ser cura.

—Pero yo no quiero ser cura, madre.

—Eres un guaje. Todavía no sabes lo que quieres. Por eso tenemos que decidir por ti.

Había algo que no le encajaba. Su padre no quería verle y su hermano mayor nunca le quiso bien. Y sin embargo ambos le mandaban a un convento para que tuviera una buena vida, según parecía. No lo entendía. Por eso, mientras no descubriera lo contrario, para él el seminario representaba un castigo y como tal tendría que enfrentarlo.

Y el día de la marcha, casi todo el pueblo en la despedida. Cuando el carro bajó las últimas cuestas todavía algunos vecinos seguían mirando.

Media hora más tarde, la misa. Después volvieron a los dormitorios para hacer las camas y barrer y limpiar las celdas. Finalmente bajaron a los comedores. José Manuel se admiró de que hubiera tantos chicos deseando ser curas. O puede que les estuviera ocurriendo lo que a él, llevados en contra de su voluntad. Ya había tenido esa impresión durante la cena de la noche anterior, en la que fue más el ruido que las nueces para las tripas porque apenas las vieron venir. Mientras comía las farinas, estuvo contándolos, asombrado al mismo tiempo de verlos enfundados de silencio entre el repicar de las cucharas. Cuando llevaba cuarenta y dos, hubo de levantarse. El parco desayuno había terminado y todos en fila fueron a las clases. José Manuel notó dentro de él un sentimiento de rebeldía. Puede que fuera incapaz de asumir tantos cambios a la vez.

14

Madrid, noviembre de 1940

> *Y fue cuando pusiste*
> *definitivamente*
> *mi mano en tu silencio.*
>
> VANESA PÉREZ-SAUQUILLO

Había un pozo sin fondo en la parte trasera de la trinchera. Cuando los hombres caían a él sus gritos iban languideciendo en la negrura despiadada hasta desaparecer en una inimaginable distancia. Carlos no sentía terror sino la impotencia de no poder moverse porque el enemigo batía el parapeto con descargas de ametralladora y mortero, diezmando inexorablemente a la sufrida compañía. Era un escenario cerrado de metralla, barro y sufrimiento. El cielo ausente, el paisaje borrado.

Sintió el tiro en la cabeza y cayó hacia atrás al pozo, imposibilitado para el grito. Se vio descendiendo en un espacio sin bordes, hondo, interminable. Y de pronto una mano fuerte le agarró. Anotó una claridad. Detrás de sus párpados iba desparramándose la luz. Intentó abrir los ojos y sólo uno le respondió. Atisbó un rostro borroso. Cerró el ojo y puso argumentos para vencer el deseo de permanecer en esa guisa. Oyó palabras, llamándole. Volvió a liberar su mirada y tardó en interpretar lo que veía, el abrupto cambio de panorama.

No estaba en el frente de guerra sino en la sala de un hospital, tendido en una de las camas que se alargaban en doble hilera. Un brazo era prisionero de algo, pero la mano del otro la asía su joven vecina, Cristina, que le miraba con ojos esperanzados. La oyó llamar. Apareció una enfermera.

—Vaya, vaya —le sonrió—. Al fin ha vuelto con nosotros. Tranquilo. Buscaré al doctor.

Soltó la mano y se palpó. Un vendaje le cubría la cabeza y un ojo. Vino el médico, acompañado de Alfonso.

—La herida era tremenda. Un golpe así hubiera matado a cualquiera. Es inexplicable que haya sobrevivido. Tiene usted la cabeza muy dura. Le quedará una buena cicatriz.

Más tarde, cuando todos se fueron, ya sabía que estaba en el Hospital General y que llevaba allí cuatro días. Le habían encontrado tirado en uno de los viejos cementerios de Méndez Álvaro, vestido con un mono y ningún documento encima. Tenía un fuerte traumatismo en la cabeza. Había sobrevivido con sueros y transfusiones, y su estado físico era satisfactorio dentro del cuadro traumático. Al día siguiente ya pudo ingerir alimentos líquidos. Al comenzar el horario de visitas aparecieron Alfonso y Cristina.

—¿Qué recuerdas? —dijo su primo.

—No mucho.

—Te golpearon la cabeza con un hierro. Intentaron estrangularte. De hecho lo creyeron. No imaginaron lo fuerte que eres. Luego te tiraron en un pozo. Los perros de los gitanos dieron la alarma. ¿Quiénes fueron?

Carlos negó con la cabeza. Dijo no recordar haber estado en ningún cementerio. Quizá lo golpearon en otro lugar y lo llevaron allí.

—¿No los viste?

—No.

—¿Por qué te atacaron?

—Dices que estaba desnudo. Lo harían para robarme.

—No. Ya no hay ladrones en España, ni tampoco asesinos. —Carlos miró a su primo y él supo lo que bailaba en sus ojos—. Este Gobierno no comete asesinatos. Las ejecuciones, no tantas como se cuentan, obedecen a sentencias dictadas por jueces en los Consejos de Guerra. Los condenados son gente con numerosos delitos de sangre.

—¿Lo crees sinceramente? —musitó Carlos—. ¿Crees que todos los fusilados tienen las manos manchadas?

—Por acción, omisión o participación. Sí lo creo. —Alfonso se sentó a su lado y movió la cabeza—. No pareces saber lo que hicieron esos pistoleros de las JSU y de la FAI. Crímenes nefandos contra personas inocentes. Las famosas checas. No es venganza acabar con los culpables. Esos asesinatos no pueden quedar impunes. Deberías entenderlo.

Carlos no contestó. Se limitó a mirarle y Alfonso sintió una gran desazón. Nunca vio a nadie mirar de esa manera. En realidad no era la mirada sino el misterio que proyectaban sus ojos.

—Sería injusto atribuirnos otras motivaciones. Sólo queremos una España mejor. No todos recurrimos a las armas como razones. No maté a nadie y creo que nunca lo haré. Pero comprendo a muchos de los que lo hacen.

—No te pregunté.

—Tampoco yo te he preguntado si mataste a alguien en tus andanzas por Asturias. Eres mi primo.

—Puede que haya quitado la vida a alguien, en el frente. No lo sé. En cuanto a matar por venganza, quién sabe el agua que estaremos obligados a beber —contestó Carlos, sosteniendo la mirada. Añadió—: ¿Cómo llegué hasta aquí?

—Como no aparecías te buscamos por todas las comisarías, hospitales y casas de socorro. Estabas aquí. Cristina ha estado junto a tu cama día y noche, vigilando tus palpitaciones.

Alfonso se fue y con él quedaron esos ojos negros llenos de agua y esa boca cubierta de silencios. Su vecina, que ahora le cogía la mano sana y se la llevaba a la mejilla con una expresión colmada de amor y preocupación. Las palabras habían sido abolidas pero el intenso mensaje, la confesión silenciosa, no estaban disociados de su mirada. Y él percibió que le sería muy difícil exiliarse de ese hechizo que podría impedirle realizar lo que tenía concebido para su futuro.

Un día más tarde aparecieron el médico y Alfonso acompañando a dos hombres. Iban enfundados en gabanes y con sombreros. Su aspecto era inequívoco.

—Inspector jefe Perales —dijo el más joven, sin descubrirse, al igual que el otro—. Éste es el inspector Blanco. ¿Tienes unos minutos?

Carlos se limitó a mirarles.

—Procuren ser breves —dijo el doctor, alejándose.

Perales miró a las otras camas. Los heridos dormitaban, y los despiertos, así como los familiares en visita, apartaron sus ojos al ver los del inspector.

—Fuiste atacado de forma brutal —dijo Perales, sentándose en una silla—. ¿Tienes idea de por qué?

—Quizá para robarme la ropa.

—Pocos ladrones quedan pues estamos acabando con ellos. Pero no fue por tus ropas. Nadie desnuda a una víctima y luego le pone un mono.

—Muy interesante. Pero no tengo idea.

—Necesitamos ver tu documentación, señor Rodríguez.

Carlos indicó el cajón de la mesilla. El policía miró la cédula, emitida por la Diputación Provincial de Asturias, el salvoconducto concedido por el Gobierno Militar de Oviedo y un certificado de Falange, Jefatura Provincial de Oviedo.

—Joder, vaya credenciales —se admiró el sabueso, lanzándole una mirada penetrante. Volvió a los papeles—. Nacido en Vallecas, en 1917. Profesión, minero. —Le miró—. ¿De qué trabajas? Aquí no hay minas.

—De lo que sea.

—¿Dónde trabajas?

—En Espasa-Calpe. Supongo que saben a qué se dedica esta empresa.

—¿Qué haces allí?

—Estoy de ayudante de tipógrafo.

—¿Dónde trabajabas antes?

—En una obra de la calle Maldonado, un edificio de viviendas.

—¿Qué hacías exactamente?

—Estaba de ayudante de albañil.

El inspector regresó los documentos al cajón y volvió a mirarle con el descaro amparado. Trabajos de peón. Le miró las manos. Ásperas, con cicatrices; uñas sin brillo y con injertos negros en los bordes pero fuertes aunque delgadas. Todo encajaba, lo que le producía malestar porque tenía muy arraigado el sentido de la desconfianza. Buscaría por dónde agarrarle.

—¿Por qué crees que han intentado matarte?

—Quizás el atacante se confundió. ¿Por qué tantas preguntas? ¿Soy sospechoso de haber intentado estrangularme?

—Es el procedimiento normal, cuando no hay otras fuentes. Queremos hallar algún indicio que nos permita deducir por qué te han atacado de esa forma. Verás: ocurre que en un periodo de ocho meses otros dos hombres han sido agredidos como tú. Exactamente igual. —Señaló su cuello con un dedo—. Aquí. La misma marca. Creemos que no es una simple coincidencia.

—¿Qué dijeron los otros?

—Nada. Estaban muertos. Y parece que tú no lo estás por un milagro. ¿Puedes decirnos dónde te encontrabas cuando la agresión?

—En Vallecas. Iba a coger el metro después de visitar a un amigo.

El inspector Blanco tomaba notas.

—¿Viste a tu agresor?

—No. Fui atacado por detrás.

—¿Seguro que no lo viste? —insistió el policía, apretando la mirada—. Tómate tu tiempo.

—Estoy seguro. No recuerdo nada de lo que ocurrió después del ataque. Hable con el doctor. Él anotó el nombre de la afección en su informe.

—¿Viste alguna vez a este hombre? —dijo Blanco, enseñándole una foto—. Fue hecha en el depósito de cadáveres.

Carlos reconoció a su amigo Andrés. Se guareció en un oportuno silencio. Luego elevó su ojo sano hacia los dos hombres.

—Nunca lo he visto.

Cuando los policías marcharon, Alfonso investigó a Carlos con la mirada llena de alarma y estupor.

—¡Andrés muerto! No puedo creerlo. Tus temores se confirmaron.

—Sí.

—¡Qué cabrones! ¿Quién haría una cosa así y por qué? Pero si era un chico estupendo... ¡Dios! ¿Cómo es posible?

Carlos observó el profundo disgusto que embargaba a su primo. Le causó cierta extrañeza que la noticia le consternara tanto. Al fin, la muerte era una constante en aquellos tiempos.

—Malos momentos. Es la España que nos toca vivir.

—¿Por qué dijiste que no le conocías?

—Tengo mis razones.

15

Valdediós, Asturias, octubre de 1929

Nihil est quod non expugnet pertinax opera et intenta ac diligens cura.
(Nada hay que no sea vencido por el trabajo asiduo y por el cuidado atento y diligente.)

SÉNECA

En el largo año transcurrido desde su llegada, todo su mundo había ido desapareciendo. José Manuel ya estaba en el segundo curso. La ausencia de libertad era lo que más añoraba. Ello se acentuó cuando en los primeros días supo que debía permanecer enclaustrado la mayor parte del tiempo. Y no podría jugar al guá ni al cascajo por consideraciones lúbricas, según dijeron; algo que no sabía lo que significaba. Tampoco podría pescar en el río ni dar caminatas por los montes a su albedrío. Sería como un pájaro enjaulado tras muros agobiosos y docenas de ojos vigilantes. No creía que fuera capaz de soportarlo.

Por eso al principio pensó seriamente en escapar. No le sería difícil desaparecer porque su cuerpo menudo era resistente como el carbayón y ágil como la ardilla. Si le habían negado volver a casa podía ir a Oviedo o a las minas de Langreo y Mieres. Allí había guajes más pequeños que él ayudando en duras faenas.

La idea persistió en él durante un tiempo porque en las primeras noches de invierno sentía el ulular del viento, algo desconocido para él cuando estaba en la aldea, o puede que entonces no lo apreciara, y que se asemejaba a grandes jaurías de lobos aullando a la vez. Lo mismo ocurría con la lluvia, el golpear del agua contra las viejas tejas allá en lo alto del tenebroso techo, como si alguien hubiera soltado miles de piedras. Eran ruidos nuevos, a veces amedrentadores, nunca antes notados en su aldea por lo que consideró que sólo existían en ese lugar y le hacían pensar que podrían ser mensajes de ese Dios en ese mundo distinto. Él era inmune al temor y recibía esos fenómenos, como todos los que iban llegando a sus sentidos, convencido de que se presentaban para la ampliación de su conocimiento sobre las cosas que ignoraba. Buscaba respuestas a su insaciable curiosidad que pocas veces satisfacían o no le explicaban con la necesaria claridad, por lo que se frecuentaba de inopia hasta que obtenía la solución por sí mismo.

A ello había que añadir el frío, tan terrible a veces que la débil ropa no mitigaba y que le llenaba de sabañones los pies y las orejas; tanto que incluso el hablar suponía un tremendo esfuerzo. En los inviernos su madre le ponía periódicos debajo de la camisa porque en el pueblo caían heladeras semejantes. Hubiera sido bueno proceder de la misma forma, pero en el monasterio no había periódicos por estar prohibidos, además de que soportar el helor era prueba de sacrificio. Por las noches en su casa dormía, como toda la familia y como todos los de la aldea, encima del establo porque el calor natural del ganado mantenía el suelo cálido. Pero aquí, debajo de esa cama, el suelo era como la escarcha y, más abajo, sólo había salas frías con témpanos por suelos.

Y también estaba lo del cagatorio. La loza era tan fría que al principio muchos se encaramaban a los bordes, sabiendo que era una falta. Los cuidadores miraban por el hueco debajo de la puerta y les pillaban, al no ver los pies apoyados en el suelo. Se castigaba con la pérdida de puntos. Así que nadie volvió a hacerlo. Tenían que poner papeles en las orillas del aparato sanitario porque a algunos se les quedaban pegados los muslos, provocándoles heridas. Con lo fácil que lo tenían en la aldea. Allí, durante los inviernos desalojaban el vientre en los establos, acuclillados sobre el *cuchu*, y luego las gallinas se encargaban.

Otra cosa que no entendió y a la que no acababa de acostumbrarse era hacer deporte con la sotana. Los pantalones cortos estaban prohibidos por lo que jugar al fútbol provocaba no pocas caídas al enredarse con los faldones. Y el uso obligado de los zapatos ocasionó heridas a sus silvestres pies, que tardaron en curar. La suma de tantas novedades adversas eran barreras para integrarse en ese tremendo escenario.

Pero poco a poco fue admitiendo la idea de que podría sobrevivir a esas pruebas. Porque el sermón versaba siempre sobre la superación de los deseos terrenales y la voluntad de alcanzar la virtud en beneficio de Dios, que estaba en todos ellos, lo que significaba llegar a encontrar la verdad sobre uno mismo, algo que parecía muy importante en la vida. Y ello sólo podían lograrlo los de espíritu fuerte. En definitiva, un nuevo reto. Conocía su capacidad para el esfuerzo y el sufrimiento y eso le decidió a seguir, al menos durante un tiempo. Así que se concentró en cumplir de forma efectiva, mientras dejaba su ánimo abierto para la, según decían, indefectible conjunción con ese Dios tan desconocido como incomprensible. Y siguió fielmente las líneas marcadas.

Le quedó claro que había dos comportamientos a administrar. Uno, el estudiantil. Los que no llegaban al 5 en los exámenes quedaban eliminados automáticamente. El otro comportamiento era el realmente difícil porque atañía a la actitud respecto a la observancia de los valores religiosos, morales y espirituales. En todo momento debían demostrar su obediencia, austeridad, respeto, silencio y disciplina. Muchos que alcanzaron altas puntuaciones en los exámenes fueron expulsados porque en ellos no germinaban las aptitudes necesarias para aceptar la pureza que vibraba en cada pensamiento y que llevaba a la rectitud y a lo divino. Recordó el primer día del curso en la gran iglesia, donde los alumnos ocupaban los bancos próximos al altar. El rector apareció desde un lateral y se acercó como si se deslizara, casi echándoseles encima. Hizo un exordio con palabras que no entendía, y que más tarde le dijeron que eran en latín, mientras se persignaba reiteradamente, lo que todos imitaron. Luego saludó a los congregados y habló con voz que intentaba ser cautivadora pero que mostraba inflexiones que producían cierto temor.

—Me dirijo fundamentalmente a los nuevos alumnos aunque el mensaje para los antiguos, no por oído les será menos importante. No todos los que estáis aquí seréis curas. La mayoría no llegará ni siquiera a los cursos medios. Muchos son los llamados, pocos los elegidos. Los rechazados, que no lo serán por su escasez de bondad como personas sino por su inadaptación a lo exigido, tendrán que dedicarse a otros oficios fuera de la Iglesia y desde ellos también pueden ser útiles al Señor, además de a la sociedad. Aquí sólo llegarán los que cumplan con las condiciones contenidas en nuestras normas, que pueden resumirse en tres: obediencia, estudio y comportamiento. No importa que ahora tengáis dudas sobre Dios y sobre muchas cosas. Si avanzáis en la línea marcada, Él se os aparecerá y tendréis la gloria de formar parte de esa legión de discípulos que ofrecen su existencia en bien de las almas.

A los pocos días José Manuel comprendió que no debía buscar un amigo entre los demás porque la regla era la de estar en armonía con todos pero sin inclinaciones por ninguno en particular. En las clases les cambiaban frecuentemente de sitio y en los paseos por el cercano exterior o por el enorme claustro, el más grande de los existentes en Asturias según decían, debían ir solos o en grupo, nunca en pareja, ni siquiera un trío porque así se evitaban las confidencias entre los alumnos. Sin embargo, había tomado relativa amistad, apaciguada por el sistema, con José María Fernández Martín, un chico mayor que él y que iba por tercer curso.

—Dijéronme que vienes de Lena. ¿De qué parte, ho?

—De Pradoluz, en el Huerna.

—¡Ah!, por allá sois muy parrulos. Yo soy de Muñón Cimero, más al norte, a un paso de Mieres.

—Bueno, nosotros tenemos el aire más puro del Conceyo, con los montes más altos. Los vieyos viven más tiempo.

—¡Ah, no! Mi pueblo ta junto a los altos del Muñón, en la Sierra Diego. Vemos la Sierra de Aramo y al este tenemos el Pico de Campusas. Somos igual de serranos pero no tan payotus.

—Esto... —tentó José Manuel, un tanto confuso—. Tamos presumiendo. ¿Eso no ye vanidad?

El otro se echó a reír.

—Qué cojones. Vanidad ye otra cosa. Ser orgullosos de nuestras aldeas no hace daño a nadie aunque ye estúpido porque son lugares en los que tóos mueren de pura fame.

Al poco de llegar se percató de que el monasterio no era un edificio aislado. Junto a él, formando armonioso conjunto, se emplazaba una iglesia de menores dimensiones a la que llamaban el Conventín. Les explicaron que fue construida en tiempos prerrománicos con el nombre de San Salvador por la Orden del Císter que, posteriormente, también erigió el convento donde vivían, en ofrenda a Santa María y ahora dedicado a Seminario Menor. En él se cursaba el primer periodo de cinco años o cursos llamado Latinidad porque la asignatura principal era el latín. Cada día después de misa iban al aula grande para recibir clases de esa lengua que luego supo no se usaba en la vida real, sólo en los cánticos y lecturas de los curas, y que les capacitaba para los periodos siguientes de Filosofía y Teología, que se impartían sólo en ese idioma del pasado. También recibían lecciones de matemáticas, literatura, lenguaje, geografía, ciencias, historia, griego y otras. Incluso música y solfeo, ya que algunos querían aprender a tocar el órgano y otros deseaban cantar para ingresar en los coros. Un piano y un acordeón con evidentes años de uso les permitían desarrollar la formación práctica. Después de comer disponían de un tiempo para pasear por los largos pasillos y los dos claustros, uno de ellos techado, o para repasar las lecciones en las mismas aulas. Y en los juegos, únicamente carreras, fútbol y frontón porque no estaban autorizados aquellos en los que pudiera haber contacto físico, no había que mostrar deseos de obtener la victoria porque eso era vanidad. Sólo adiestrar el cuerpo para que estuviera sano al servicio de Dios, única finalidad de su estancia allí.

Luego, más clases y, antes de la cena, el tiempo de estudio en el mismo salón donde se hacían los exámenes y durante el que había de mantenerse un silencio absoluto, cada uno en un pupitre bajo la mirada reprensora del padre responsable. Una vez cenados llegaba la hora de los rezos en la iglesia y, finalmente, todos al dormitorio a la vez, donde caían cansados porque la actividad no cesaba desde el toque de campanillas. No se consentía la siesta ni el paso a los dormitorios, que permanecían cerrados durante el día hasta la hora de dormir. No había tiempos muertos ni oportunidades para la pereza. Todo era lento a la vez que rápido y los días se sucedían mientras iban descubriendo sensaciones que nunca imaginaron podrían llegar a experimentar.

La limpieza, tanto de la sotana y zapatos como de la

pieza de dormir, era muy valorada y puntuaba alto. En particular los zapatos, que habían de estar impecables a pesar de que los usaban para todo, incluso para los juegos y el deporte. Se suponía que un hombre descuidado en esos simples menesteres no podría tener el alma suficientemente aseada para asimilar las bondades celestes. Los suelos se barrían con escobas de tamujo. Para los largos pasillos y las grandes salas se designaban turnos rotatorios. No se fregaban porque el piso estaba siempre húmedo, pero la higiene no debía descuidarse en todo el entorno asignado. Ocurrió que un día el padre examinador pasó subrepticiamente un dedo por el techo del armario. Nadie los limpiaba y el polvo se acumulaba. También le vio mirar debajo de la cama para ver si sorprendía briznas de tamo. Él tomó buena nota a espaldas del profesor y nunca el dedo chivato y el ojo analítico encontraron suciedad en esos lugares tan inutilizados. A partir de entonces obtenía las máximas notas en este apartado.

Aunque se tenían en cuenta, no se ejercía control sobre las demostraciones de autotortura, como colgarse cilicios en la cintura, ponerse piedras en los zapatos, caminar de rodillas o tenderse boca abajo sobre las frías losas del suelo durante la meditación y permanecer de esa guisa mientras duraba el acto. Se consideraban testimonios de la capacidad para el sufrimiento pero no acreditaban que la decisión de realizarlos estuviera exenta de vanidad.

Cada mes había valoraciones de actitud, conducta, urbanidad, comportamiento. Los que tenían puntuaciones bajas en esos temas eran expulsados, así como los que se peleaban o discutían, gritaban o reían a carcajadas, hacían chistes o se miraban a hurtadillas. Era un proceso de selección natural desde el punto de vista de los objetivos del seminario. Allí no se formaban hombres para la vida mundana sino que se educaba a futuros miembros de la Iglesia. Había una línea marcada en la que sólo eran elegidos aquellos que superaban tanto las barreras físicas, tales como el hambre, el frío, el calor, la puntualidad, el dolor no autoinfligido y los castigos, como las espirituales, que cubrían el confesar constantemente los pensamientos, los deseos, los impulsos, los rencores, todas las dudas que les acosaban y los acuciamientos sobre la carne y el sexo. Sobre este último aspecto en particular, si tras un periodo de prueba el alumno se manifestaba imposibilitado para dominar los ardores, su expulsión era irrevocable ya que estaba considerada como una de las faltas más graves.

Las duchas tenían lugar en espacios individuales, cerradas con cortinas de lona. Podían ducharse cualquier día de la semana, pidiendo vez porque se hacía por turnos, que formaban en fila. Dentro se desnudaban, se duchaban y se vestían. Un padre vigilaba y tomaba nota de las miradas, los comentarios, los movimientos y las expresiones que salían de la boca del que se lavaba. Aunque la regla era el silencio, el agua helada proveniente del Naranco provocaba maldiciones y gritos, a veces llantos y a veces comentarios sobre la Virgen o el estado del miembro. Cuando el frío paralizaba las ganas de ducharse, salían al campo y se lavaban los pies en el arroyo, tocando el agua como a picotazos. Dado que era una comunidad cerrada, algunos adquirieron prácticas útiles. Así, más de uno aprendió a cortar el pelo al disponer de tan fiel y abundante clientela.

Estaba prohibido decir pecados, pero había cierta comprensión con los tacos. La superioridad era consciente de que vivían en una tierra donde todos parecían nacer jurando, por lo que había indulgencia en esa costumbre para los iniciados. Confiaban en que era cuestión de tiempo que erradicaran de su léxico esas expresiones, lo que realmente sucedía a medida que los alumnos iban culminando los cursos.

La alimentación que recibían distaba mucho de calmar el hambre. Si lo de «vivir como un cura» se refería a buenas comidas, el axioma les quedaba aún lejos. Sopas, berzas y fabes en cantidades que apenas cubrían el fondo del plato. De postre, unas castañas cogidas del bosque o media manzana, una entera cuando era pequeña. Y la barrita de pan de maíz amasada en el mismo convento. Aunque a nivel general podía reclamarse doble ración, en la práctica era difícil que los peroleros regresaran, además de que el espíritu que se inculcaba era el de vencer la gula, cosa que los de los recientes cursos no sabían calibrar por lo que, a pesar de todo, siempre había quien expresaba en voz alta la necesidad imperiosa de sosegar los retortijones. Durante los primeros meses oyó llantos apagados en las noches, sin duda procedentes de algunos que llegaron a la vez que él. Creyó que era por la añoranza del hogar perdido, pero luego tuvo el convencimiento de que lo motivaba el hambre. En sus casas algo se pillaba entre comidas: una panoya, un trozo de pan, un tomate... Pero en el monasterio no había esas oportunidades y debían resignarse a tener la gazuza por costumbre.

Semanalmente se designaba a algunos, siempre mayores, para repartir la comida en las mesas. Eran los fámulos, que protegidos con mandiles llegaban desde la cocina con las perolas humeantes y procedían a la distribución, comiendo ellos al terminar de servir. Había otros nombrados para repartir el pan. Ellos y los fámulos no comulgaban con el espíritu de austeridad y se obsequiaban, esquivando miradas, con mayor abundamiento, lo que no escapaba a los ojos de la mayoría. Quizás era que con la veteranía se apaciguaba el dolor de corazón que producía el sosegar la andorga, que no el hambre, mientras los demás quedaban a verlas venir, con lo que el propósito de enmienda se demoraba o bien se transformaba directamente en autoindulgencia. Lo sorprendente es que los profesores, que predicaban lo bueno que una parca alimentación era para el cuerpo y la mente, poniendo como ejemplo sus esmirriadas anatomías, permitieran esa situación de privilegio y que en la designación de esos puestos no entraran equitativamente los demás.

La meditación de la mañana era profunda, todos arrodillados, con la cabeza baja entre las manos y en silencio. A veces pasaba el padre por entre los bancos y preguntaba a alguno en qué proceso de pensamiento estaba. Muchos principiantes decían con naturalidad que tenían hambre, frío, sueño, miedo o añoranza de la familia. Pues, ¿no era obligatorio decir la verdad en todo momento?

Los Ejercicios Espirituales no eran bien recibidos, por amedrentadores. Se hacían sobre la doctrina de San Ignacio, como era preceptivo, y entonces caía sobre ellos un sobrecogedor panorama de castigos futuros porque parecía que la existencia era una tendencia inevitable de acumulación de pecados. Para contrarrestar la culpa de haber nacido, debían extremarse en los remordimientos, sumergirse en largas oraciones y ejercitar un ayuno máximo. José Manuel se preguntaba que si sus vidas distaban de ser pecaminosas y los alimentos normales rayaban en la abstención, ¿para qué esas exacerbadas penitencias? Lo cierto es que al finalizar la semana tenían las almas salvadas pero sus cuerpos estaban en la ingravidez.

Llegaron nuevos alumnos y ya no estaban muchos de los que entraron con él y de los cursos superiores. Parecía que debía haber un número determinado y eliminaban el sobrante por razones ignoradas.

José Manuel obtuvo buenas notas en todas las disciplinas y supo estar a la altura de la actitud humilde requerida cada vez que se le citaba. No fue a su pueblo durante las vacaciones pero recibió la visita de su madre y de su hermano Eladio, junto con su primo Jesús y su tía Carmina, quienes dejaron un reguero de lágrimas que él no secundó, lo que no les sorprendió mucho por entender que actuaba bajo el aprendido dominio sobre los sentimientos. Pero en realidad el sorprendido fue él mismo cuando se percató de que no tenía lágrimas. Vinieron en el Citroën C-4 de 15 CV de don Abelardo quien, para sorpresa de todos, había querido visitarle. Era un coche grande, cuadrado, y cupieron los seis holgadamente en él. Estuvieron el día completo. Vieron parte del recinto y saludaron al rector, a los prefectos y a otros profesores, especialmente don Abelardo, que se dio unos paseos con el director mientras manoseaba el sombrero espasmódicamente. Les permitieron comer juntos en el exterior, cerca del río, sentados en unas mantas sobre el verde rugiente, menos don Abelardo, que llevaba una silla plegable donde, abiertas las piernas, ponía a descansar su hidrocele, prolongación de su bien cuidado buche. Fue una manduca generosa, a base de empanadas, tortillas y sidra del pueblo, que José Manuel recordaría durante los meses siguientes.

Su hermano estaba igual pero su madre había adelgazado y tenía sombras enquistadas en sus ojos, que las lágrimas no deshacían. Le dio un paquete en el que había dos mudas completas de camisetas, calzoncillos y calcetines.

—¿Quién lava tu ropa, fiyo mío?

—Una muyer encárgase de ello. Cada semana ponemos la ropa sucia en una bolsa con un número y la devuelven limpia y planchada.

Le dijeron que todos los demás hermanos estaban bien pero no el padre, que había sido alcanzado por la silicosis. Los médicos le recomendaron dejar la mina, pero él rehusó el consejo porque el dinero que le proporcionaba la lucha contra el mineral era imprescindible para la familia, que no podía subsistir sólo con la huerta. Así que él y Adriano, que también había ingresado en la mina, salían de casa a las cuatro de la madrugada porque la mina era de la Hullera Española y estaba en Moreda.

—El José, el menor de los Atilano, quedose manco —dijo Jesús—. Afilaba la guadaña, en la siega. Trabósele y cortose la mano entera. Eso no te ocurrirá. Ya ves que no ye malo ser cura.

Él había crecido, pero Jesús mucho más y ahora le sacaba la cabeza. Estaba lleno de músculos y tenía el buen color de los soles y los vientos. Seguía mirándole con la sumisión de siempre, esta vez magnificada de respeto.

Ese año de distancia había hecho merma en los dos, si no en sus sentimientos sí en sus actitudes al haberlo vivido de manera tan diferente. Además de que la sotana y la atmósfera que impregnaba el lugar imponían el natural cohibimiento. A ambos les pareció muy lejano el tiempo en que jugaban juntos, tantos años en la niñez ya acabada, pero José Manuel se esforzó en que viera en él lo que siempre fue y sería: su amigo. Por eso le hizo preguntas sobre la escuela, el pueblo, las cosas y los demás amigos como si le importaran realmente. Y se enteró de que su padre y el de Jesús habían vuelto a buscar en la cueva del tesoro todos los domingos del año, pero ya con dinamita. Conocedor de lo enfermo que estaba su padre, José Manuel renovó hacia él la gran admiración que, a pesar de sus desprecios, siempre le tuvo. Aquella tarde en el rezo pidió para que su padre encontrara el tesoro. Con él podría curarse, yendo a un buen hospital. Y quizás habría tiempo para obtener de él el cariño siempre deseado.

Pero el misterio de la cueva continuaba. Se sintió captado de nuevo por los recuerdos de aquella jornada y dejó que el silencio le amordazara. Su primo pareció leerle el pensamiento.

—José Manuel... Bueno... ¿Qué viste en la cueva aquel día?

Miró los ojos de su primo, tan transparentes como él los tuvo antaño.

—Consérvate sano, Jesús. Deja de pensar en ello.

Terminada la buena yantada, don Abelardo le llevó a un aparte y se deshizo en elogios para sí mismo, citando algunas de las obras realizadas en el Concejo a las que contribuyó con su peculio. José Manuel se enteró entonces que no sólo había prestado el carro para su viaje de inicio sino que había costeado todas las ropas.

—Y si necesitas ropa nueva me lo haces saber. Tamos para ayudarnos los unos a los otros.

—Muchas gracias, don Abelardo. Poco puedo hacer por corresponder a su gran generosidad.

El otro se dio una vuelta pensativo, girando el sombrero y soplando su tagarnina. Luego se decidió.

—Bueno... —dijo cautamente—. Oyera eso de que estuvieras en la cueva del tesoro. Yo podría ayudarte si realmente lo encontraste. No se trata de dar palos de ciego como tu padre sino de ir al punto. ¿Qué te parece, ho?

José Manuel le miró y al otro le tembló el cigarro en la mano.

—No sé de qué tesoro me habla.

—Coño, el que vieras en la cueva.

—Don Abelardo, creo que está mal informado. No hay ningún tesoro ni nada que se le parezca. Lo siento.

Cuando los suyos iniciaron la marcha no cayó en la desolación de la primera despedida. Cierto apego al lugar se había insinuado en él pero todavía le dominaba un sentimiento de abandono porque, aunque menguados de necesidades, ellos eran libres y él no, y estaba solo. Esa sensación se acentuó cuando ya a lo lejos los vio ascender la cuesta y entrar en el coche. Al desaparecer, parte de él aún pedía a gritos en su interior que le llevaran con ellos.

16

Madrid, febrero de 1941

Mi anhelo es un deseo fugado
sobre el dorso de un pez en la mar
tras el rumor de un eco escondido
en el azul.

JAIME ROMERO LIZARAZU

El Banderín de enganche en el Puente de Vallecas era un cuartel pequeño, no una simple oficina de reclutamiento como había creído. Delante del arco de entrada un centinela preguntó a Carlos qué deseaba. No pareció sorprenderse de ver su aseado aspecto. Le hizo pasar al otro lado de la puerta donde se extendía un paseo arbolado. En el cuerpo de guardia situado a la entrada un sargento le hizo la misma pregunta. Mandó a un soldado que le acompañara al pabellón central situado al fondo, quien le dejó al final de una cola de unos treinta individuos de distintas cataduras, diversas edades y desigualmente vestidos. Sólo uno alcanzaba su estatura. Mientras avanzaba para las afiliaciones miró en derredor. En un lado unas barracas, que luego supo eran los dormitorios y la cantina. Al otro lado, un patio grande donde algunos legionarios y hombres de paisano se ejercitaban sin armamento.

En la mesa de inscripción situada en la planta baja del edificio central, un sargento, flanqueado por dos legionarios escribientes, le hizo las preguntas de rigor: nombre, edad, estado, profesión, años de enrolamiento. No se preguntaba los motivos del alistamiento. Más tarde fue reconocido en el botiquín por un capitán médico, las tres estrellas de seis puntas sobre el bolsillo superior de su bata. Peso, estatura, lectura pulmonar, pruebas de visión y de audición, enfermedades padecidas, lesiones o impedimentos físicos. No se trataba de un examen de relativa profundidad sino de una auténtica exploración médica. A la Legión no le importaba de dónde procedía el material humano pero éste debía estar totalmente sano. Los que no superaban las pruebas eran rechazados y sólo a los admitidos se les ponían las vacunas correspondientes.

Carlos salió con el documento firmado que le acreditaba como recluta del especial Cuerpo, al que debía consagrar los siguientes tres años. Tendría que permanecer en el cuartel hasta la marcha a África y hacer vida de soldado, cumpliendo todos los horarios y servicios, incluido el dormir en el barracón. Por consejo se había hecho con unas ropas viejas para funcionar durante la vida del cuartel, reservándose sus habituales para los paseos.

Había rehuido el trato con los otros reclutas. No quería tener amigos. Todos los que tuvo desaparecieron de una u otra manera, como si algo dentro de él les marcara en el mismo aciago destino. Pero el muchacho alto con el que coincidió en la recluta le abordó con simpatía y tuvo que rendirse a su compañía. Se llamaba Javier Vivas y era de Plasencia. Trabajaba en una cristalería y su sueño era poder instalarse algún día en una propia. Decía ser un lector empedernido, lo que le sorprendió. La afición a la lectura no parecía concordar con hombres de acción. Con él salía a los paseos cuando las circunstancias le impedían hacerlo con Cristina.

Cristina...

17

Residencia La Rosa de Plata, Llanes, Asturias, abril de 2005

Era imperativo que regresara a Madrid para, entre otras cosas, volver a ver a Alfonso Flores. Por su densidad y peculiaridad, y por lo que se derivó de ella, recordé con nítida claridad lo acontecido en la visita que le hice en diciembre del año anterior. No era fácil olvidar la entrevista, abundada de sensaciones.

Él vivía en una zona de chalés de buena planta al otro lado de Arturo Soria. Un mayordomo con rasgos indianos me recibió en la verja y me hizo pasar a un gran salón-biblioteca, tras atravesar un cuidado y exuberante jardín colmado de fragancias y de piar de pájaros invisibles. El lugar me dejó pasmado, no sólo por la gran cantidad de libros apretujados en estanterías acristaladas y óleos de temas marinos y bodegones. Entre cuatro grupos de tresillos montaban guardia grandes esculturas de bronce, algunas sobre pedestales. Las dos grandes arañas del alto techo sacaban brillo a las figuras de plata que se exhibían en unas vitrinas.

Alfonso era esbelto y había licenciado sus cabellos.

Mis informes señalaban que tenía superada la barrera de los ochenta, si bien su rostro terso y su expresión de agrado le distanciaban de la cercana ancianidad. Podría concluirse que había sido un hombre guapo. Otro hombre, de estatura media, faz rubicunda y buche abundoso, no me quitaba ojo. Tendría su edad, más o menos, y estaba tan rasurado que al principio creí que era barbilampiño. Vestía traje gris azulado, sin corbata, y ofrecía una imagen de tal pulcritud que pasaba al acicalamiento. En el ojal, un botón que no descifré al principio. Luego supe que era del Arma de Ingenieros. Algo debía de pasarle a su mano izquierda porque la llevaba enguantada.

—Mi amigo Dionisio. Puede usted hablar sin reservas. No tenemos secretos. Permítame que apague las lámparas. Entra suficiente luz desde el jardín.

Me hizo sentar en uno de los sillones, duros como una tabla. Debí de mostrar un gesto de sorpresa.

—Sí —rio al ver mi expresión—. No se hunden. No me gustan los sofás donde la gente se sienta secuestrada, con la barbilla a la altura de las rodillas. —Luego escondió la sonrisa y me miró desde sus grandes pestañas—. Bien, don Corazón Rodríguez. Le he recibido porque ha sido usted muy agradable al teléfono, aunque no convincente. Una cosa antes que nada. ¿Cómo sabe mi dirección?

—No ha sido difícil, aunque en el piso de Ríos Rosas donde usted vivió nadie sabe de usted.

—¿Me ha estado investigando? ¿Por qué?

—No lo considere bajo esa óptica. Es usted una figura de la moda española. Sale con frecuencia en los medios.

—Salía, lo dejé hace años.

—Como cualquier famoso, usted nunca dejará de serlo.

—Pero no viene por lo de la moda. Y creo que no soy el objeto de su curiosidad.

—Cierto. Me gustaría ampliar mis datos sobre Carlos Rodríguez, primo suyo.

—¿Carlos Rodríguez? —Movió la cabeza y no pudo disimular la atmósfera de cautela en la que se envolvió—. ¡Ah, Carlos! ¿Puedo preguntarle el motivo de su interés?

—Desapareció. Intento encontrar su pista.

—¿Por qué?

—Alguien quiere saber si vive o no.

—Eso no es ampliar datos.

—Tiene razón. Me expresé mal.

—¿Qué es lo que tiene?

—Sé que estuvo en la Legión y luego en la División Azul. Según los archivos él fue uno de los aproximadamente mil trescientos hombres que fueron repatriados en el primer contingente en mayo del 42. Consta su nombre y que estuvo enfermo del pecho por el frío del terrible invierno del 41. Había una Jefatura de Servicios de Retaguardia que tenía el control de tránsito de los divisionarios pero, según parece, no ejerció bien su trabajo porque algunos se perdieron por el camino. Carlos salió de Rusia pero no llegó a España. Se quedó en alguna parte del camino, probablemente en Francia. Ahí se pierde la pista.

Sus ojos estaban fijos en mí pero no me miraban.

—La División Azul, la Blaue Division para los alemanes y la Galubaya Divisia de los rusos... ¿Sabía por qué ha quedado con ese nombre, cuando su registro militar es otro?

—Supongo que porque hubo muchos falangistas —dije, presintiendo lo que me esperaba.

—Más que eso. Ellos impulsaron la creación de esa unidad militar. La inventaron. Sin ellos nunca hubiera existido. Franco, siempre atento a capitalizar impulsos e ideas ajenas, como ocurrió con el Alzamiento, la transformó en División Española de Voluntarios. Pero no cuajó. Para siempre será la División Azul, una fuerza nacida de unos espíritus acerados capaces de conquistar lo infinito.

—Disculpe, no deseo remover sus recuerdos —dije, esforzándome en parecer sincero. Sabía que el alterar pasiones dormidas entraba en el trabajo. La gente mayor siempre aprovecha para soltar lastre. Pero he de convenir que a veces sus fantasmas son de gran provecho.

—Fue la mayor gesta hecha por jóvenes visionarios desde la Conquista de América. Nunca habrá nada igual en España... ¿Y sus hazañas? ¿Sabía usted lo de la marcha de mil kilómetros a pie en un país desconocido, acosados por un enemigo agazapado? Ella sola basta para engrandecer a aquellos tíos. Se ha mitificado la de los diez mil kilómetros de Mao Zedong. No hay parangón porque aquélla fue la marcha de todo un pueblo por tierras más o menos conocidas, sin fecha de llegada. La de nuestra División era de voluntarios y hubo de hacerse en tiempo récord. —Se avino a un silencio—. Dio muchos héroes, que sólo aparecen cuando se bucea en esa no bien enjuiciada epopeya. ¿Conoce ese tango de Carlos Gardel que empieza: «Silencio en la noche, ya todo está en calma...»? Cuenta de cinco hermanos que fueron a morir a Francia en la Primera Guerra Mundial. Cinco fueron también los hermanos García Noblejas, todos tan jóvenes y con tanta pasión que su recuerdo enternece. ¿Oyó hablar de ellos? Una tremenda historia de la que nadie hizo una merecida película, como esa de *Salvar al soldado Ryan*. Tres de ellos y el padre murieron durante la guerra civil. La familia de siete se había reducido a la madre y dos hijos. Cuando se crea la División Azul, los dos hermanos vivos, jefes de milicia de Madrid y falangistas de los primeros años, son parte activa de los impulsores de aquel voluntariado. Los dos van a la URSS. Rafael muere al caerle una bomba. Lo enterraron en el cementerio de Gringorowo, un miserable pueblo de Rusia, siendo velado por su hermano Ramón y por los otros camaradas. Es de los pocos que poseen la Palma de Plata, máxima condecoración falangista creada por José Antonio. ¿Le aburre el relato?

¿Qué podía decirle, si estaba en su casa y había alterado su sosiego? Me vino a la memoria la conversación mantenida con la hija de Andrés Pérez de Guzmán cinco años antes. Parece que me hallaba ante un mismo fervor falangista, como si tuvieran algo pendiente de reparación y aprovecharan las ocasiones para demandarlo. Negué y le rogué que siguiera.

—Vea lo que ocurrió. La madre se pone en contacto con Franco y le expresa que la familia ha cumplido sobradamente con la Patria, por lo que le pide que le devuelva al único hijo vivo. Franco llama a Muñoz Grandes, y éste, como en la película americana, hace regresar al muchacho en noviembre del 41. Ramón, absolutamente inmerso en su dolor y dominado por su fervor falangista, meses después, a la salida de unos funerales por el aniversario de la muerte de Alfonso XIII, encabeza un grupo de camisas negras que tildan de cobardes a los oficiales monárquicos y a todos los emboscados que vivían instalados en el Régimen mientras la juventud creativa moría. Acusa al Ejército por su injusto protagonismo en la División Azul, y a Muñoz Grandes por su negativa a que el cadáver de su hermano Javier pudiera ser repatriado a España y no quedara para siempre en tierra roja. Regresa al frente ruso, del que le hacen volver con el cargo de desacato e insulto a la fuerza armada. Parece que no estuvo en prisión, pero le apartaron de toda actividad. Y en agosto del 42 muere en accidente de automóvil, como si el destino le impulsara a juntarse con sus hermanos y padre sin más demora. ¿No es para estremecerse con la tragedia de esa familia?

Dejé que calmara su ánimo mientras simulaba que escribía en mi bloc. Noté que Dionisio no me quitaba ojo, como si me estuviera analizando.

—¿Qué opina usted de lo que dice Alfonso? —inquirió, rompiendo su mudez.

—En realidad sólo vine a buscar pistas. Mi opinión sobre el tema sería extemporánea, además de que podría chocar con su convencimiento sobre los hechos.

—No, diga, se lo ruego. Siempre viene bien otro punto de vista.

—Bueno. Supongo que en cuanto a hermanos caídos, habrá habido casos semejantes en el bando republicano durante la guerra civil.

—Posiblemente, aunque yo no conozco ninguno ni

me interesa. Estamos hablando de la División Azul. Mencioné la guerra civil en relación con esa familia. Y añadiré que hubo otras familias falangistas y no falangistas, españoles fervientes con idénticos y trágicos destinos. Está la de Chicharro Laramié de Clairac. Cinco hermanos, dos muertos en la guerra civil y otros dos en tierras soviéticas. Y la de Ruiz-Vernacci, con tres hermanos en el frente ruso, dos caídos en aquel infierno...

—¿De qué sirvió todo eso? —dije, notando su desconcierto.

—¿Qué quiere decir?

—Me refiero a todos los que murieron en la División Azul. Creo que fueron unos cinco mil, la mayor parte jóvenes emprendedores, con carreras y oficios, necesarios para hacer grandes cosas en aquella España destrozada. Doy por hecho que muchos eran amigos de usted. Eligieron el peor de los destinos: claudicar de la vida, lo más preciado. Jóvenes tan ilusionados quizás hubieran podido modificar la historia posterior de nuestro país. Por eso repito si aquella gesta valió la pena.

—Bueno... —Se agitó—. Desde esa perspectiva, nada sirve para nada. Pero cada acción tiene su reacción. El tiempo demostró que el comunismo es malo. Como creo en Dios estoy seguro de que tanto las almas de los supervivientes como las de los perdidos en tumbas anónimas habrán recibido el mensaje divino de que lucharon por una buena causa. La vida es breve y la mayor parte de los humanos no dejamos enseñanzas. Ellos sí dejaron magníficos ejemplos en muchos de los que respiramos. Y tengo por cierto que si hubieran podido revivir repetirían aquellas hazañas.

En ese momento entró una joven con un punto exótico en sus rasgos. Se paró y me observó sin decir nada, poniendo en sus ojos una mirada desconfiada. Estaría en la veintena. Era guapa, delgada, de estatura media y proyectaba un ligero aroma a jazmín. Un tajo carmesí invadía su mejilla izquierda hacia la oreja. Llevaba unos vaqueros ajustados y zapatos de tacón corto.

—Es Graziela, mi ahijada —dijo Alfonso, ensayando otra sonrisa—. ¿Un café, algún refresco?

Negué y ella se fue sin decir palabra, no sin antes obsequiarme con otra enigmática mirada.

—Esa chica es una belleza —ponderé.

—Lo es, a pesar de la cicatriz en su cara. ¿La vio?

—Sí. Podría hacerse la cirugía y no le quedaría señal.

—No quiere. Dice que es como penitencia por lo que hizo. —Le miré—. Sí. Perteneció a una de esas bandas latinas. Cometió algunos delitos graves y la enviaron a un reformatorio. Era menor de edad. El centro enviaba boletines invitando a que familias normales acogieran a estos adolescentes marcados por la violencia. Adopciones. Cuando vi su foto decidí ir a verla. Y me la traje. Es colombiana. Su padre la violó muchas veces hasta que reunió años y la valentía necesaria para escaparse. Buscó refugio en las calles, como tantos niños en algunas de las grandes ciudades de Iberoamérica. Unos tipos la trajeron a España, junto a otras chicas, como si fueran sus padres. Su destino, la prostitución. Ella ejerció de nuevo su rebeldía, escapándose e integrándose en una banda, que la protegió contra los proxenetas a cambio de ser una «guerrera». —Se concedió una pausa—. La prohijé. Fue una apuesta que salió como yo deseaba. Es la chica más fiel y honrada que puede darse. Aquí encontró el calor y el hogar que nunca tuvo. Es libre y nos..., quiero decir, me cuida mejor que si fuera una hija. Siempre está pendiente de mí y tiene la casa como un espejo.

—¿No tiene compañero? —me sentí obligado a preguntar.

—Odia el contacto carnal, comprensible tras años de ser obligada.

Yo escuchaba con la debida atención como siempre hago cuando mis entrevistados cuentan sus historias. Es curioso, pero en general sueltan con gran detalle confidencias que no se les piden mientras que son remisos a responder sobre lo que se les pregunta. El relato de Alfonso quitaba tiempo a mi verdadera función. Por eso agradecí a Dionisio cuando dijo:

—Nos hemos ido por los cerros. Hablábamos de la División Azul.

—Usted era falangista —dije, mirando a Alfonso.

—Lo soy —corrigió—. Siempre lo seré.

—¿En qué regimiento de esa división sirvió?

Me miró con cierto desdén.

—No estuve en ella. Hijo único, una madre que atender, por debajo de la edad requerida. No me dejaron ir. —Se removió en el asiento—. ¿Qué tiene eso que ver?

—Mucho. Permítame decirle que, de haber vivido aquello, es muy probable que ahora tuviera la ecuanimidad y la distancia suficientes para aceptar la realidad de los hechos en su conjunto. Creo que sólo ve la parte heroica, dejándose arrastrar por la veneración que le producen aquellos hombres sacrificados, sin detenerse a pensar que no debieron haber muerto.

—No entiendo lo que quiere decir —dijo, adoptando un gesto de beligerancia.

—Me parece que usted no admite la mínima sombra de comentario adverso sobre aquella escabechina, adornada como gesta. Pero ahora podría ser la ocasión.

—Vale —dijo, alzando una mano y mostrando un gesto incalmado—. Diga lo que piensa. Le escucho.

—De verdad, prefiero reservarme mi parecer. No vine a eso.

—Hable, se lo estamos pidiendo —ordenó Dionisio, con lo que estableció que él estaba al mando de los tiempos.

—Bien —inicié, consciente de que no podía negarme a ese imperativo si quería sacar algo positivo de la visita—. Creo que todos aquellos jóvenes falangistas insuflados de ilusiones sólo querían participar en la gloria de estar presentes en la destrucción de la Unión Soviética. Usted mismo lo sentía así. Nunca imaginaron que podrían sufrir y morir. Pensaban que Alemania ganaría esa guerra y que ellos, casi sin disparar un tiro, estarían en las terrazas del Kremlin de Moscú haciéndose las fotos para la historia. Lo dicen la mayoría de los supervivientes. Se puede leer entre líneas a aquellos que dejaron su experiencia en libros. Fue un error. Los ejércitos alemanes estaban sobrevalorados. Cierto que hasta ese momento se habían mostrado invencibles, pero... ¡Aniquilar al ejército ruso, ocupar la Unión Soviética...! —Hice la necesaria pausa—. ¿Tienen un mapa de lo que fue la URSS? Incluso la actual Rusia impresiona por su desmesura. No es Francia, ni Polonia, ni toda Europa junta. Nada comparable. Es un país inocupable, el más extenso del mundo. Si los ejércitos del Tercer Reich hubieran podido conquistar Moscú, Leningrado y Stalingrado, ¿qué? Sería cosa de meses que fueran devorados por su inmensidad. La geografía y la historia estaban en contra de las esperanzas de los alemanes.

—Creo que habla usted a toro pasado.

—Entiendo que no lo vea, pero Alemania se equivocó. Y la División Azul nunca debió crearse. La aportación española en esa tragedia general fue inútil, como un parpadeo durante el sueño. Una división entre trescientas sesenta alemanas y de países partidarios; poco más de diecisiete mil hombres de inicio entre cuatro millones de combatientes del eje, en un frente de vértigo. Una gota de agua. Sólo sirvió para que, por nada, murieran jóvenes con empuje, lo que le vino de perlas a Franco.

De repente, Dionisio empezó a descalzarse. Llevaba botas y cuando descubrió su pie derecho comprendí que eran ortopédicas. Le faltaba la mitad, desde el empeine hacia los dedos. Luego se quitó el guante. No tenía mano izquierda. El muñón casi empezaba en el nudillo.

—Yo estuve allí, en el 2.º Grupo de Artillería, bajo el mando del comandante Prado O'Neil. Casi pierdo las piernas por la congelación, como la mano. Nadie que haya estado puede saber lo que es hacer la guerra a cuarenta grados bajo cero. Creo que estoy autorizado para opinar. Y este hombre tiene razón, Alfonso. Te lo vengo diciendo siempre que sale el tema. Yo creía que era llegar y besar el santo. Ansiaba pisar el Kremlin.

—Conozco tus teorías —dijo el aludido.

—Deberías aceptarlas. Este hombre ha expuesto algo que vengo defendiendo. —Se calzó y se acomodó—. Hablas de la marcha de los mil kilómetros. Fue un insulto de los alemanes, que Muñoz Grandes encajó y convirtió en una hazaña absurda, desde cualquier punto que se mire. Una mala decisión de nuestro general que, contrariamente a lo que se escribe de él, no estoy seguro de que fuera un buen jefe, aunque dudo que otro lo hubiera hecho mejor.

—Y dale con eso.

—Un buen general procura diseñar la estrategia adecuada para que sus hombres actúen bajo los mínimos riesgos. Y con el objetivo de vencer en las batallas, no de constituirse en carne de cañón. Los mensajes laudatorios que buscaba de Hitler para la *Blaue* llegan cuando hay mil trescientos muertos, sosteniendo posiciones indefendibles. Pero antes, el desprecio más absoluto de los oficiales y jefes nazis hacia «esos gitanos sin orden ni dignidad».

—Te recuerdo que era un soldado y estaba integrado en el XXXVIII Cuerpo de Ejército alemán. Obedecía órdenes, como todo el mundo.

—Veía morir a sus hombres por docenas, cada día, sin esperanzas de vencer ni de recibir ayuda. ¿Qué responsabilidad de jefe es ésa?

—Has estado allí y parece que olvidas lo que es pertenecer a una unidad en orden de batalla. La responsabilidad mayor es evitar que el repliegue suponga abrir un boquete en las defensas por donde pueda entrar el enemigo y romper el frente.

—Al final hubo que entregar las plazas a un coste tremendo.

—Eso se supo después. Mientras se resiste hay esperanzas de subvertir la situación.

—Resistir aunque todos mueran.

—Así es el código de guerra. No hay opción.

—Muy bien. Te recordaré que los soldados no eran tontos. Sabían que estaban solos. Los había que aceptaban con fatalismo su suerte pero otros renegaban de ella. La mezcla de voluntarios para la muerte y de voluntarios para la vida. ¿Qué tipo de voluntario te gustaría ser?

Hubo un silencio concertado. Supongo que los tres veíamos a esos hombres en aquellas trincheras, el gesto alucinado entre los disparos, las explosiones y el frío terrible.

—Pero vayamos al principio —insistió Dionisio—. ¿Qué explicación se dio para justificar que la Wehrmacht no tuviera medios de transporte? Ninguna coherente. Decían que el mando alemán precisaba de todos los camiones y trenes para otras necesidades. También que al ser la *Blaue* una división de infantería, y no una *Panzerdivision*, esto es, de infantería transportada, debería hacerse a la idea de funcionar como tal. Otros oyeron que la División no estaba debidamente instruida y que la disciplina no existía en ella, al menos del modo tradicional del Ejército alemán, por lo que los divisionarios tendríamos que fortalecernos y endurecernos con la marcha. Así que nos convertimos en una unidad hipomóvil.

»En lo propagandístico, a Hitler le interesó la División Azul por venir de un país no ocupado ni beligerante. Pero en la práctica no sabía qué papel asignarle, y más tras los informes recibidos de sus generales sobre el comportamiento no satisfactorio de los españoles durante su estancia en el campamento de Grafenwöhr. Así que les reservaba para tareas secundarias, no precisadas en aquellos momentos. Algunos generales eran partidarios de que la Azul no interviniera en los combates por los centros neurálgicos de los soviéticos, para no echarlos a perder. Además, en esos momentos no se necesitaba esa Unidad que creaba grandes problemas de convivencia e integración, y a la que había que vestir, armar, alimentar y darle todos los servicios consiguientes, destacando los sanitarios. La toma de Moscú era cuestión de días y, aparte de sus imparables ejércitos, Alemania contaba con las disciplinadas divisiones de Italia, Rumanía, Finlandia, Eslovaquia y Hungría, países beligerantes que traían sus propias intendencias y armamentos, y que eran fronteras del conflicto.

»Estaba claro que, por unas u otras razones, olvidaban que España estaba a miles de kilómetros y había prestado por solidaridad una división que, al ser integrada en el organigrama de la Wehrmacht como la 250 División, debía ser dotada íntegramente y sin renuencia con los mismos medios de los que disponían las otras divisiones. A mi modo de ver ahí falló Muñoz Grandes, que no supo imponer su condición de país invitado a una guerra ajena. Tuvo que escoger entre esperar a que hubiera transporte o hacer la machada. Temiendo llegar tarde a la toma de Moscú, nuestro general forzó a sus hombres a caminar como si no formáramos parte de la misma coalición. Parecía que hacíamos la guerra por nuestra cuenta, nunca mejor dicho.

»Había que llegar andando a Smolensko, a unos doscientos kilómetros de Moscú, tomado por las unidades blindadas del general Guderian a mediados de julio. Allí esperaba el grueso del Grupo de Ejércitos Centro para el asalto definitivo a la capital soviética. Cuando estábamos cerca de Smolensko hubo contraorden. Debíamos retroceder para subir a Leningrado y olvidarnos de Moscú. La noticia causó un enorme disgusto a la División. A la tropa, porque debían caminar más, y a los mandos, porque se les privaba de clavar la bandera en el bastión odiado. Ya no habría fotos en el Kremlin. Hubimos de regresar a Orsa y alcanzar Vitebsk, donde ya sí hubo trenes.

»La decepción que tuvimos, contemplada con la distancia debida, fue absurda, como el enfurruño de un niño cuando no le dan el juguete pedido. Hitler no prometió ese regalo a los españoles ni a nadie. Reservaba la toma de Moscú para el ejército alemán en exclusiva. No quería compartir con ningún otro país la gloria que sólo a Alemania pertenecía. Y menos con una Unidad que, obviando las razones, no había demostrado aptitudes suficientes para estar en esa gran ocasión.

»Esa estéril marcha nos llevó treinta y dos días. Fue como cruzar España desde Cádiz hasta Irún. Obviamente, los integrantes de las unidades antitanques, ciclistas, sanitarias y artilleras iban sentados, como todos los oficiales. Pero los demás, la mayoría, así como los caballos, tuvimos que hacerla a pie. Aquello fue la hostia. Aquella bárbara marcha dejó inutilizados a más de tres mil hombres, la mayoría aspeados, y mató a una docena. También se perdieron más de mil caballos y quedaron inservibles más de cien vehículos. La verdad es que aquella tropa parecíamos sobrevivientes de una guerra: heridos, derrengados y desengañados, sin haber pegado un solo tiro. El ardor guerrero había desaparecido en muchos de nosotros. Verdad es que luego lo recobramos con creces, pero a la fuerza.

Quise alejarme del debate pero el viejo divisionario se esforzó en su discurso.

—Al teniente general Von Chappuis le atribuyen un informe en el que expresa que la División Azul era el gran problema del Cuerpo de Ejército. Añadió más: que nuestra División fuera retirada y su general reemplazado ya que era completamente inutilizable en cuanto a grandes responsabilidades, dados su escasa organización y adiestramiento. Realmente tenía razón pero olvidaba algo crucial. Si esos mil kilómetros caminados hubieran sido hechos en camiones, los españoles habríamos tenido tiempo de adiestrarnos. Todo lo que el general alemán reclamaba a las tropas españolas devino de un fallo o una desidia enormes de la Wehrmacht hacia la División, ya desde el principio. En cualquier caso había que comprender al general alemán. Si los muertos españoles ascendían a mil trescientos, las bajas alemanas a esa fecha pasaban de las doscientas mil.

La tarde se había emancipado tras las ventanas y el salón quedó acosado de penumbra. Alfonso no se percató de que nuestros rasgos estaban difuminados. Al igual que Dionisio, se había ensimismado en algo que nunca moría dentro de él, debatiéndose sin necesidad de comentarios ajenos. Sin duda que estaba viendo a aquellos muchachos azules que desaparecieron en tumbas blancas.

Regresó al presente, se levantó y accionó un interruptor. Un salpicado de estratégicas luces modificó la decoración del salón. Los cuadros y bronces reclamaron su puesto en la belleza de las cosas. Se sentó y nos miró mostrando un gesto de gran melancolía.

—Hitler no quería anexionarse toda Rusia sino la parte a conquistar —continuó Dionisio—, lo que quedara entre una línea teórica entre Arcángel, en el mar Blanco, al norte, y Astrakán, en el sur, junto al Caspio. Toda la Rusia europea, al oeste de los Urales. Más que Europa. Nada menos. Ignoraba que los veinticuatro años de régimen comunista habían sovietizado a la sociedad rusa y la mayoría no estaba dispuesta a ver desgajarse la Santa Madre Rusia.

»¿Y qué ocurrió, en realidad? Que el Grupo de Ejércitos Norte, adonde fue a parar nuestra División, quedó detenido en otra línea irregular que bajaba desde Leningrado a Orel, en el sur de Moscú, a cientos de kilómetros de la línea soñada por Hitler. Y en el centro de ese Ejército, la División Azul quedó bloqueada en Novgorod, junto al Voljov. Fue lo más lejos que llegamos hacia el este. La Wehrmacht alcanzó Tichvin aunque fue desalojada un mes después. Ahí quedó frenado el poderío militar alemán y con él nuestra División.

Mencionaba ejércitos, aldeas y batallas como si fuera cosa normal que todo el mundo las conociera. Desde luego, para mí eran nombres desconocidos; propio de mi notoria ignorancia sobre la España reciente, aunque trataba de ponerme al día.

—Sólo el abandono a sangre y fuego de tres miserables aldeas situadas cerca del río Vishera costó más de mil muertos españoles —prosiguió—. Aquí es donde la responsabilidad de Muñoz Grandes es mayor. Por congraciarse con Hitler permitió que el 269 Regimiento y el Batallón de Reserva aguantaran hasta casi su total extinción. Fijémonos en que allí no había ninguna posibilidad de victoria, ninguna ayuda que esperar. Sólo morir por salvar el honor de España. Ésa fue la noticia que nuestro general envió al Fürher para conseguir que éste hiciera elogios de la División. Palabras inútiles a cambio de muertos.

»No quiero establecer dudas sobre la capacidad militar de Muñoz Grandes, sino a su falta de visión. Años después leí algo que me emocionó sobre el mariscal Von Leeb, jefe del 2.º Cuerpo de Ejército alemán. A primeros de enero del 42 sus tropas se hallaban rodeadas por los rusos, al sur del lago Ilmen. Viendo la imposibilidad de hacer frente al esperado ataque pidió autorización para evacuar la posición. Hitler se lo prohibió, añadiendo que tampoco le enviaría refuerzos. El veterano militar se veía enfrentado a dos responsabilidades: la obediencia hacia su comandante máximo y la obligación hacia sus hombres ante una batalla sin posibilidades. Venció el amor a sus hombres, por lo que presentó su renuncia al Führer.

—Pero era necesario que el Cuerpo de Ejército se mantuviera allí —porfió Alfonso—. No lo entiendes. De lo contrario se abriría un boquete.

—Que finalmente se abrió a costa de incontables muertos, muchos de ellos españoles que acudieron a reforzar. ¿Quién tenía la razón?

—Bajo un aspecto estrictamente militar, Hitler.

—Todavía faltaba lo más terrible —insistió Dionisio—, aunque no esta vez bajo la responsabilidad de Muñoz Grandes al haber sido sustituido por Esteban Infantes. Verdad es que ahí no hubo tiempo para pensar, por la ineficacia del Servicio de Información alemán. Me refiero a la batalla de Krasny-Bor ocurrida en febrero del 43. En sólo veinticuatro horas unos dos mil doscientos españoles quedaron despedazados, malheridos y desaparecidos. Casi la mitad de las bajas totales de la División. ¿Qué pelea era ésa? Tres batallones y cinco baterías españolas contra cuarenta batallones, una nube de tanques y ciento cincuenta baterías rusas. Un gato frente a un oso. Este hombre tiene razón, Alfonso. Siempre hablas de héroes muertos. España necesitaba jóvenes vivos.

—Esos jóvenes estarán ahí siempre, para que Falange sea considerada como lo que fue, una organización creada para eliminar la lucha de clases en España —argumentó Alfonso con pertinaz énfasis.

—Fue el canto del cisne de la Falange fundacional —arguyó Dionisio—. Aquí también acertó usted, señor Corazón. La flor y nata de la Falange pura quedó enterrada en la tundra rusa. Lo que después se llamó Falange no fue tal sino unos lameculos al servicio de la dictadura. Franco se vio libre de su principal competidor para manejar el destino de España. Y así nos fue.

Respeté unos momentos el silencio abalanzado y atisbé una oportunidad.

—¿Carlos era falangista?

—No.

—¿Por qué cree usted que se alistó?

—Quizá le obligaron a ir.

—Deja un trabajo en una buena empresa, aunque llamado para la mili, y se marcha a la Legión. Y de allí, a combatir a Rusia. ¿Tan guerrero era?

—Jamás vi a un hombre más templado. Odiaba la violencia.

—Debe de haber entonces una explicación. ¿No tiene cartas enviadas desde el frente?

—No conservo nada.

—Había una joven que lo visitaba en el hospital, antes de ir a África. ¿Qué fue de ella?

—¿Cómo sabe usted esas cosas?

—Ya le dije...

—Y yo también le he dicho todo lo que sé.

—Verá, don Alfonso. Hubiera querido no tener que molestarle. Pero es usted el único familiar que le queda, al menos que yo sepa. No tengo otro sitio donde indagar.

—Pues lamento malograr su expectativa. No sé de Carlos desde hace años. Pero todavía no me ha dicho para qué lo busca. Usted se reserva su secreto y quiere que yo me esfuerce en complacerle.

—Tiene razón. Es un asunto de herencia de un pariente de mi cliente, ya muerto, que tuvo cierta relación con Carlos.

Me miró y vi destellos dentro de sus ojos.

—No suena convincente.

—Para ser un simple tema de herencia, sabe usted mucho de Carlos —apuntó Dionisio.

—En mi trabajo es preciso hacer un cuadro completo de la persona indagada. Y en contra de su afirmación, hay temas de herencia que son complejos y difíciles.

—Déjese de cuentos. Creo que miente y que hay algo más.

—¿Por qué dice eso?

—Carlos ha sido buscado durante mucho tiempo por otros asuntos.

—¿Se refiere a la sospecha de que fuera culpable de la muerte de dos personas, allá por el 41?

A Alfonso se le encendieron los ojos como si fueran bombillas.

—Naturalmente. Le pillé. Eso es lo que investiga en realidad.

—Ese cargo ha debido de prescribir hace años. Se supone que dejó de ser objetivo policial.

—Pero permanece la sospecha en algunos, seguramente en su cliente.

—Tiene usted muy fijado ese asunto, según parece.

—¿Y cómo no? —se sulfuró de nuevo—. Han sido muchos años de acoso. Eso deja huellas.

—¿Por qué cree usted que la policía consideraba a Carlos culpable de aquellas muertes? La familia dice que lo único que tenían eran las balas encontradas en las cabezas de los asesinados. Son del 7,65 mm, un calibre no muy frecuente.

—De mí no va a sacar ninguna información. Creo que no tenemos más que hablar, señor detective —dijo, levantándose.

—En muchos casos, las indagaciones para un asunto propician revelaciones secundarias, no imaginadas. No es descartable que durante mi investigación pueda obtener datos que hagan considerar incluso la no culpabilidad de Carlos.

—A estas alturas, ¿a quién puede importarle una cosa u otra?

—¿A usted no le importa?

Elevó hacia mí una mirada seca.

—No me gusta usted, señor.

—Es una pena que no me facilite el trabajo. Ahora tendré que consultar los archivos policiales, lo que es muy aburrido. Seguro que encuentro algo.

Dionisio permanecía de pie, atildado, la galanura perfecta, como si fuera un dibujo sacado del lápiz de un buen artista. Ya en la puerta, Graziela se dejó ver de nuevo. No supe entonces por qué había tanto desagrado en sus negros ojos.

La puerta se abrió y la claridad rescató los perfiles armónicos de la biblioteca privada de La Rosa de Plata.

—¿Qué haces aquí, solo y a oscuras? —dijo Rosa—. Te echaba de menos.

—Estaba necesitado de luz, que ha llegado. Siempre la traes contigo —dije en el sillón anatómico donde me atrapó la remembranza.

Se sentó en mis rodillas y me besó. La comezón que sentía se eclipsó.

—¿En qué espacios navegaba tu mente?

—Rememoraba una entrevista que tuve con un investigado y su compañero. No imaginas lo intensa y esclarecedora que fue. No dejo de sorprenderme por las reacciones humanas ante calamidades vividas, su percepción de los hechos, que a veces difieren de lo esperable.

—No existe una norma para los comportamientos en las situaciones límites.

—Lo sé.

—Volverás a verles.

—Sí, ahora con otras razones, que no tenía en aquella velada, Pero también debo hacer otras visitas comprobatorias y echar una mano en la agencia. Y, claro está, identificar al pistolero. Creo que está bien de holganza. Llevo aquí tres meses, por un simple disparo.

—No has estado inactivo —dijo, inundándome con su sonrisa. Se levantó y fue a la puerta. La cerró con pestillo y empezó a desabrocharse—. Ahora tienes una misión inaplazable que realizar.

18

Valdediós, Asturias, septiembre de 1931

Veritas vel mendacio corrumpitur vel silentio.
(La verdad se corrompe o con la mentira o con el silencio.)

CICERÓN

José Manuel se despertó al notar que alguien se metía sigilosamente en su cama y se apretaba contra él. Debía de ser plena madrugada porque todo estaba a oscuras y se oían los ronquidos, las toses y los pedos de los durmientes. El miembro endurecido del desconocido porfió entre sus piernas mientras su boca buscaba la suya. José Manuel le puso la mano en el cuello y apretó.

—Quieto. Creo que te equivocas —susurró.

No se veían las caras pero notó el envaramiento del otro al comprender que no había entrado en la cama deseada y apreció que su aguerrido apéndice se desinflaba hasta casi desaparecer.

—Joder. ¿Quién *carayo* eres, ho? —dijo el desconocido en su oído con voz alarmada.

—No el que buscas. No te interesa, ni a mí quién eres tú. Nunca vuelvas a entrar en mi celda.

El visitante salió sin hacer ruido y dejó a José Manuel preocupado porque si alguien se hubiera percatado ambos serían expulsados sin atender a explicaciones. Nadie debía ocultar un hecho semejante y él mismo tendría que decirlo en confesión. Si no lo hacía caería en culpa, pensamiento que flotaba en su mente sin que hubiese entendido su verdadera dimensión porque para la Iglesia casi todo era pecado. Por el contrario, tenía conciencia de lo que significaba contravenir las reglas. No pudo volver al sueño.

Oyó la campanilla sin haber podido pegar ojo. Se levantó e hizo los primeros deberes del día. En el tiempo de meditaciones volvió a martirizarse al sopesar cuál sería la mejor decisión que debía tomar respecto al incidente nocturno. Informar de ello significaba ser un chivato y la consecuencia sería la exclusión del infractor, posiblemente la suya también. Pero si no lo exponía faltaría a un precepto fundamental, la jurada promesa de informar. Y pudiera ser que el otro interpretara su silencio como cómplice y le pusiera bajo extorsión.

Durante el desayuno buscó disimuladamente ojos culpables y encontró más de un par. Allí estaba, mirándole como sólo pueden hacerlo quienes algo quieren decir u ocultar. Y eso no le gustó. Uno de esos chicos tenía espesas cejas negras y grandes pestañas.

Tuvo el impulso de buscar ayuda en otro compañero para clarificar sus dudas, por ejemplo en José María Fernández. Luego comprendió que extendería el problema ya que el otro quedaría involucrado a su pesar. Tendría, como él, obligación de declararlo para no cometer falta o complicidad. En la disyuntiva optaría por lo más razonable: confesar la confidencia. Él sería expulsado fulminantemente porque ante un hecho tan grave habría dejado de cumplir con la máxima, además de envolver a un tercero.

En la hora del recreo buscó a su tutor y le informó de lo sucedido, asegurando ignorar quién fue el interfecto.

—Pero dejaría un rastro. La oscuridad no es tan absoluta como para no poder identificar algunos signos.

—Estaba sorprendido y asustado. Todo fue muy rápido. Por un momento llegué a pensar que lo soñaba.

—Debiste confesarlo en la meditación de la mañana. ¿Por qué este retraso?

—Tuve dudas, padre. Aún las tengo.

—¿Qué dudas? Cometió una falta grave de la que debiste alejarte de inmediato.

—Las dudas incluyen también el temor de que me crean parte del asunto o que cuando atrapen al infractor, en caso de que lo consigan, él me señale por simple deseo de venganza.

—No hay que tener tan maquiavélicos pensamientos. Aquí buscamos la verdad. Nuestra experiencia y la observación nos aseguran descubrir quién es culpable y quién no. Y puedes estar seguro de una cosa: daremos con él y con la verdad.

Eso de dar con la verdad le sonó a amenaza, como si hubiera generado sospechas de ser partícipe y no víctima en el asunto.

—Hay algo más. —Miró al superior, sin ambages—. Me refiero a la consideración negativa que existe hacia quienes son gustosos del mismo sexo. Es un hecho palpable, padre. Y me gustaría entenderlo.

—No hay nada que entender. Es una desviación, una enfermedad. Necesitan curarse fuera de aquí.

—Si Dios los hizo así, debería haber una razón.

—No estamos en este mundo para enjuiciar las decisiones de Dios sino para obedecerlas. Pero el pecado no es ése. Lo sería igual si lo hubiera intentado con una mujer o con él mismo. Es una indisciplina pero, abundando en el tema, cabe insistir en que para los que estamos en el camino de Dios esas acciones degradantes son instigadas por pensamientos malsanos. Por eso hay que desecharlos de inmediato. Aquí no hay cabida para quienes se apartan del camino de la virtud, sean cuales sean los motivos.

A los pocos días notó que estaba siendo vigilado. Se desasió de caer en el entorpecimiento, centrándose en el estudio y en el deporte. Rehuyó el contacto habitual con los demás alumnos, procurando no dejar en ellos sensación de anormalidad. Estaba siendo obligado a aprender las reglas del disimulo, lo que enfrentaba con su carácter llano. Pero no le era fácil soportar las miradas de los dos sospechosos cada vez que los veía, apreciando que siempre se mantenían alejados uno del otro.

Y las semanas fueron pasando mientras la crestería de las cimas se engalanaba de oro y el suelo del valle se alfombraba de hojas agotadas. Y una tarde hubo un gran ruido.

—¡Fuego en el bosque!

Salieron todos. Las llamas se habían extendido por la seca árgoma y amenazaban el castañal. Corrieron con cañas y varas y golpearon el ramoso arbusto mientras otros hacían viajes con cubos de agua. José Manuel estaba concentrado en la labor cuando sintió el roce reiterado de otro cuerpo. Entre el humo cegador vio al chaval de cejas grandes que le hacía el gesto de silencio, el dedo índice sobre la boca. Rediez. Seguro que estaban siendo observados en ese momento. José Manuel se alejó a otra zona y siguió en la tarea. Cuando el incendio quedó extinguido volvieron todos al convento. Después de lavarse, José Manuel fue al despacho del vicerrector.

—Qué traes, hijo.

—Me voy del seminario.

—¿Qué dices? ¿Por qué?

José Manuel había tenido tiempo de constatar que todo el profesorado dominaba el arte del fingimiento. Pero el cenceño religioso parecía realmente sorprendido y tal vez pesaroso.

—El convento se transformó en prisión para mí. No puedo soportar esta vigilancia y tensión.

—¿Qué vigilancia?

—Vamos, padre.

—Bueno... —Era extraño que hombre tan templado dudara. Dio unos pasos por las esterillas que luchaban contra la humedad—. Bien. En realidad no eres el objeto de nuestra vigilancia sino el cebo. Creemos que el rapaz que te asaltó volverá a hablarte.

—¿No tienen otro medio de pescarle? Han pasado semanas.

—Te pido paciencia. Y también comprensión. Hay

una mala hierba que debemos eliminar. Nuestro acecho dará fruto pronto. —Le puso una sarmentosa mano en el hombro—. Desecha esa idea de marchar. Eres de los mejores estudiantes.

Dos noches después hubo una pequeña conmoción. Se oyeron pasos apresurados, palabras apagadas y luces temblorosas desplazándose.

—Seguid todos en vuestras camas —dijo una voz.

Luego la perturbación se alejó y todo volvió a quedar en silencio y a oscuras.

Al día siguiente en el desayuno José Manuel procuró no mostrar un interés anormal en su mirada. Pero apreció que los dos muchachos sospechosos ya no estaban. Supuso que los habrían descubierto tras una vigilancia similar a la que él fue sometido. Y fue consciente de que ese hecho nunca se le olvidaría.

19

Melilla/Protectorado de Marruecos, marzo de 1941

Ahora en mis ojos reposan
los lentos ríos que el mar no acecha,
la mañana que serena se viste de mañana,
la noche que a la noche se rinde.

RICARDO RUIZ NEBREDA

Melilla apareció a la izquierda de un largo promontorio de feroces acantilados semejando la proa de un enorme buque queriendo avanzar hacia el mar abierto. Las olas batían con fuerza en la castigada roca escarpada y en los farallones que montaban guardia. A las ocho de la mañana el vapor *Virgen de África*, procedente de Málaga, atracó en el concurrido muelle Vizcaya, donde las aguas permanecían amansadas. Lavada por las últimas lluvias, la ciudad se mostraba reluciente y el aire era tan límpido que parecía no existir. Más allá del puerto, el monte Gurugú, con los verdes bancales en sus amplias estribaciones y su pico desnudo, el Basbil, de casi novecientos metros, daba la sensación de haber sido recientemente instalado por un equipo de escultores gulliverianos.

Los trescientos reclutas del Tercio, todos vestidos de paisano, descendieron y pasaron lista mientras la banda del regimiento interpretaba el himno legionario. En la sala sanitaria del acuartelamiento de transeúntes tuvieron que pasar el proceso de desinfección que incluía el pelado, afeitado, ducha con agua caliente y vacuna antitifoidea. Las ropas fueron retiradas y a cambio recibieron mudas, botas y uniformes, todo nuevo y de acuerdo a sus tallas.

Dos horas después de una opípara comida toda la tropa fue embarcada en unos autobuses que tomaron la carretera que unía Melilla con Zeluán, ya en terreno marroquí bajo Protectorado. Durante el viaje por la bien conservada pista, Carlos apreció que a la izquierda las aguas marítimas eran calmadas. Más allá había una larga lengua de tierra, como un dique natural, partiendo en dos las aguas. Había estudiado los mapas y sabía que esa enorme charca se llamaba Mar Chica, un mar interior como el Mar Menor de Murcia y por el que se movían barcas de pescadores. Como la manga española, esa lengua era una tierra desnuda, de arena y sal, vacía de edificaciones. Sólo dos enclaves entre los dos mares: La Restinga, con su poblado, puerto y fortín, y el Atalayón, una península en miniatura que se adentraba en el pequeño mar, con su base de hidros.

En Nador, la población central de Mar Chica, tan sólo a quince kilómetros de Melilla, tomaron una carretera secundaria que les llevó al poblado de Tauima, donde destacaba el enorme acuartelamiento del Primer Tercio legionario, llamado Gran Capitán. Parecía un castillo medieval, con dos torreones irregulares centrando el gran arco de entrada donde un ligero viento hacía ondear la bandera de España. Allí se encontraban las 2.ª, 4.ª y 11.ª Banderas de la Legión, distribuidas en doce compañías, más otras dos para grupos de zapadores, transmisiones y antitanques. Las demás Banderas integraban los otros Tercios situados en distintos lugares de Marruecos y España.

La llegada de nuevos reclutas era siempre un acontecimiento. En los dormitorios de las catorce compañías, adonde fueron repartidos provisionalmente, los veteranos les recibieron con silbidos y chanzas. Carlos y Javier fueron asignados a la 1.ª de la 2.ª Bandera. Se hicieron con las camas y las taquillas correspondientes y procedieron a organizar sus equipajes. Luego rindieron presencia en la armería, donde les hicieron entrega del fusil y las demás dotaciones. La noche llegaba pronto en esa zona. Después de la cena y antes del toque de retreta, Carlos se dio una vuelta con Javier por el inmenso patio de armas. Habían cambiado las duras botas por alpargatas de cordones y se sentían más ligeros. Carlos miró a su amigo, que permanecía en silencio. La noche era tan profunda que las estrellas parecían colgadas de hilos infinitos. Encendió un cigarrillo y reflexionó sobre la velocidad con que acontecen las cosas.

20

Valdediós/Pradoluz, Asturias, abril de 1932

Nullis boni sine socio incunda possessio est. (De ningún bien se goza la posesión sin un compañero.)

SÉNECA

José Manuel fue llamado al despacho del rector, recién terminado el desayuno. Tuvo un principio de temor porque de esas llamadas nunca surgían buenas noticias. ¿Qué habría hecho mal? Llamó quedamente. Al lado del director estaba su profesor.

—El propio que va a Villaviciosa cada semana a recoger el correo, trajo una nota del alcalde. Habían telefoneado desde Campomanes —dijo el rector, mirándole y analizando lo que veía. Ante él no estaba el asustado principiante sino un mozo alto y bien parecido, aunque seguía teniendo los ojos llenos de preguntas—. Toma, léela.

De esa forma se enteró de que su padre había sucumbido a la silicosis y que falleció cinco días atrás. Miró a ambos clérigos con desconcierto. Luego sintió un acceso de ira que se enredó dentro de sí mismo sin salir al exterior. Muerto, a los 44 años. Sin tiempo para llegar a beneficiarse de los proyectos que albergaba para él.

—Quiero ir a verle.

—Para qué. Ya lo enterraron.

—De todas formas, le ruego me permita ir.

—Si quieres rezar por él, puedes hacerlo desde aquí. Te acompañaremos en tu sentimiento. Espera a las vacaciones.

—Padre, necesito ir ahora. Quiero ver a mi madre.

—Tendrías que ir solo y ahora no es buen momento.

José Manuel sabía a lo que se refería. La República había llegado y por todas partes se producían manifestaciones en contra de los patronos, de los ricos y, fundamentalmente, de la Iglesia. Habían tenido algunas algaradas en los paseos desde entonces. En las primeras ocasiones, caminando en grupo por la carretera a Amandi, habían sido insultados y amenazados por mozos iracundos. Les llamaban cuervos, les piaban, se burlaban y algunos hasta pedían su muerte. En ocasión posterior, en Villaviciosa sufrieron una agresión. José Manuel se asombró de que algunos alumnos respondían a puñetazos y otros con palos que llevaban escondidos, lo que puso en desacuerdo a los furiosos. No creía que tal cosa pudiera ocurrir. Nadie le había dicho que repeler agresiones era permitido a quienes se formaban sobre la base de la bondad y el amor entre los hombres. Pero más se asombró cuando en el convento, al volver, los profesores avalaron esa conducta porque «hay que hacerse respetar por esa masa asilvestrada». Para evitar conflictos no les permitieron pasear fuera del valle y menos en solitario.

—Este mes se cumple un año de esa calamidad que ensombreció el país. Habrá exaltados que desearán celebrarlo. No te será fácil transitar por tu zona de nacimiento.

—Procuraré soslayar los problemas —aseguró.

—Bien. Tienes dos días de permiso. Te daremos dinero para el viaje. —Miró la hora en un reloj de bolsillo—. Mandaremos al propio a Villaviciosa para que telefoneen a Campomanes avisando de que llegarás a mediodía en tren. Que Dios te guíe.

Media hora más tarde subió andando los tres kilómetros hasta San Pedro de Ambás, el pueblo grande situado en plena carretera general para coger el autobús que lo llevaría a Oviedo. Era el camino usado por los que escapaban del convento. Chicos que tenían otros planes para sus vidas y que no aguantaban el severo régimen. También los que fueron desestimados. Pero el seminario estaba bien provisto de estudiantes porque otros llegaban para que la rueda siguiera girando.

El autobús era un «Imperial» de la línea Salustio. La gente le miraba porque no era frecuente ver a un seminarista solo en esos tiempos. Subió a la parte de arriba, sobre el techo, al aire libre. La superficie estaba ocupada por unos bancos de madera atornillados a la chapa y el viajar en ellos suponía un precio menor. Se quitó el bonete de tres picos, se ajustó la esclavina y dejó que el aire acariciara sus cortos cabellos, sin dejar de agarrarse bien a los reposabrazos. El chofer no ponía empeño en conducir con sosiego, y en las múltiples curvas y bajadas todos iban de un lado para otro como si estuvieran en un barco, a punto de caer en cualquier momento. Algunas mujeres vomitaban y el líquido se esparcía hacia los de atrás provocando denuestos y sonoras blasfemias.

Estaba en cuarto curso de carrera y notaba lo que en él influía el seminario, el mundo que descubría en los libros, los conocimientos de cosas que ignoraba existieran. Al margen del latín y las obligaciones puramente religiosas, sentía pasión por las matemáticas, geografía, literatura e historia. Pero dentro de él seguían porfiando las dudas.

Llegó a Oviedo y quedó deslumbrado, más que la vez anterior porque entonces era un guaje y carecía del discernimiento adquirido con la edad y el estudio. Tanta gente y tanto movimiento. Fue a la estación del Norte e hizo esfuerzos para disimular su torpeza en el guirigay del enorme lugar. Sacó billete de tercera clase para el primero que partía hacia Lena. Tenía tiempo hasta la próxima salida, por lo que decidió caminar hasta la catedral. En la calle Uría, la principal de la ciudad, se admiró de los bellos edificios, especialmente uno llamado La Casa Blanca, cuya fachada de mármol le hacía sobresalir de entre otros de apreciable diseño. Con su espigada figura y su fajín rojo atraía las miradas de todos. Ningún cura transitaba, al menos él no los vio. Intuyó que también por allí dictaba la orden de que se guardaran de andar solos. Para algunos paisanos podía ser una demostración de valentía, y para otros, una provocación. Pero nadie se metió con él. De reojo miraba a las mujeres y sentía zozobrar su fortaleza. Tan hermosas, elegantes, emitiendo feminidad como esas plantas que lanzan sus efluvios para atraer y atrapar a los insectos. Era la prueba más dura para él. En los paseos desde el seminario veía a las mozas por la carretera y en las faenas de los caseríos y notaba las urgencias dentro de sí, nunca consumadas. Pero las féminas de Oviedo eran increíbles y le aplastaban. Recordó la conversación tenida con el confesor en uno de los repasos de culpas, tiempo atrás, al principio, cuando declaraba todo lo que sentía.

—¿Te dejaste vencer por la práctica solitaria del falso deleite carnal?

—No, no, padre, nunca me toqué pero... ¿por qué ye falso?

—Porque es deshonroso para el espíritu y perjudicial para la salud del cuerpo.

—¿Por qué ye malo para el cuerpo?

—Es una práctica antinatural y como tal deja secuelas, como la ceguera y la sordera.

—¿En serio queda uno ciego?

—Bueno, afecta mucho a la vista. Es un hecho comprobado.

—Entonces, casi todos los curas se la mueven porque la mayoría lleva gafas. Usted mismo las tiene.

El confesor se atragantó.

—Bueno, no todas las afecciones oculares vienen de eso. Los curas gastamos la vista en las muchas lecturas que hacemos durante años. Es importante no olvidar que la función principal del órgano masculino es la de orinar.

—Sí, pero todos los días amanece dura y grande como el palo de la *fesoria*, hasta duele de lo tiesa.

—Son mecanismos del cuerpo que luego ceden.

Como estornudar o tener calambre en una pierna. Cuando tengas esas... durezas, ve a la ducha o mete los pies en el arroyín. Y reza. Los rezos con fe anulan cualquier otro sentimiento que el de la pureza. Eres de los mejores en todo y me consternaría si tuvieras que dejar el seminario por sucumbir a tan perniciosa atracción.

Sabía que, con el fin de torpedear su ansiedad y mantener el miembro en flacidez, en la bebida les echaban una cosa llamada bromuro, algo que resultaba ineficaz para la brava mayoría. Tampoco era desconocedor de que les vigilaban. Miraban las sábanas para ver si había huellas. No ignoraba que muchos buscaban hacerlo en el retrete, donde desaparecían los rastros del impulso pecaminoso.

La catedral le extasió. Entró y con sus ojos acarició las bóvedas, las columnas, las figuras de los santos y vírgenes, el coro y todo lo demás. Se sentó y estuvo meditando cómo los hombres antiguos podían hacer tan bellas obras. Recordó a su padre. Se arrodilló y oró por él. Al deán que le atendió le expuso su deseo de ir al Palacio Episcopal con la intención de ver al obispo. Le quitó la idea porque estaba enfermo y, además, había que pedir audiencia con antelación. La entrevista mantenida en tono reverencial con el canónigo le hizo notar todo el poder de la Iglesia.

El tren tenía destino a León. Iba lleno de gente y paraba en las estaciones principales. Al salir de Oviedo se obligó a concentrarse en el paisaje. No le fue difícil dejarse absorber. Más adelante vería los montes de su niñez. Aunque para un extraño no había diferencia en todo el diseño asturiano sí la había para un natural.

En los paseos desde el seminario durante los periodos de vacaciones, escaló El Pedroso y caminó por el Cordal del Peón, atestado de pinares y pumaradas y de una belleza anonadante. También estuvo en la Peña de los Cuatro Jueces, lugar donde decían que cada año se reunían los alcaldes de los concejos de Gijón, Sariego, Siero y Villaviciosa para cumplir con la añeja tradición entre algazara de sidra y buen yantar. En Oles había una mina de azabache y vendían los abalorios en las tiendas. Cuando tuviera suficiente dinero compraría un rosario de esa piedra negra para regalárselo a su madre. Le encantaba ir a Villaviciosa y contemplar la hermosa ría desde la carretera que lleva a El Puntal. Perezoso en la obediencia de retorno al grupo, siempre se extasiaba largo tiempo junto al Faro de San Miguel. Allá, el mar infinito que nunca vio antes ni lo había navegado. Ahora sabía que en algún lugar de la América lejana, adonde un tío suyo marchara muchos años antes, olas similares estaban desmayándose.

Pero nada era como regresar a casa, ningún lugar comparable a sus montes. No había vuelto a ver a los suyos. En los dos veranos anteriores nadie acudió a verle y él no abandonó la zona por diversas causas, tampoco por las Navidades. Recordó el viaje de casi cuatro años antes en sentido contrario. Quiso verse en aquel niño desaparecido y la imagen le vinculó a ese momento.

En la abierta estación de Campomanes le esperaba su hermano Eladio. Fue un encuentro lleno de silencios, centrando las miradas de todos los curiosos. Estaban en una esquina de la zona minera y las sotanas no encontraban ecos de bienvenida. El aire le trajo comentarios preocupantes de algunos adultos.

—Mírale, como si no supiera lo que les viene.

—Hemos dacabar con tóos ellos.

Un grupo de mozalbetes se le acercó a la carrera como si fuera objeto de feria.

—¡Viva Rusia!

—¡Vivan los mineros!

—¡Mueran los curas!

Agitaban los puños en alto entre burlas y gestos procaces mientras intentaban rodearle. Eladio les dispersó sin contemplaciones.

Subieron andando por el pedregoso camino. Le vino a la memoria cuando partió al seminario en el carro y preguntó por don Abelardo. Su hermano le miró y dijo que había muerto, pero enseguida se deshizo del asunto como si fuera algo inoportuno.

Allá por donde pasaban, los paisanos de los pueblos menores se paraban y algunos le saludaban. No imaginaba que por esos lares hubiera beligerancia antirreligiosa. Sabían quién era porque la noticia había corrido. Las mozas con las que se cruzaba le miraban con curiosidad, cesando en sus labores. Lo hacían sin disimulo, con el descaro natural de quienes lo tienen por costumbre. Algunas se le acercaban y le daban la bienvenida, otras le sonreían con timidez y otras se apartaban intimidadas ante ese atractivo y delgado mozo de sayo negro.

Una hora después llegaron al cementerio. Allí estaba su madre con las lágrimas eternizadas, sus tías, su hermano Manolín, y Pepa, la mujer de Adriano, con sus dos rapacinos. Le presentaron a Georgina, que llevaba una cría agarrada al sayal. Era moza de Espinedo y mujer de Tomás, otro de sus hermanos, de cuyo casamiento fue informado por carta. Sus ojos esmeraldinos subrayaban la armonía de sus facciones. Y conoció a Adonina, con la que Eladio casara un año antes acuciado de prisas. No pudieron invitarle al casi escondido acto, según le escribieran posteriormente. Procedía del Concejo de Ibias. Era familia de los Castro de Pradoluz y visitándoles se prendó de su hermano. Ahora tenía una niña que apenas andaba y estaba encinta, lo que confirmaba las prisas que en esa línea llevaba su hermano. No se sorprendió de ver a tanta prole, pero sí de conocer a dos cuñadas realmente guapas, rubias y con similares piedras preciosas por ojos a pesar de proceder de casas distintas. Pepa distaba de ser fea pero era diferente.

—Dios no diome una moza, sólo homes —dijo su madre—. Ahora téngolas a ellas, como si fiyas fueran.

La tumba tenía una sencilla lápida. Los nombres de los abuelos paternos, el de su hermano ahogado y, abajo, el de su padre, estaban pintados torpemente. José Manuel rezó, arrodillándose. Lo hizo con devoción pidiendo por él y rogando su perdón por no haber podido cumplir su secreta promesa. Al rato vio acercarse a una rapaza calcada a Georgina. Quedó desconcertado.

—Esta ye mi hermana Soledad, que tóos creen gemela, pero ye tres años menor —dijo su joven cuñada, viendo su azoramiento. Rio—. Tien ya mozo que la ronda.

O sea, quince empujados años, uno menos que él, que también aparentaba mayor. Hizo grandes esfuerzos por no mirarla con la prolongación e intensidad que demandaba su admiración. Pero se avino al compromiso que su condición le marcaba. Sin embargo, en los breves chispazos del resto del día, sorprendía la mirada de la muchacha fijada en él.

Más tarde, ya en el pueblo, no todos los vecinos le dieron la bienvenida. Algunos le miraron con el mismo rencor que los desconocidos que le vociferaron durante el trayecto. En la cocina aceptó un generoso vaso de leche. Encontró la casa original muy pequeña. Le pareció imposible que pudieran haber vivido amontonados tantos en ella. Dos años antes tuvieron el acierto de construir sobre una parte de la huerta. Había cuatro habitaciones más, ocupando dos plantas, y ahora ya no estaban tan apretujados.

Los dos hermanos mayores, Adriano y Tomás, estaban haciendo la mili en León cuando ocurrió el deceso. Al quedar como hijos de viuda, fueron licenciados. En ese momento estaban en la mina, allá en Moreda. Llegaron al atardecer, las caras y las manos tatuadas de carbón, las boinas incrustadas. Se dieron un fugaz abrazo y luego, en el *escanu*, intentaron conversar, al principio con monosílabos, ellos *tardiegos* en poner las palabras deseadas. La diferencia entre José Manuel y sus hermanos era tan patente que sintió una punzada de remordimiento, como si fuera culpable de esa distancia cultural. Bajó la mirada, doblegando su costumbre de mirar de frente. Quería evitar interpretaciones engañosas, despegarse de cualquier gesto que ellos tomaran como de suficiencia. Estaba toda la familia, sus tías incluidas, y las mujeres pusieron la cena sobre la mesa. Mientras comían, José Manuel notaba que sus ojos tiraban de él hacia Soledad, a hurtadillas. Y siempre encontraba la mirada de ella, como si fuese la entrada a un mundo mágico.

—Espero que te vaya bien por allá —dijo Adriano, rompiendo la tregua.

—Estoy bien —contestó José Manuel, creyendo notar lo que le pareció un intento de acercamiento en su hermano—. ¿Y vosotros?

—Así vamos. Se acercan malos tiempos. Ye bueno tener a alguien al otro lao.

—¿Qué es eso del otro lado? No te entiendo. Soy de la familia.

Hubo un silencio. Georgina sirvió vino y dijo algo sobre el tiempo, pero nadie la escuchó.

—Por ahí abajo las cosas tan revueltas. El SOMA ta agitando toa la cuenca. Lo questa mañana ta pasao en Campomanes con esos *chavalacos*. Ye una muestra.

—Cosas de guajes.

—Guajes y mozos. No hay respeto ni seguridad. La crispación ye grande. Somos gente de orden. Por eso tamos afiliaos al Sindicato Católico. No queremos dinamitar los sistemas de extracción y carga del carbón, ni las torres, ni hacer sabotaje en las instalaciones. Ye una barbaridad. Provocan pérdidas que a nadie beneficia. Pero el sindicato socialista tien más gente cada vez. Como mineros taremos liaos en las huelgas, a pesar de tar en desacuerdo. Y si hay enfrentamientos, tóos quedaremos malparaos.

—Bueno. No entiendo mucho de huelgas. Pero, ¿qué tiene que ver eso conmigo? —Le miró y supo lo que estaba a resguardo—. ¿Crees también que el enemigo es la Iglesia?

—No, aquí no somos de esa opinión. Pero la Iglesia ye uno de los objetivos. Para muchos ye el mal, el oscurantismo, la opresión. Debes cuidarte.

—¿Por qué me enviaste al seminario?

—No fuera yo. Fuera madre. —José Manuel la miró. A través del escudo de lágrimas percibió en ella un matiz de orgullo, como si tuviera la satisfacción del reconocimiento tardío—. Tábamos de acuerdo en que fuera lo meyor para ti. Ahora tenemos quien nos quite los pecaos.

José Manuel le miró y luego lo hizo con sus otros hermanos, uno a uno, como si estuviera fotografiándolos. Todos allí, menos el desventurado Pedro, como cuando no tanto tiempo antes tropezaban unos con otros. Adriano, Tomás, Eladio y Manolín. No se habían prodigado en afectos. Crecieron sin mucho cariño, o al menos no expresado. Así era esa tierra. Notaba una sensación, como que parecían ocultar algo que pugnaba por salir y quedaba frenado en las bocas apretadas. Pese a ello los sintió cerca de sí, como nunca antes. Supo que Adriano no lo había aojado, como siempre creyó. Y se prometió en esforzarse para no decepcionarlos.

Ya en la noche fue a ver a Jesús. Apreció distancia en el recibimiento de sus primos, no así en el de su amigo. Había equilibrado la estatura a la de él pero éste le doblaba en anchura. Parecía el Sansón de la Biblia. Se sentaron en dos tajuelas junto a la tomatera en la noche plácida. Notó que algo había cambiado en su antiguo compañero de aventuras. Estaba de ayudante de barrenista, como dos de sus hermanos, y su lenguaje había adquirido rudeza. Su padre había muerto el año anterior, también de silicosis, de lo que informaron a José Manuel por carta.

—Ese maldito polvo métese en los pulmones y ahí quédase para darte por culo. Si no inventan filtros, o lo que sea, moriremos tos. Las mascarillas que ponemos son inútiles. —Condujo el cigarrillo a la boca en una de sus grandes manos y soltó un chorro de humo—. Nuestro trabajo ye duro, el que más. Puede que algún día los patronos lo comprendan y nos paguen a la altura, no la miseria que ahora recibimos.

—¿Vas a ser minero, lo has decidido?

—¿Y qué otra cosa puedo hacer?

—¿Por qué no has ido a verme a mi casa?

—Tamos enfrentaos. Tus otros hermanos, bueno; pero Adriano ye un gañín.

—Supongo que por el trabajo en las minas.

—Sí. Ellos militan en esa asociación clerical, que no mueve un dedo en defensa de los mineros. Tan con la patronal y con las autoridades. No les conmueven los despidos masivos, las peligrosas condiciones de trabajo, el largo horario. Sin embargo se benefician de lo que el SOMA va consiguiendo. Nunca seremos amigos. Ye otra forma de pensar. No me importa, pero tú sí.

—Creo que me estás preguntando si por estar en el seminario cambiaré respecto a ti.

—La religión ye como una droga.

—Nada me hará dejar de apreciarte como siempre. Mi mejor amigo. Ni siquiera tú si decidieras que la religión es una barrera.

Algo en los ojos de Jesús movió las sombras que los camuflaban. Pasado un tiempo de tanteo soltó lo que lastraba su ánimo.

—Nosotros trabayamos la jodía vida pasando fame y miseria. Y si llegamos a vieyos no tenemos ninguna ayuda, ni una puta pensión del Gobierno, sólo lo poco del Montepío. Nacemos y morimos probes después de una vida de trabayos. Vosotros no trabayáis, nunca lo hacéis, sólo estudiar y dar sermones. Cuando llegáis a cura tenéis la vida resuelta. Y de vieyos, la residencia y dinero guardao. Morís después de una vida sin problemas y sin dar golpe. ¿Ye eso justo?

—Me has dejado de una pieza. Ha sido un gran discurso. ¿De dónde lo has sacado?

—No te burles de mí, joder. No ye falta ser sabio para saber eso.

—Amigo mío, puede que tengas razón. Pero, ¿por qué no viniste conmigo al seminario?

—No quiero ser cura.

—Yo tampoco quería. Y no sé si lo seré. No he llegado a nada todavía. Ahora sólo soy seminarista. Y puedo asegurarte que la vida no es lo fácil que crees.

—Entonces puedes hacer algo para que ambos vivamos meyor, y tamién nuestras familias. —La oscuridad no permitía ver sus ojos pero José Manuel supo que le miraba con toda intensidad—. Sí, lo que estás pensando. Creo que llegó el momento de que cuentes si viste el tesoro.

—Un filósofo griego dijo hace muchos años que *Studia vel optimarum rerum sedata tamen et tranquilla esse debent*. Significa que el afán, aun de las cosas muy buenas, debe ser templado y reposado.

—No tengo tiempo para reposo.

—¿Crees que había algo?

—Sí, y te diré una cosa: llevelos a los dos, a padre y al tuyo. Buscáramos pero no encontré aquella puta grieta donde entraras. Aquel día diéramos muchas vueltas por las galerías. Pintaras un plano. Tu padre buscáralo en tus cosas, pero no estaba.

—Volviste allá —derivó José Manuel, repentinamente abstraído—. No me lo contaste.

—Bueno, dígolo ahora. También interviniera don Abelardo. Él pusiera dinero para dinamita y las cosas. Fracasamos. Y nadie creyome. Pensaran que habíalo inventao. Pero yo te viera dibujarlo.

José Manuel entendió entonces la evasiva de sus hermanos al hablar de don Abelardo en la mañana y también el misterio que vio en su familia durante la cena.

—¿Dónde pusiste el jodío plano, hom?

—Lo quemé.

—¿Quemástelo? ¿Cómo la encontraremos ahora?

—¿Encontrar qué? ¿La grieta o el tesoro?

—No me jodas. Lo uno y lo otro.

—¿Qué te hace pensar que vi un tesoro? Puede que hayas metido en danza a mucha gente por algo que no existe.

—Pero sí taba la grieta. Entraste en ella.

—Con las voladuras que harían, todo estará distinto. Puede que sea imposible encontrarla.

—El asunto ye si viste algo, coño. Si así fuera, ¿a qué cojones esperabas? Debieras haberlo contao. Si hay un tesoro y hubiéranlo encontrao, quizás ahora nuestros padres no tuvieran muertos.

José Manuel consideró lo que su primo decía. Ahí estaba el razonamiento natural, que siempre sorprende cuando sale de boca de un *payotu*. Ninguna formación académica puede superar los chispazos de la lógica más simple. Ese hombretón que tenía delante nada se parecía al guaje de sus aventuras infantiles. Pero tenía la misma autenticidad, su mirada no estaba doblada. Seguía lleno de la pureza telúrica que él había ido perdiendo. Sintió cuán lejos quedaba de sí mismo y envidió la nobleza de su amigo, la seguridad en sus deseos y actitud. Por el contrario, él estaba en algo que seguía sin columbrar, esperando el milagro del entendimiento como si el tiempo le perteneciera.

—Jesús —dijo lentamente—. Perdóname. Nunca me olvidé de ti.

—No quiero morir enfermo y en la miseria. Haré caso a los del sindicato y si hay que pegar tiros...

—No sé lo que vi allá. Fueron segundos, mientras el candil descendía, antes de estrellarse y apagarse. Quizás era algo que no merece la pena. Si ellos buscaron tanto y no encontraron, es que no había nada.

—¿Pero viste algo o no?

—Sí, creo que sí. Pero en este momento no es posible que lo comprobemos.

A la mañana siguiente José Manuel se levantó temprano según hábito, con el sigilo aprendido, todavía las estrellas sujetándose al cielo. En mitad de la noche había oído partir a Adriano y Tomás hacia la mina. Ya se había despedido de ellos, así como de los demás después de la cena. A un lado del establo se lavó y luego salió a cumplir con el vientre. Volvió a su cuartito y recogió sus cosas. Al bajar vio luz en la cocina. Soledad estaba esperándole. En la mesa, un cuenco de leche con pan. Y sus ojos.

—Ties que alimentarte —dijo ella, con un hilo de voz.

José Manuel se sentó e hizo el honor. Sabía que no podía hacer rechazo sin ofenderla. Luego ella le acompañó a la puerta, aún las sombras pertinaces. Él le dio la mano pero ella la ignoró. Alzándose sobre sus pies le dio un abrazo y le besó en la mejilla. Un roce, como si hubiera sido tocado por un copo de nieve.

—Me prestó hacerlo —dijo ella en un susurro, al despegarse—. Todavía no yes cura.

Él echó a caminar por el pedroso sendero, acosado de confusión. Llegó a Campomanes, lamentando no haber podido ver a su viejo maestro por estar fuera, de vacaciones. Ya en el tren comprendió que eran muchas las cosas que debía confesar cuando estuviera en el seminario.

21

Madrid, abril de 1941

¿Quién enterró ayer la última bala?

JUSTO BOLEKIA BOLEKÁ

Los inspectores Perales y Blanco llegaron a la hora de la comida, la mejor para sorprender a quienes buscaba la policía. Alfonso les abrió la puerta, pero no les invitó a pasar.

—¿Podemos...? —inició Blanco.

—No a estas horas. Vengan más tarde.

—No es por ti. Buscamos a ese familiar tuyo, Carlos Rodríguez. Tenemos unas preguntas que hacerle.

—No está.

Perales le apartó y entró en el comedor seguido de Blanco. Tía Julia estaba sentada a la mesa y les miró por encima de las gafas. Perales no intentó disimular su impaciencia.

—Le mandamos un aviso de comparecencia. No contestó.

—¿Cómo iba a hacerlo si no vive aquí? Se lo dijimos al agente que vino con el aviso.

—¿Cómo que no vive aquí?

Alfonso hizo una seña a su madre, que se levantó y salió de la casa.

—Digan qué es lo que quieren.

—No seas pesado. Dinos dónde está.

—Haciendo la mili. Fue llamado a filas.

—¿A qué lugar?

—¿Para qué lo buscan?

Los dos policías se miraron. Blanco notó la frustración de Perales. Le vio cerrar y abrir la mano derecha y supuso que echaba de menos la palmeta.

—Han aparecido dos cadáveres en el cementerio donde fue encontrado tu primo. —Alfonso puso un gesto de estupefacción—. No estaban desnudos pero les faltaban los documentos. Aun así pudimos saber quiénes eran porque los identificaron las personas que denunciaron su desaparición.

—Eran dos hermanos y trabajaban de encargados en unas contratas ferroviarias, en la estación de Atocha —añadió Blanco.

—Sigo sin entender.

—Tu primo, antes de trabajar de albañil también estuvo en esa contrata.

La puerta se abrió y fueron entrando ocho hombres jóvenes, todos vestidos de azul y los escudos del yugo y las flechas refulgiendo en sus camisas. Desprendían gran vigor y sus ojos no albergaban propósitos de amistad. La tía Julia se quedó en la puerta, expectante.

—Ahora —dijo Alfonso— van a quitarse los sombreros y dar los buenos días a la señora. Estoy seguro de que se les pasó por alto mostrar la educación, que sin duda poseen.

Los ojos de Perales se llenaron de tormenta. Era inspector y miembro del Servicio de Seguridad Interior. Podía llevarles detenidos a todos a punta de pistola. Pero la realidad del momento pintaba otra cosa. El poder no estaba sólo de su lado. Sabía que Serrano Súñer había dejado la titularidad de Gobernación en octubre pasado para asumir Exteriores y que el Ministerio estaba dirigido temporalmente por el subsecretario José Lorente Sanz, falangista y fiel colaborador de Serrano, a quien tenía puntualmente informado de las cuestiones internas. Era como si el presidente de la Junta Política de Falange siguiera ejerciendo de ministro de Gobernación. También sabía que el director general de Seguridad, de quien dependía, seguía siendo José Finat y Escrivá de Romaní, falangista de la vieja guardia, secretario personal en su momento de José Antonio Primo de Rivera, aunque se hablaba de que lo nombrarían embajador en Berlín. No tuvo dudas de que a la mínima esos energúmenos ofrecerían resistencia y hasta les podrían dejar malparados. Y pudiera ser que en las actuaciones posteriores él llevara las de perder porque, además de invocar allanamiento de morada respetable, sin justificación ni orden judicial, los hombres de azul estaban tan protegidos de autoridad como ellos. Así que optaron por obedecer.

—Sus modales no intimidan a todo el mundo. Deberían saber medir sus pasos en ciertas ocasiones. Y ahora, antes de marcharse, quizá podrían explicar su especial interés por mi primo. Si han identificado a los estrangulados, poco les valdrá su testimonio.

El inspector jefe se tomó un tiempo para digerir su cólera. Habló como si tuviera un flemón en la boca.

—Los dos hermanos no murieron estrangulados. Recibieron un tiro en la cabeza.

—¿Un tiro? ¿Y qué tiene eso que ver con mi primo?

—No descartamos que él sepa algo y nos lo haya ocultado, como ocultó conocer al hombre estrangulado cuya foto le enseñamos en el hospital.

—¿Están seguros de que le conocía?

—Lo hemos confirmado. No sólo eso sino que, además de trabajar juntos, eran amigos. Por eso queremos saber en qué lugar está para hacerle unas preguntas.

—Tendrán que esperar cinco años a que vuelva. O a que venga de permiso.

Al caer la noche, a solas Alfonso con su madre, ella dijo:

—¿Crees que Carlos tiene algo que ver con esos muertos?

—No, de ninguna manera.

—¿Por qué no les has dicho que Carlos está en la Legión?

—Son policías. Que lo averigüen.

—Todavía no entendí por qué marchó a la Legión.

—Te lo expliqué. Fue llamado a filas porque no había hecho la mili. Prefirió ir a un cuerpo donde se come mejor y se gana más. Menuda diferencia. Si yo tuviera que hacer la mili también iría al Tercio. Aparte de ello, sabes que Carlos es algo extraño, quizá por haber estado solo muchos años. No deja nada atrás. Lleva consigo todo lo que tiene.

—¿Qué me dices de Cristina?

Alfonso miró a su madre y movió la cabeza.

—Demos tiempo al tiempo.

Más tarde Alfonso volvió a pensar en lo ocurrido con los policías. No le extrañó su comportamiento porque era la forma que tenían de señalarse, pero sí el cabreo que mostraba el jefe. Dejó la sensación de que creía que Carlos era o podría ser el asesino de los dos capataces. Qué estupidez. Estuvo un rato pensando. Luego miró en el dormitorio de su madre y comprobó que dormía. Fue a la habitación utilizada por su primo. En el armario había un traje con chaleco, un par de zapatos, dos corbatas, un pantalón y dos camisas, todo limpio y bien conservado. Carlos le había encomendado que lo vendiera todo y le enviara el dinero en la primera ocasión. Constituían todos sus bienes, además de la pequeña maleta situada encima del mueble. La cogió y la puso encima de la cama. Estaba cubierta por una funda de tela abotonada. La quitó y apareció una pieza bella, de buena madera, hecha sin duda por un esmerado ebanista. Tenía unas artísticas cerraduras, que abrió. Había varias cajas de regular tamaño. Manipuló en los cierres y levantó las tapas. Fue mirando en su interior. Cartas y fotografías, dos estrellas de cinco puntas, dos medallitas doradas, trece monedas de peseta, las «rubias» de la República, y un bulto envuelto en una tela. Se sentó en la cama y estuvo un rato pensando. Desenvolvió el bulto. Miró la pistola durante un largo rato antes de empuñarla. Era pequeña, negra y plana, muy manejable. Unos 800 gramos. Era una FN modelo 1921 fabricada en la ciudad belga de Herstal, bajo patente Browning, por la Industria Nacional de Armas de Guerra. Como gran aficionado a las armas y a la Historia sabía que era reglamentaria en el ejército belga y en distintas policías europeas, tal como la española, y que fue usada durante la guerra civil por los capitanes y comisarios de la República. También que con una del modelo 1910 un patriota serbio asesinó en Sarajevo al archiduque Francisco Fernando, heredero del Imperio Austrohúngaro, junto a su esposa Sofía en junio de 1914, lo que fue el detonante para el comienzo de la Primera Guerra Mundial.

La guardó en su lugar y luego miró hacia la noche a través de la ventana.

22

Tauima, Protectorado de Marruecos, abril de 1941

Recuérdame cómo era yo entonces,
cuando te rescaté de tus naufragios
y lamía tus heridas cada tarde.

PURA SALCEDA

La diana floreada desperezó a los doscientos cincuenta hombres de cada compañía para pasar la primera lista. Luego, todos en tropel a los lavabos. Después del desayuno a los reclutas de todas las compañías les hicieron formar en ropa de faena a un lado del patio de armas, tan grande como dos campos de fútbol. Un capitán, respaldado por un teniente y dos sargentos, les dio la bienvenida y les explicó lo que era el Credo legionario y lo que se esperaba de ellos. También les explicó los servicios que habían de realizar, incluidos los de cocina, talleres y jardinería, que se harían en orden rotatorio porque nadie dejaría de acudir a instrucción, todos con armas.

Más tarde fueron pasando por la oficina para contestar a un cuestionario sobre estudios, oficios, deportes, habilidades y conocimientos para saber en qué lugar habrían de ser destinados hasta y después de la Jura de Bandera. Entre los nuevos había médicos, practicantes, abogados y estudiantes, aunque predominaban los labriegos, albañiles y otros sin oficio o con profesiones ocultadas.

El acuartelamiento del Tercio ocupaba una enorme extensión. Carlos nunca había visto unas instalaciones militares tan grandes y con tantos servicios. Guiados por un veterano, los aprendices de legionario visitaron los pabellones de tropa y suboficiales, las oficinas y cuartos de oficiales, los talleres mecánicos, de pintura, de carpintería y guarnicionería, los espaciosos comedores, el gran salón de entretenimiento con biblioteca para la soldadesca, la cantina, la academia-escuela para oficiales y suboficiales, la piscina, las cocheras, cuadras de caballos y acémilas, los almacenes y otros pabellones. El patio de armas era el centro de la actividad cuartelaria. Fuera del recinto se extendían exentos de límites el inmenso campo de instrucción y el de deportes. En los comedores, la sorpresa de los reclutas fue total al ver que las mesas eran reducidas, como en los restaurantes, y tenían manteles, vajilla y cubertería, y que los camareros eran legionarios con chaquetilla blanca y guantes haciendo juego, servicio que se renovaba mensualmente como en las cocinas. Era como estar en otro ejército. Y desde esa perspectiva parecía un acierto el integrarse en la milicia como profesión.

—¿Has visto? —comentó Javier a su amigo—. Esto es de puta madre. Hemos hecho bien en engancharnos.

—Normalmente nada es lo que parece.

—Venga, compáralo con los cuarteles de allá.

El cuartel estaba situado junto al río Zeluán, que se arrastraba perezosamente hacia la mar y donde muchos soldados se bañaban. Muy cerca estaba el aeródromo militar, de una hectárea de extensión, y que sustituyó al antiguo de Zeluán y al provisional de Cabrerizas Altas cuando se pacificó el Rif. Era el aeródromo de Melilla y a él llegaban los vuelos desde la Península. Los nuevos legionarios, con prohibición de abandonar el área, no tenían muchos lugares donde pasear por lo que llenaban los cafetines y tascas del poblado. Tauima era la Legión. Sin ella seguiría siendo el mísero aduar que encontró el ejército español al elegir el terreno. Ahora tenía casas de madera y de ladrillo y había una industria casera de fabricación de tortas, bollos, tortillas y fritangas de carne y pescado bajo una sinfonía ruidosa de perros, burros, corderos y cabras, todo ello sepultado en una bacanal de moscas peleadoras. Había sastrería, venta de ropas y uniformes, tiendas de calzado y diversos, algunas pensiones y oficinas, y dos burdeles con chicas controladas por médicos militares.

Luego vinieron días iguales en los que la actividad era fundamentalmente matutina, con los inevitables incidentes derivados de la concentración de los cuatro mil hombres que se acumulaban en el Tercio. Aunque les dijeron que siete banderas habían sido eliminadas, a Carlos le extrañaba esa enorme exhibición de hombres y medios, a los que había que sumar los de otros Cuerpos diseminados por la zona. Juntos representaban un ejército excesivo cuando no existía peligro de guerra con nadie.

23

Valdediós, Asturias, noviembre de 1932

Per aspera ad astra.
(El camino del cielo está sembrado de espinas.)

LA BIBLIA

—Padre, no sé si podré seguir. Hay cosas que no me cuadran en cuanto a la fe, el sacerdocio y a mi mismo —dijo José Manuel.

—*Qui non cogitat non dubitat*; quien no piensa no duda.

—Cierto, pero *Ad impossibilia nemo tenetur*; nadie está obligado a hacer lo imposible —respondió José Manuel.

El rector que dirigía cuando él llegó había sido sustituido un año antes por el actual, don Fermín Rodríguez Fernández. Ya habían tenido varias conversaciones que permitieron al mandante obtener información suficiente sobre el pensamiento del alumno.

—La fe, como la vocación, es un regalo divino, un don. Te alcanza o no.

—No me siento alcanzado.

—Debes confiar en que te llegará. Estás en quinto y has superado grandes pruebas. Sé todo sobre ti. En unos meses entrarás en Filosofía. Por nuestra parte no hay motivos para que abandones.

—Los monjes pasan la vida enclaustrados, hacen vida monástica auténtica. Pero los curas salen del convento donde estudiaron y se instalan en una feligresía. Allí están rodeados del mundo que se les impidió conocer durante los estudios. Es muy difícil que no se vuelvan mundanos. De hecho, no hay ninguna garantía de que ello no suceda.

Don Fermín le miró con intensidad.

—¿Por dónde van tus pensamientos? Los monjes son siervos que abandonan el mundo por un amor infinito a Dios. Pero Dios necesita maestros que divulguen sus leyes a los legos. Los curas son esos maestros, como soldados de un ejército sin armas, sólo la palabra para propalar los mandamientos del Señor y lograr que haya bondad y amor en el mundo. Sin curas, ¿quién cumpliría esa misión?

—Entiendo que los que se ordenan sacerdotes deben hacer vida libre de pecados y ser ejemplo de virtudes. —El director seguía mirándole con interés—. Pero he visitado parroquias, allá en Lena y también en este Concejo, y me desconcierta que la mayoría de los curas sean gordos, se den a la comida, lo que es más que el simple pecado de gula porque se produce en una tierra de hambrunas. Y me han dicho que a otros les gusta el dinero y los hay que fornican con las sirvientas, por lo que han caído en los pecados de avaricia y lujuria. ¿Cómo es posible si fueron alcanzados por la gracia de Dios? ¿Por qué esa contradicción?

El rector se quedó helado.

—Y tú, ¿dónde dejaste tu sentido de la ecuanimidad? ¿Crees que lo que oyes es verdad? ¿Qué tiene que ver la gordura con la gula?

—Mucho que ver. No hay un solo chico gordo en el seminario. Usted mismo es delgado. Los que engordan lo hacen fuera.

—Existen esos curas y los que caen en la tentación de la carne, mas son casos esporádicos. Porque el Diablo acecha y las tentaciones son constantes. *Errare humanum est*, y los clérigos también lo somos.

—Se nos enseña que debe prevalecer el espíritu sobre el cuerpo.

—Sí. Por ello la Iglesia reprueba esos comportamientos. Debe reconfortarte el ejemplo de tantos miles que cumplen con sus preceptos e incluso han muerto por defenderlos.

—Morir... Tengo una falta nunca confesada, que me atormenta. Se trata de que hace unos años busqué en una cueva...

—Lo sé. Me lo dijo el anterior rector. Ya dije que sé todo sobre ti.

—¿Qué le dijo?

—Que un hombre que vino con tu familia hace tres años le habló de ello. —José Manuel le miró con sorpresa. El rector sonrió—. ¿Había un tesoro?

—No lo sé con certeza. Pero no es ese el asunto. El

pecado es no haber indicado exactamente el lugar para que mi padre pudiera comprobarlo y, de existir, haberlo sacado.

—¿Por qué no lo hiciste?

—Nunca me dejaba hablarle, me despreciaba. Esperé a ser mayor y fuerte para intentarlo yo. Ahora es tarde. Ya no me interesa si lo hay o no. Me consume la pena del tiempo desperdiciado.

—Séneca dijo que *Multum interest utrum peccare aliquis nolit an nesciat*, es decir, que importa distinguir entre el que no quiere pecar y el que no sabe. —Le miró tratando de esconder su simpatía—. Eso no es exactamente un pecado. Es una acción dudosa, de la que estás arrepentido. No es motivo para abandonar tu formación. Lo otro, tu pensamiento sobre la vida de los sacerdotes, sí es grave y me preocupa porque atañe a principios básicos. Debes recordar que la prueba para los que aspiran al sacerdocio se resume en tres contraindicaciones. La primera, ser crítico con la Iglesia católica. La segunda, no ser gustoso con la liturgia. La tercera, ser complaciente con la sexualidad. Quien alberga estos sentimientos no puede pasar a formar parte de los elegidos. Hoy vuelves a manifestar tus constantes dudas sobre dos cuestiones, sin haberte expresado en esta ocasión sobre el sexo. Encuentras dificultades para que te llegue la vocación. Concedámonos más tiempo. Estoy seguro de que lo superarás y encontrarás el camino.

24

Madrid, abril de 1941

Existió una naranja,
pequeña como el mundo de tus ojos.
Fui incapaz de comerla
y la devolví al árbol nuevamente
por no verla morir entre mis manos.

ANA MARTÍN PUIGPELAT

Tía Julia llegó a casa con el devocionario y el rosario en la mano, y el velo protegiendo sus cabellos. Como cada día, venía de rezar el rosario en el templo de los Paúles. Había un gran trecho, mas eso le ayudaba a mantener a raya sus kilos. Al entrar en su cuarto sorprendió a Alfonso buscando en los cajones de la coqueta. Quedó sorprendida porque nunca antes había ocurrido cosa igual.

—¿Qué buscas, hijo?

Alfonso se conturbó. Entendió que era una falta de respeto hacer lo que estaba haciendo sin haberle pedido permiso. Pero consideraba que no tenía otra opción.

—Perdona, mamá. He estado viendo las fotos de Carlos de pequeño y las cartas de la tía, lo que te mostró cuando vino.

—¿Buscas algo en particular?

—Mamá, ¿qué sabes de Carlos?

Los cansados ojos de tía Julia mostraron su desconcierto.

—¿A qué te refieres?

—Sí. ¿Qué te ha dicho, dónde ha estado en tantos años?

—Bueno, no sé... La verdad es que no habla mucho. Ya le conoces.

—Precisamente por eso, porque no le conozco.

—Lleva con nosotros desde...

—Y seguimos sin saber nada relevante de él.

—Bueno, tampoco él nos hace preguntas.

—Nosotros sabemos quiénes somos. Ésta es nuestra casa, aquí me crie, nos conoce todo el barrio. Él es un enigma que se ha instalado en nuestras vidas.

—Qué cosas dices. Es mi sobrino, el hijo de mi hermana, tu primo.

—¿Cómo lo sabes? ¿Qué evidencias tienes?

De repente la habitación se volvió un lugar asfixiante, con esas preguntas que establecían innecesarias sombras de sospecha. Ella dejó sus prendas en la cama y se sentó en una esquina.

—Me entregó la medallita del Cristo de Medinaceli que llevaba mi hermana y otra de La Milagrosa, que me compró porque sabía que era mi Virgen. Trajo las cartas, las fotos, su nombre está en su cédula...

—Una cédula sin foto.

—¿Adónde quieres ir a parar? ¿Olvidas la carta que un paúl de Oviedo mandó al Visitador diciendo que le había salvado de los rojos en el 37? Él entregó esa carta personalmente al Superior Mayor, quien me la dio. Voy a buscarla para...

—No es necesario, mamá. Ya la vi. Ocurre que... No sé.

—¿Te ha decepcionado en algo? ¿Su comportamiento no te satisface?

—No, no. Es un chico estupendo. Pero... Mamá, era un chaval cuando marchó a Asturias. No puedes recordar en él a aquel crío.

—¿Estás diciendo que no puede ser Carlitos? ¿Qué insinúas? Es mi sobrino. Lo tuve en brazos, lo siento cuando le abrazo. Siento en él a mi hermana, noto su latir.

Alfonso vio en los ojos queridos un brote de agua como si un pequeño manantial estuviese a punto de nacer.

—Mamá...

—¿Qué es lo primero que hizo al regresar a Madrid, trece años después? Nos lo dijo. Fue a rezar por ella al Cristo de Medinaceli, el preferido de tu tía. ¿Por qué iba a saber que era su Cristo? ¿Cómo podía saberlo sin ser él? ¿Por qué fue allí si no fuera el hijo de mi hermana? Además, ¿qué herencia viene a cobrar si somos igual de pobres? ¿Has visto en él algún rasgo de egoísmo?

—Claro que no, mamá. Sólo que...

—Nunca volví a ver a mi hermana, nunca pude ya escuchar su voz. Pero Carlos es ella. Es como si hubiera regresado dentro de él. Cuando miro sus ojos, tan profundos como el cielo, veo los de ella, mi hermana...

Él se acercó y apretó su cabeza contra sí. Fuera lo que fuese, aceptaría a Carlos como el primo que decía ser. No le diría a su madre que en la maleta tenía una pistola calibre 7,65. No. Nunca volvería a hacer llorar a su madre y dejaría que sus sospechas se aventaran en el fragor perdido.

25

Tauima, Protectorado de Marruecos, abril de 1941

Y el aire se deshacía en espumas
con el templado color de la mañana.

ALMUDENA URBINA

El coronel del Tercio hizo formar a todas las banderas en la gran explanada. Unos altavoces carraspeaban antes de que su voz atronara.

—En esos montes que podéis ver en la distancia, más allá de Zeluán, está Monte Arruit. En 1921 murieron allí, en Annual y en Igueriben, diez mil soldados españoles. No existía la Legión. Si hubiera estado, aquella matanza no se hubiera producido.

»Cumplimos nuestra misión pacificando este país. Y ahora, en el horizonte, aparece otra misión: La de luchar al lado de los alemanes, que se baten bravamente contra las mayores potencias de Europa.

»Nuestro Caudillo ha apostado por apoyar a Alemania, aunque no ha dicho de qué forma. Nosotros deseamos que España entre en esta guerra europea para devolver a Hitler la ayuda que nos prestó en la eliminación de los comunistas de nuestro país. Y también para demostrar que somos los mismos que dominaron Europa durante siglos, aunque hayamos estado dormidos durante las dos últimas centurias. Así que debemos estar preparados para entrar en combate. No vamos a hacer ejercicios rutinarios como si tuviéramos las tareas hechas. A los nuevos se les someterá a una instrucción intensiva para adelantar la Jura de Bandera. Y luego, a prepararnos a fondo para lo que venga, demostrando, una vez más, que somos una unidad de combate sin comparación.

En su mayoría, los legionarios distaban de ser gruesos. No podían serlo por la secular carencia de alimentación en la gran masa poblacional del país. Tampoco eran altos y atléticos como los soldados alemanes, americanos y británicos que mostraban los noticiarios y las películas. En realidad, y salvo excepciones, eran un conjunto de hombres escuchimizados que, sin tareas guerreras y con la buena comida legionaria, podían hacer prominentes sus buches y glúteos, lo que lastraría la actividad corporal. El comandante de la 2.ª Bandera, al igual que los demás mandos, sabía que resultaría imposible transformar en atletas a esos desarraigados, algo que por lógica conseguirían las generaciones posteriores. Pero sí podía, en consonancia con las ideas del coronel, conseguir que fueran unos resortes prestos a la acción, incansables y eficaces en su condición de soldados.

Desde el primer día Carlos demostró su aptitud para cada prueba. Los sargentos instructores se admiraron de su habilidad y rapidez en el montaje y desmontaje del Máuser y su conocimiento y nombre de cada pieza. En los ejercicios de instrucción y en las paradas iba de gastador, por su estatura, llevando el paso sin titubeos. En tiro quedó muy por delante de los demás, una puntuación tan alta que asombró a los superiores. No era normal.

—¿Dónde aprendiste a tirar con esa puntería? —le preguntó el teniente Martín.

—No aprendí en ningún sitio. Supongo que es algo innato.

La Jura fue un mes después, y de inmediato comenzaron los planes advertidos por el coronel. Tres días por semana hicieron marchas y maniobras en ropa de faena con todo el equipo: correaje con cartucheras, bayoneta, Máuser, mochila con vituallas y utensilios, y manta, sin olvidar las ametralladoras ligeras MG-34 de 7,92 mm para uso de los veteranos aunque, por triplicar el peso de los mosquetones, los hacían cargar a los más torpes. Fueron a Tistulin, donde acababa la línea ferroviaria, y luego a Kandussi, a Dar Drius y a otros lugares, cruzando barrancos, sorteando ríos, subiendo montes, atravesando quebradas, hiriéndose en los nopales y tropezando en los bosquecillos de jarales. Conquistaron posiciones de otros Cuerpos, a veces con fuego real simulado. Este tipo de operaciones consistía en que un grupo seleccionado disparaba balas de verdad a los claros, entre los espacios de los hombres, sin peligro para ellos, con el fin de que se acostumbraran a escuchar el ruido de los proyectiles y «sentir» lo que es estar en una batalla de verdad. Los tiradores eran oficiales, suboficiales y veteranos de alta puntería. Más de una vez, sin embargo, algún soldado había sido herido de bala por accidente, pero ello formaba parte del riesgo en este tipo de instrucción, igual que las roturas de tobillos, piernas, brazos y cráneos por caídas en los salvajes terrenos, lo que daba trabajo intenso a los camilleros y hacía que el hospital tuviera gran actividad.

Dormían en tiendas de campaña y, a veces, a la intemperie, viendo tantas estrellas y tan juntas que parecía que les iban a caer encima de un momento a otro. Ya no había un solo soldado cansado. Podían correr con toda la carga y no llegaban bufando a las metas. Sin embargo, no les faltaron días para el paseo. Carlos y Javier, como otros, iban en los autobuses de la Hispano a los bullangueros cafetines de vino y grifa de Nador, población creada por España en las arenas salinas y situada a unos seis kilómetros del cuartel. Carecía del peso y la importancia de Melilla pero era un lugar grande, con casas de piedra, lleno de gente, con restaurantes, bares, pensiones, todo tipo de tiendas y oficinas, y hasta un cine.

Una tarde, en un bar-burdel de ambiente sahumado, una de las chicas se arrimó a Javier, que ocupaba una mesa junto a Carlos.

—Cómprame, legionario bravo.

Era una española muy joven, de pestañas como abanicos y boca diseñada para acostar los males del mundo. Javier se quedó sin habla, tanta era su belleza.

—No te vi antes.

—Vine de Málaga la semana pasada. Te he observado. Me gustas.

Javier se levantó, entre galante y hechizado.

—Siéntate con nosotros —ofreció, balbuceante.

—Debes invitarme a una consumición.

—Claro, claro...

Ella pidió coñac y cerveza, que no tocó.

—No bebo. Podéis tomarlo vosotros.

Era temerosa de palabras pero pródiga en sonrisas avaladas de deslumbres. Dijo llamarse Marina y tener diecisiete años. Javier había quedado despojado de su vivacidad habitual y Carlos se limitaba a asistir a tan insospechado como intenso despliegue de sensaciones. Al rato, un legionario se acercó y pidió a la chica que le acompañara para un servicio. Ella miró a Javier.

—Lárgate —espetó él, la ira rondándole—. ¿No ves que está con nosotros?

—Bueno, es que como no...

Se alejó. Marina miró a un lugar entre las sombras y se puso en pie, urgida.

—Tengo que trabajar —dijo, un hilo de voz—. Si tú no...

—Espera, espera —articuló él, levantándose también—. Es que no... Bueno, ¿cuánto cobras?

—Cincuenta pesetas. Para ti, veinticinco.

—Vales mucho más. Te daré todo lo que tengo. Y serás sólo mía. Para siempre.

Las conversaciones y la música parecieron desaparecer en el embrujo. Ella parpadeó, vencida de sorpresa, y por un momento Carlos notó que un ligero viento había movido el saturado aire, como si lo hubiera originado la chica al mover sus pestañas.

—Para siempre es mucho tiempo.

—No sé quién eres pero sé quién serás desde ahora.

Carlos los vio difuminarse en el umbrío rincón que

daba a los aposentos interiores. Siguió bebiendo su cerveza. No se extrañó del impulso avasallador de su amigo. Ciertamente era una de las mujeres más bellas que nunca viera. Una hora después la pareja regresó a la mesa. Ella portaba ropa en un brazo y asía un bolso de cordobán.

—No volverá aquí —dijo Javier—. Alquilaré una casa en Tauima. Me casaré con ella.

No eran pocos los legionarios que se casaban con prostitutas. Se aseguraba que se convertían en mujeres de fidelidad a toda prueba, abnegadas en el mantenimiento de la armonía conyugal. Carlos no imaginaba, sin embargo, una pasión tan fulminante. Así, de sopetón, como si les hubieran alcanzado todas las prisas del mundo. Sabía, empero, lo frágil de la línea que equilibra el raciocinio y lo irracional porque él había experimentado el mismo hechizo con Cristina, tan lejos ahora pero siempre en sus entrañas. La diferencia estaba en que él no podía casarse porque la mujer de sus sueños no tenía el consentimiento paterno y se regía por las normas tradicionales, donde la obediencia a los mayores era un factor determinante.

Al salir, un tipo grande vestido de paisano y con el pelo negro abrillantado les interceptó en la puerta. Tenía la nariz tan ladeada que parecía albergar un solo agujero. Detrás de él dos fulanos de la misma ralea. A pesar del calor cargaban con trajes de buen corte.

—¿Adónde coño vas? —habló a la mujer.

—Conmigo —dijo Javier.

—¿Y tú quién eres?

—Su marido.

El otro emitió un sonido raro con la boca, algo parecido a una risotada, y luego intentó coger a Marina de un brazo. El puñetazo de Javier lo lanzó contra el suelo y allí se dejó la risa. Al levantarse echaba humo y tenía en la mano una navaja grande, surgida como por arte de magia. Seguramente la emboscaba en su manga y la descubría mediante un resorte.

—Esta puta es mía y nadie me la va a quitar.

Javier sorteó el arma y lo volvió a lanzar al suelo de otro puñetazo.

—No te permito que hables así a mi mujer. Ya no es una puta.

El proxeneta volvió a levantarse y el ambiente se llenó de tensión. No había soltado la navaja.

—Venga —dijo Javier—. Te enderezaré las napias.

El macarra especuló sobre lo que le convenía hacer. Miró al largo legionario, que permanecía junto a su agresor, y luego a los otros, todos con sus ojos fijos en él. Seguro que si intentaba algo le caerían encima. Eso de «¡A mí la Legión!» Se aquietó. Buscaría mejor ocasión. Sujetó su encono, se apartó y dejó que marcharan los tres.

—Estaré con ella —dijo Javier al llegar a una de las casas—. Volveré antes de la lista de retreta. No te preocupes.

Carlos esperó hasta que la puerta se cerró. Se guareció en un soportal fundiéndose en la sombra. Tiempo después cesó en su vigilancia y regresó al cuartel.

Javier pasaba con ella los tiempos libres de cada tarde hasta el toque de retreta, hora de cenar con paso de lista previa. A veces, cuando la vigilancia nocturna estaba a cargo de su compañía, el enamorado hacía valer su necesidad ante el comprensivo centinela y escapaba saltando la muralla. Pasaba la noche y antes del toque de diana volvía de la misma forma. Una mañana, al traspasar las almenas en el regreso se encontró con la mirada alerta de un sargento de otra compañía. Estaba junto al vela, cuyo rostro había expulsado todo atisbo de color.

—Bien, bien. Así que saltándoos a la torera las más sagradas obligaciones de un centinela. Ya sabéis cuál será vuestro premio.

Fueron enviados al pelotón de castigo durante una semana, durmiendo cada noche en el calabozo. Carlos fue a verle la primera tarde antes de la cena. Ya había observado los duros ejercicios a que fue sometido junto a los otros condenados. El habitáculo estaba situado dentro del Cuerpo de Guardia. Era grande, con tres literas de tres catres, todos ocupados. Les llevaban las comidas y hacían sus necesidades en las letrinas del conjunto de Guardia. Javier se acercó a los barrotes.

—¿Cómo estás?

—Baldao. Esos tíos que mandan son unos cabrones.

—Ten paciencia. Siete días pasan pronto.

—No me quejo. Pero la echo de menos y temo que le ocurra algo.

El hombre llevaba ropa vulgar y un sombrero deformado. Sólo destacaba de los demás por su corpulencia. Un poco por detrás de él, y vestido de la misma guisa, un sicario. Fueron acercándose a la casa sin prisa, deteniéndose en los puestos de mercadillo y mezclándose con la gente. Era hora mañanera y todos los militares estaban en sus faenas, lejos del poblado. El hombre cruzó una seña con su compinche y luego se adentró en el callejón que llevaba a la casa de Javier. Al aproximarse, una forma alargada salió de la sombra y se paró delante. El proxeneta quedó paralizado por la sorpresa.

—¡Tú, otra vez! —dijo, reaccionando y sacando la navaja al tiempo que su secuaz.

En el duro forcejeo, Carlos se empleó a fondo sabiendo que le iba la vida. Al acercarse gente, el fornido decidió huir con su compinche, ambos renqueantes y con el cuerpo desordenado. Dos navajas estaban en el suelo pero una de ellas había cumplido. Carlos supo que estaba herido cuando vio la sangre salir de su abdomen.

Fue operado con urgencia en el Hospital Militar de Melilla, tras unas rápidas curas. En la convalecencia acudieron a verle el capitán Rosado, los tenientes y los sargentos. Y Javier, con la mujer de ojos inusitados por la que cobró la herida.

—¿Cómo supiste que ese cabrón lo intentaría?

—Pagué a uno de confianza para que vigilara. Vino a decirme que el sujeto rondaba. No quise preocuparte pero debía protegerla mientras tú estabas en el Pelotón. El permiso que pedí para asuntos familiares y estancia en Melilla fue para estar al acecho. Me instalé en casa de mi informador. Al tercer día apareció el matón.

—Casi te matan por mí... Puedes contar conmigo para siempre —dijo Javier, intentando que las lágrimas no le fluyeran.

El asunto salió en la Orden del día y fue muy comentado, no sólo en el Tercio. Se hicieron discursos acerca de la solidaridad y ejemplaridad legionaria. En pocos sitios los hombres actuaban así en defensa de un compañero. El suceso llenó de orgullo a los soldados y constituyó tema de conversación en todos los acuartelamientos de las distintas Armas instalados en esa zona del Protectorado.

El tipo grande de pelo acicalado fue buscado. Sus datos constaban en la Comandancia, pero de él y su sicario, ni rastro. Se dio orden de búsqueda, que abarcaba todo el territorio, y se enviaron despachos a la policía de España.

Diez días después Carlos fue dado de alta. Y todo volvió a la rutina. Pero el aviso no quedó en saco roto. Javier decidió casarse para acceder al permiso nocturno y a la residencia en el poblado, al igual que todos los legionarios casados. La boda, que formalizó el capellán de la bandera en la capilla, tuvo a Carlos como padrino destacado. Fue un acto sencillo y alegre, y hubo una pequeña fiesta en la que participaron los amigos, el capitán Rosado, el teniente Martín y los sargentos Ramos y Serradilla. Desde entonces los dos amigos sólo se veían durante el tiempo de sus obligaciones militares. Y el tiempo fue perseverando incansable.

Pero un sábado por la tarde llegó un compañero presuroso y se precipitó sobre la litera donde Carlos leía.

—¡Ven conmigo, rápido! Ha ocurrido algo.

Corrieron hacia el poblado. Delante de la casa de Marina había un corro de gente y la Guardia Militar. Subieron. Los estrechos pasillos se hicieron más angostos a medida que su imaginación se inundaba de los peores presagios. No había habitación, ni paredes, ni nada. Sólo ese cuerpo inerte, blanco rosado, como si dentro le estuviera naciendo una luz, los ojos de obsidiana escatimados. A su lado su amigo, desalojado de ira, sobornado de pesar, vacío de llanto.

Nadie dudó de la autoría del asesinato. El frustrado macarra habría pagado a alguien para cometer el acto. La Policía Militar hizo redada en toda la zona y cayeron algunos maleantes. No pudieron situar al sicario y la creencia final era que nunca se encontraría. Desde la Península se informó que el proxeneta seguía sin ser localizado.

Javier cayó en una enfermedad que pareció no tener cura y casi desertó de la vida. Fue ingresado en el Hospital Militar de Melilla donde Carlos iba a verle cuando estaba libre de servicios. Y al fin llegó el día en que se integró de nuevo en la milicia activa aunque su gesto ya no fue el mismo.

26

Valdediós, Asturias, junio de 1933

Grave ipsius conscientiae pondos.
(Fuerte es el peso de la propia conciencia.)

CICERÓN

Después del desayuno, José Manuel acudió junto a otros dos alumnos al despacho del vicerrector.

—Escaparon dos guajes del primer curso. Os llamé para que los traigáis. No será difícil alcanzarlos. Estarán caminando hacia Villaviciosa con la ilusión de coger el tren que les lleve cerca de sus casas. Son nueve kilómetros.

José Manuel y sus compañeros corrieron hacia el Alto de la Campa. Echaron a andar a paso vivo por la estrecha carretera, corriendo en ocasiones. Varios kilómetros más adelante los atisbaron. Caminaban fatigosamente en fila india, como contando los pasos. José Manuel y los otros apretaron el ritmo. De pronto uno de los fugados se volvió y los vio. Dio un grito y echó a correr siendo imitado por su compañero y por el grupo perseguidor. Minutos después los chicos se rindieron y tomaron asiento a un lado del camino. José Manuel y los otros hicieron lo mismo. Todos estaban fatigados.

—¿Por qué escapáis, ho? —dijo el que llevaba el mando y que estaba al borde de pasar a diácono.

—Tenemos fame. Queremos tornar a casa —dijo uno de los críos, entre lágrimas.

—Vuestros padres desean que seáis algo bueno en la vida. ¿Queréis darles un disgusto?

—No me presta ser cura. Quiero trabayar en casa, tar con mis hermanos y amigos. Comer.

—También yo.

José Manuel comprendía sus razones. Él mismo sintió ese apremiante deseo unos años antes. Lo que los chicos deseaban era la libertad perdida, o lo que entendían como libertad. No tuvo fuerzas para intentar ninguna argumentación. Dejó que el futuro diácono se expresara. No lo hacía mal. Estaba claro que pronto sería cura. Les habló con simpatía, buscando el lado vulnerable de ellos. Tenía un verbo fluido y hasta él, en algunos momentos, llegó a creer que nada bueno existía fuera del seminario.

—Además, mañana es Corpus Cristi y me han dicho que tendremos una gran comida sorpresa, algo que no podemos perdernos nadie, y menos vosotros.

Finalmente convencidos, todos iniciaron el regreso. No hubo recriminación por parte de ninguno de los religiosos a los escapados sino palabras de afecto para que no se sintieran fracasados ante los compañeros que pudieran estar al tanto de su intento.

Y ciertamente aquél fue un día para no olvidar. A la hora de la comida el vicerrector ofreció un discurso.

—Hoy, hijos míos, tenemos una comida muy especial. Algún buen cristiano hizo generosa donación. Un ejemplo de que Dios no se olvida de quienes nos esforzamos en el sacrificio para llegar a Él.

Todos quedaron expectantes, esperando el alimento. Y empezaron a llegar los fámulos con las perolas humeantes. Eran garbanzos. Un cocido en toda regla con chorizo y tocino. Muchos nunca habían visto esa legumbre y luego supieron que en Castilla era alimento corriente como el maíz en Asturias, y que en el Ejército las tropas los consumían casi a diario. Los había traído uno de los curas que andaban de allá para acá con una camioneta buscando proveer de comida gratis para los seminarios. En esa ocasión había aprovechado un viaje a Madrid y contó con esa dádiva por parte de un familiar con posibles.

Se dieron una gran panzada porque pudieron repetir cuantas veces quisieron, hasta casi reventar. Y a nadie le pasó por la cabeza que estaba cayendo en el pecado de la gula. En el convento había acontecido una novedad en el orden funcional. Ya tenían luz eléctrica constante y con la fuerza suficiente porque habían instalado un transformador en San Pedro de Ambás. Se acabó el dejarse las pestañas con la débil iluminación que otorgaba la dínamo que dos años antes había jubilado los candiles de aceite. Pero el asunto de la alimentación no había cambiado y todos seguían padeciendo retortijones. De ahí el éxito de la garbanzada.

A la tarde, José Manuel vio a los dos chicos cuyos deseos de escapar había ayudado a frustrar. Parecían felices y pensó cuánto les duraría la euforia derivada del gran banquete. No se sintió complacido por lo realizado. Había sido como cazar seres con inocencia intacta y quizá su captura les apartaría de otro futuro mejor. Debió haberse negado a colaborar, aduciendo cualquier razón. Hubiera caído en la mentira pero, ¿sería peor que el comecome que ahora experimentaba?

Se obligó a pensar en otras cosas, en el cambio que experimentaría en unos meses. Había aprobado quinto curso y tendría que ir a vivir al convento de San Francisco, en Oviedo, donde estaba el Seminario Mayor y en el que se cursaban los tres años de Filosofía y los cuatro de Teología para terminar la carrera sacerdotal. Poco tiempo le restaba en Valdediós. Pasaría a las callejuelas del barrio capitalino donde se asentaba el viejo monasterio de los dominicos y quizá no volvería a contemplar en años los verdes montes adornados de silencio.

27

Madrid, mayo de 2005

En la agencia todo estaba en el orden aconsejado. Comenté con Sara los otros casos, cuya progresión había ido conociendo a través del teléfono y visitas de mi secretaria a la Residencia. Había muchos encargos nuevos, la mayoría relacionados con matrimonios bajo sospecha conyugal. Mi nuevo ayudante, Antonio Vitoria, no paraba de hacer salidas e informes.

—¿Qué dice nuestro contacto de Méjico?

—La pista de Manuel Martín desaparece en Veracruz.

—Bien. Voy a intentar resolver lo de Carlos Rodríguez.

Nunca antes había buscado a alguien acusado oficialmente de asesinato. Era campo de actuación de la policía y procuraba mantenerme lejos salvo cuando solicitaban mi colaboración expresa en algún asunto complejo. Ahora podía indagar con libertad, dando por hecho que por la lógica de los años transcurridos sin novedades en el caso habría prescripción policial sobre Carlos, que no de su inculpación. No tenía otro camino que bucear en los papeles del Instituto armado, ya que mi cliente decía no poseer más información que las órdenes oficiales de búsqueda. Eso significaba que debía pedir permiso a la policía para entrar en sus archivos y capturar los datos necesarios.

Inicié las pesquisas, como es lógico, en la actual comisaría de ronda de Toledo, heredera de la situada en la calle Escuadra y que era la que correspondía en los casos de los asesinatos. El amable inspector jefe de la Brigada Judicial me dijo que allí guardaban fondos pero que no tenían nada de los antiguos. Aseguró que, siguiendo una tradición de siglos, los expedientes registrados y de carácter oficial nunca se destruían, salvo que acontecieran desastres naturales y catástrofes como incendios o guerras. También podrían haber desaparecido para siempre, pese a las copias que se hacían, los robados por quienes quisieron eliminar pruebas y datos comprometedores para algunos gerifaltes significados de nuestro convulso siglo veinte. Con todo ello, podría intentar su localización y esperar a tener mejor suerte. Me indicó el Complejo Policial de Canillas donde, además de los Servicios Centrales del Cuerpo de Policía Nacional, los de la Policía Científica y la Comisaría General de Policía Judicial, creía que podía estar el Archivo Central.

Me desplacé hasta allí y quedé impresionado. Es una verdadera ciudad con grandes pabellones entre jardines arbolados donde trabajan unos cinco mil funcionarios policiales y otros dedicados a relaciones internacionales. Me atendieron un inspector y un oficial pertenecientes a la Unidad Central de Protección dependiente de la Comisaría General de Seguridad Ciudadana, a quienes oculte mi pasado policial para que no se sintieran obligados. Con una marcada disposición de ayuda me informaron amablemente que allí no estaba tal Archivo Central. No tenían constancia de que existiera un único archivo y sospechaban que los fondos estarían repartidos por diversas comisarías o centros especiales. Es un centro moderno donde, dependiente de la Policía Judicial, están la UDEA (Unidad de Documentos de Españoles y Archivos), la UDYCO (Unidad de Droga y Crimen Organizado), la UDEV (Unidad de Delincuencia Especializada y Violenta), la UDEF (Unidad de Delincuencia Económica y Fiscal), la UCIC (Unidad Central de Inteligencia Criminal), la UCAO (Unidad de Coordinación y Apoyo Logístico), la UBE (Unidad del Banco de España), la UPH (Unidad de Patrimonio Histórico) y las Interpol, Europol y Sirene. Casi nada. La evolución de los servicios policiales ha sido espectacular si se comparan con los que existían cuando yo llevaba chapa. En ese lugar tienen documentación pero les falta la mayoría de la relacionada con los casos antiguos, la que estaba en el antiguo Ministerio de Gobernación. Me aseguraron que muchos documentos podrían haberse destruido con los trasiegos y el tiempo, sin que hubiera una orden expresa de alguien para ello. Distintas y desconocidas personas asumirían la decisión, que no la responsabilidad. Los no destruidos, miles todavía, deberían estar en el Archivo Histórico Nacional o en el Archivo del Ministerio del Interior.

Estuve en ambos lugares mientras mi herida cicatrizaba y la primavera despertaba con agresividad. La solicitud de acceso a la documentación deseada se establece rellenando un formulario en el que se hace constar la filiación del buscado, así como la provincia y el año aproximado del primer informe. En el Histórico no constaba el nombre de Carlos, pero sí en el del Ministerio del Interior.

Una soleada mañana, la muy agradable jefa del Servicio me recibió en su sobrio despacho donde su ayudante pasaba viejas fichas a soportes electrónicos. Sobre una mesa vacía resaltaba el expediente, contradictorio con lo actual, algo ajeno a la realidad, como un tesoro rescatado de las sombras. Miré con gran respeto las viejas cuartillas y los folios, doblados al mismo tamaño como si fueran un libro sin encuadernar. Me sentí atrapado por el abismo del tiempo. Personas anónimas desvanecidas en los años gastados los habían ido rellenando para que yo los pudiera ver. Era una conexión muda con el pasado, el rescate de algo fugaz sin lugar en la historia.

Entonces no existían las fotocopiadoras y los escritos se hacían en máquinas de escribir poniendo papel carbón entre las hojas. Pero esos papeles no eran copias sino originales, aunque muchas palabras estaban borrosas y pude entenderlas gracias a mis previsoras gafas de lupa Zeiss. Fui leyendo mientras pasaba los documentos, todos amarillos, con lentitud y cuidado. No había ningún requerimiento judicial, sólo diligencias policiales. Significaba que la orden de busca y captura no estuvo dictada nunca por un juez sino que emanaba únicamente de la policía. Para ser más exactos, de una acusación del inspector Perales. Era un caso curioso pero quizá fuera común en España en aquellas fechas. Porque las pruebas eran sólo indiciarias, no peritales ni fruto de testimonios de los necesarios testigos oculares. Ni siquiera había aparecido el arma. Perales basaba su incriminación en «sospechas fundamentadas en deducciones por experiencias y profundos conocimientos en casos criminales tras el interrogatorio al inculpado previo a su escapada». Estaban las fotos *post mortem* de los rostros de Juan y José Bermúdez Bermejo, de frente y dorso, donde se apreciaban los agujeros de los impactos. Y también algo importante: una foto amarilla de balística de los proyectiles en la que, en el margen, se detallaban medidas, peso, estrías y deformación con indicación de las marcas de armas que utilizaban ese calibre. Pedí autorización e hice fotos de ese documento.

Estuve meditando. ¿Por qué Perales aseguraba, sin evidencias probatorias, que Carlos era el asesino? ¿Y por qué su obsesión de años por un caso sin conexión familiar?

Pero había algo más: Perales implicaba a Carlos en otros dos asesinatos, ocurridos con anterioridad, de los que tampoco existían pruebas. Esos hombres fueron estrangulados, con lo que un investigador desapasionado mantendría la duda de que fuera el mismo autor ya que a los dos hermanos les dieron un tiro en la cabeza. Dos horas después tenía datos, pero no los suficientes para completar el rompecabezas. Tendría que hablar otra vez con mi cliente, antes de enfrentar de nuevo a Alfonso Flores.

28

Madrid, abril de 1941

... y cuento cada nube
para no olvidar nunca
cómo crece la nieve alrededor del miedo
y se amontona el silencio sobre el mundo.

ROSANA ACQUARONI

Temprano en la mañana tia Julia llegó a la Basílica de la Milagrosa en la calle de García de Paredes. Era un edificio sobrio con fachadas de ladrillo oscuro y dos torres gemelas que, desde su construcción a principios de siglo, funcionaba como iglesia y sede de la Congregación de la Misión, como se denominaban los Paúles. Pasó por la puerta lateral y accedió directamente a la sacristía. El sacristán no se extrañó de verla aunque sí a esa hora primera.

—¿Qué traes, hermana?

—Deseo ver al hermano Íñigo.

—Está en el despacho capitular. Pasa. Conoces el camino.

Tía Julia cruzó el jardín y entró en la oficina, una sala grande revestida de paneles y puertas de madera que ocultaban las ropas, cálices y demás objetos litúrgicos. En el centro, una mesa grande despejada sobre la que un clérigo en sotana leía un libro. Se levantó y mostró una estatura mediana y una delgadez acentuada.

—¿Qué puedo hacer por ti, hermana?

—Verá, hermano —dijo, sacando dos cartas de su bolso—. Quisiera que me dijera si la letra de estas cartas es la misma, si están escritas por la misma persona. Usted es una autoridad en grafología.

El religioso la miró.

—¿En qué andas metida, hermana?

—Nace una duda dentro de mí y necesito eliminarla.

—Bueno, déjamelo y vuelve mañana.

—Hermano Íñigo, ¿no podría hacerlo ahora? Sé que está muy ocupado, pero necesito saberlo ya.

Él vio la ansiedad de la mujer.

—Bien. Espera en la iglesia.

Tía Julia pasó a la gran nave y se sentó en un banco. No era muy lista y siempre le costó comprender las cosas, pero lo que aprendía se le quedaba fijado como una arruga. Por eso supo la diferencia que existía entre un hermano y un padre paúl y que había una relación hermanada entre los Paúles y las Hijas de la Caridad porque ambas congregaciones fueron fundadas en París en el mismo lugar por el sacerdote diocesano San Vicente Paúl y Santa Luisa de Marillac, respectivamente, durante el primer tercio del siglo anterior. También sabía que hacían votos directamente a Dios, no al Papa, que el Superior General estaba en Roma y que los que dirigían los centros en España eran designados como Provinciales o Visitadores, siendo el Principal el de ese templo de Madrid donde tenía la residencia con su secretaría y sus archivos.

Miró la imagen de la Virgen en lo alto de la pared situada detrás del altar. No había retablo sino varias hornacinas y ella estaba en la más grande, en el mismo centro. La estatua, de elegante factura y un rostro de gran belleza, necesitaba una mano de pintura en su manto azul cuando menos. Tenía los brazos apuntando al suelo con las palmas hacia delante y sus dedos parecían irradiar energía y sosiego. Su coronada cabeza se refugiaba en un nimbo dorado. La llamaban La Milagrosa y no todo el mundo sabía que representaba a dos mujeres. Ella conocía bien la historia. Una noche de julio de 1830, mientras dormía, a la novicia Catalina Laboure se le hizo presente un niño en su celda del noviciado de la casa Madre, que pidió se vistiera y le acompañara a la capilla. Allí le esperaba la Virgen, con la que estuvo hablando más de una hora. Se lo contó al director espiritual, quien velaba por las virtudes teológicas y les animaba en el servicio hacia los necesitados. Al principio los padres tuvieron dudas, mas en su narración había múltiples detalles que no podían ser ignorados. A partir de ahí fueron varias las apariciones del niño y la Virgen. Catalina empezó a realizar milagros que Ella le dictaba. Los sacerdotes, convencidos de la aparición de la Virgen a la joven, acuñaron cientos y luego miles de medallitas con una imagen que trataba de ser fiel a la figura que viera la doncella. Y grabaron una leyenda que afirmaba el convencimiento de que la aparecida era la Inmaculada Concepción: «Oh María sin pecado concebida, rogad por nos que recurrimos a Vos.» El mensaje saltó a todos los países de Europa y veinticinco años después Pío Nono lo estableció como dogma de fe, sentencia que consideraba pecado mortal el no creer en la pureza de la Virgen. Fue también desde entonces que la Virgen Inmaculada y la Milagrosa se unieron en la misma imagen aunque, sorprendentemente, la antigua novicia no estaba canonizada.

En el silencio de la gran sala en la que tantas veces oró, tía Julia pidió que compensara su devoción no con un milagro sino con la verdad deseada. Y luego, sin poder evitarlo, se encontró rememorando el pasado. Veía a aquel asturiano que apareciera por el barrio. Era muy atractivo a pesar de tener esquirlas negras clavadas en su piel. Apareció en el camión repartidor de una empresa minera de Mieres, supliendo al habitual. Los camiones viajaban de noche y llegaban a primera hora de la mañana a la carbonería concertada. Al principio llegaban al atardecer y dejaban el camión aparcado en la acera hasta el día siguiente, pero hubieron de cambiar el horario porque por las noches les robaban buena parte del carbón. Había sitio de sobra en las calles al ser pocas las personas que disponían de automóviles. Ocasionalmente algún taxi aparcado o un coche de importación perteneciente a algún destacado vecino. El camión estacionaba a la puerta de la carbonería y el conductor se subía a la caja y, con los pies metidos en el negro producto como si estuviera pisando uvas, echaba a paladas la antracita a la acera, de donde el ayudante la recogía y cargaba en una carretilla para llevarla a la tienda. Terminada la operación se desplazaban a otra carbonería mientras el carbonero barría la acera. Concluida la descarga, el camión vacío, se iban a habitaciones de alquiler concertadas donde se aseaban y descansaban el resto del día para retornar a Asturias en la noche siguiente.

En una de esas tardes su hermana bajó a La Bodeguilla y a sus románticos ojos se enganchó la recia figura del hombre del carbón. Y allí selló su suerte para siempre porque, tras varios servicios de reparto, se fue con él. Era viuda desde seis años antes y no había desistido de encontrar acomodo a su juventud y a su necesidad de amor.

Imborrable el recuerdo de cuando la acompañó a la estación del Norte a coger uno de aquellos expresos. Junto a ella, Carlos, de ocho años. Cuando el tren marchaba aún se veían sus manos agitándose en la ventanilla como mariposas espantadas hasta que todo se fundió en las sombras. Y luego sus cartas, pletóricas de vida y felicidad junto a aquel minero; cartas que fueron espaciándose con el tiempo. Y un día, la noticia terrible en letra de Carlos: «Mamá murió con Víctor al caer el camión por un barranco.» Ella no pudo acudir al entierro ni al velatorio por falta de medios económicos, aunque el padre Gabriel le dedicó una misa.

Carlos escribía muy de tarde en tarde sin decir con quién vivía. No quería volver porque allá estaba la tumba de su madre y había entrado a trabajar de ayudante de minero. Se consideraba más asturiano que madrileño y vendría a verla cuando tuviera algún dinero ahorrado. Y luego la guerra y su silencio prolongado, ya perdido su contacto, con las cartas devueltas hasta que de nuevo empezaron a llegar. Y al fin el día venturoso en que llamó a la puerta y se presentó, reconociéndole de inmediato. Entonces, ¿por qué la duda estaba en ella? Como la cizaña, las palabras de su hijo Alfonso se habían introducido en su ánimo, imperceptibles al principio pero insoportables al paso de los días. Sólo la prueba de escritura podría darle el refrendo a su convicción.

Una hora más tarde el sacristán le pidió que la acompañara hasta la biblioteca, que era grande y estaba llena de libros encuadernados en piel oscura. La primera vez que ella estuvo en ese lugar sintió la impresión de que los libros no habían sido tocados durante años y que eran como si los que los escribieron estuvieran dentro de ellos, prisioneros sin voz, esperando una oportunidad para escapar. La claridad entraba por altos ventanales. El hermano Íñigo le indicó un asiento junto a una mesa alargada llena de objetos. Una lámpara portable empujaba su luz sobre las cartas. Al lado, dos lupas potentes, varios lapiceros y una regla milimetrada junto a un cuaderno de notas. Íñigo le sonrió.

—No es fácil la peritación porque hay notables diferencias en los soportes. Como sabes, esta carta —señaló— es de hace años y de papel superficialmente granulado. Está escrita a lápiz y tiene tachones y faltas ortográficas. Esta otra hoja es reciente y tiene menos satinado. Se escribió en tinta y los bordes de las letras están algo corridos porque el papel ha funcionado ligeramente como secante. Tiene faltas de ortografía pero bastante menos. —Hizo una pausa sin tratar de buscar ningún efecto sorpresa—. He hecho comparativas de los trazos, inclinaciones, tamaños de letras e incluso he analizado los contenidos para situar la personalidad de cada escritor. Bien. Salvando todas las diferencias, puedo decirte sin grandes dudas que la letra es la misma. Quien escribió las dos cartas parece que fue la misma persona.

29

Oviedo, octubre de 1934

Yo vivo para amarte con locura
y para hacerte amar por lo que has hecho.
Y pues que soy tu hechura,
un deseo hay tan sólo en mi pecho,
una gloria que anhelo con delirio:
o que muera de amor en duro lecho
o que alcance la palma del martirio...

SANTA TERESA DE JESÚS

El sábado 6 de octubre treinta mil revolucionarios, con los incalmables mineros a la cabeza, se lanzaron a la conquista de Asturias. Pero, a diferencia de la huelga revolucionaria de 1917, no se hacía sólo para acabar con el hambre congénita de los campesinos, el sufrimiento y miseria de la masa analfabeta y la explotación de los proletarios por parte de los poderosos empresarios minero-metalúrgicos. El propósito ahora era mucho más ambicioso. Tenían que cumplir su parte del programa de Largo Caballero, jefe máximo de la rebelión, que consistía en cambiar totalmente las estructuras sociales, económicas y culturales de España para transformarla en un Estado marxista de obreros y campesinos.

Desde Mieres, cuartel general de la rebelión, se extendieron como una ola imparable por toda la provincia, venciendo toda resistencia armada. Miles de mineros llenos de furia, determinación y convencimiento se dispusieron a conquistar la capital. Salieron por la carretera general aniquilando la oposición armada en La Peña, La Rebollada y Olloniego. En El Cruce se unieron a los que procedían de Langreo y se encaminaron por San Esteban de las Cruces y Los Arenales. Sabían que tenían que ocupar el Ayuntamiento, la emisora de radio, Correos y cortar las comunicaciones telefónicas y telegráficas. Al mismo tiempo deberían conquistar la Comandancia de Carabineros, los cuarteles de la Guardia de Seguridad y Asalto, de la Guardia Civil y el de Pelayo, donde estaba el Regimiento de Infantería Milán número 3. Para realizar esa enorme tarea habían de pasar por el único camino: el barrio de San Lázaro, zona marginal y de prostíbulos. Y allí, en medio del caos inminente, como si lo hubiera diseñado el destino, estaba el viejo caserón del convento dominico de Santo Domingo, a la sazón compartido con el Seminario Mayor regido por los paúles.

Aquel sábado una cortina gris cubrió los relieves de las casas y no permitió que el frío escapara. Pero no era la heladera quien mantenía a toda la ciudad en vilo, como si el Naranco fuera un volcán a punto de erupcionar de un momento a otro. En el vetusto y destartalado convento de Santo Domingo algunos de los sacerdotes y seminaristas habían dormido mal porque conocían lo que se estaba gestando extramuros. La noche renqueó lenta o se deslizó rápida según los temperamentos. Cuando el horario se impuso los residentes iniciaron sus funciones. Ese día la misa fue más larga y en el desayuno, preparado y servido por ellos mismos porque los cocineros habían escapado, se aligeraron algunos temores por lo bajini, la regla respetada. Intentaron hacer oídos sordos a las explosiones que avanzaban desde San Lázaro como cuando el trueno se anunciaba desde detrás de las cumbres. Los profesores mantuvieron sin esfuerzos la disciplina. Pero el nerviosismo cundió entre los estudiantes cuando los disparos y los bombazos se hicieron tan evidentes que ignorarlos hubiera sido absurdo.

—¿Qué va a pasar? —dijo Juan José Castañón Fernández, de dieciocho años y que cursaba segundo de Filosofía.

—A nosotros, nada —apaciguó Ángel Cuartas Cristóbal, subdiácono de veinticuatro años.

—¿Cómo estás tan seguro?

—Porque no hemos hecho nada malo. Somos estudiantes.

—Pero somos religiosos. Y ellos desean aniquilar a la Iglesia, acabar con el clero —terció José María Fernández Martínez, en primero de Teología y de dieciocho años—. ¿No oyes los gritos, lo que dicen esas mujeres? Piden nuestra muerte.

—Siempre hay exaltados. Pero los mandos serán gente responsable —aseguró Ángel Cuartas—. Ahora están intentando tomar el control de la ciudad, rindiendo los cuarteles, lo que les llevará mucho tiempo.

—¿Y después?

—Depende de quién gane.

—Pero, ¿y si ganan ellos? —insistió Jesús Prieto López, de veintidós años y en tercero de Teología—. Son muchos. Parecen imparables.

—Intentarán negociar su ideario con las autoridades. Nosotros no somos ningún botín de guerra —afirmó Ángel Cuartas.

—Admiro tu seguridad. Pero corre el rumor de que en el convento hay depósito de armas.

—Bueno, entrarán y como verán que no es cierto nos dejarán en paz.

José Manuel no estaba intranquilo. Había terminado el ciclo de Latinidad en Valdediós y cursaba segundo de Filosofía Escolástica. No le sorprendió el temor que apreciaba entre los compañeros pero sí la desorientación de los superiores paúles. No sabían qué hacer y recomendaban esperar. En las clases nadie prestaba atención a los temas. Los disparos cercanos, que habían sonado durante toda la mañana, cesaron, no así los distantes. ¿Qué habría ocurrido? Algunos habían oteado atemorizados la avalancha minera cuando pasaba rugiente por delante, hacia la derecha, camino de los cuarteles. El silencio significaba la rendición de una de las partes. ¿Quién habría vencido? En la incógnita la gran iglesia se fue llenando de atemorizados estudiantes, algunos impregnados con la mística del fatalismo.

De repente, justo a las cuatro de la tarde, oyeron los

impactos de las balas en la fachada principal del convento. Significaba que la Guardia de Asalto y la Comandancia de Carabineros habían sido arrolladas por los revolucionarios, que ahora estarían lanzados sobre la guarnición que el Ejército tenía en el Pelayo, suponiendo que no lo hubieran tomado ya. Significaba también que les consideraban un objetivo militar y parecía que iban a tomarlo a sangre y fuego. Ya no hubo dudas. Había que escapar. Sin tiempo para organizarse muchos cambiaron a toda prisa el atuendo por ropa seglar, José Manuel entre ellos, y se abalanzaron hacia la parte de atrás que daba a un gran prado y a la vía del ferrocarril minero El Vasco, medio de transporte para el carbón desde las cuencas hasta el puerto de San Esteban de Pravia. Se descolgaron por las ventanas y corrieron a la desbandada tratando de dispersarse por el monte, solos o en grupos. Otros grupos, entre ellos quienes no habían renegado de la sotana, prefirieron refugiarse en las casas adyacentes.

En la febril huida José Manuel se vio atrapado en un grupo que comandaban Ángel Cuartas y José Méndez Méndez, también subdiácono y de veintisiete años. Bajaron a un sótano que parecía haber sido carbonera. Allí encontraron escondido a Esteban Sánchez, un padre dominico. Hacía un frío tremendo. Pocos tenían ganas de hablar y cuando lo hacían era en susurros. Fuera se oían gritos y detonaciones. La oscuridad les cubrió y se arrinconaron unos con otros en el húmedo suelo para pasar la noche. El tiempo avanzó. Las campanas de la catedral habían enmudecido y en su lugar surgían disparos de los revolucionarios apostados en la torre. Nadie sabía en qué parte de la madrugada estaban.

—¿Alguien tiene reloj? —musitó José Manuel. Ninguno tenía.

—¿Para qué quieres saber la hora?

—Debemos escapar ahora que es de noche.

—Estás loco. Precisamente a estas horas nadie puede circular —señaló Mariano Suárez Fernández, de veinticuatro años y ordenado de menores—. Seguro que esa gente disparará a quien no sepa el santo y seña.

—Éstos no tienen santo. Se llamará de otra manera.

—Consigna. Lo llaman así.

—Vale, pero no la sabemos.

—Éste tiene razón —dijo José Méndez—. Tendremos que salir en algún momento. Mejor ahora.

—Esperemos a que se haga de día.

—Entonces nos atraparán y no sabemos lo que nos harán.

—Nos matarán.

—¿Otra vez? —dijo Gonzalo Zurro Fanjul, de veintiún años y que cursaba segundo de Teología—. ¿Por qué no te calmas?

—Nos estaban disparando. Por eso escapamos. ¿Quieres mejor prueba?

Hablaban sin verse, intentando conocerse por las voces.

—Si nos entregamos verán que no tenemos nada que ocultar —adujo Gonzalo Zurro—. Propongo que esperemos a que se haga de día y salgamos. Y que recemos.

Pero José Manuel no estaba preparado para ser martirizado.

—Yo salgo ahora —dijo.

—¿Quién habla?

—Soy José Manuel González.

—Ah, el más joven. Deberías confiar en el instinto de los mayores.

—Yo soy mayor y estoy de acuerdo con él —dijo José Méndez.

—¿Adónde pensáis ir?

—A encontrar un sitio mejor, una casa abandonada. Ésta no parece estarlo y los dueños pueden venir y denunciarnos.

Tanteando se dirigieron a la puerta. Al abrirla un atisbo de claridad delimitó sus figuras.

—Que Dios os guíe.

—Que Él os cuide.

Subieron con cuidado los escalones, tropezando, hasta dar con la siguiente puerta. La cruzaron y salieron al callejón. Se asomaron. Todo estaba en penumbra y se oían disparos y cañonazos de forma continua, no muy lejos. Caminaron unos metros y vieron una casa con partes derrumbadas, sin signos de vida. Aun siendo más joven, José Manuel dirigía. Se adentraron y caminaron sobre cascotes. La casa era de dos plantas. Ascendieron, esquivando los desprendimientos, y se guarecieron en una especie de palomar lleno de agujeros, bajo una parte indemne del tejado. Se acurrucaron y dejaron pasar las horas temblando de frío y sin poder pegar ojo.

Amaneció el domingo que nunca olvidarían. Oyeron voces y ruidos. Se asomaron sigilosamente. Unos milicianos armados estaban frente al callejón que abandonaran la noche anterior. Salieron siete seminaristas. Les pusieron en fila india y los vieron caminar hacia la carretera de Santo Domingo y desaparecer en el cruce, seguidos por varias prostitutas blasfemantes. No cesaban los disparos. Tiempo después llegaron otros rebeldes encañonando a un seminarista y se plantaron frente al convento. Con dinamita volaron la puerta y parte de la fachada. Entraron todos. Más tarde los vieron salir llevando a otros dos seminaristas que habían permanecido escondidos y al rector Vicente Pastor. A él le reconocieron pese a la distancia pero no a los compañeros. Llegaron unas mujeres gritando.

—¡Mataron a los que sacaron antes! ¡Acabar con éstos tamién!

—¡Sí, matarlos a tóos pa questo sarregle!

Los llevaron calle abajo, con las mujeres de recua. Aparecieron otros milicianos que colocaron más cargas en el desmochado edificio. La explosión derribó la mitad del mismo. Insatisfechos, echaron un caldero de gasolina. Las llamas se extendieron con rapidez y hasta las piedras parecieron arder.

—¡Registrar los alrededores!

José Manuel y José Méndez retrocedieron y se colocaron tras un parapeto de tablas y escombros. Pasó un tiempo. Oyeron crujir el suelo y dos sombras avanzaron hacia el lugar que ocupaban. Empujando las sombras aparecieron dos milicianos armados.

—Mira, mira. Dos pajaritos pal cementerio.

A punta de fusil les hicieron bajar a la calle entre los vítores de las mujeres.

—¡Cogieron a otros!

—¡Que los maten aquí mismo!

—¿Pa qué matarles? Nanecho na —se atrevió a decir una, entre otros rostros acobardados.

—¡Hay que eliminar a tos los que viven a costa el pueblo! ¡Viva la Revolución! —gritó otra.

Un miliciano se acercó. Llevaba el fusil en la mano derecha como si fuera una maleta. Era tan alto como José Manuel y tenía su misma contextura delgada. Presentaba la imagen del revolucionario aguerrido. Sucio, boina calada hasta las cejas, barbado, chaqueta sobre el mono azul, ancho cinturón de cuero, botas y morral. José Manuel le notó un parecido con alguien conocido, impreciso en ese momento.

—Yo me hago cargo. Seguir por otro lado.

—Son míos, yo los vi... —protestó el que mandaba. Cuando vio los ojos del recién llegado, se atragantó—. Vale, vale. Son tuyos.

El minero señaló el prado a los seminaristas y les hizo caminar cuesta abajo hasta llegar a las vías del ferrocarril. Los paró tras una caseta de obras. Había gente a lo lejos, nadie cerca.

—Hacer exactamente lo que os diga —dijo, pareciendo que no había abierto la boca. Hurgó en sus bolsillos—. Poneros estas boinas, ensuciaros las ropas y rasparos los zapatos para envejecerlos.

Anduvieron hacia el sur, junto a las vías, hasta la fábrica de explosivos la Manjoya. Pasaron la estación y siguieron por la vía hacia el oeste sin detenerse. José Manuel tenía frío, hambre y estaba cansado. Supuso que al silencioso fusilero le pasaría lo mismo aunque su ritmo decidido daba sensación de gran vigor.

Tiempo después llegaron a Las Caldas y luego a Fusa. En todas las estaciones había mineros gesticulantes, casi todos armados. Ya de noche alcanzaron Trubia. La estación y calles principales hervían de gente llena de ardor combativo enarbolando fusiles. Los saludos con el puño en alto eran repetidos, así las coreadas consignas. El desconocido les hizo caminar hasta las afueras donde varias casas desperdigadas hacían frontera con el campo. Abrió la puerta de una de ellas y les hizo pasar. Raspó una cerilla y encendió un candil de aceite. Era una vivienda de una sola pieza, llena de bártulos, un camastro en un rincón y dos ventanas cubiertas con lonas. En otra esquina el lugar para el fuego, ahora apagado. Hacía tanto frío como en la calle. El desconocido dejó el fusil en una pared y buscó en una alacena. Encontró pan duro como único alimento y lo puso en un banco corrido. Luego echó agua en una jarra y acercó unos vasos. Les invitó a sentarse y a roer los mendrugos, haciéndolo él mismo. Luego los miró.

—Esta casa ye de un amigo que anda por ahí batallando. Lo despidieron de la mina. Ya veis cómo viven en nuestra tierra los que nada tienen. Lo que coméis ye parte de lo frecuente. Quizá podáis comprender algo de lo que ocurre fuera de la Iglesia.

José Manuel entendió que no era una invitación a la conversación. Le contempló sin insistencia, de soslayo. No era posible adivinar su edad, con aquella pinta de guerrillero, pero no cabía duda de su juventud. Su voz era bien timbrada, con fuerte entonación asturiana. Tenía manos fuertes, de largos dedos, y una mirada profunda. Algo en sus ojos azules le resultaba tranquilizador, cercano, conocido, como si se contemplara en un espejo. Tuvo un estremecimiento. Acababa de encontrarle parecido con él mismo.

—Gracias. Le agradecemos... —intentó.

—Sabemos lo que es la vida mísera —interrumpió Méndez con prudencia—. Yo, y supongo que mi compañero, soy de familia muy humilde. Muchos hermanos, poco futuro. Por eso no entendemos que nos quieran matar.

El barbudo lo miró y Méndez se estremeció.

—En realidad no ye a vosotros a quienes odian sino a vuestras sotanas, a lo que representáis. Siglos de preponderancia de una institución distanciada del pueblo y complaciente con el poder, del que forma parte. —Recogió las migas, las puso en el cuenco de la mano y las llevó a la boca—. Hay muchas formas de matar. Ahora mismo multitud de niños son matados por las enfermedades producidas por la desnutrición. —Bebió un largo trago y se levantó—. Supongo que estaréis deseando volver a vuestros hogares. ¿De dónde sois?

—De Navia.

—De Lena.

—Hay un pasillo que cruza el Nalón y conecta con Grado, Cornellana, Salas, La Espina y Luarca. Se dice que de Galicia ha partido una columna del Ejército al mando del general López Ochoa y que avanzan por ese pasillo, aunque les costará porque oponemos fuerte resistencia. En Navia no hay lucha. —Miró a José Manuel—. Hemos tomado Pola y otros pueblos de Lena. Por ahí no hay camino para ti. Puedes ir hacia Avilés. Dicen que a ese puerto y al de Gijón se dirigen barcos con tropas legionarias. Deberás caminar hasta El Escamplero y llegarte a Marinas. Allí decides si seguir a Avilés o desviarte a Gijón. Aquí no podéis estar. Mañana tenéis que marchar antes de la amanecida. —Miró a Méndez—.

Ten cuidado de no quitarte la boina. Si te ven la tonsura lo pasarás mal. Yo he de irme ahora. No debiera venir nadie. Si así fuera, no abráis. No encendáis el candil, salvo necesidad. —Se acercó a un rincón y de un revuelto de ropa extrajo dos chaquetones muy gastados—. Ponerlos. Os quitarán el frío y disimularéis. Al marchar llevaros el resto del pan y una cantimplora. Cuando salga, trancar con la aldaba. Salud y suerte.

Cogió el fusil, apagó el candil y abrió. Un turbión de aire frío se abalanzó hacia dentro. Vieron su silueta marcándose en el vano unos momentos y luego regresó la calma al cerrarse la puerta. Los seminaristas se miraron.

—¿Sabes? Ese tío se te parece mucho —señaló Méndez—. Si se quitara la barba podría pasar por tu hermano. O al revés.

El comentario de su compañero reforzó la impresión en José Manuel. Eso podría explicar que sintiera tan gran desazón cuando le vio marchar. Era como si se hubiera ido una parte de él.

—Iré a Navia por ese pasillo —dijo Méndez.

—Yo a Gijón, y de allí a Villaviciosa.

Se acostaron y, acostumbrados a madrugar, se levantaron cuando la noche seguía negra.

—Nos despedimos aquí. Cuando lleguemos al cruce cada uno seguirá su suerte. Que Dios nos ilumine —dijo Méndez.

Se abrazaron y salieron, cruzándose con sombras presurosas. Más tarde, solo en el camino, José Manuel volvió a pensar en el minero misterioso que les dio la oportunidad de salvar la vida. Quizá nunca sabría quién era y por qué lo hizo.

30

Tauima, Protectorado de Marruecos, junio de 1941

Dolorido me arranco la costra de mi herida
tan secamente dura, por mísera y por vieja;
me peino mis ideas revueltas y procuro
ser hombre con decoro.

GABRIEL CELAYA

El capitán Rosado entró en la compañía con el rostro de pocos amigos. El cabo y los soldados de guardia se envararon cuando miró a su alrededor desde el umbral. No era infrecuente que decidiera encontrar el dormitorio sucio, aunque reluciera, o que no le saludaran con la debida marcialidad o que había exceso de relajación en el vestir, lo que conllevaba unas horas de tensión en todos y un castigo para los depositarios de su arbitrariedad.

—El cabo Carlos Rodríguez. Que me vea. Inmediatamente.

Carlos se presentó y se cuadró. El capitán le miró fijamente desde su asiento tras la mesa. Detrás de él, el teniente Martín fumaba con parsimonia mientras el furriel y el encargado de almacén parecían estatuas.

—Vosotros, fuera —dijo a los soldados, que salieron de estampida. Cuando la puerta estuvo cerrada, añadió—: Descanso, cabo.

Abrió un portafolios y sacó un papel, que dio al teniente para que lo leyera. Luego ambos volvieron a mirar al legionario.

—Este papel ha llegado al coronel del Tercio. Está firmado por el jefe superior de policía de Madrid y lleva el sello de la DGS. Es una orden de arresto contra ti. Pide te mantengamos en calabozo hasta que pueda habilitarse tu traslado a Madrid.

Carlos no respondió.

—Sabes que nos caes bien al teniente y a mí. Hicimos que te quedaras en esta compañía, lo mismo que ese amigo tuyo al que mataron la novia. Una de las señales de identidad de la Legión es que a nadie interesa la vida anterior de un legionario. Es como si aquí se volviera a nacer, una nueva oportunidad en la vida. —Enganchó una pausa—. No sé lo que has hecho y me importa tres cojones. Para mí eres un legionario ejemplar. Pero tengo que cumplir con la petición. —Los ojos de Carlos no pestañeaban—. ¿Qué dices al respecto?

—Que debe usted hacer lo que le ordenan, supongo, señor.

—Sólo veo una forma de contrarrestar la orden, y de paso burlar al que quiere amargarte la vida. Sabrás que hace unos días, concretamente el domingo pasado, Alemania invadió la Unión Soviética. En Madrid se está creando una división de voluntarios. Allá todo el mundo desea ir a luchar. El coronel lo anunciará mañana a todo el Tercio. Por supuesto que iremos el teniente Martín y yo junto a otros mandos. Ninguno queremos perdernos esta gran ocasión. Te invitamos a venir.

—¿Qué hay que hacer?

—La Legión, como Cuerpo, seguramente no intervendrá. Los que vayamos tendremos que apuntarnos como voluntarios, no sabemos si bajo mando español o alemán. Te daremos los datos hoy mismo. La cosa va rápida. La recluta empezó ayer y termina el martes. Sólo han dado seis días.

—Bien, señor. Tengo ganas de conocer Alemania.

La posición estaba en los altos de unos montes cercanos a Kaddur, defendida por unidades de otros cuerpos. Participaban la 1.ª y 3.ª Compañías de la misma bandera. Quinientos hombres en movimiento. Debían tomarla, con fuego real simulado. En la subida, reptando por la escabrosa ladera sembrada de matojos, Carlos sintió el impacto de una bala tan cerca que las esquirlas de roca arañaron su mejilla. Pensó que alguno se había descuidado. Siguió hacia arriba sin darle más importancia. Pero cuando un segundo proyectil dio junto a una oreja instintivamente rodó rápido hacia un lado. Un tercer proyectil golpeó en el lugar que antes ocupaba. Volvió a rodar hasta topar con otro compañero, que le miró extrañado. Por la posición de los impactos supo que los disparos salieron desde detrás. Tumbado en el suelo, boca arriba, miró a los que le seguían, que avanzaban disparando. Los vio progresar por las cuestas y esperó a que todos le sobrepasaran. Finalmente avanzó hasta la cima.

Ya en la posición, todos reunidos en descanso, estuvo intentando encontrar indicios de culpabilidad en algún rostro, amigo o desconocido. Por experiencia sabía que hay gestos delatores. El culpable casi siempre vuelve al lugar del crimen o deja caer su mirada sobre el objetivo fallado. Los legionarios se movían despreocupadamente, charlando y riendo. Le pareció que nadie se había percatado. Pero lo cierto era que alguien había intentado matarle aunque no podría denunciarlo por la falta de pruebas. El suceso le hizo pensar. ¿Quién tendría deseos criminales contra él? ¿Un amigo del macarra de Nador, quizá?

Más tarde, ya en el cuartel, el sargento Ramos le reclamó.

—¿Qué hay contigo? Llegaste el último a la loma.

—Me sentí mal de repente.

—Me diste un susto. Creí que te había alcanzado alguna bala. Esos ejercicios son de cojones.

Carlos le miró. Tenía jeta de chusquero y vociferaba en demasía. No era el arquetipo de doblez pero todo era posible. No había nada seguro en la vida.

Cabo de Agua era otro de los poblados creados por el Ejército español, justo enfrente de las islas Chafarinas. Desde Melilla, por mar, había veintiséis millas náuticas. Desde Tauima, serían unos cuarenta kilómetros. Pero en ese lugar, como en otros recorridos, no se cumplía la regla geométrica básica de la línea más corta porque por tierra era imposible tender una carretera hasta el cabo. Lo impedía la cordillera de los Ciento y un Barrancos con toda la colección de accidentes geográficos. El teniente Martín no se paró en minucias. Había que hacer marcha a pie hasta ese saliente de la árida costa marroquí, la última antes de partir para Alemania.

Salieron nada más pasar lista de diana y tras un desayuno a pie firme, todos pertrechados. Llegaron desfondados a Cabo de Agua todavía con el sol alto. Como ejercicio de despedida había sido una auténtica paliza. El río Mauluya, que nace en el Atlas, forma un delta de magníficas playas vírgenes y arenas limpísimas donde les permitieron nadar, una vez desembarazados de sus arreos en el cuartel de Infantería.

En el atardecer, Carlos y Javier pasearon por el pueblo y por el puerto. Miraron al mar, hacia las Chafarinas, ahí mismo, en las que destacaba imponente el faro de la isla Isabel. Parecía surgir de las aguas como si fuera el testigo de una ciudad sumergida. Los pescadores entraban y extendían sus redes, punteando su presencia con faroles.

—No voy contigo a Alemania. Me quedaré por aquí y luego iré a Málaga, donde ella vivió antes de que el cabrón la esclavizara —dijo Javier, la voz quebrada—. Y le buscaré.

El sol poniéndose detrás de las Chafarinas puso argumentos al silencio posterior. Era una imagen tan bella que se prendió para siempre en la memoria de ambos. Y cuando llegó la oscuridad todavía siguieron sentados mucho rato.

31

Madrid, mayo de 2005

Iñaki Perales estaba en la treintena y poseía características diferenciadoras: cabello rufo, ojos azules, sonrisa amagada, casi dos metros de talla y cuerpo atlético. Un aspecto semejante normalmente sugiere que dentro de tanta armonía no pueda haber huecos para la doblez y la maldad. Por eso no encontré obstáculos en aceptar su encargo tiempo atrás.

Me recibió en su chalé de El Escorial plagado de plantas y árboles, y me hizo pasar a un salón con dos paredes totalmente de cristal por las que entraba todo el verde del jardín. Volví a subyugarme con tal espectacularidad.

—Cuánto tiempo —dijo, enseñando unos dientes demasiado perfectos—. Llamamos a tu oficina y nos dijeron que estabas fuera. Creíamos que habías abandonado nuestro caso. ¿Vienes a darme noticias del escondido?

—No. Me gustaría conocer más datos. Los que me facilitaste son insuficientes. He detectado lagunas que me impiden hilvanar la madeja.

—Te di todo lo que tengo.

—No lo creo. Debe de haber cosas que te reservas.

—Bueno, te facilité la información que juzgué esencial para la investigación —dijo, la risa bloqueada.

—No es suficiente. Soy yo quien decide qué datos son los necesarios.

—¿Qué es eso de la madeja? Se trata sólo de encontrar a un tipo.

—No lo vendas tan fácil. Dijiste que lleváis años en ese empeño. Necesito respuestas.

—Bien. Podemos quedar...

—Estoy aquí para ahorrar tiempo. Quisiera esa información ahora.

—¿Ahora? —dijo, la sonrisa escabullida.

—Ahora.

Estábamos parados. No era mucho más alto que yo aunque más corpulento y más joven. Sus hermosos ojos cambiaron del azul al gris y por un momento tuve la sensación de que deseaba golpearme.

—Iba a salir y... —arguyó, dudando. No le ayudé en el cuento y seguí mirándole fijamente—. Bueno, ven por aquí.

La biblioteca estaba al nivel del salón en cuanto a esplendor. En este caso sólo una pared era de vidrio. Las estanterías, con libros en la parte de arriba y escondrijos con puertas en la parte baja, ocupaban dos alas. En la cuarta, la de la puerta de acceso, toda una colección de pinturas marinas, bodegones y retratos. Señaló un sillón junto a una mesa alargada y se dejó caer en otro.

—Te ruego que seas consciente del tiempo —masculló.

—Quieres que encuentre a Carlos Rodríguez porque

tu abuelo le hace culpable de varios asesinatos. Verás. No es usual que un policía deje como herencia no la búsqueda de un ciudadano normal desaparecido, sino la captura de un presunto asesino sin relación con su vida particular, uno de tantos casos para la rutina policial. Acepté el trabajo sin sopesarlo. Pero durante la investigación ocurrieron cosas que me han hecho meditar. Debe de haber una razón más convincente que el simple deseo abstracto de justicia; algo que explicaría por qué un terne envidiable como tú, que deberías estar inmerso en impulsos adecuados a tu edad y situación, tenga interés en algo tan lejano y difuso.

—¿Qué me cuentas? Atosigó a mi abuelo. Para él fue relevante y...

—Para él —interrumpí—. Hablo de ti.

Me miró con un mohín de impaciencia en sus labios carnosos.

—Coño, no me sobra el tiempo, por eso te contraté.

—Venga, no te vayas por las ramas. No creo que tu abuelo se te presente por las noches reclamándote resultados. Hay algo fuera de lo normal. Y ello me impide desarrollar mi trabajo a satisfacción.

Estuvo un rato mirando la vidriera como si a través de ella pudiera llegarle la decisión.

—¿Puedes esperar un momento? Vendré con mi tía abuela. Es una persona muy sensible y devota, incapaz de hacer maldad, ni siquiera imaginarla. Espero estés a la altura y lo tengas en cuenta.

Se adentró en la casa. Minutos después oí un golpeteo en las baldosas. Por la puerta apareció el musculado con una señora muy castigada de años que se equilibraba con un bastón. Parecía una mota a su lado. Llegaron hasta mí lentamente y ella me miró con ojos desteñidos. La indefinición de sus rasgos faciales hacía inútil cualquier intento de situar su edad. Se paró y se mantuvo sin titubeos apreciables. Me dio una mano huesuda, que estreché con suavidad.

—Me llamo Inés —dijo con voz trompicada—. La verdad es que quien le contrató fui yo a través de él.

—Ha sido un buen intermediario.

—Parece que no lo suficiente. Quizá debería haber sido yo quien le hablara. Porque soy la viuda de uno de los asesinados por ese tal Carlos. He sufrido mucho. Los años no han aliviado mi dolor.

—Lo siento de verdad —dije, mientras mi cerebro giraba—. Entonces su marido era...

—Juan Bermúdez Bermejo Perales, primo segundo del inspector Perales. Ya sabe que los apellidos maternos desaparecen. Pero no sólo eran familia sino grandes amigos. Se criaron juntos. ¿Explica eso nuestro interés y el del inspector Perales?

—¿Por qué tienen tanta seguridad en que ese Carlos Rodríguez mató a su marido y a su cuñado?

—Porque el inspector lo aseguró. ¿Por qué no vamos a creerle, cuando tanto trabajó en esa idea?

—Seguiré en el caso pero dejo de buscar a Carlos.

La sinceridad siempre incomoda cuando no se ajusta a lo esperado. Algo pareció desconectarse en la mirada de la mujer mientras se le quebraba el pálido color.

—¿Por qué quiere dejar de buscarle?

—Porque él no fue el asesino, señora. Durante años han estado equivocados.

32

Oviedo, octubre de 1934

Nihil tam acerbum est in quo non aequus animus solatium inveniat.

(Ninguna cosa hay tan adversa en la que el alma justa no encuentre algún consuelo.)

SÉNECA

José Manuel caminó sin descanso, unas veces por la carretera y otras por senderos, procurando apartarse de la gente. Cruzó Tuernes. Vio a lo lejos un palacio en Cucao, y más adelante una torre. Estaba en Posadas, una población grande. El pan duro del desconocido se le acabó en esas jornadas pero encontró castañas caídas, que la Revolución impidió recoger. La mayoría estaban podridas aunque halló las suficientes para calmar su necesidad. Bebía agua de los arroyos y dormía en quintanas abandonadas, luego de explorarlas. Llevaba el calzado muy gastado y gracias al andrajoso chaquetón podía soportar el frío. Unos días después, y cerca de Lugo de Llanera, oyó a lo lejos disparos, gritos y ruido de camiones. Bordeó la carretera y miró, aplastado a la tierra. Era una columna de soldados blancos y moros, de raros uniformes, que atravesaba Prubia en dirección a Oviedo. Legionarios y Regulares. Había gente que saludaba con manos y pañuelos mientras los de vanguardia disparaban, escaqueándose hacia los lados. Dos mineros armados aparecieron por una cuesta y cruzaron por detrás de él, escapando.

—¡Corre, tú! ¡Ya están ahí esos cabrones tirando contra tó!

Desaparecieron monte arriba. José Manuel siguió mirando la columna hasta que creyó que toda había pasado. Salió de su escondite e inició la bajada por la pendiente arbolada. Al momento oyó disparos y sintió zumbar las balas. Se tiró al suelo, escudándose en un árbol.

—¡Seminarista, cura! —gritó, asomando las manos. De pronto se dio cuenta de su vestimenta. Se desprendió de la vieja chamarra y de la boina, tirándolas lejos. Oyó pasos escalando la cuneta. En un momento dos legionarios aparecieron tras los ojos de sus fusiles. La muerte mirándole.

—¡Soy seminarista, del convento de Oviedo! ¡No disparen!

Los dos soldados lo levantaron y le examinaron. Nada tenía para atestiguar lo que decía más que un crucifijo pequeño enganchado a una cadenita colgada del cuello, que nunca se quitó por pertenecer a su madre. Sus ropas y desastrado aspecto no le ayudaban. Los militares le hicieron bajar a la carretera, donde estaba pasando la retaguardia de la columna. Un automóvil se había parado, la puerta abierta y un oficial de pie mirándoles.

—¿Por qué no lo habéis fusilao? —dijo con gesto impaciente.

—Éste no parece de ellos, mi teniente.

El oficial le hizo varias preguntas, le miró las manos y las olió, tratando de encontrar evidencias de haber disparado un arma. Le abrió la camisa y examinó sus hombros, buscando huellas de haber soportado la culata de un fusil en el retroceso. Observó su extrema delgadez, su educada forma de hablar. Finalmente se convenció y le dejó ir adonde varios civiles miraban.

—¡Vamos! —Acució a sus hombres mientras subía al coche—. Ya hemos perdido mucho tiempo.

Una mujer le hizo entrar en una casina y pudo confortarse con el fuego y con el cuenco de sopa que le dieron. El rumor de los camiones y de la tropa fue diluyéndose en la distancia. Tiempo después oyó un ruido sordo. Se asomó. Una muchedumbre se desplazaba en pos de la columna militar. Algunos iban en carros y en algún que otro coche, pero la mayoría arrastraba sus pies por el adoquinado camino cargando con maletas y bultos. Mujeres, hombres y niños hablando en voz alta, riendo, expresando su felicidad. Por un momento a José Manuel le recordaron esas masas que en la edad media y hasta la era napoleónica, según leyera, seguían a los ejércitos. Eran familias y pueblos enteros que cargaban con sus enseres y tiendas y vivían de las tropas, ofreciéndoles sus múltiples oficios, alimentos, diversiones y servicios durante las acampadas entre batallas. Pero esta multitud parecía ser, al menos la mayoría, los habitantes que huyeron de Oviedo incluso antes de los primeros disparos y que volvían para recuperar sus casas y pertenencias. Sus trazas y vestiduras les delataban. No pertenecían al mundo obrero. Buscó con la mirada y no vio a nadie conocido. Allá delante, en la cabeza, los disparos se intensificaban.

—¿Qué día es hoy? —preguntó.

—Jueves once.

Aceptó un abrigo de sus desconocidos benefactores y se integró en el grupo seguidor. A medida que progresaban veía muertos en las cunetas, todos con el mono azul. Se adelantó hasta la primera fila de los seguidores, a la vista de los últimos soldados. De vez en cuando algunos mineros salían a la carretera y se entregaban, manos en alto, sin armas. Les formaban en línea y un pelotón se encargaba de fusilarles allí mismo. Los hombres caían como la yerba en la siega.

—Así está bien. Ojo por ojo —dijo alguien a su lado.

—Pero se habían entregado, eran prisioneros —dijo José Manuel, impresionado.

Le miraron con ojos poco avenidos.

—¿Qué cojones dices, ho? Son unos criminales. Han de acabar con todos.

—Dicen que el teniente coronel Yagüe dio orden de no dejar uno vivo —dijo otro, ceñudo.

—¿A qué todos?

—A todos los revolucionarios, esos asesinos que saquearon nuestras propiedades y mataron a tanta gente.

De vez en cuando algún soldado salía de la fila y remataba a algún caído. Allí quedaban, como los otros, sus gestos últimos de terror e incomprensión, algunos de ira.

En los rostros mayoritariamente juveniles, los ojos aún húmedos mostraban los azules que le faltaban al cielo. José Manuel pensó que había salvado la vida de milagro. Aquellos legionarios tenían orden de matar y sin embargo le llevaron ante un juzgador sanguinario. Le creyeron. Era una experiencia desconcertante, otra más a añadir a la confusión que llenaba su cabeza.

Se acercaban a Oviedo por Lugones y La Corredoira y más gentes salían de sus escondrijos a recibirles. En la distancia se oían explosiones, cañoneo y gran estrépito, como si una trituradora gigante estuviera en marcha. Humo y polvo cubrían la ciudad. Los militares pararon la comitiva perseguidora y desde unos camiones repartieron pan. Cada uno buscó un grupo y todos se dispusieron a pasar la noche mientras allá seguía un infierno de disparos y estruendo. Pocos durmieron, ansiosos por saber qué había ocurrido con sus familiares, propiedades y bienes.

Las horas fueron desgajándose y el alba tardó en llegar, negligente, acaso fatigada de alumbrar infortunios. El humo, que escapaba lentamente hacia el cielo negruzco, impedía la visión esperanzada. Sólo cuando el día empujó empezaron a verse los contornos de las cosas. La gente iba presurosa, algunos corriendo. José Manuel caminó con prudencia y quedó anonadado. Según avanzaba veía desolación por todos los sitios, como si hubiera pasado un terremoto. No entendía que en tan poco tiempo pudiera causarse tamaña destrucción. La hermosa ciudad estaba en ruinas. Era como si conociendo su derrota, el canto de cisne de sus utopías, los revolucionarios hubieran dedicado sus últimas energías en arrasar lo que simbolizaba su enemigo de clase, el centro de la burguesía asturiana. Ninguna calle del centro estaba indemne, las vías férreas cortadas y los puentes volados. Cadáveres de personas y animales yacían aquí y allá mientras sombras fantasmales buscaban y llamaban a gritos. La mayoría de los abatidos llevaban el mono de revolucionarios. Allí quedaron con el orden nuevo que pretendían crear. Las ambulancias se esforzaban en cumplir su cometido, rebotando sobre los escombros y ensordeciendo con sus sirenas.

José Manuel vagaba por ese mundo extraño en que se había convertido la hermosa Oviedo. Tiendas y hoteles saqueados, coches y tranvías reventados, edificios humeantes. El Palacio Arzobispal ya no existía, al igual que la Universidad, donde se convertían en cenizas los centenares de miles de volúmenes de su biblioteca, lo mismo que el tesoro documental de la Real Audiencia. El Instituto de Segunda Enseñanza, el Banco de Asturias, la Delegación de Hacienda, el Teatro Campoamor, el Monte de Piedad, todas las casas de la calle de San Francisco, las iglesias, algunos grandes hoteles... la catedral erguía su torre maltratada de impactos. Oyó que la Cámara Santa, que contenía una riqueza arqueológica incalculable datada de los siglos X y XI, había quedado hecha añicos.

Según se acercaba al que había sido su hogar durante el largo año anterior, José Manuel sentía que la estupefacción se imponía sobre la congoja. Había gente moviéndose, sonámbula. Las prostitutas habían desaparecido. El viejo caserón conventual ya no existía. Entró al patio humeante, tan lleno de vida ocho días antes. No había techumbre pero el cielo seguía sin intervenir, resguardado tras una nube acerada. Se sentó en un cascote, llenándose de preguntas que se sumaban a las muchas que almacenaba desde que era niño.

33

Madrid, julio de 1941

... estoy mojada todavía
de aquel tiempo de furia extraordinaria,
de amor imperdonable,
bajo la lluvia equivocada.

VANESA PÉREZ-SAUQUILLO

Acaso no fuera una tormenta, aunque por las fechas no podía ser otra cosa. Se había presentado tras una aspaventosa embajada de truenos y relámpagos, que no impidieron filtrarse unos cánticos infantiles:

Que llueva, que llueva,
la Virgen de la Cueva,
los pajaritos cantan,
las nubes se levantan...

Pero no era una nube porque todo el cielo estaba cubierto justo encima de las casas, como si quisiera frotarlas, y la lluvia caía en goterones constantes. Desde el quiosco, Cristina veía llover sobre el paseo, los árboles y las mesas, ahora vacías tras la desbandada. Y apreciaba el fenómeno doble de la lluvia y la evaporación en la superficie ávida, como si el agua cayera sobre el fuego. Llevaba mucho sin llover y el calor era tan intenso que aparecían gorriones muertos de asfixia sobre la tierra seca y aplastada.

Mucho tiempo después, y sin transición, el cielo azul asomó como si una mano poderosa hubiera descorrido el manto nuboso. El sol volvió a sacar las sombras de los edificios en un contraste tan definido que parecían pozos profundos esperando tragarse a la gente. Los gruesos regueros fueron desapareciendo y la tierra quedó calmada. Cristina esperó con impaciencia el reencuentro mil veces pensado; la brasa quemando dentro de ella, la angustia de disimular el nerviosismo. A escondidas miraba el reloj de bolsillo que su padre colgaba de un clavo, y le parecía que las manillas no avanzaban. En la última carta, enviada como todas a la dirección de Alfonso, le advertía de su llegada. No iría a Alemania con el contingente africano. Mintió al capitán diciendo que iba a casarse y obtuvo un permiso de dos días. Sólo quería verla, sentirla y darle algo de él. En sus cartas no hablaba de amor ni de promesas, sólo unas letras costumbristas y casi hueras como si fueran a pasar por la censura, pero que ella llenaba de esperanzas.

Cuando la tarde declinaba cogió la cesta y se despidió de su padre y de su tío. Contuvo las ganas de correr y caminó al ritmo normal por la estrecha acera que había delante de las paralizadas obras de los Nuevos Ministerios. Lo vio más allá del vallado, junto a los árboles grandes que escoltaban el Instituto Farmacológico Latino, un hermoso palacio con un gran jardín enrejado. Alto, luciendo el uniforme legionario y con su aire de misterio. Se detuvo ante él y no supo qué decir, sólo mirarle.

—Hola.

—Hola.

—No me dejan casarme —dijo ella, apurando la mirada.

—Me lo dijiste. En el fondo comprendo a tu padre. Me ve como un aventurero. Y puede que lo sea. No sé si te merezco. Necesito tiempo.

—Vas a una guerra...

—Vivimos momentos tremendos, fuerzas poderosas gobiernan millones de vidas absorbiéndonos como un torbellino. Pero volveré. Me queda toda la vida por delante. Y la quiero junto a ti.

Él le ofreció caminar por el terreno existente entre los solares y terraplenes de la calle Modesto Lafuente. Ella le preguntó sobre África, la Legión, sus experiencias. Un hombre tan joven y con tantas cosas en su vida. A ella, que apenas conocía Madrid y que sólo una vez salió del barrio para ir al pueblo de donde procedía la familia, las vivencias del hombre le hacían sentirse insignificante.

Cruzaron el indefinido paseo de Ronda y él le cogió una mano. Nunca se habían tocado y fue como si hubieran asido un cable eléctrico. Ella nunca había estado con ningún hombre, sus partes íntimas eran incluso secretas para ella. Y aunque había escuchado a las amigas fantasear en asuntos de sexo, nunca había intervenido en esas suposiciones que tampoco la atraían por lo que, en ocasiones, pensaba si acaso no estaría destinada a ser monja. Pero ahora estaba sintiendo ese ardor desconocido, mareante.

Estaban en el campo enorme que llegaba a Chamartín de la Rosa. Había quintas de gente adinerada, hoteles y huertas. Fueron por el curvo camino de Maudes, las manos anudadas y con cada vez más espesos silencios. A hurtadillas se miraban. Él veía el perfil de la mujer, ya en contraluz menguante. Tenía la boca ligeramente abierta, anhelante, como si intuyera algo o quizá lo deseara. A través de la pequeña mano él sentía sus impulsos y miedos entrar dentro de sí. Era más que un sentimiento. Notaba su palpitar enmarañándose en la intrincada red de órganos y conductos de su pecho como si ya fuera una parte de su cuerpo.

—¿Y luego...? —dijo ella, prestándole sus ojos. Al hacerlo grujió los bordes de su mirada dejándola tan limpia que algo en él se deshizo en el vértigo de la inocencia rendida.

—Quisiera... Me gustaría ir a Méjico, si la guerra me pasa de largo.

En las sombras invasoras destacaban esparcidas las débiles luces de las villas y palacetes. Ella tuvo un escalofrío, que él notó.

—¿Qué tienes?

—No sé... Mucho miedo.

Él la besó ligeramente, mojándose en sus lágrimas. Un contacto tan suave como el aleteo de un pensamiento.

—Vendrás conmigo, volveré por ti.

Ella dejó caer la cesta, le abrazó con fuerza y se rindió a las caricias. De la tierra brotaba el olor de la cercana lluvia. Él la tendió suavemente mientras ella le miraba intentando controlar su dicha y su desconsuelo.

—¿Quién... quién eres, Carlos?

Él puso sus labios sobre los suyos y luego dejaron que ocurriera.

34

Oviedo, diciembre de 1934

Est felicibos difficilis miseriarum vera aestimatio.

(La gente feliz difícilmente consigue juzgar bien las miserias de los demás.)

CICERÓN

José Manuel entró en el Hospital Provincial y en recepción preguntó por don Celestino. Accedió a una larga sala donde se alineaba una treintena de camas ocupadas por hombres de varias edades. Su antiguo maestro era uno de ellos. Había un crucifijo en la pared donde se apoyaba el cabecero de la cama. La vejez se le había apresurado en el siempre sereno semblante. Ahora mostraba inéditas arrugas.

—¿Qué le han encontrado?

—No lo saben. Me han hecho radiografías y análisis. Pero yo sé lo que tengo.

El seminarista le miró.

—Lo mío es la soledad, a la que ahora se une la pena. Siempre estuve solo, pero cuando la edad aprieta y los huesos empiezan a barruntar la meta propincua se echa a faltar compañía, alguien que esté a tu lado a diario.

—Usted no es viejo. Aún puede encontrar esa compañía. Y aquí tendrá compañeros.

—Son tan infelices como yo y ya no me interesan las historias de gente doliente. Y menos después de lo que hemos pasado. —De su cuerpo desfallecido brotó una tos entrecortada—. Te veo muy serio.

—Nunca fui muy alegre.

—Es cierto, pero hay algo en ti... ¿En qué curso estás?

—En segundo de Filosofía, ya sabe, con la Crítica, la Psicología.

—Todo desde la escolástica. O sea, los silogismos. Discusiones que no llegan a ninguna parte. El sexo de los ángeles. Y detrás, el amedrentador mensaje de san Ignacio. —Movió la cabeza—. ¿Seguirás hasta el final?

—No sé, quizá sí. —Se miró las manos—. Sigo afectado por los sucesos de octubre. Vi cosas terribles esos días.

—Esos días... y los que siguieron.

—¿Los que siguieron? No sé qué quiere decir.

—Dime lo que viste.

—Compañeros míos fueron asesinados por los revolucionarios. Yo estuve a punto. Esa gente estaba llena de furia asesina.

—¿Crees que todos los mineros fueron asesinos?

—No, todos no —dijo José Manuel, pensando en el miliciano misterioso—. Pero...

de Madrid, con presunción de un casticismo do y hundido en lo peor del pasado. Madrid no er la capital del imperio soñado mientras existieos barrios infames. Había que demoler todas las ibles casas, dejando el lugar como un páramo para nstruir allí avenidas y edificios de categoría europea onde no existiera la gente mala, esa chusma traicionera y endemoniada llena de vulgaridad y analfabetismo. Debía procederse del modo que se hizo con la Gran Vía, una buena decisión que tomaron los gobiernos anteriores a la República, ese infame sistema que paralizó el país.

Reconocía que algunos edificios eran incongruentemente bellos para el lugar, como la casa de enfrente de seis plantas, que presentaba esos artísticos balcones de hierro forjado y los medallones con rostros entre las ménsulas. A veces se preguntaba a quién se le ocurrió poner allí la comisaría. Quizá precisamente por la afinidad entre los catetos achulados y los extinguidos guardias de Asalto, todos de la misma calaña. Ahora, paradójicamente, podría ser el punto ideal en ese vivero comunista para el desenmascaramiento y desarticulación de elementos implicados en crímenes durante la República o pertenecientes a la subversión política y social.

Pero podía haberse instalado en la calle Ave María o Lavapiés, las vías principales del barrio. Nada que ver con la cercana comisaría de Ribera de Curtidores, una arteria amplia, larga, arbolada y eje de comunicación de gente y vehículos. Aquí, las fachadas de enfrente estaban a unos pocos metros. Y aunque los vecinos intentaban la obligada discreción, no podían evitarse sus discusiones y los ronquidos durante el sueño, ya que en verano las

—¿No te has parado a considerar lo que hizo después la otra parte, la represión?

—Bueno, fui testigo de algunos hechos reprobables por el Ejército. Pero no es comparable.

—¿Reprobables? ¿Ésa es tu consideración de los hechos? Tienes capacidad de reflexión, estudias Lógica. ¿Por qué no aplicas esas aptitudes a la realidad? Naturalmente que no es comparable, pero en sentido contrario al que sostienes.

—Según parece vemos dos realidades diferentes. Mi buen maestro. Usted y sus propuestas de comprensión para las acciones destructivas de las masas. ¿Nunca se conmovió ante las atrocidades cometidas por los obreros?

—Hablas de los obreros con la misma irrealidad que las clases altas. Pero tú sabes del mundo trabajador y campesino. Tus hermanos lo son. No creo que te hayas apartado totalmente de la clase amarga de la que procedes.

—He visto Oviedo arrasado. ¿Qué amargura puede justificar tal atrocidad? El caos, en su más pura esencia.

—La destrucción de Oviedo obedeció a la ira y a la impotencia.

—¿Destruir el Instituto y la Universidad, los centros de la cultura?

—¿Para quiénes? Ningún obrero ni campesino puede estudiar, apenas primaria. No incluyo, desde luego, a los que conseguís entrar en seminarios. La enseñanza media y universitaria son inaccesibles para el trabajador. Son predios elitistas. Al destruirlos no atentaban contra la cultura sino contra los órganos diferenciadores, lo que les distingue.

—¿Y los bancos?

—Lo mismo, son la encarnación del poder económico. ¿Qué pobre tiene cuenta en los bancos? Su destrucción eliminaba el templo del dinero, lo que los obreros no tienen. La ostentación de los bancos, esos edificios como palacios, es insultante para una sociedad con tanto pobre y hambriento.

—¿Y los hoteles? ¿Son también centros económicos?

—Piensa, muchacho. Es otro signo de la clase alta. ¿Qué obrero se aloja en un hotel? Sólo pueden albergarse en malas posadas. Un hotel está en la misma línea que la Universidad y los bancos. Oviedo era y es una ciudad burguesa, ricachona. ¿Viste las casas de la calle Uría? Los dueños entran por los portales de las lujosas fachadas, los sirvientes por los callejones traseros. Dos mundos, los señores y los esclavos. —La exigente tos volvió a interrumpirle. Se limpió con un castigado pañuelo—. Los revolucionarios de octubre no estaban animados de ideales asesinos, pero sí llenos de odio hacia los ricos y sus bienes, a lo que les era representativo. Querían un reparto de la productividad, querían comer, querían acabar con la inmensa diferenciación. Tabla rasa para un nuevo orden. Lo malo es que no sirvió para nada porque todo sigue igual.

José Manuel estuvo un buen rato sin responder, sopesando lo escuchado.

—Pero la quema de la biblioteca de la Universidad... creo que era la segunda más completa del país y que fue establecida por los hombres de la Institución Libre de Enseñanza.

—¿Te olvidas de la quema de otros cientos de libros del Ateneo Obrero de Sama efectuada por los soldados

al terminar la revolución [...]
dar en silencio—. Na[...]
de lógica puede [...]
los libros de [...]
de la dese[...]
Langreo, q[...]
autoridades. [...]
nuevo acceso de [...]
la Institución Libr[...]
y completa, la particip[...]
Hermosas intenciones p[...]
calado está a enorme dista[...]
el pueblo. Mira, José Manuel, [...]
cosas trascendentales, pero en [...]
muere de hambre y no entiende [...]
siempre, tengan acceso a una buena a[...]
buena sanidad y a una buena educación. [...]
ne ahora que sacar consecuencias del desca[...]
ponen de acuerdo sobre las cifras, pero puede [...]
se que hubo mil quinientos muertos durante es[...]
aparte de los miles de heridos. Es comprobable q[...]
las Fuerzas del Estado cayeron pocos. La mayoría h[...]
sido revolucionarios y, de ellos, un elevado número fueron simplemente asesinados en el momento de rendirse o fusilados sin juicio previo tras sacarlos de las cárceles. Ahora hay cientos de «detenidos preventivos» atestando las prisiones. Se han olvidado de ellos, como si fueran leprosos. Esa desproporción en las consecuencias debía hacerte pensar en términos más ecuánimes.

—Intento serlo, don Celestino. No sé de esas cifras, sí los muertos que vi. Y también veo las paredes llenas de

pintadas. UHP, GPU[...]
de decir España po[...]
esto España? ¿Po[...]
vive mejor? [...]
José Ma[...]
vio algo húm[...]

ventanas permanecían abiertas y, si no fuera por la presencia policial, echarían sus colchones en la acera como si estuvieran en sus malditos pueblos.

Mas no era eso lo que tenía en ascuas al inspector. Tanto poder acumulado y, en algunos casos, tener que someterse a la larga espera para resolver crímenes. Como el de Carlos Rodríguez, al que inculpó con total convencimiento como sospechoso de doble asesinato. En su momento resolvió los trámites para que la Legión lo enviara custodiado de vuelta a Madrid. No ignoraba que lo que atañía a ese Cuerpo funcionaba con tratamiento diferente, pero al final, para el Ejército como tal, la petición policial de extradición era un tema de obligado cumplimiento además de habitual. Por eso no sólo le extrañó la demora en la ejecución de la petición sino también la falta de comunicación al respecto.

El berrinche que agarró cuando se enteró de que el sospechoso estaba en Alemania con la División Azul le provocó tal estreñimiento que tuvieron que ponerle lavativas. ¿Cómo es que del Cuartel General de la División no tomaron medidas? ¿Por qué no enviaron a nadie para aprehenderle cuando el tren que lo traía de Sevilla llegó a Madrid? Luego le dijeron que ese tren era de ganado habilitado para el transporte de tropa y que no había parado en la capital. Además tuvo que aceptar que el asunto de la División Azul era lo más prioritario en el país. Lo había conmocionado todo. Nada había tan importante y los máximos esfuerzos se concentraban en que esa unidad saliera sin trabas.

Debía tragarse la bilis aunque estaba tan frustrado que atendía malamente a sus otras responsabilidades. No era para menos. Había movido los hilos no sólo para que la pesquisa no la hicieran miembros de la Brigada de Investigación Criminal, a quienes realmente competía, sino que, dado que ahora era agente de la Brigada Político-Social recientemente creada, le permitieron llevar el caso personalmente al haber defendido que podría muy bien tratarse de crímenes con orígenes políticos, ya que los dos hermanos asesinados lucharon en el bando nacional en la reciente guerra y habrían asumido responsabilidades que no gustarían a algunos. Ansiaba tener el necesario reconocimiento para conseguir un asiento en uno de los despachos de la Puerta del Sol. Pero el mérito pasaba por atrapar a ese asesino esquivo. Y si no... Bien. De él no se iba a reír. Tenía hechos otros deberes para que cumpliera por sus crímenes.

Abatió la palmeta sobre un grupo de moscas e imaginó que una de ellas era Carlos Rodríguez.

36

Alemania y la antigua Polonia, agosto de 1941

Atrás quedó la soledad del llano,
la tarde lenta, el ansia dilatada
y sin sombra ni flor, libre y postrada,
la tierra para el sueño soberano.

DIONISIO RIDRUEJO

El largo convoy, unos ciento cuarenta trenes escalonados repletos de hombres y caballos, plataformas con piezas artilleras, ametralladoras, automóviles y materiales, llegó el día 20 a Stettin, una gran ciudad situada a la izquierda del ancho estuario del Oder. El húmedo aire azuzado de salitre proveniente del mar Báltico renovó el todavía agobiante calor. Mientras los trenes cruzaban lentamente los puentes sobre el doble cauce y las islas aprisionadas entre sus aguas, los divisionarios miraban admirados el activo puerto, los astilleros, las chimeneas empenachadas de humo de las fábricas, las mellizas casas de piedra con picudos tejados de pizarra y el gran movimiento de gentes y barcos. Viendo ese ambiente de paz bajo los dorados resplandores del atardecer, nadie podía creer que hubiera una guerra al otro lado de Prusia. Los frentes estaban lejos y la URSS pronto desaparecería.

Los trenes no detuvieron su marcha y fueron al encuentro de la noche. En los vagones de ganado se habían colocado bancos y colgaderos para los fusiles y macutos de la numerosa tropa. Muchos divisionarios cantaban y hacían chistes bajo el influjo de una desbordante felicidad. En el coche donde Carlos viajaba todos eran legionarios y estaban encuadrados en el 2.º Batallón del ahora Regimiento 269 que, a su vez, como toda la División, se integraba en el 9.º Ejército del Grupo de Ejércitos Centro de la Wehrmacht. La obligada convivencia los había disociado por afinidades. El grupo de Carlos lo formaban él y el soldado Indalecio Pérez, de la 1.ª Compañía del Tercio de Tauima. Lo completaban los también cabos Alberto Calvo y Antonio García y el guripa Braulio Gómez, de la 3.ª Compañía de la misma Bandera, y a quienes recordaba vagamente haber visto cuando agrupaban las compañías para ciertos ejercicios.

Otro grupo, lleno de risas y mostrando los cuellos de las camisas azules por entre las desabrochadas guerreras, definían su pertenencia a Falange, cuyas ideas habían calado en gran parte del Tercio, sobre todo en la oficialidad. Uno de los integrantes solicitó silencio y señaló al penumbroso paisaje. Carlos y sus amigos se sumaron a la contemplación.

—Esto es la Pomerania, tierra alemana que en el Tratado de Versalles de 1919 le arrebataron para dársela a los polacos y que tuvieran una salida al mar —dijo el entendido mientras todos atisbaban las luces de pueblos escondidos en colinas boscosas—. No les importó partir el territorio alemán y que Prusia oriental quedara desgajada del resto por esta dolorosa cuña.

Nadie contestó, seguramente porque conocían el dato o porque no tenían ideas que aportar. Carlos fumaba en silencio y volvió a pensar en lo rauda que discurría la vida. Un mes antes estaba en Tauima. Enseguida el cruce del Estrecho hasta Sevilla donde se concentraron los tres batallones del Regimiento de Andalucía. Apenas unos días y el embarque directo para Hendaya. Luego el cruce por la admirada Francia. Nombres para el recuerdo: Burdeos, Tours, Orléans, Luneville. Más tarde la frontera con Alemania y el asombro de sus pueblos y paisajes, como de otro mundo. Karlsruhe, Heilbronn, Nürnberg y la llegada al campamento de concentración de la División, en las afueras de Grafenwöhr, en Baviera. Tres mil kilómetros en tren desde las arenas marroquíes. Allí recibieron somera instrucción, materiales de guerra, uniformes de la Wehrmacht y juraron morir por Hitler. Todo en dos semanas. Parecía que no había tiempo que perder, lo que era del agrado del Alto Mando divisionario.

En Grafenwöhr, Carlos envidió el modo de vida alemana al ver el orden, la limpieza y las pintorescas y bien conservadas casas de tejados a dos aguas. Las calles sin basuras, los árboles cuidados, el trato reservado pero amable de esas gentes. Quizás en España pudiera llegar el día en que los pueblos y ciudades no estuvieran incitadas al abandono y a la desidia, y el nivel educacional fuera como el de ese país.

Tiempo después el convoy cruzó el Vístula por Grandeuz y siguió su monótono traqueteo.

—Allá abajo, a unos cien kilómetros, está Danzig, la capital de esta región —reiteró el mismo soldado de antes, con fervor, señalando a la izquierda—. No olvidemos que esta segunda guerra europea comenzó cuando hace dos años Hitler lanzó sus tanques y acabó con esa vergüenza. Ya no existe el oprobioso pasillo. Ahora Alemania vuelve a estar completa. Cuando conquistemos Rusia regresaremos a España y recuperaremos Gibraltar, nuestra gran vergüenza histórica, y también nuestro país quedará completo.

Tampoco esa vez hubo comentarios. Sin embargo señalaba algo de enorme importancia para sus vidas. Porque de no haberse producido el hecho que narraba, la División Azul no hubiera nacido y ellos no estarían caminando hacia la incógnita de su futuro.

En la amanecida se veían verdes praderas y pueblos diseminados. Luego, una gran ciudad en el borde de la antigua frontera: Suwalki, antes polaca, luego rusa y ahora alemana. Los trenes fueron entrando en la gran estación de Orany en la que otros convoyes militares ocupaban apartaderos. Los españoles vieron por vez primera los estragos de una guerra que parecía distante. Allí estaba, en los techos y depósitos desmoronados por las bombas. En las afueras aparecían montañas de escombros con camiones convertidos en orgía de chatarra y retorcidos raíles semejando gigantescas serpientes sorprendidas al intentar atrapar la nada. Luego supieron que en junio hubo una batalla tremenda entre los ejércitos soviéticos del Norte y del Centro contra el espolón de regimientos blindados de la Wehrmacht auxiliados por la Luftwaffe, donde los muertos rusos y polacos se contaron por miles.

La estación estaba llena de movimiento tanto de hombres como de máquinas. Brigadas de presos polacos bajo vigilancia de gendarmes alemanes reconstruían los edificios y reparaban las zonas de tránsito.

Los expedicionarios esperaban una jornada de descanso pero los mandos empezaron a gesticular. Había que bajar todo el material, dejar vacíos todos los trenes. El mando alemán los necesitaba para otras misiones.

—¿Es que nuestra misión no es importante? —dijo Braulio—. ¿No tienen otros trenes?

—Será cosa de planes estratégicos. Quién sabe qué lío tienen en la cabeza. Nos cambiarán a otros.

En días siguientes fueron llegando todas las expediciones y de ellas se desembarcaron los automóviles, el equipamiento, los caballos, los carros, los hombres, los equipos sanitarios, de intendencia y veterinaria, las piezas artilleras y todo el armamento. La actividad era febril.

Durante una semana comieron y durmieron en grandes barracones de madera bien conservados situados cerca del aeródromo. A pesar de la prohibición algunos españoles tuvieron oportunidad de escaparse a la ciudad, que estaba tomada militarmente por los alemanes desde los edificios públicos, las oficinas administrativas y los hospitales hasta el control de las salidas de la ciudad. La mayoría de las casas, iglesias y centros cívicos estaban destruidos, exhibiendo los esqueletos de lo que una vez fueron lugares de convivencia ciudadana. Grupos de presos vigilados por soldados alemanes armados reparaban las calles, trasladaban los escombros y dejaban circulable la ciudad. La sufrida población polaca volvía a ver miles de uniformes verdes. Pero ahora no los llevaban gigantes rubios que parecían ladrar sino hombres morenos, de estaturas rezagadas como ellos, que hablaban en voz alta un idioma nuevo y lo salpicaban con risas y canciones, trayendo vientos de una lejana tierra, allá en el sur.

Y de pronto el rumor increíble.

—¿Que tenemos que continuar a pie? ¿Hasta dónde?

—Cualquiera sabe, a lo mejor hasta Moscú.

—¿Qué dices? Moscú debe de estar a más de mil quinientos kilómetros. ¿Cómo vamos a ir andando? —protestó Indalecio.

—Hemos venido a luchar, no a caminar. Tardaríamos más de un mes en llegar. La guerra habrá acabado antes.

—Joder, tantas prisas en salir del campamento. El tiempo que perderemos caminando lo hubiéramos aprovechado en Grafenwöhr —se lamentó Antonio—. ¡Ah, aquellas alemanas dulces y consentidoras!

—Ahí puede estar la explicación —bromeó Alberto—. Quizá los alemanes quisieron desprenderse de la banda de sátiros y donjuanes que les cayó encima y que alborotaron la convivencia del pueblo.

—Qué coño —rio Antonio—. Estaban dormidos. Necesitaban caña. Había que dejar alto el pabellón.

Carlos no participó en los comentarios. Los observó una vez más intentando captar alguna radiación. En África quizá pudieran tener contactos esporádicos, pero fue en el largo trayecto desde Tauima y luego en el campamento alemán cuando ellos buscaron una relación más cercana con él. Tenía por inevitable que la gente deseara su compañía, quizá debido a su carácter sosegado. Pero sabía que no todos sus actuales amigos legionarios perseguían su amistad. Uno de ellos había intentado matarle y era de esperar que probara de nuevo.

37

Madrid, junio de 2005

El mayordomo me hizo pasar al artístico salón, donde esperaban Alfonso, gesto de desconcierto sobre el rostro cauteloso, y el inefable y pulcro Dionisio.

—Le dije que no era bienvenido a esta casa, señor Corazón, pero usted insiste.

—¿Por qué no le agrado, don Alfonso?

—Porque viene usted con mentiras en vez de atacar de frente. Eso de la herencia...

—En nuestro trabajo empleamos fórmulas para llegar a los datos que necesitamos.

—Vinieron otros antes que usted y expusieron sus argumentos con claridad.

—No es por ahí. En realidad su prevención reside en el temor de que esta vez sea diferente.

—¿Temor de qué?

—De que salga a la luz todo lo que lleva ocultando desde hace años.

—Oculto lo que me parece. Mi vida no le importa un rábano.

—Siempre que no tenga algo delictivo que concierna a otros.

El hombre se levantó como si le hubiera picado una avispa.

—¡Salga de aquí inmediatamente!

La verdad es que lo mío no es andar por ahí amenazando a la gente. Creo que soy pacífico a pesar de que me veo en líos con frecuencia. Pero no me gustan los gritos ni las actitudes bordes. En esta ocasión mi mirada fue suficiente para ablandar al hombre y hacer que volviera al asiento.

—Al teléfono dijo que habían intentado matarle. Por eso le he recibido —rezongó—. Suponiendo que no sea otra mentira, su magnífico aspecto sugiere que el intento quedaría sólo en eso.

—La verdad es que estoy vivo de milagro. Ocurrió en invierno. Prácticamente he estado de convalecencia todo este tiempo.

—Vaya, lo siento, pero ¿qué tiene que ver eso conmigo?

—No me ha preguntado cómo intentaron matarme y por qué.

Los dos hombres se miraron.

—Bueno, es cierto. Pero por más que insista, sus asuntos no me interesan. Celebro que haya salido bien del trance, pero no voy más allá.

—¿Sabe? La otra vez me enredaron con lo de la División Azul de tal forma que apenas hablamos de Carlos Rodríguez. Cuando más tarde lo analicé encontré poco razonable su notoria actitud de no hablar de su primo. Eso me desconcertó. Estuve donde ambos vivieron. Hay gente mayor que recuerda el gran aprecio que se tenían.

—Y que seguí teniéndole. Pero son muchos años de desconocimiento mutuo. Repito que no tengo la menor idea de su paradero.

—Dígame. ¿Cree que Carlos mató a aquellos hombres? La vez anterior no se pronunció al respecto.

—Le dije que eso no importa a nadie a estas alturas.

—Se equivoca. Me importa a mí, precisamente a estas alturas.

—¿A usted? A su cliente, querrá decir.

—No señor. A mí.

—¿Qué razón hay para ello? Usted hace un trabajo de búsqueda. Ésa es su única relación con el caso.

—En la estricta realidad así debería ser. Pero he sido vulnerado por la imaginada personalidad de su primo y por el hecho de haber sido tan perseguido a pesar de... —Cambié de tercio—. Lo que me extraña es su aparente indiferencia. A usted debería importarle, por varios motivos.

—Explíquese.

—El primero, que Carlos no mató a esos hombres. Es inocente.

—¿Inocente? —Al hombre se le abrió la boca como si el dentista le estuviera hurgando dentro—. ¿Cómo lo sabe? La policía lo buscó durante años en el convencimiento de que fue él.

—El inspector Perales, no la policía.

—¿No es lo mismo?

—No. Estuve en diversos organismos policiales para intentar recabar información. Pude consultar documentos muy específicos al caso. No saben lo meticulosos que eran entonces; herencia de un bien hacer que en parte se ha perdido. Leí todo lo que se conserva sobre este asunto, que no es poco. El inspector Perales sólo hizo suposiciones, no fundamentadas desde un punto de vista objetivo. Por ejemplo, no aportó ningún testigo ni encontró el arma del crimen, que nunca apareció. Esa pistola que disparaba munición de 7,65 mm. Consta que la buscaron en su domicilio de usted. —Le miré.

—Sí —asumió Alfonso—. Vinieron con orden de registro y pusieron todo patas arriba, para disgusto de mi madre.

—En sus informes, el ya fallecido Perales dice que los crímenes tuvieron que ver con robos que se producían en la estación de Atocha. Su teoría era que Carlos, a pesar de no trabajar ya en las contratas, estaba en contacto con la organización de ladrones. Los hermanos le descubrieron y él les mató.

Los hombres me miraban con toda su atención.

—Perales cita a otro asesinado, un trabajador a las órdenes de los hermanos. Se llamaba Andrés Espinosa Ros. —Dejé que una pausa interviniera, durante la que miré brevemente a un ahora rígido Alfonso—. Dice que ese hombre murió estrangulado igual que anteriormente otro, mencionado como «desconocido». Los carga a la cuenta de Carlos, pero sin aplicar la lógica y experiencias policiales que aseguran la improbabilidad de que un asesino cambie de método. Quien estranguló a esos dos hombres era un asesino en serie porque actuó a lo largo de meses. No podía ser el que disparó a los encargados. Perales mintió. ¿Por qué?

—Naturalmente que Carlos no hizo los estrangulamientos. A él también estuvieron a punto de estrangularle, de la misma forma.

—¿Cómo dice? ¿Intentaron estrangular a Carlos?

—¿No lo sabía? Vaya un detective.

—Nadie me dijo nada al respecto. Y no encontré ningún escrito sobre ello.

—Lo dejaron por muerto. Estuvo un tiempo en el hospital. Fue visitado por Perales para que diera pistas sobre los agresores. Pero, ¿sabe quién lo hizo? Pásmese. Los dos hermanos. Carlos los vio.

Me levanté y di unos pasos, pensando a presión.

—¿Qué le ocurre, tanto le afectó?

—Le diré por qué. Perales era primo segundo de los hermanos, y muy amigo de ellos.

—¿Primos? —Esta vez fue él quien saltó del sillón, a punto del soponcio—. ¿Es eso cierto? —Ratifiqué con la mirada—. ¡Claro! Ése era el motivo del cabrón y su cerrazón en perseguir a Carlos más allá de lo razonable.

—Bueno —dije, al cabo, reflexionando mientras hablaba—. Era lógico entonces que Perales pensara en Carlos como autor de la muerte de sus primos si éstos lo habían intentado con él. Eso aclara el punto. Lo que no explica es el no haber cumplido con su obligación de servidor de la ley al no aprehenderlos anteriormente por intento de asesinato, aunque fueran familia. A no ser que naciera malvado, lo que es discutible porque nadie es genuinamente malo ni lo contrario sino que el comportamiento depende de las circunstancias. Por tanto, debería existir un motivo que justificara tal actuación para un policía tan celoso de su oficio. Uno podría ser que ignorara las tropelías de sus primos; otro, no infrecuente por desgracia, que soslayara el código y cayera en la...

—Corrupción —me interrumpió Alfonso con la mirada apretada—. Efectivamente, pero antes quisiera que me razonara su convencimiento de que Carlos es inocente.

—Según el forense los dos hermanos fueron asesinados casi en la madrugada de un día en que Carlos no vivía en su casa de usted. Comprobé las fechas. Estaba en el Banderín de enganche de la Legión, donde debía dormir cada noche. Si hubiera llevado la pistola se la habrían descubierto en las inspecciones sanitarias durante las que se revisaban los equipajes. Pero suponiendo que la hubiera podido ocultar y que consiguiera un permiso en el cuartel, ¿cómo encontrar ocasión a la primera para localizar a los hermanos y matarlos? Hubiera tenido que lograr un permiso de varios días o varios permisos cortos, algo totalmente imposible para la disciplina cuartelaria. Pero, a pesar de todo ello, y siendo generosos de imaginación, Carlos podía haber cargado con la pistola y haber salido varias noches hasta encontrar su momento con los hermanos y matarlos. Sólo que no lo hizo.

—¿Se basa en especulaciones o en algo más concreto?

—En la pistola. Cotejé las características de la bala que se alojó en mi pecho con las que aparecieron en los cráneos de los asesinados. Las balas salieron de la misma pistola antigua y sin registrar. Sabrá que cada una produce unas huellas únicas, de ahí que se diga que dan un DNI inconfundible. Si Carlos hubiera disparado a aquellos hermanos se habría desprendido de la pistola, que de pronto aparece sesenta años después para casi provocar otra muerte, la mía. Evidentemente, Carlos no vive aquí. Luego por lógica debía estar en otras manos.

—¿Quién lo hizo, entonces? —dijo Alfonso, removiéndose como si tuviera lombrices.

—Usted. Usted mató a los dos hermanos. Usted tiene la pistola.

38

Madrid, junio de 2005

—Descubrir al asesino de asesinos fue un golpe de fortuna que casi me cuesta la vida. —Moví la cabeza—. Pero siempre me acompañó la suerte.

—Supongo que tendrá una explicación a su acusación —dijo Alfonso, totalmente desinflado.

—Todo partió de aquella llamada en la que se me aseguraba tener mucha información sobre Carlos.

—¿Qué llamada? ¿Quién le llamó?

—No se identificó.

—¿Y qué ocurrió?

—¿En verdad no lo sabe?

—No tengo ni idea.

—Bueno. Después de que me dispararan y durante el tiempo de inactividad tuve ocasión de pensar, lo que me permitió establecer que usted fue el que disparó a aquellos hermanos. —Me miró con el gesto de quien nota los primeros temblores de un terremoto—. No fue muy difícil. Me pregunté quién podía desear matarme. De los casos que llevo, este de Carlos era el más enredado. Pero,

¿tanto como para que hubiera un nuevo crimen? Releyendo los informes destaqué un hecho. Andrés Espinosa era amigo de Carlos... y homosexual. Consta que en el trabajo hacían bromas sobre él al respecto. Si era amigo de Carlos, lo fue de usted, don Alfonso... que también es homosexual.

Alfonso y Dionisio estaban rígidos, como si formaran parte de la colección de esculturas. Les apunté con la barbilla, procurando que el gesto no fuera desmerecedor.

—Ustedes son pareja. No hay por qué negarlo y a mí me trae sin cuidado. Son discretos pero no actúan bajo camuflaje. Entiendo que en los 40 se comportarían de otra manera porque era un anatema.

—Era un delito, un baldón, lo peor de todo —apostilló Alfonso sin poder contenerse—. Figúrese en mi caso, lo que supondría de deshonra para la Falange. Todos los que nacimos así lo disimulábamos. Incluso me eché novia, que renovaba con el tiempo.

—¿Carlos era homosexual?

—No, desgraciadamente.

—¿Sabía Carlos que usted lo era?

—No, a pesar de que no se le escapaba nada. Eso da idea de cómo me esforzaba en ocultarlo. Aunque de haberlo sabido le hubiera dado igual porque a él no le importaban esas cosas. Tampoco sabía la inclinación sexual de Andrés.

—¿Debo seguir? Usted estaba enamorado de Andrés. Y mató a esos hermanos porque tuvo la seguridad, ahora sé que por lo intentado con Carlos, de que ellos estrangularon a su amado. Fue un crimen pasional. Me lo imagino ejerciendo vigilancia sobre ellos con sus camaradas. Por su envergadura media, usted no podía competir con los fornidos hermanos. Supongo que elegiría camaradas acostumbrados a las «sacas», aquellos que no hacían preguntas y que les gustaba darle al gatillo. Debieron de ser días de seguimiento hasta dar con el momento adecuado. Les interceptaron, los metieron en un coche y allí usted les disparó. Luego los echaron en una tumba de aquellos cementerios.

Dionisio miraba a su pareja con dulzura, llenando el ambiente de sentimientos profundos. Alfonso dio unos pasos por la habitación, todos sus muros derrumbados. Cuando se paró estaba despojado de barreras protectoras.

—Sí —aceptó Alfonso al fin. No intentó detener las aguas que destilaban sus ojos—. Andrés era lo más hermoso que había visto hasta entonces. Empezamos a vernos. Planeamos irnos a vivir juntos. Su muerte casi me mata, tanto le amaba. El dolor era insoportable porque, además, tenía que ocultarlo. Todo sucedió como usted ha dicho pero no fui yo el que disparó aunque sí quien organizó el secuestro. En una camioneta, una Hispano-Suiza de asientos corridos, los llevamos al cementerio. Éramos seis, algunos armados. Ellos se mostraron con una chulería inadecuada para el momento. Es de entender que cuando un jefe ve a un empleado robando lo normal es que lo denuncie y lo despida, no que lo mate. Les emplazamos a decir la verdad. Con gran indiferencia admitieron haber matado a Andrés y al otro desconocido y presumieron de ser los responsables de los robos. Se vanagloriaron de tener las espaldas cubiertas por un alto mando policial, al que darían cuenta de nuestras amenazas. Ahora sé, como usted, que ese mando era Perales, que también estaría en el ajo. Cómo sospecharlo entonces. Menudo criminal. Ésa era la razón para no detenerlos por el intento de matar a Carlos, olvidando los principios de su profesión. Se le habría acabado el chollo. Nos extrañaba lo elegante que iba siempre, algo impropio en un policía de aquellos años de miseria, aunque suponíamos que le venía de familia. —Se apropió de una pausa, notablemente anonadado por las revelaciones. Movió la cabeza—. Sí. Esos dos intentaron zafarse y atacarnos. Eran hombres duros. David Navarro, un compañero de genio fácil, me arrebató la pistola y les disparó en la cabeza.

—Aun siendo hombres de gatillo presto, ¿no tuvieron reparos esos amigos suyos? No se trataba de matar rojos sino gente que podrían apreciar como adictos al Régimen y además con relaciones policiales. Había una marcada diferencia.

—Eran dos asesinos, dos ladrones que robaban para su propio beneficio, lo que era contrario a los postulados de Falange, uno de cuyos objetivos era el reparto de la riqueza y la eliminación de los corruptos. Con gente así no se iba a construir la nueva España. Además sus amenazas eliminaban cualquier duda. Estaba claro que se chivarían y nos harían la vida imposible. Había que cerrarles la boca. Y eso fue lo que pasó.

—¿Era Carlos ladrón de mercancías, como dice el informe?

—Para nada. Estaba incapacitado para caer en delitos.

—¿Qué robaban?

—Ni idea. Ése no era mi problema. Los pobres estrangulados parece que no supieron guardar el secreto o descubrieron algo que no debían. Matarlos era la mejor salida para aquellos criminales. En aquella época unos cadáveres más no conmocionaba a las autoridades.

—¿Dónde está la pistola?

—La tengo bien guardada. Nunca volvió a usarse. Si no tiene dudas de que es la misma es que me la robaron porque nada tengo que ver con dispararle a usted. Nunca disparé a nadie. Iré a buscarla.

—Espere. ¿Dónde está Graziela?

—¿Graziela? ¿Por qué...?

Me había colocado estratégicamente dominando los dos accesos al salón, que no había perdido de vista en ningún momento. Por eso estaba preparado cuando Graziela apareció con el arma en la mano. El disparo salió desviado, aunque yo no estaba ya en el mismo lugar. Rodé por el suelo mientras un segundo disparo daba en un reloj de cuco, que se puso a funcionar sincopadamente. Lancé un jarrón chino contra la chica, estrellándolo contra su cara. Se vino abajo, soltando el arma. Fui a ella y agarré la pistola con un pañuelo. La metí en una bolsita de plástico mientras los hombres contemplaban el desaguisado con total estupefacción.

—Un botiquín —pedí, cogiendo a la joven y llevándola a un sofá. Estaba sin conocimiento. Conseguí detener la hemorragia de la frente, taponándole la herida. Había que ponerle puntos y le quedaría una nueva marca en el rostro—. Hay que llevarla a urgencias.

—Voy yo, con Pedro —se ofreció Dionisio, corriendo a vestirse.

Graziela abrió los ojos y me miró. Un bulto fue avanzando en su frente como si estuviera naciéndole un cuerno. Sus ojos no estaban desposeídos de ira.

—No puedes ir por ahí matando a la gente —le dije.

—Graziela, ¿por qué has hecho eso? —dijo Alfonso.

—Acabado el mal, la felicidad sigue —contestó con voz firme.

Dionisio llegó con el mayordomo y se la llevaron. Alfonso pareció quedar desvalido. Se puso a recoger los pedazos del jarrón. Le ayudé en la tarea.

—Es de la dinastía Ming. Si conseguimos pegar los trozos conservaremos algo de su valor —dijo, aunque estaba claro que hablaba mecánicamente, sin pensar en ello—. ¿Cómo supo que era ella?

—El agresor era demasiado menudo para ser hombre. Le colgaba el abrigo, que obviamente no era suyo. Sus pasos cortos. Dejó una estela de jazmín en el portal, que identifiqué. Y fíjese: sin su intento no hubiera podido establecer quién mató a aquellos criminales.

—Debió de volverse loca.

—No. Lo hizo por amor a usted. No el amor de amante sino a su comportamiento para con ella, a la felicidad que llevó a su vida desde hace años. En mi anterior visita intuyó que usted guardaba un secreto que, si lo descubría, le perjudicaría. Quiso eliminar esa amenaza.

Recogí los casquillos y con un cuchillo horadé para sacar los proyectiles. Al cuco se le había acabado la cuerda y estaba colgando, falto de toda arrogancia. La primera bala había entrado por la boca del retrato de un hombre, dando la sensación de que se le había caído el cigarro. Los guardé junto con el arma.

—¿Y ahora qué?

—No lo sé, aunque es mi deber dar cuenta a la policía. La chica cometió un doble intento de asesinato.

—Saldrá todo lo del pasado...

—Eso le preocupa, ¿verdad? Sin embargo, no le preocupó que Carlos estuviera perseguido por algo que no hizo. Incluso ha intentado ocultar su participación de usted en el asesinato hasta el último momento, cuando mis razones le impidieron seguir con la mentira.

—¿Qué podía hacer, inculparme?

—Todavía puede vaciar su conciencia. Dígaselo a Carlos. Nunca es tarde.

—Lo es. Porque le juro que no sé dónde está ni si vive. Puede usted romper todos los jarrones. No conseguirá que diga lo que ignoro. Fue él quien se perdió en el misterio.

—Quizás intuyó que usted cometió los crímenes y no le perdonó el silencio.

—Lo he pensado y, aunque no se lo crea, vengo cargando con ello año tras año.

—¿Por qué no se desprendió usted del arma? ¿Por qué la guardaba?

—Venga conmigo —dijo, después de unos momentos de duda.

Me llevó a un pequeño dormitorio y abrió el armario. Estaba vacío salvo por dos perchas, de las que colgaban sendas fundas de tela. En la balda, una maleta también enfundada.

—Es la ropa y las cosas de Carlos, lo que nos dejó al irse a la Legión. En la maleta estaba la pistola. Lo guardó mi madre por si regresaba. Ella no supo lo del arma porque nunca husmeó en la maleta. Cuando murió, pude haberme desprendido de todo ello. Habían pasado muchos años y Carlos no volvía. Pero lo he conservado en recuerdo de mi madre.

39

Oviedo, julio de 1936

Ducum volentem fata nolentem trahunt.
(El destino guía a quien de grado le sigue, al díscolo lo arrastra.)

SÉNECA

La noticia corrió enganchándose en rostros sorprendidos y sabedores, entre júbilos y lamentaciones, entre jóvenes con el nervio tenso y mujeres cargadas de pesadumbre, entre espíritus esperanzados y ánimos aterrados. Corrió desde las emisoras de radio, los periódicos y las bocas no enmudecidas; se extendió por los bares, las oficinas, las fábricas y los hospitales; se propaló desde las grandes ciudades a las poblaciones medianas y llegó a las míseras y apartadas aldeas. Y la mayoría de los ciudadanos sensatos supo que iba a correr mucha sangre, mucho dolor y mucho llanto. Pero también supieron que nada podían hacer para frenar esa locura. La decisión la había tomado gente con poder y medios, los dueños de las vidas de todos, de las conciencias, de los bienes terrenales, de los sentimientos, del futuro, y se lo jugaban fríamente sabiendo que todo ello iba a ser afectado y puesto patas arriba. Los amos del mundo lanzaban el caballo de la ira, que llenaría los hospitales y los cementerios. La civilización quedaría cubierta por los escombros y ya nunca nada sería igual.

José Manuel estaba en periodo de vacaciones y llevaba tres semanas en casa de otro seminarista de su mismo curso, Amador Fernández, rendido a la insistente invitación de que conociera a su familia y, en realidad, a que le ayudara en algunas asignaturas que le eran arduas y que hubo de aplazar para septiembre. Cuando los sucesos de octubre de 1934, el padre, previsoramente, fue a buscarle al convento y se lo llevó a casa. Comentarios posteriores entre los estudiantes vinieron a afear no esa conducta sino el no haber dado refugio a otros seminaristas. Amador hizo valer que nadie podía imaginar el carácter que tomó la rebelión y la gran desgracia que causó.

El domicilio familiar estaba en el piso principal de una de las Casas del Cuito, que se abría a la calle de Uría con una gran terraza. José Manuel pudo apreciar lo que era una familia sembrada de religión y de nivel alto, y cómo vivían. El padre, un cuarentón vigoroso, de estatura media y barnizado convincentemente con la seguridad que da el pertenecer a una clase social diferenciada, vestía con pulcritud e iba siempre afeitado, manteniendo en orden su tupido cabello negro. Estaba muy inmiscuido en política, sin practicarla de forma profesional, y conservaba gran relación con altos cargos políticos y militares locales. Era dueño de caserías heredadas de diversa extensión, que mantenía arrendadas a foreros de tradición y de las que obtenía pingües beneficios. Viajaba mucho a Madrid por negocios relacionados con la madera y la importación y la exportación.

—Pero no es como antes. Esta pandilla de malvados que nos gobiernan ha hundido no sólo la industria y el comercio sino sus fundamentos. Con la Monarquía vivíamos mucho mejor.

El hombre tenía predisposición a llevar el timón de las conversaciones y se metía sin recato en los temas, tratando de suavizar lo escabroso con sonrisas, a veces estratificadas. Irónico, ocurrente y de avasalladora verborrea, aparentaba ser la máxima autoridad de la casa, siempre con un veguero en su boca, incluso en las comidas. Tenía algo de diletante. Pero era su esposa, doña Dolores, quien con elegancia, distinción y tacto ponía el sosiego. No había cumplido los cuarenta y pertenecía al grupo de esas bellas mujeres de Oviedo que por tradición estaban a un nivel inasequible para la mayoría de los varones. Se complementaban con el contraste necesario para mantener una aparente armonía. El ambiente de la casa era netamente burgués y en su proceder y conversación el matrimonio derrochaba bondad, menos cuando hablaban de la clase obrera. Entonces a él se le ponía serio el rostro y sus palabras perdían el encanto y la equidad.

—La República ha dejado de garantizar el orden y las masas sovietizadas campan sin freno quemando iglesias y asesinando. Tendrá que hacer algo urgente el Ejército.

Amador tenía dos hermanos, Juanjo, de veinte años,

y Eduardo, de diecinueve, que estudiaban Leyes en el edificio de la Normal, sede de la Escuela de Magisterio, dado que la vieja Facultad de Derecho y de Filosofía y Letras de la calle de San Francisco fue destruida en octubre del 34. Así que sólo tenían que andar unos metros desde casa. Estaban afiliados a Falange y eran chicos alegres, envidiablemente sanos, que participaban en competiciones deportivas y hacían cada año el descenso del Sella en canoas propias regaladas por su mentor. Loli, de veintiún años y primogénita de los hermanos, estudiaba Farmacia en Madrid y vivía en una residencia femenina de la calle Marqués de Riscal, junto a la Castellana. Desde allí veía el enorme y frondoso parque de coníferas y los jardines simétricos que rodeaban el hermoso palacio de Anglada. Era la única que se atrevía a contradecir al padre en algún asunto puntual, siempre con una sonrisa en su boca. Tenía el cuerpo y rostro atractivos aunque no era tan bella como la madre. Pero sabía manejar como armas de seducción sus ojos celtas y su agradable voz. Desde el primer día miraba a José Manuel con socarronería y se dirigía a él con desenfado, procurando evitar perturbarle. Y finalmente una hermana de quince años, que estudiaba bachillerato en el colegio público Pablo Miaja de la calle General Elorza, al haber desaparecido también el Instituto de Enseñanza Media. Con frecuencia venían amigos y amigas y escuchaban música en uno de los salones, llenándolo todo de alegría. En las vacaciones toda la familia estaba junta.

—Antes íbamos todos los veranos a San Sebastián. En el hotel Reina Cristina teníamos piezas reservadas y era un gozo coincidir con el rey Alfonso y participar en las cenas y actos protocolarios con gente de alcurnia. Había fiestas y eventos deportivos, como carreras de caballos y competiciones de pelota vasca. Ahora todo eso se arruinó. Hace pocos años y parece que fue en otro siglo.

José Manuel no había estado nunca en una vivienda tan grande, con tantas habitaciones y tan albergada de muebles señoriales y camas con dosel, cada una con un orinal de fina porcelana debajo. Disponía de dos cuartos de baño completos, con bañera y bidé, aparatos que también le llenaron de asombro. El piso circundaba un gran patio interior a través de un pasillo corrido. Varias habitaciones estaban vacías y algunos dormitorios sin uso. Los ocupados por los miembros familiares se distribuían sin proximidad, lo que permitía que las conversaciones quedaran a resguardo. La cocina era enorme, con un fogón de hierro fundido fabricado en Vascongadas. Utilizaba el carbón y tenía horno y carbonera. De un lado subía un tubo hasta el techo, por el que se conducían los gases de combustión, lo que impedía que hubiera humos en la casa. Todo limpio como la patena. En el cenobio había fogones, pero no de hierro sino construidos de mampostería, y las chimeneas, también de ladrillos, expelían el hollín a través de las rendijas, ocasionando que toda esa zona estuviera cubierta de grasa y suciedad. Para José Manuel aquello era un descubrimiento. No menor fue la impresión que le produjo el agua caliente. En la parte alta de la cocina y los baños había unos depósitos cilíndricos de cien litros donde se almacenaba el agua calentada. Disponer de agua caliente para lavarse y ducharse con solo abrir el grifo estaba más allá de lo imaginado por él.

Tenían teléfono con extensión para la biblioteca, el

despacho del financiero y la sala de estar. La línea estaba frecuentemente ocupada por los jóvenes, con el consiguiente enfado del cabeza de familia. La finca también tenía ascensor, que se deslizaba con lentitud para mayor agrado de los vecinos. Los ocupantes se sentaban y les parecía estar viajando en calesa. Todo ese lujo le hizo guarecerse en su natural timidez. Su amigo procuraba diluir su confusión.

—Tampoco yo estoy muy de acuerdo con esta sociedad de privilegio, pero la comprendo porque nací en ella. Lo importante para ti es que todos te aprecian.

Para él, que tenía añeja costumbre de hacerlo todo por sí mismo, le resultaba embarazoso el servicio de las criadas, que eran dos y muy jóvenes.

—Atiendan a nuestro joven sacerdote en todo lo que pida —les indicaba la noble dama con indulgente autoridad.

Y las fámulas, impecables en sus uniformes, se anticipaban a sus movimientos mientras le cosían a miradas sugerentes y no exentas de riesgo.

Las comidas, donde todos debían acudir perfectamente vestidos, se regían por un orden: desayuno a las nueve, almuerzo a las dos y cena a las nueve. José Manuel había aprendido el uso correcto de los cubiertos, que eran de plata en orden de su posición respecto a los platos, y también que cada copa y vaso, todo de la Real Fábrica de Cristales de La Granja, estaban destinados para una bebida concreta. No había día que no se acordara de cómo eran las comidas en su casa y estableciera la enorme diferencia. Allá, cuando vivía, un solo plato desportillado, una cuchara procedente del Ejército, tres o cuatro vasos de estaño usados por todos alternativamente, y dos cuchillos a compartir. La mayoría de las veces empleaban los dedos y no existían ni manteles ni servilletas, sólo un trapo para secarse.

Con el paso de los días don Amador hizo a José Manuel muchas preguntas, aparentemente inocentes. Supieron así de su procedencia labriega y se sintieron satisfechos por el hecho de que hubiera decidido tomar los hábitos, lo que para ellos suponía una redención de su pasado.

—El seminario es para chicos de clase baja y humilde que no tienen posibilidades de superar su condición —dijo, indiferente a la impresión que sus palabras podían producir—. Como ha ocurrido a través de la historia, los plebeyos sólo tenían dos caminos para alzarse de su miseria original y conseguir fama y fortuna: la Milicia y la Iglesia. Hay, por supuesto, casos excepcionales como el de nuestro hijo Amador, que no pertenece al mundo pobre pero que sintió la llamada de Dios.

Estaban al completo en la bien nutrida mesa. José Manuel sintió todos los ojos clavados en él. Miró al hombre, que ocupaba la cabecera. Lo que acababa de decir no sólo era un tópico sino que indicaba su convencimiento de que el modelo de sociedad no debía ser cambiado.

—Supongo, don Amador, que cuando dice fama y fortuna en realidad quiere decir consideración y bienestar. Porque los que deciden tomar esos rumbos no lo hacen por destacar ni por enriquecerse sino para dedicar su vida a la defensa de la patria y del espíritu, según el caso.

El hombre le miró y esa vez fue él el objeto de la atención general.

—Así es exactamente. Eso es lo que quise decir —aceptó, sonriendo con frescura, lo que vino a reiterar en José Manuel la sensación de que los hombres de esa sociedad encumbrada eran realmente brillantes e invulnerables.

—En cualquier caso —matizó la bella dama— es muy bueno que haya jóvenes con vocación de sacerdocio como tú y mi Amador.

—Yo hago donación expresa a la Iglesia para atender varias becas del seminario de Valdediós —añadió el potentado—. Seguramente la tuya está cubierta por mí.

A José Manuel no le extrañó que hombre tan piadoso hiciera mención de su mecenazgo, pues entendía que enorgullecerse de sus buenas acciones entraba en los valores de esa clase. Pero sacarlo a colación en ese preciso momento indicaba que se había equivocado al catalogarle de invulnerable porque en realidad era de los que no aceptaban de buen grado correcciones a sus discursos. Simplemente había hecho una finta en espera de la ocasión propicia para saldar cuentas. Y es lo que estaba haciendo. Era claro que no debió de haberle hecho la apostilla.

—Pues él lo aprovecha bien —terció Amador, acudiendo en su ayuda y haciéndole un gesto de complicidad—. Como sabes hay varios niveles según resultados: *Meritus*, *benemeritus*, *valdemeritus* y *meritissimus*. No necesito decirte cuál es la nota que siempre obtiene.

—Mi marido, ahí donde le ves —dijo la señora—, fue seminarista hasta...

—El tercer curso de Latinidad —interrumpió el citado—. Mi padre se empeñó y daba bien en los estudios. Llegué a sacar hasta *valdemeritus*, pero tuve que salir porque otras cosas llamaban poderosamente mi atención —señaló, mirando de soslayo a una de las silenciosas criadas—. ¡Ah, esos días del seminario! Supongo que ahora es distinto porque sois más listos. Entonces éramos pocos, algunos totalmente onagros. Recuerdo un caso la mar de gracioso. Uno de los nuevos se perdió un día después del desayuno. Su cuidador le estuvo buscando por los claustros, los dormitorios, la iglesia y hasta en las cocinas. No aparecía. Dio la alarma y todos nos pusimos a mirar por todos lados, incluso en el Conventín, convencidos de que se había escapado. Lo encontramos en uno de los retretes. Forzaron la puerta y allí estaba, sentado en el cagadero. «Pero hom, llevamos mucho tiempo buscándote, ¿qué haces ahí sentado?» «Ye que olvidé el papel pa secarme y no sé con qué lo hacer.» Uno de los profesores dijo: «¿Y para qué tienes la lengua, ho?», refiriéndose a que debió haber llamado. El chico contestó: «Ye que no me llega.»

Seguro que lo había contado más veces, pero era tan expresivo que todos subrayaron la anécdota con un coro de risas, con lo que el hombre se holgó de satisfacción al reiterar su experiencia en poner colofón a una conversación.

Aquella tarde, en la biblioteca, ambos amigos se encontraron solos.

—Perdóname, pero creo que debo marchar —dijo José Manuel—. Ya he abusado de vuestra generosidad y has hecho provecho en el estudio.

—Discúlpame tú por la metedura de pata de mi padre. Él es así.

—No es eso. Es que...

—¿Te ofende la forma de vida de mi familia?

—No, pero no es la mía. Todos ven que soy un extraño.

—Eres un seminarista aventajado, de gran cultura, que nos das sopas con honda a todos. Mi madre y hermanas están locas por ti, sobre todo Loli. ¿Sabes qué me dijo el otro día? Que es una pena que vayas para cura. Olvídate de que eres un extraño.

—Tengo en gran estima y agradecimiento a la forma en que todos me tratan. Es sin duda el tiempo más feliz de mi vida. Lo recordaré porque es una vivencia ajena, diría que excepcional, a lo que el futuro me tiene proyectado; como una intromisión en un mundo al que nunca perteneceré.

—¿El determinismo o, finalmente, el camino que nos guía a Dios, aunque te resistas a aceptarlo?

—Ni una cosa ni otra. Creo en el libre albedrío aunque no me ha sido permitido ejercerlo, salvo en mi pensamiento. No es por ahí. Tengo la convicción de que sea cual sea mi porvenir nunca viviré de la forma que aquí lo hago.

—¿Sabes? Entré en el seminario sin vocación, uno de los planes de futuro concebidos por mi padre para mí. Luego he ido aceptando la vida sacerdotal. Creo que llegaré hasta el final. Por ello necesito que te quedes para que me ayudes a resistir la tentación diaria de esta vida tan cómoda. Por favor, quédate más tiempo.

No hubo de hacer gran esfuerzo para complacer a su amigo porque, a pesar de las reticencias expresadas, había un factor de especial poder de atracción que le facilitaba el permanecer en la casa. Ocurrió al segundo día de su estancia. En la tarde oyó unos sones musicales que le parecieron maravillosos. Se sintió atraído y acudió al lugar donde se producían. En uno de los grandes salones doña Dolores estaba tocando el piano. Él había acariciado el viejo instrumento del convento, sin comparación con ese reluciente mueble de teclas brillantes que emitía sonidos tan puros que no era posible describir. Quedó parado a la entrada, temiendo que si se acercaba desaparecería el sortilegio. Ella le vio y le sonrió, sin dejar de tocar. En el tiempo invadido, observando a la dama en su concentración, supo en qué consistía la felicidad o, al menos, lo que podía parecérsele. Más tarde ella le dijo que se acercara. Lo hizo, aturdido por el encanto del momento donde se mezclaban la gracia de la mujer y la suave melodía que aún seguía danzando en su espíritu.

—¿Te gusta la música?

—No he tenido tiempo de apreciar sus efectos. En el seminario no... Bueno, me gusta lo que oigo en ocasiones pero lo que usted ha tocado es diferente. Nunca oí nada igual.

—Es música clásica, parte de la educación recibida.

—La que usted estaba tocando cuando llegué...

—¡Ah! Se llama *Coppelia* y es de un compositor francés, una de mis favoritas. Durante tu estancia me la oirás muchas veces. Suelo tocar un poco cada día a estas horas.

Y a partir de ese día José Manuel se sentaba en uno de los sillones a escuchar como espectador fiel lo que de las teclas extraían los dedos de la mujer. A veces el auditorio se ampliaba con la presencia de empingorotados familiares y amigos en edades varias que mantenían un respetuoso silencio y que, al término de la actuación, subrayaban su deleite con suaves aplausos.

La situación política y social había ido radicalizándose por semanas. En las calles hubo peleas sobre un fondo de huelgas y manifestaciones que parecían no tener fin. Pero de pronto el silencio se adueñó de la ciudad. Sumamente excitado, don Amador convocó a la familia una mañana.

—¡Han asesinado a Calvo Sotelo en Madrid! ¡Pistoleros socialistas, agentes del propio Gobierno!

José Manuel se mantenía apartado. Miró a su amigo, que expresó en su gesto el mismo desconcierto.

—¿Quién era Calvo Sotelo?

—¿Que quién era? Nada menos que el líder de los diputados de la derecha, un valiente que había sido amenazado de muerte por los socialistas en el mismo Congreso. Espero que este crimen no quede impune y que el Ejército salga de su marasmo para acabar con tanta ignominia.

A partir de entonces las casas de los principales barrios mantuvieron cerradas las ventanas, terrazas y balcones. Don Amador aconsejó a sus hijos no salir si no era absolutamente necesario y, de hacerlo, llevar el máximo cuidado.

Esa noche, mientras leía en su cama antes del sueño, José Manuel notó que la puerta de su cuarto se abría sigilosamente. A la luz tenue de la lamparilla vio a Loli, que le hacía un gesto de silencio con el dedo en la boca. Se cubría con una bata, que hizo deslizar al suelo una vez cerrada la puerta. Ninguna otra ropa tapaba su cuerpo. José Manuel creyó estar soñando. Ella parecía estar acostumbrada a esas situaciones porque se dio una vuelta como una modelo, buscando la excitación necesaria. Luego se dirigió a la cama e hizo intención de introducirse en ella. La luz resbaló sobre sus senos y resaltó la negrura de su pubis. José Manuel nunca había contemplado una mujer desnuda, ni siquiera en imágenes. Notó que se empalmaba velozmente y de forma distinta a lo experimentado de forma natural en cientos de veces. La dureza de su miembro era nueva y agobiante pero no hizo desfallecer su raciocinio. Algo desconocido le hizo saltar de la cama aterrorizado mientras hacía una seña a la mujer para que se detuviera. Lo que estaba pasando no era posible. ¿Qué prueba era ésa? Durante años le habían apercibido que el mayor pecado era el de la carne y que debía apartarse de su contacto en bien de culminar su camino hacia el sacerdocio. ¿Era un examen? Ella señaló su erección empujando el pijama.

—Tu cuerpo ansía metérmela. Nadie se enterará. Hagámoslo —dijo en un susurro.

—No, no... —dijo él, retrocediendo.

—¿En verdad que todavía no lo has hecho? Resolvámoslo ahora. Verás que es algo fantástico —añadió, avanzando hacia él y haciendo balancear hipnóticamente los senos.

—No, márchate, por favor.

—Me gustas desde que apareciste. No pasa nada por hacerlo. Eres un hombre como los demás —dijo, acorralándole. Su voz era escarcha fundiéndose en una boca anhelante—. Dios dispuso que tuviéramos la capacidad del placer sexual. Puedes follar y ser cura. No tiene nada que ver.

José Manuel se ahogaba. ¿Cómo era posible tal lenguaje en esa ilustrada joven? Hablaba empleando términos soeces y gestos obscenos impropios de lo que de su condición debía esperarse, como si el hacerlo le proporcionara un gozo anticipado. Cogió la bata y se la tendió.

—Por favor, por favor... Vete.

—Además, parece que se armará una buena. Quizá no haya otros momentos para el disfrute —argumentó, tocándose las partes erógenas con la mayor voluptuosidad.

¿Era Eva ofreciéndole la poma del árbol prohibido? José Manuel se dirigió a la puerta y la abrió. Loli la cerró y le bajó el pantalón del pijama, dejando al descubierto su órgano genital, pleno de exigencia y esclavitud. Lo agarró como si fuera un asa y, sin soltarlo, llevó a José Manuel a la cama, situándose encima y embriagándole de besos. Él notó que todas sus defensas cedían. Con alguna frecuencia se sorprendía tratando de imaginar un cuerpo femenino desnudo pero nunca creyó que fuera tan perfecto y atrayente. En ocasiones se había preguntado cómo sería el contacto con una mujer. Antes de que la autocensura borrara las imágenes incluso había vislumbrado las formas de hacerlo. Pero lo de ahora era superior a su capacidad de asombro. Así, de sopetón, el manjar prohibido a su alcance, sin tiempo para meditar con sosiego la decisión a tomar. Ella metía su lengua en su boca y expertamente se introdujo el miembro sin demora. José Manuel notó que las lágrimas le acudían. Estaba experimentando algo mil veces tildado de pecaminoso aunque ahora le llenaba de dudas por considerar que no debía de serlo tanto cuando tan gran placer producía. O acaso por ello. Unos momentos después estalló dentro de ella. Loli no se dio por aludida y, sin apartar el miembro de su interior, continuó con sus caricias hasta lograr de él una nueva erección. Y finalmente la segunda embriaguez inundó todos sus sentidos.

Tiempo después, una vez adormecido provisionalmente el deseo pero no la calma en su cabeza, José Manuel intentó analizar su situación. Llevaba muchos años ocupando una cama en soledad. Ahora tenía a su lado a una mujer desnuda con la que había quebrado su celibato. Siempre tuvo dudas sobre lo que hacer y acabó aceptando las decisiones de los demás. Pero en este caso, por encima de la culpa y lo que tendría que hacer por expiarla, notaba el agrado que la proximidad de ella le proporcionaba hasta el punto de que le hubiera gustado que ese momento se prolongara. Hacía calor y ambos tenían la piel húmeda. Vio una gota resbalar por uno de los senos de Loli. Tendió un dedo y la deshizo. Ella puso una mano encima y él se encontró apretando la poma tierna y subyugante.

—No quiero que te mortifiques —susurró en su oído—. Sé que pensarás mucho sobre ello, como yo la primera vez. Espero que la consecuencia que obtengas sea positiva porque es algo natural y lo natural no es malo.

—En este momento pienso en tus padres. He vulnerado su confianza.

—Mi padre tiene una querida en Madrid. Por eso va tanto allí. Y aquí se lo hace con las criadas.

—No es posible, teniendo una mujer tan bella.

—Así son las cosas. En cuanto a mis hermanos, zorrean lo que pueden con las amigas, que no se chupan el dedo. En sus mesillas he visto preservativos, que no sé de dónde los sacan porque son de venta prohibida. Pero con dinero todo es posible. Es la sociedad hipócrita que tenemos en Oviedo. —Le miró y sonrió—. No te preocupes, no quedaré embarazada. Tomé mis precauciones. Soy una buena estudiante de farmacia. —Se permitió una pausa—. Me considero afortunada. Debo reconocer que ahora vivo con lo mejor de dos mundos: el dinero de papá y la libertad de Madrid.

—Supongo que te referirás a algo más que tener vía libre para...

—Supones bien. La libertad es el fundamento de la felicidad. Madrid no es Sodoma, ni mucho menos. Es poder ir de un sitio a otro sin restricciones, reunirte con quien quieras, expresarte sin tapujos, entrar sola a un bar o un cine igual que los hombres, no temer a la policía... También, claro, si te apetece un chico...

—¿Tu padre no te vigila?

—Al principio me envió a casa de una familia amiga. No aguanté. Me consiguió una residencia regentada por religiosas. Al segundo año cambié a la que estoy, cuyos propietarios no imponen ninguna regla ideológica, ni siquiera de horario. Mis padres van a verme. Lo importante para él es que su dinero no se desperdicie. Saco excelentes notas. —Recuperó un intervalo. Luego habló con un perceptible cambio de entonación—. Todo parece indicar que habrá un levantamiento inminente de los militares. Si lo hay, ganarán e impondrán un sistema de vida censurado. En Madrid las residencias serán de monjas y estarán muy vigiladas. Volverán las noches interminables y los días se llenarán de sombras.

José Manuel apreció una alta dosis de fatalismo en las palabras de la muchacha, como si predijera el advenimiento de tiempos de desdicha. Cerró los ojos.

—¿En qué piensas? —dijo ella.

—No respeté el sexto mandamiento de la Ley de Dios —respondió, manteniendo el tono quedo de voz.

—¿Qué dice exactamente?

—No cometerás actos impuros, tanto de obra como de palabra y pensamiento, solo o en compañía.

—¿En serio? Vaya con la Iglesia. No deja el menor resquicio en este asunto. ¿Y a los niños, al entrar, también les acosan con estas prohibiciones injustas, dada su inocencia prístina?

—Se les va guiando y aconsejando hasta que adquieren la comprensión suficiente.

—Es decir, la comedura suficiente. Es enfermizo su ensañamiento con el sexo, que es algo natural. Es como prohibir reír u orinar.

¿Cómo explicarle que la Iglesia tiene unos códigos diferentes a los de las gentes laicas, que son normas que deben ser aceptadas sin rechistar por los que pretenden vincular su vida al sacerdocio? El cuestionarlas significa caer en la desobediencia, lo que es inaceptable. La Iglesia es una dictadura para quienes no entienden que tiene sus reglas. Quien duda, debe buscar otros caminos.

—¿Qué es eso de impuro? ¿Alguien con dos dedos de frente puede creer que algo tan sublime y embriagador es impuro? —continuó Loli—. Dios no le contó ningún cuento a Moisés en el Sinaí. La Biblia la escribieron los hombres para los adultos. Y lo que realmente dice ese mandamiento es: «No cometerás adulterio», que tiene un significado distinto y concreto. Pero incluso el adulterio no tiene por qué ser tildado de pecado porque lo genera la libertad del ser humano. Llegará un día en que todas esas censuras desaparezcan, incluso de la propia Iglesia, porque los curas, al ser solteros, no pueden ser adúlteros y menos los niños. Y porque Dios no puso el sexo a nuestra disposición para luego condenarlo ni racionarlo. Lo que ha hecho la Iglesia es transformar el sexto mandamiento a su acomodo y para sus tortuosos fines.

—Verás. Son imprescindibles dos carismas para acceder al sacerdocio: tener el don de la castidad, que depende del individuo, y el don de la vocación, que no es algo que se aprenda sino que se tiene o no porque viene del Señor. No vale con ser casto si no se tiene vocación, ni al contrario.

—Bueno, siempre se puede ocultar. Ojos que no ven...

—No vale. Porque Dios lo ve, lo sabe. Y lo reclama a tu conciencia para que confieses el pecado.

—La hostia. Lo tienen todo controlado. No parece que pueda haber segundas oportunidades como en la vida civil, la reinserción en la normalidad tras un delito o falta. —Le miró amorosamente—. ¿Cómo te ves ahora?

—Creo que después de esta noche mis opciones son pocas. Ya no soy casto y el soplo divino no me ha llegado. Además, tengo opiniones encontradas sobre la Iglesia. —Hizo un amago de sonrisa—. Veré qué puedo hacer. Quizá no esté todo perdido.

—Claro. Tenéis eso de dolor de corazón, propósito de enmienda, confesar los pecados y arrepentiros de ellos, ¿no?

—No es tan sencillo.

—Bueno, no has perdido nada. Y hay otros caminos fuera de la Iglesia.

Más tarde se levantó. Se puso la bata, cogió la toallita que había usado y se inclinó sobre él. Su beso fue largo y generoso y él volvió a sentir la punzada del deseo. Ella lo notó y le miró pensativamente. Se quitó la bata y apartó la sábana.

—No, no —musitó él.

Pero era tarde, quizá fuera ya tarde para todo o puede que el principio de algo. Porque no podría haber cosa en el cielo y en la tierra comparable con aquella unión en que el alma se expandía por el cuerpo atomizado transportándolo a sueños inconcebibles. Tiempo después descendió del encantamiento y notó la mirada de ella.

—¿Por qué has deshecho mi voluntad?

—No lo hice por perjudicarte sino para aliviarte. Estaba servida pero tú clamabas de necesidad. Puede que no te sea fácil el repetirlo. En cualquier caso, deseo haber abierto una puerta mágica en tu vida.

Volvió a ponerse la bata, fue a la puerta y desapareció. José Manuel notó el ahogo de su ausencia y nunca se sintió tan desamparado. Se sumió en reflexiones y no pegó ojo el resto de la noche. Antes de que amaneciera fue a un baño y se aseó. El comedor estaba vacío. Se sentó en una silla junto a un ventanal sabiendo que no podría mirar a los ojos a ninguno de la familia, y menos a Amador.

Pero las cosas sucedieron de forma diferente porque la noticia, temida por unos y anhelada por otros, había llegado. Oyó ruido en el interior y vio venir a don Amador con sus dos hijos menores. Cada uno llevaba un fusil. Detrás apareció su amigo.

—Los guardamos desde octubre de hace dos años —dijo el prohombre ante su estupefacta mirada—. Con ellos estuvimos tirando a los comunistas. Desde aquí mis hermanos, mi padre y yo nos cargamos a más de uno. Ellos están ahora en la calle Fruela, dispuestos. Ya no nos pillarán por sorpresa como entonces. Todos nuestros vecinos también están armados.

—No entiendo —dijo José Manuel—. ¿Qué ha ocurrido?

—Hay noticias contradictorias. Se ha filtrado que el Ejército se ha levantado en Melilla. Dios quiera que sea verdad. Ahora todos esperamos a ver qué hace ese masón y maricón de Aranda, si tenemos que luchar con él o contra él. La situación es extraordinariamente difícil.

Las expresiones sobre el coronel, que había ayudado a aplastar la revolución del 34 y desde entonces como premio venía siendo gobernador militar de la provincia, se reflejaron en los rostros de los seminaristas.

—Somos amigos desde hace año y medio —aclaró—. Le digo esas cosas a la cara. Lo peor es que, a pesar de que en el fondo es monárquico, también es fiel a esta infausta República. Como buen soldado la defenderá y nos obligará a una lucha desigual.

Se asomaron a las ventanas. Vieron gente cargando maletas, caminando deprisa, algunos corriendo, hacia la estación del Norte. Había mucha confusión en la ciudad y la tensión se palpaba. La vida dentro de la casa había cambiado aunque la dama procuraba serenar el ambiente. Pero cuando al día siguiente se leyó el bando del coronel Aranda en la plaza de la Escandalera por el que definía paladinamente su posición al lado de los sublevados, en todas las casas a lo largo de la calle estalló el entusiasmo, salvo excepciones como la Normal por ser el centro de los maestros de escuela y, por su condición, el convento de las Siervas de Jesús. Inmediatamente los dos hermanos falangistas se alistaron voluntarios para ayudar al levantamiento del ya ex comandante militar de Asturias para el Gobierno de la nación.

—¿Qué vais a hacer? —les preguntó el padre de Amador a ambos seminaristas.

—Tengo que ir a ver a mi madre —dijo José Manuel—. Quedé en hacerlo cuando terminara lo de su hijo.

—No puedes salir, nadie puede hacerlo. No sólo lo impide el mando sino que Oviedo está cercado por los rojos. Disparan a cuantos tienen aspecto de gente de orden y, desde luego, a todos los religiosos. Además todas las comunicaciones telefónicas y por radio están cortadas y bajo control militar. Aranda se está portando como un jabato.

José Manuel no dejaba de descubrir un mundo desconocido. Ahora Aranda era un héroe y no un ser abominable.

—Nos quedaremos aquí —dijo Amador.

—¿Aquí, emboscados, mientras otros luchan por vosotros? —dijo el hombre, la bondad espantada—. Tenéis que alistaros. Es vuestro deber.

—No estamos formados para entrar en la lucha armada.

—Tonterías. Ya sabes lo que dice Ulpiano: *Vim vi rapellere licet*; es lícito repeler la fuerza con la fuerza.

—Sin embargo Séneca nos enseña que *Nihil violentum durabile*; lo violento no perdura. Supongo que usted habla de luchar para mantener la democracia —aventuró José Manuel.

—*Nimia libertas et populis et privatis in nimiam servitutem cadit*; la libertad excesiva conduce a los pueblos y a los particulares a una excesiva esclavitud, cita Séneca —sentenció el prohombre, mostrando una vez más su voluntad de liderazgo en las discusiones y su necesidad de quedar encima, como el aceite—. Pero os lo pondré más fácil. Tenéis dos opciones: esperar a que el Gobierno rojo os llame a filas o decidir en la buena dirección.

Se trataba de una imposición. Nunca podrían acceder a la primera opción porque ya no estaban bajo control del Gobierno. José Manuel miró a su amigo esperando su renuencia a entrar en terrenos que creía contrarios al servicio de Dios. Pero se equivocó.

—No es sólo una orden de mi padre —le dijo Amador—. Estamos en el lado que estamos. No podemos escoger.

Su amigo lo creía sinceramente. Él no tenía disposición de pegar tiros contra nadie ni, desde luego, el menor deseo de ceder al mandato. Pero le surgieron las dudas, factor constante en su espíritu. Pensó en la máxima de Séneca. Quizá fuera un díscolo porque nunca hacía las cosas con total convencimiento. Puede que algún día hubiera un cambio en su vida. Finalmente aceptó seguir los pasos de su amigo. El mandamás no les dejó mucho tiempo para pensarlo. Abandonaron las sotanas y se vistieron de paisano.

El cuartel de Pelayo estaba cerca. Los hermanos expresaron su contento al verles y les llevaron a la armería. Tuvieron la sorpresa de encontrarse a otros seminaristas, entre ellos a Juan Manuel Espíritu Santo, que cursaba tercero de Teología. En el cuartel estaba de guarnición el Regimiento de Infantería Milán n.º 3 al mando del coronel Ortega, quien se había puesto a las órdenes de Aranda. Todos los cientos de falangistas y otros jóvenes voluntarios dispuestos a participar en la aventura armada pasaron a formar parte del Batallón Ladreda, cuyo jefe era el teniente coronel Fernández Ladreda y que, bajo las órdenes de Aranda, tenían licencia para efectuar misiones discrecionales. Más tarde José Manuel escuchó el desarrollo de los acontecimientos.

—El coronel engañó como a unos chinos al gobernador civil y a los líderes del Frente Popular. Ya el 19, al oír las noticias del levantamiento, hizo traer a escondidas todos los legajos y archivadores de su despacho del Gobierno Militar a este cuartel mientras que en otros camiones mandaba trasladar cañones y obuses procedentes de la fábrica de armas de Trubia. Lo más fantástico fue cuando accedió a dar armas a un contingente de más de seiscientos mineros, que salieron en un tren especial y en una caravana de camiones para acudir en auxilio de Madrid por petición urgente de Indalecio Prieto, ministro de Guerra. Era una decisión que le convenía pues alejaba a las fuerzas de choque del Sindicato Minero, los más temibles, el Tercio de los obreros. Al día siguiente tomó el mando de este puesto. Cuando los rojos reaccionaron, ya estaba ocupada militarmente la ciudad. En el cuartel de Santa Clara, antiguo convento de las Clarisas, están los guardias de asalto y casi todos los guardias civiles de la provincia. Ahora, grupos de militares y civiles dominamos las zonas clave de la ciudad.

40

Antigua Polonia, agosto de 1941

Me has dicho que te vas y me has dejado
sedienta de emoción, blanca de lágrimas;
mis ojos se han bañado en mi silencio
y el silencio se ha roto sin palabras...

MARÍA DOLORES MARTÍNEZ DE VELASCO

La enorme columna de hombres, vehículos y bestias avanzaba por los caminos desconocidos de grava y tierra. Los tres regimientos de infantería, el batallón de depósito, el de zapadores, el antitanque, el grupo de transmisiones y el de exploración, es decir, toda la División 250 de Infantería de la Wehrmacht, ocupaban treinta kilómetros de longitud entre la cabeza y la retaguardia, unos siete por regimiento y resto de unidades, lo que creaba grandes dificultades a Intendencia, Sanidad y Veterinaria y daba gran trabajo a los enlaces motoristas que recorrían la larguísima columna trayendo y llevando órdenes. Más de diecisiete mil hombres en marcha. Habían salido de Suwalki y tenían como meta la gran ciudad de Smolensko, al sureste de Moscú. Les habían dicho que de ahí a la capital de Rusia el camino sería un paseo por una recta y ancha autopista. Pero para llegar a ese punto habían de caminar cerca de mil kilómetros sobre las duras botas, quién sabe por qué caminos y soportando los treinta y cinco kilos de peso del equipo: fusil, cartucheras, machete, mochila con objetos varios, pieza de tienda mimética, bote de máscara antigás, cantimplora, bolsa del pan y pala de trinchera. Para animarse, la tropa cantaba cuantas canciones recordaba.

Pocos entendían esa marcha a pie si estaban en el mejor Ejército del mundo. ¿Es que no había camiones para ellos? Tendrían que hacer unos cuarenta kilómetros diarios, con descansos de cinco minutos por cada seis kilómetros, bajo un calor endiablado que agotaría a muchos. No era ésa la forma de hacer la guerra que ellos pensaban. Pero la mayor parte, destacando los nunca desalentados falangistas, jamás se quejaba y estaba deseando entrar en combate. En realidad, la mayoría de esos jóvenes *azules* renegaba de las normas militares porque ellos solos se bastaban con su entusiasmo para vencer a los comunistas.

Cuando llevaban unos veinte kilómetros de marcha oyeron un rugido de motores por detrás. Una unidad acorazada alemana pidió paso y la División se situó en los márgenes del camino. En cabeza, las motocicletas KS-750. Seguían cañones de asalto Stug III, carros Pánzer II, camiones oruga ligeros Krupp Protze llenos de soldados, piezas artilleras FH-18 del 105 arrastradas por camiones semiorugas, autoametralladoras M-35, camiones cargando cañones anticarros PAK-38 del 50, antiaéreos Flak-38 del 20 y, cerrando la marcha, los poderosos tanques Tigres III y IV. Los alemanes les saludaban brazo en alto todo el tiempo que duró el adelantamiento. Ningún soldado iba a pie. Desde sus cómodos asientos, enteros, físicamente a punto, les miraban con indiferencia. Entrarían en combate no desgastados por marchas incomprensibles y empujarían con su vigor intacto. Los divisionarios españoles nunca habían visto una unidad blindada como ésa y se llenaban de asombro, admiración y envidia. Era imposible que nada pudiera detener esa fuerza, una de tantas que estaban asombrando al mundo en esa *Drang nach Osten*, la marcha hacia el este. Se perdieron detrás de una nube de polvo rojizo cegador que tardó en desvanecerse y que dejó sus uniformes de color terroso y un reguero de toses y maldiciones.

Por el camino veían pequeñas aldeas arruinadas, con gente fantasmal merodeando por entre las isbas calcinadas. Atardecía cuando llegaron a Grozno, antes ciudad polaca, después rusa y ahora alemana. A la entrada vieron seis cuerpos suspendidos por el cuello de unos postes. Eran civiles, y en sus pechos estaban clavados unos papeles donde en trazos gruesos se leía: «JUDE PARTISAN», el calificativo infamante, definitorio, de su culpabilidad. Los colgados no eran partisanos simplemente, ni polacos, rusos o lituanos. Sobre el delito de ser guerrilleros estaba el de ser judíos, los sin patria, segregados en todas las naciones, la raza despreciada. Podían haberse ahorrado pintura y en el papel poner solamente *«jude»*, porque es lo que golpeaba de la lectura. En España había una tradición de prejuicios sobre ellos y en el lenguaje persistían palabras denigratorias derivadas, como «judiadas». En los tiempos medios se les imponía elevados tributos para permitirles estar en libertad y les tenían prohibida la convivencia con los cristianos. Pero de eso hacía siglos. Y aunque habían oído sobre el trato que estaban recibiendo de los alemanes del actual Reich, no imaginaban lo que iban viendo a medida que se adentraban en las tierras conquistadas, irredentas para el sentir alemán.

Ningún divisionario había visto gente ahorcada. En España no se empleaba ese tremendo sistema. Carlos observó los cadáveres. Eran jóvenes, adolescentes algunos y ya todos hermanados por la muerte y el rictus del desespero final.

Cruzaron el ancho Niemen, que partía en dos la ciudad, y se apostaron en las pequeñas aldeas del lado este. El 2.º Batallón del 269 y el 1.º del 262 acamparon en una de nombre Obuchovitsch, no muy lejos de un denso bosque, y de inmediato comenzaron a liberar la carga de los sufridos caballos y a estacionar los equipos y las armas pesadas. El situar las doce unidades de morteros pesados de 81 mm, las ametralladoras ligeras M-34 del 7,92, los cajones de municiones, las piezas ligeras de artillería TG-18 de 75 mm, y las bicicletas de la compañía ciclista les ocupó bastante tiempo. Luego instalaron las tiendas, que se formaban con la pieza que llevaba cada soldado. Abrochada con otras se transformaba de poncho individual en tienda capaz de albergar hasta ocho hombres. Otro ejemplo de la inventiva alemana para conseguir artilugios prácticos. Las cubrieron lo mejor posible con ramas, lo mismo que el armamento pesado y los vehículos. Era la teoría del camuflaje en la acampada, algo de dudosa efectividad. Los batallones necesitaron doscientas tiendas, formación demasiado evidente en medio de la extensa planicie acosada de girasoles. No engañaría a los aviadores rusos en caso de que aparecieran. Con las últimas luces hicieron requisa de haces de paja por las granjas de los alrededores para formar sus camastros. Al acabar se estableció un cordón perimetral de vigilancia del campamento y esa noche pocos tuvieron insomnio.

A la tarde siguiente pudieron visitar la ciudad. Grozno era una muestra de población ocupada, con pelotones armados de las SS y los Feldgendarmen patrullando por todos los lugares. Acercándose al centro vieron grupos trapajosos de mujeres y niños revolviendo entre los escombros con la esperanza de rescatar objetos donde antes debieron de estar sus hogares. Otras mujeres, junto a hombres barbados de edad indefinida, hacían tareas de desescombro y reconstrucción bajo la atenta mirada de vigilantes germanos fusiles en ristre. Todos, incluidos los niños, llevaban un brazalete amarillo con la estrella de David. Había ancianos sentados en las ruinas, la mirada extraviada como si esperaran ver resurgir lo que el trueno deshizo.

—Seguro que bajo esos escombros hay cientos de cadáveres —dijo Alberto.

Sabían que dos meses atrás la ciudad había soportado tremendos combates donde dos millones de hombres se empeñaron en despedazarse: unos, los rusos, que la invadieron dos años antes e intentaban conservarla, y otros, el espolón del 3.er Grupo Acorazado alemán, porfiando por ocuparla. La mortandad fue alta y la población quedó diezmada. Las huellas estaban visibles en sus edificios destruidos y las iglesias desmoronadas, destacando los armazones de las torres de San Miguel Arcángel. Pero ya en el centro aparecían fachadas de piedra intactas y calles adoquinadas, limpias de cascotes. La vida quería abrirse paso. Gente vestida de paisano caminando o en bicicleta, la mayoría muchachas. La guerra, los muertos y el dolor estaban latentes pero no había ruido de obuses, bombas y ametralladoras. Funcionaban los restaurantes, los comercios y los hoteles. Entraron en el viejo Comercial, muy animado de gente. Se abrieron paso hacia el bar donde numerosos uniformados alemanes bebían cerveza entre risas y cánticos. De pronto alguien dijo algo y todos los alemanes se quedaron rígidos como estatuas mientras se hacía el silencio en el local. Luego empezaron a cantar:

Deutschland, Deutschland über alles
über alles in der Welt...

Allí estaban, los conquistadores de Europa y quizá del mundo, emocionados y con lágrimas la mayoría. Cuando terminaron volvieron lentamente a las risas y al entrechocar de jarras. Asombrados por el espectáculo, el grupo se acercó a una mesa donde bebían otros divisionarios, falangistas por sus aderezos.

—Oye —dijo Antonio—. ¿Alguno sabe lo que cantaban para ponerse así?

—Es el himno de Alemania —dijo uno, también con ojos llorosos—. Las primeras estrofas son del *Deutschlandlied*, «La Canción de Alemania», y dicen:

Alemania por encima de todo,
por encima del mundo entero...

—Joder...

—Luego han añadido el himno del partido nazi, el *Horst Wessel Lied*, que ya escuchamos en Grafenwörh cuando juramos fidelidad a Hitler —recordó, quedando un momento en sobrecogimiento—. Es admirable el amor de esta gente por su patria, algo que nos falta conseguir en España. Sembraremos ese amor en los niños cuando volvamos con una nueva victoria.

Más tarde decidieron visitar el gueto, cuyo acceso estaba prohibido. Era el antiguo barrio hebreo de la ciudad, que había sido tapiado en todo el perímetro por los alemanes. Sólo dejaron una puerta de entrada y salida con una barrera delante custodiada por soldados de las SS. Carlos y sus amigos no pudieron convencer a los inamistosos vigilantes de que les dejaran pasar, pero más tarde, aprovechando un cambio de turno, dieron con un Feldgendarme más permisivo que les advirtió por señas de estar atentos al toque de queda. Caminaron por las calles poco concurridas pero limpias entre gente silenciosa de miradas huidizas, como niños asediados de castigos. Todos iban con ropas oscuras, intentando pasar desapercibidos mientras se dirigían a sus quehaceres controlados. De vez en cuando se cruzaban con un pelotón alemán, gestos hieráticos, fusiles al hombro, haciendo repicar sus bruñidas botas sobre el pavimento. Un halo de tristeza envolvía las calles. Vieron casas derruidas porque los bombardeos no tenían como misión destruir objetivos militares solamente, sino también aterrorizar a la población civil. Pero el barrio no recibió los grandes daños que otras zonas por no albergar cuarteles ni fábricas. La mayor parte de los comercios estaban precintados y muchos edificios desalojados. A diario salían grupos con salvoconductos, en su mayoría mujeres y hombres mayores, para trabajar en las obras de reconstrucción en las zonas libres. Todos deberían llevar en la espalda la estrella de David bien visible. Regresaban portando pan y otros alimentos permitidos, que entregaban a un colectivo autorizado y encargado de repartirlos conforme a un criterio de necesidades.

Tras un rato de deambular, en el que se cruzaron con otros grupos de divisionarios, llegaron a una ancha glorieta donde numerosos árboles ponían verdor nuevo en sus troncos negruzcos. Había gente mayor sentada en ruinosos bancos de madera y se escuchaban trinos, como pidiendo que volvieran las primaveras. En ese momento un anciano, al que acompañaba una joven, tropezó y cayó al suelo. Antonio se adelantó presto y le ayudó a levantarse, sentándolo luego en uno de los bancos. El hombre expresó su agradecimiento en un español raro pero comprensible.

—Sefardí —aclaró la muchacha, en español normal. Y entonces todos se percataron de lo bella que era, aunque se apreciaba el esfuerzo que hacía para ocultarlo.

El hombre, de forma más sumisa que educada, lamentó no poder invitarles por razones evidentes, lo que resolvieron los divisionarios prestándose a resolver la dificultad. Les condujeron a un cercano café que debió de haber vivido mejores momentos. Dentro, unas pocas mesas apenas ocupadas por hombres barbados. Era como un colmado donde se vendían diversos productos, aunque las estanterías estaban menguadas de existencias. Antonio se acercó con la chica al mostrador y pidió cervezas mientras repartía tabaco a todos los boquiabiertos parroquianos. No imaginaban tal generosidad en un soldado de la Wehrmacht.

El hombre se llamaba Nicolás y se presentó como profesor de universidad, depurado por su raza. Tenía el rostro tan amarillo que parecía un anuncio de limones. Hizo muchas preguntas sobre España y los soldados se asombraron de saber que había muchos judíos hablantes de ese español arcaico y de que al cabo de los siglos siguieran con la esperanza de volver a Sefarad, la Ítaca de esos judíos hispanos, tan enquistada en sus rezos como Jerusalén. Su prosa era suave y en sus giros había un tintineo que les sonaba como un eco musical lejano. En su mirada no latían reproches velados, sino la fascinación del encuentro con algo que estaba prendido en sus recuerdos de niñez. Y luego de un tiempo, varias cervezas por medio, se dio a expresar la realidad de los momentos que estaban viviendo.

—Nosotros somos judíos, pero polacos en primer lugar. No todos somos sionistas ni nos consideramos apátridas aunque, después de tantos sufrimientos y persecuciones, comprendemos a quienes desean tener un territorio propio para no vivir en el desprecio. Aquí vivíamos con normalidad desde el término de la Gran Guerra, todos polacos. Pero cuando supimos del Pacto de No Agresión firmado por los alemanes y soviéticos en agosto del 39, entendimos que no nos podía ir bien por estar entre dos países poderosos con discursos reivindicacionistas, a pesar de que Polonia tenía en vigor un tratado con Alemania desde 1934. Luego se confirmó que ese pacto incluía cláusulas secretas para el desmembramiento y reparto de nuestro país. Sobre el mapa trazaron una línea irregular desde la antigua Prusia oriental, en el Báltico, hasta el sur, en la frontera con Hungría, dividiendo el país en dos mitades. La parte izquierda para Alemania y la otra para la Unión Soviética. Polonia desaparecía como país.

Antonio no prestaba mucha atención al monólogo del hombre. Sus ojos apuntaban a la chica, que poco a poco le fue devolviendo las miradas. No se perfilaba su cuerpo dentro del astroso ropón, aunque debía de ser de líneas escurridas, pero su rostro estaba impelido de dulzura.

—¿Es su hija?

—Se llama María y es mi nieta. Estuvo en Chile. Sabe el español moderno, como han podido comprobar. Vivimos solos, antes éramos una familia grande. —Enmudeció un momento como sopesando si debía continuar. Al final se decidió—. El 1 de septiembre del 39 Alemania nos invadió. Les hicimos frente, a costa de grandes pérdidas. Pero cuando diecisiete días después los soviéticos rompieron las fronteras desde el este, supimos que nada teníamos que hacer. Los rusos enviaron a Siberia a nuestros oficiales y a gran parte de la tropa. Nunca hemos sabido de ellos. Otros quedaron en campos de concentración. Aun así tuvimos convivencia con los invasores. Nuestro barrio continuó siendo libre como los otros, donde circulaban personas de todo signo aunque lo habitara una mayoría judía. Siguieron funcionando las tiendas, los mercados, las sastrerías, las casas de música, los restaurantes... hasta que llegaron los alemanes.

Se detuvo, no tanto para recobrar el aliento como para eliminar cualquier indicio de debilidad o emoción. En ese momento Antonio se levantó y la chica le secundó. Se cogieron de la mano y salieron del local.

—Joder, ya estamos —dijo Alberto.

—¿Qué le parece a usted? —preguntó Braulio al profesor.

—Es natural. Hay muy pocos hombres jóvenes en el gueto. Su compañero representa para ella un soplo de aire fresco, la posibilidad de ejercer la única libertad que le queda. Ello renovará su esperanza de que algún día se romperán los muros que nos aprisionan. —Tomó aire—. Es licenciada en Filología y en literatura española. Siempre fue libre como un pájaro antes de...

Repitieron las cervezas y el hombre prosiguió.

—Quizá no debiera contarles esto porque al fin ayudan a los alemanes. Pero no son como ellos, no lo son gracias a Dios. —Movió la cabeza—. Ellos llegaron, imparables como el rayo. Nubes de aviones y regimientos blindados. Pero eso ya lo saben ustedes. Y también sabrán que los rusos, antes de retirarse, asesinaron a miles de presos polacos, lituanos e incluso rusos que se hallaban internados en cárceles desde la derrota del 39, temiendo que se aliaran con las fuerzas alemanas. Los nazis no llegaron como libertadores, cosa que sabíamos desde que tomaron el poder. Convirtieron en gueto este barrio e iniciaron las requisas, embargos de bienes, prohibiciones y deportaciones, transformando un barrio activo, alegre y productivo en este sombrío suburbio, y llenándonos de temor.

Tiempo más tarde el mesonero se dirigió a ellos y le habló al anfitrión, que tradujo.

—Son las siete, es la hora del toque. Han de cerrar el local de inmediato y cubrir las ventanas con los postigos o con cortinas negras. No puede salir ninguna luz de ninguna casa. Las patrullas disparan sin avisar.

—¿Podemos quedarnos aquí a esperar a nuestro compañero?

Los hebreos cuchichearon.

—Sí, pero si hablan en voz baja. Les acompañaré un rato, si me lo permiten.

El dueño echó el cierre y cerró la puerta. Luego arrimó una vela encendida.

—Dígale que traiga más cervezas.

Pero el tiempo corrió. De vez en cuando se oían claveteos rítmicos en los adoquines de la calle y gritos guturales.

—Son las ocho y media —dijo Alberto después de mirar su reloj—. Este cabrón no vuelve. Se quedará toda la noche. Ya nos ha jodido. Volvamos.

Les abrieron la puerta con el mayor sigilo y salieron a la vacía calle. Al sentir la madera ajustarse a sus espaldas se dieron cuenta de lo peligrosa que era su situación. Caminaron con presura, atentos, con un hilo de espanto agallinando sus carnes como si fuera electricidad estática. No era la hora, ni la noche, ni la tenebrosidad, ni las calles solitarias. Era la sensación de algo ominoso palpitando en el gueto, como si estuvieran caminando por el valle infernal. Sentían el pálpito del miedo, la indefensión de los seres despreciados por su raza que allí vivían y el fatalismo de que esta vez, con Alemania vencedora, se agotaría su ancestral habilidad en sobrevivir a todas las persecuciones. De pronto un ruido lejano como tablas batiendo. Se acercaba. Era un retumbar de clavos sobre el encintado.

—¡Rápido, gritad! —urgió Carlos, añadiendo en voz alta—: *Spanische Soldaten!*

—¡Españoles, somos españoles!

—¡España, *Spanien*!

Un pelotón de soldados alemanes salió de una calle y se abrieron en abanico delante de ellos, apuntándoles con las metralletas. Sus uniformes negros se fundían en la noche. No eran Feldgendarmen. Varias linternas lanzaron sus luces sobre ellos.

—*Halt! Wer da?*

—*Spanische Soldaten!* —gritó Indalecio.

—*¡Spanische* División! —subrayó Braulio.

—*Der Ausweis!* —requirió el SS-Unterscharführer agitando una mano.

Sacaron los *Personalausweise*, que el sargento examinó uno a uno a la luz de una linterna.

—*Die richtige Ausweis für das Ghetto* —reclamó.

—¿Qué dice?

—Parece que piden un pase especial para el gueto.

—No tenemos —exclamó Alberto, haciendo gestos y mirando a los alemanes.

—*Verboten Ghetto, verboten jetzt* —dijo el alemán, sin devolverles sus identificaciones.

Les costó trabajo indicarles que no tenían. Fueron obligados a caminar, el grupo rodeándoles. Salieron del gueto y los llevaron a un edificio de buena traza que mostraba heridas en su fachada. Grandes banderas con la esvástica y las águilas germanas, y un cartelón: KOMMANDANTUR. La entrada estaba custodiada por centinelas armados y en las aceras cercanas dos vehículos blindados permanecían estacionados, con soldados alerta en su interior. Los llevaron a una sala amueblada pero vacía y cerraron la puerta.

—¿Qué nos harán? —dijo Indalecio.

—Puede que nos fusilen —bromeó Alberto, pero en sus ojos no había chanza.

—Bah, sólo nos hemos pasado un poco de la hora.

Al rato asomó un soldado armado.

—*Folgen Sie mir, schnell!*

Pasaron a un despacho grande donde les esperaba un SS-Hauptsturmführer al lado de una mesa maciza con papeles y objetos ordenados con pulcritud. Iba impecable en su negro uniforme, con las altas botas de media caña espejeando. La gorra de plato mostraba la calavera bajo el águila. El parche de cuello izquierdo llevaba las tres estrellas en diagonal indicativas de su graduación, mientras que el del lado derecho mostraba la runa de las SS. En el centro de la bien cerrada guerrera, la Cruz de Caballero. Dos grandes fotografías colgadas de una pared y entre banderas mostraban los rostros hieráticos de Adolf Hitler y de Heinrich Himmler, jefe supremo de las Schutz Staffeln, las Escuadras de Protección. En otra pared, un plano grande del centro de operaciones. El soldado cerró la puerta y se quedó dentro con el arma terciada.

—*Heil Hitler!* —exclamó el capitán, alzando el brazo derecho y chocando los tacones. La mezcla de ruidos retumbó y dejó impresionados a los divisionarios, que respondieron torpemente.

—¡Soldados, firmes! —dijo en español de academia—. Repetiremos a ver si sale bien. Si no, volveremos a insistir.

No hubo necesidad de una tercera vez. El oficial les ordenó posición de descanso.

—Puede que el saludo obligado a nuestro jefe no merezca su entusiasmo —dijo, quitándose la gorra y depositándola cuidadosamente en la mesa como si fuera una figura de porcelana—. Pero debo recordarles que hicieron juramento de total obediencia a su persona y que pertenecen al ejército alemán. Se les concedió el honor de ser una de sus gloriosas divisiones y eso les obliga a observar la máxima disciplina, de la que parecen hacer caso omiso.

El hombre era muy joven y su aspecto representaba el ideal propagandístico de la nueva Alemania: alto, atlético, con cabello dorado y ojos azules donde no brillaba la complacencia. No había dudas de que parecía esperarle una brillante carrera.

—Bien. ¿Quién está al mando?

—Nadie manda. Estábamos de paseo, señor —dijo Alberto.

—Siempre hay uno que lleva la voz cantante. En este caso es usted, según se ve. Así que hable.

—Verá, señor. Nos extraviamos.

—Son las nueve —dijo el alemán señalando un reloj de pared—. Ha sido un largo extravío.

—Se nos pasó la hora. Sabemos que hemos incumplido el toque de queda, pero...

—No sólo ignoraron el toque, a respetar por todo el mundo —interrumpió el capitán—. Hay advertencia expresa de no tener trato con la población civil y una total prohibición de relacionarse con los judíos, y mucho menos de entrar en el gueto. —Paseó una helada mirada de uno a otro—. ¿Qué buscaban allí? Nada, porque el lugar carece de atractivo alguno. Emplearon artimañas para colarse, sólo para demostrar que son... ¿Cómo dicen? Sí: unos tíos.

—Disculpe, señor. Lamentamos nuestra imprevisión, pero... Bueno. No entendemos por qué nos han traído aquí.

—¿No? Los SS somos una policía militarizada y estamos en un escenario de guerra. Puedo meterles en el calabozo ahora mismo. —Se tomó un tiempo para tenerles en la incertidumbre—. No lo haré por respeto al Estado Mayor de su División, cuyo Cuartel General han instalado aquí, en Grozno, como saben. Ellos no tienen culpa de su indisciplina ni andan por ahí buscando problemas. Deberían tomar ejemplo.

Dio unos pasos con las manos a la espalda. Carlos dudó si no se estaba dando demasiada importancia, pero la advertencia del alemán le hizo considerar una idea distinta.

—Viven de milagro. Mis hombres han podido dispararles. En realidad es raro que no lo hayan hecho. Lo normal era creer que eran partisanos. Esos criminales atacan de noche, degüellan a mis soldados y les roban los uniformes para poder infiltrarse luego. Se llevan las armas, los vehículos, ponen minas que causan mortandad. Si esta noche hubieran rondado, les hubieran matado a todos como pertenecientes a la Wehrmacht. Ellos no hacen distingos. Tampoco es fácil para mis hombres distinguirles a ustedes. En general su aspecto no difiere de los polacos, judíos y otros. Deberían esforzarse en vestir el uniforme con el necesario decoro.

Alberto notó que el agravio le invadía.

—Somos españoles, señor. Un orgullo.

—Ya sé. Orgullo no les falta. Estuve en su guerra. Allí he visto a oficiales del Tercio fusilar a legionarios por menos de lo que han hecho ustedes —dijo con dureza. Luego cogió los *Ausweiss* de la mesa—. 5.ª Compañía del 2.º Batallón del 269. ¿En qué lugar están instalados?

—En Obuchovitsch.

—¿Quién es su jefe?

—Comandante Román García.

El oficial ocupó su sillón tras la mesa y con una pluma estilográfica Montblanc escribió un texto medio. Lo firmó, lo sacudió y lo guardó en un sobre, cerrándolo y poniendo el nombre del comandante. Se levantó y tendió el sobre a Carlos, que tenía los ojos fijos en la mesa.

—¿Qué mira usted, cabo?

—Perdone, señor. Miraba la pluma.

El oficial la cogió y se la tendió.

—Véala más de cerca. Modelo Meisterstück 139, una joya de la industria alemana.

Carlos la hizo girar entre los dedos. Era de un negro brillante y dentro de un círculo blanco había una marca blanca que parecía representar una estrella de seis puntas redondeadas. Tenía tres anillos dorados en la capucha haciendo juego con el clip y el plumín.

—Lo metálico es oro —dijo el alemán sin perder la gravedad—. No podía ser de otra forma.

—Es una belleza —ponderó Carlos haciendo gesto de devolverla.

—Quédesela. Si sobrevive a esta guerra tendrá recuerdo de este exigente nazi.

—Disculpe, señor, no puedo aceptarla.

—Acéptelo como un premio a su comportamiento. Usted también es cabo pero no ha venido con cuentos. Es hombre prudente, el único que viste ordenadamente de su grupo. En cierto modo no parece usted español.

—Gracias, no sé qué decir.

—¿Puedo preguntarle qué es eso de los españoles, señor? —se aventuró Alberto.

—Desde su llegada a Alemania no han dado más que quebraderos de cabeza, saltándose todas las normas. Se toman esto como un juego pero es una guerra dura. Ya hay muchos cientos de miles de soldados alemanes muertos. Espero que cuando entren en combate sepan estar a la altura. —Miró al rígido vigilante de la puerta y le habló en su idioma. Se volvió—. Un pelotón de mis hombres les acompañarán a la salida de la ciudad. Llegar a su campamento es su cometido. Lleven el máximo cuidado. *Heil Hitler!*

Ya solos caminaron por un lado de la carretera, camuflando sus pasos con la hierba y alumbrados por las estrellas. El recelo les invadía cuando pasaban por delante de zonas boscosas.

—Joder, cómo camelaste al alemán. Eres la hostia. Nos ha estado tocando las pelotas —señaló Alberto en voz baja.

—No opino así —dijo Carlos—. Creo que nos puso en nuestro lugar.

—Claro, a ti no te ha llamado gitano.

—Es que practicáis una rebeldía disciplinaria absurda. ¿Por qué no os abrocháis el cuello de la guerrera y os ponéis el gorro centrado en la cabeza y no caído sobre la oreja como si fuerais actores de cine? No estamos en África, el pecho al aire, la camisa remangada.

—Eso son gilipolleces. Cuando haya que partirse el pecho, demostraremos que a cojones no nos gana nadie.

—¿Qué va a pasar con Antonio? —dijo Indalecio, al rato.

—Mañana regresará durante el día. Es un veterano.

—Y un puto buscabullas con sus amores de marinero.

—Toda la culpa la tuvo el viejo judío. Buen rollo nos soltó, pero ellos mataron a Cristo.

—Esta gente no hizo eso. Han pasado siglos.

—No podemos perdernos en consideraciones. Estamos aquí para acabar con el comunismo, no para arreglar los males del mundo. ¿Tú qué opinas, Carlos?

—Mejor que guardemos silencio.

Ya cerca del campamento, gritaron:

—¡España! ¡Eh, tú, guripa, no tires!

De las sombras surgió una voz.

—¡Alto! ¿Quién va?

—¡Españoles, 5.ª Compañía del 2.º Batallón!

—¡Seña y contraseña!

Se la dieron y pasaron al silencioso recinto. Parecía imposible que bajo esa oscuridad vacía de ruidos hubiera tantos hombres descansando. Carlos se llegó a la tienda del capitán Dávila y entregó el sobre del oficial germano al sargento de guardia. Luego fue a su sitio, se quitó las botas y se tumbó sin desvestirse.

En mitad de la noche se oyeron explosiones, tableteo de ametralladoras y gritos. Carlos no negoció con la sorpresa. Se puso las botas, se colocó el casco y requirió su fusil. Fuera había mucha luz. Una bengala había expulsado la oscuridad y todo lucía como si hubiera una colección de lunas llenas. Más acá de la línea de árboles se movían sombras entre chispazos de fuego. Desde la zona de seguridad ya empezaban a devolver los disparos. Carlos corrió agachado hacia la posición de un centinela, que estaba tumbado. Se tendió a su lado y miró al frente. Los atacantes retrocedían sin dejar de disparar. La bengala descendía con lentitud, como si estuviera colgada de un paracaídas, y su luz, ahora rojiza, empezó a ceder sitio a las tinieblas. El intenso fuego desde el campamento pareció alcanzar a algunos partisanos antes de que desaparecieran en el bosque y dejaran un muro de silencio. Carlos miró al centinela. Estaba herido en el pecho. Se puso en pie y trató de imponer su petición de ayuda sobre el griterío. Al resplandor de las llamas de dos isbas vio soldados correr en varias direcciones, unas camillas flotando entre ellos, lo que indicaba que había otros caídos. Una bala silbó junto a su oído. Se agachó. Otro silbido. Se tiró al suelo y esperó a que llegaran los camilleros. Luego regresó a la tienda y se reunió con sus compañeros. Los miró de soslayo, escuchando sus comentarios. Los disparos que casi le alcanzan no vinieron del lado de los partisanos sino del campamento. Como en Tauima y Grafenwöhr, uno de ellos había vuelto a intentar matarle.

41

Oviedo, octubre/noviembre de 1936

Juvenile vitium est regere non posse impelus.
(Es vicio de la juventud no poder vencer los ímpetus del corazón.)

SÉNECA

Primero fue el silencio, el que aparece en los momentos álgidos, el que acude sin ser llamado cuando el pensamiento se desvanece a la espera de lo que acontecerá irremisiblemente. Ya habían ido cesando las bromas, los comentarios, los ruidos de las armas al ser comprobadas, los movimientos en las sombras de las trincheras y parapetos. Todo ello lo había cubierto una calma tensa y predestinada. Y entonces empezó a llover, suavemente al principio. No había relámpagos en esa lluvia que se hizo grande y duradera. A lo largo de la noche el agua fue deshaciendo muchos sacos terreros e impregnando de aluvión de barro las galerías y los puestos de los defensores.

Desde tres meses antes, salvados los tiroteos iniciales, no hubo verdaderas batallas, sólo bombardeos. Cada bando levantó trincheras en zonas determinadas. José Manuel estaba en una de las compañías parapetadas en la Cruz del Naranco que, con los Altos de Buenavista, el Cristo de las Cadenas, la Manjoya, la Cadellada y la Corredoria formaban el primer cinturón de defensa diseñado por Aranda en torno a la ciudad. El segundo cinturón, llamado intermedio, tenía sus posiciones en el Canto, barrio de la Argañosa, barrio de las Adoratrices, barrio de San Lázaro y la Tenderina. Si ambos círculos defensivos cedían quedaría la zona de «los Cuarteles» ya en el asfalto urbano. Todas las carreteras y el ferrocarril estaban cortados, por lo que Oviedo quedó totalmente aislado del resto de Asturias. Por parte republicana, cientos de obreros que sitiaban la capital construyeron nuevas pistas sobre los caminos vecinales y pasos de ganado para mantener abiertas las comunicaciones y el abastecimiento de los frentes en consolidación.

José Manuel aprendió a convivir con la servidumbre de la guerra, a soportar un asedio con carencias alimenticias y a sufrir ataques de artillería y aviación. Apenas empleó el arma y vio poco a su amigo Amador, que cumplía en otra compañía del batallón Ladreda. La censura militar se había impuesto y por eso nada sabían de cómo iban las cosas, sólo que el «Movimiento» libertador triunfaba en toda España, lo que no les era posible comprobar. Por comentarios dados en voz baja y con sonrisas de satisfacción, se supo que la cárcel Modelo, constituida en prisión provincial, estaba llena de presos, en muchos casos simples simpatizantes de la República.

También que secciones de falangistas se encargaban de detener y fusilar sin Consejo a muchas personas pertenecientes a organizaciones gubernamentales, tan destacadas algunas como el gobernador civil y el comandante de Seguridad y Asalto. Se decía que en Madrid había gente oculta, muchos de ellos tentados por la «quinta columna». Aranda y sus militares no querían que en Oviedo ocurriera algo similar. Nadie quedaría agazapado para una posible rebelión interna. La ciudad, aunque hambrienta, desabastecida y bombardeada, sería como una isla limpia de elementos disidentes.

El mando, para levantar el ánimo de los sitiados, había hecho correr la noticia de que una columna gallega venía desde Lugo para romper el cerco y establecer un «pasillo», como dos años antes. Y ahora esperaban, sabiendo que el enemigo había acumulado artillería y gran cantidad de material de guerra para iniciar el ataque el día 4, aniversario de la sublevación del 34; es decir, ese mismo día.

Ya el alba se desperezaba con el alboroto de los gallos y perros y de pronto la lluvia se pintó de rojo. El tronar de cañones avanzó desde los Arenales al Naranco. Una lluvia de fuego cayó sobre la línea de defensa donde estaba José Manuel. Luego, la lucha cuerpo a cuerpo y con bombas de mano. El capitán ordenó la retirada al Canto, posición clave para ambos bandos, cruzada por trincheras profundas llenas de ametralladoras. Dos días después el ataque artillero deshacía la loma, las casas de labranza y todo el terreno circundante. Llegó otra noche de lluvia y la lucha no decreció, ahora sólo de fusilería y dinamita. José Manuel disparaba, rezando intensamente para no dar en el blanco. No tenía odio y deseaba que esos jóvenes decididos que morían en el estrépito tampoco lo tuvieran. Intentaba convencerse de que todos sentían su amargura al ver tanta destrucción inútil. Veía morir a su alrededor a los fogosos falangistas, sus rostros diluidos en la nada. Allí quedaban sin enterrar, hermanados con el enemigo, deshechas sus ideologías. «Cuando la terrible ausencia me comía medio lado», dijo Góngora. Y en esas jornadas de Apocalipsis él entendió el llanto del poeta.

Una cadena de estallidos avanzaba imparable. Los mineros manejaban la dinamita en progresión, derribando un muro tras otro y metiéndose intrépidamente por los pasos abiertos, arrollando a los defensores y muriendo en el feroz empeño. Nueva orden de retirada con grandes pérdidas por ambos bandos. José Manuel retrocedió empujado por la avalancha de explosiones, su cuerpo esquivado por los proyectiles. Balas, fuego, lluvia y barro. No intentaba ya comprender esa locura. Tenía que hacer lo mejor en ese lugar que le asignó el destino. Procuró mantener el temple necesario para dominar el pánico y no lanzarse a una huida ciega como otros. Pasó por los derribos y oyó el gemido. Miró atentamente intentando traspasar el polvo. De entre cuerpos destrozados vio asomar una mano. Se acercó ensordecido por los estampidos. El herido estaba casi cubierto por cascotes. Se inclinó y le vio el rostro. Era Eduardo, uno de los hermanos de Amador. Dejó el fusil y comenzó a quitar escombros con la mayor celeridad. Nuevas explosiones conmovieron los muros aún en pie. Miró hacia arriba. Uno de ellos se movía y comprendió que se desplomaría en poco tiempo. Se apresuró y logró sacar al herido. Lo cargó sobre un hombro, agarró el fusil y buscó la salida del laberinto de derrumbes. El lienzo de ladrillos cayó detrás de él sobre el lugar que había ocupado Eduardo. Siguiendo su instinto logró salir de la zona y avanzar hacia la nueva línea de defensa de los suyos. Gritó para que no le dispararan. Más tarde los camilleros cogieron al herido y lo llevaron a la retaguardia.

—Joder, tío. Ye imposible —le dijo un sargento—. Vienes vivo y cargando con un herido. Aquello está en manos de los rojos.

—Tuve suerte.

—Vamos a necesitarla.

José Manuel, que siempre ayudaba a compañeros heridos, en esta ocasión se sintió especialmente confortado por lo realizado, ya que el rescatado era hermano de su amigo. Pero no se vanaglorió porque tenía como dogma hacer lo mejor en los lugares que el destino le asignaba. Coincidió con el sargento en lo sorprendente de haber salido ileso de ese trance. Quizás era una compensación. El otro hermano de Amador, Juanjo, había muerto. Un obús le cayó encima en su posición del antiguo convento de las Adoratrices. De ello hacía unos días. La noticia le llegó a su amigo, que en ese momento luchaba a su lado y que no recibió permiso para el entierro debido a la gravedad del frente; entierro que se efectuó en el viejo cementerio del Prau Picón.

La presión republicana era asfixiante pero, como si la fatiga hubiera invadido tanta excitación, un día la intensidad del cañoneo decreció y trozos de silencio fueron llegando a las trincheras. Hubo como una pausa mientras la lluvia persistía inalterable. Se apreció un vacío, como si algo trascendental estuviera ocurriendo. La noche se llenó de expectativas. Y de pronto estallaron explosiones por la zona del Naranco. Pero no eran de dinamita sino cohetes. Una corriente de gritos y luces agitó la ciudad acorralada. No tardaron en saber que la columna mandada por el coronel Martín Alonso, con ayuda de la aviación, había tomado por sorpresa la retaguardia de los republicanos y aniquilado los puestos para avanzar sin oposición hasta la plaza de América y el Campo de San Francisco. El ansiado pasillo había sido establecido. Los ovetenses ya no estaban aislados.

Al día siguiente las posiciones fueron reforzadas por más de siete mil legionarios, moros de Regulares y miembros del Ejército de Galicia. Aunque el cerco seguía por los demás lugares, la situación había cambiado. La ciudad estaba desbordada de júbilo y la gente se abrazaba en las calles, los niños cantando; rostros llorosos equipados de alegría a pesar de los obuses y disparos que de vez en cuando caían. Amador consiguió un permiso y José Manuel le acompañó. La ciudad era una escombrera, desmembrados la mayor parte de los edificios. Otra vez, sin haber curado de las heridas recibidas dos años antes, como si hubiera sido marcada por Dios para su total aniquilación tal que una nueva Pompeya.

En casa del amigo ambos se asearon por primera vez en mucho tiempo. José Manuel se vio colmado de agradecimientos por haber salvado a Eduardo y le hicieron sentirse como el héroe que distaba de considerarse y desear.

—Siempre te estaremos agradecidos —dijo don Amador, adornándose de una inédita ternura—. Soy deudor de ti. Cualquier cosa que me pidas es tuya.

La madre de Amador vestía de negro, como sus hijas. Había adelgazado y el gesto se le había llenado de luto. Don Amador estaba entero. Llevaba un traje oscuro y no había hecho dejación de su diario aseo.

—¿Ves lo que hacen esos asesinos? —Miró a José Manuel como si él hubiera tenido alguna responsabilidad—. Pero lo pagarán caro esta vez. No se irán de rositas cuando esto termine.

Estaba claro que se apoyaba en el vigor que da el deseo de venganza. Loli aprovechó un aparte con él.

—¿Cómo estás?

—Bien —mintió—. ¿Y tú?

—Ojalá tengamos ocasión de repetir aquello —dijo, envolviéndole con sus ojos.

José Manuel la miró con admiración. Era un ejemplo de que la vida debía seguir. No le respondió. Nunca imaginaría lo mucho que había pensado en ella en esos meses, las veces que soñó con su cuerpo desnudo y el momento en que le hizo entrar en aquella magnitud desconocida. La tenía metida en su cerebro y no sabía si podía o si quería extirparla.

Fueron al cementerio donde antes del conflicto apenas había enterramientos, que ya venían haciéndose en el de El Salvador. La situación de guerra había hecho que el viejo camposanto volviera a ser utilizado. La tumba tenía una cruz de madera con el nombre del muchacho.

—Cuando termine esto le haremos una buena lápida.

Tuvieron que salir rápido de allí porque disparos de

ametralladora procedentes del campo republicano batían la zona.

Con las tropas de refuerzo, Aranda pasó a la acción consolidando los frentes y retomando las posiciones perdidas. Pero llegado noviembre, la actividad bélica había decrecido hasta estacionarse.

42

Madrid, junio de 2005

No había contento en el gesto de Iñaki. Estaba claro que no asumió bien mi decisión de abandonar la búsqueda de Carlos, y más cuando no aporté ningún dato sobre su inocencia.

—Dijiste que dejabas de buscar al tipo. Y ahora estás aquí. Seguro que vienes a por la pasta.

—Vengo a informarte de la solución del caso. Te dije que, al margen de Carlos, seguiría con la investigación.

Estábamos en el salón-jardín de su chalé, de pie. No me invitó a tomar asiento, lo que expresaba su desagrado por mi visita.

—Tú dirás.

—Tengo el nombre del asesino de tus familiares.

La noticia no le alegró la cara.

—Dispara.

—Se llamaba David Navarro. Estuvisteis acosando a un inocente.

—¿Se llamaba?

—Murió en la División Azul.

—Muy oportuno.

—¿Qué quieres decir?

—Es muy característico echarle la culpa a un muerto.

—Tengo un testigo presencial y la pistola empleada. El testimonio es incontrovertible. Señala cómo se hizo y en qué lugar.

—Me gustaría hablar con ese testigo.

—No creo que esté en esa disposición. Pero puedo enviarte su informe firmado... y confidencial.

—Hazlo.

—Bien. Ahora puedes hacerme cheque por el resto del precio acordado.

—No lo haré. No has encontrado a Carlos Rodríguez. Ése era el trato.

Se hinchó como el gallo cuando se pavonea ante su harén, dejando clara su intención de acoquinarme con su exuberancia muscular.

—El contrato establece que debo buscar a Carlos porque le atribuíais la comisión de un doble asesinato. Aparecido el verdadero asesino, la presencia de Carlos es irrelevante. No es parte involucrada. Nunca lo fue y da lo mismo que siga perdido o muerto. Pero ello es bueno para vosotros porque, en el improbable caso de que apareciera, podría poneros una querella por persecución continuada y acusación injusta.

—No te voy a dar ni un puto duro mientras no aparezca Carlos.

Imaginé sus músculos hinchándose bajo la camisa, los dos con los codos sobre la mesa en un concurso de pulso.

—Vaya, el mismo proceder de la familia. Era de esperar. Bonita herencia.

—¿A qué coño te refieres? —dijo, colgando un rictus de su boca.

Miré con atención su rostro desabrido. ¿Sería posible que no estuviera al tanto de las fechorías de sus ancestros? Fui desgranando cómo fueron las cosas. Al principio siguió con su gesto hosco, pero a medida que escuchaba, toda su arrogancia fue disolviéndose como el humo de un cigarrillo. Sentí cierto reparo en mostrarle las miserias ocultas de la familia.

—¿Es cierto lo que dices?

—Tan cierto. Pregúntale a tu tía abuela. No te contentes con un no. Lo siento, pero ella debió de saber o sospechar que el sueldo de su marido no daba para el nivel que tenían.

Se adscribió a un amargado silencio.

—¿Eso está en el informe?

—Con pelos y señales.

—El testigo puede sacarlo en cualquier momento.

—No. A él tampoco le interesa que nada de esto vea la luz. Tiene una reputación que configuró durante toda su vida y querrá conservarla.

—Espera aquí —dijo, y desapareció por una de las puertas. Un rato después volvió con un cheque en la mano—. Toma. No hace falta que me mandes factura.

Me acompañó sumido en silencio hasta la verja del jardín. Me dio la mano. En sus ojos había un gran vacío.

43

Antigua Polonia, septiembre de 1941

En túmulos de escarlata
corta lutos el silencio.

MANUEL AZAÑA

Era el último día en el campamento. La División abandonaría Grozno al alba tras el desayuno y la recogida de tiendas, después de una semana de incomprensible vivaqueo. Durante la jornada los pases de visita a la ciudad fueron suspendidos y todos los hombres se dedicaron a preparar las armas pesadas, los camiones y las bestias. Les quedaban más de novecientos kilómetros de caminata. La próxima escala sería Vilna, en la antigua Lituania, a unos ciento veinte kilómetros.

—No son tantos. ¿Qué es eso para nosotros? —presumió Alberto.

Carlos y sus compañeros habían tenido que escuchar la admonición del capitán de la compañía y fueron sancionados a no salir del recinto. La carta del capitán de las SS no fue la única que recibió el regimiento. Otras se unieron a la que el comandante general de la plaza envió al general Muñoz Grandes, en las que se censuraba el comportamiento inadecuado de los divisionarios y se pedía más disciplina. Pero la preocupación del grupo castigado no estaba en ellos mismos. Faltaba Antonio. Carlos solicitó hablar con el capitán al día siguiente y le pidió que le permitiera volver al gueto en busca del ausente.

—¿Crees que somos niñeras? ¿Exponer a más soldados a la posibilidad de desaparecer también?

—Conocemos el lugar donde nos dejó, mi capitán, aquella taberna.

—¿Y los permisos para entrar en el gueto? ¿Olvidas que os colasteis? ¿Más problemas con los alemanes? —El capitán estaba realmente enfadado—. Olvídalo, soldado. Tendrá que valerse por sí mismo. Si tuvo cojones para unas cosas debe tenerlos para encontrar el camino de vuelta.

—El capitán tiene razón —dijo Alberto, más tarde.

—Si fueras tú el desaparecido, ¿no te gustaría que fuéramos en tu busca?

—Yo nunca me salgo de madre.

Carlos miró a sus tres compañeros. Uno de ellos era su asesino. ¿Cómo descubrirlo?

El silencio se adueñó del campamento aunque pocos dormían en la excitación de la inminente reanudación en la marcha. En la madrugada primera se oyeron disparos, que alertaron y agitaron a los hombres. ¿Partisanos otra vez? Carlos salió de la tienda. Se veían sombras moviéndose entre luces de linternas hacia la entrada del campamento. Corrió hacia allá. Varios hombres transportaban un cuerpo hacia la enfermería. Les siguió y logró hacerse sitio entre los mirones.

—Está muerto —dijo el capitán médico—. ¿Cómo ha ocurrido?

—El centinela le dio el alto y le pidió la contraseña. Dice que daba gritos, que no le entendía. Le disparó.

—Bueno. Llamad a su capitán para que disponga su entierro.

Carlos miró el cadáver de Antonio. No se sintió especialmente afectado porque era indudable que pronto habría muchos más, quizás él. Su amigo no había muerto en combate pero quiso creer que gozó de la belleza y del amor, lo que pocos de la División llegarían a conquistar.

44

Oviedo/Ávila, enero de 1937

... et non potui silentii perfectioni resistere.
(... y no pude resistir la perfección del silencio.)

ANTONIO GAMONEDA

—No podemos quedarnos simplemente a esperar que nos rescaten —señaló Juan Manuel Espíritu Santo una mañana.

—¿Qué propones? —dijo Amador.

—Faltan oficiales. Han caído tantos que se resienten los cuadros. Voy a cursar solicitud para conseguir la estrella de alférez en la Escuela de Ávila.

—Pero eso es para los militares. Nosotros somos...

—Somos cruzados, soldados defendiendo la Cristiandad. Es lo que hemos venido haciendo desde julio.

—Pero cuando esto acabe, nosotros...

—Para que esto acabe como Dios manda hemos de

participar activamente. Debemos darlo todo, hasta nuestra vida si es necesario.

—¿Cómo vas a ir si el tren a la planicie sigue bloqueado?

—Por el pasillo del Escamplero abierto por los bravos. Funciona a pleno rendimiento, pese a los ataques de los rojos. Por allí nos llegan los suministros y hay pasos de personas en ambas direcciones. Ése es el camino. Deberíais venir conmigo, sobre todo tú, Amador, por tus hermanos.

—Iré —prometió el aludido sin dudarlo, mirando a su vez a José Manuel, que supo que estaba siendo propuesto para algo en lo que no estaba ni preparado ni inclinado—. Vente —animó—. Tendremos dos alicientes añadidos. Veremos otras tierras de España y contemplaremos la patria de Santa Teresa. ¿No es fascinante?

¿Fascinante? ¿Qué expresión era ésa en hombre tan comedido? ¿Tanto les estaba cambiando la maldita guerra?

Así que a principios de diciembre José Manuel salió con sus amigos en un camión junto a familias que se arriesgaban bajo los tiroteos de los sitiadores del «pasillo». No tuvo que rebuscar en su pasado para recordar al minero que dos años antes apareciera providencialmente para salvarle e indicarle ese mismo camino. Con frecuencia surgía ante sus ojos como si se corporeizara. ¿Qué habría sido de él? Quizá fuera uno de los que se lanzaron contra las cotas que él había defendido. No quiso imaginar que una de sus balas hubiera acabado con su vida en el anonimato y la locura de aquellas batallas. No sería justo. En los momentos de ensimismamiento y culpabilidad le había pedido a Dios que le diera oportunidad y pruebas para superar sus dudas sobre Él. Desde aquella huida protegida del seminario añadía siempre en sus rezos el ruego de que preservara la vida de aquel hombre misterioso del que llegó a imaginar que fue él mismo, en un desdoblamiento arcano, como si hubiera sido enviado por un poder oculto, quizá por el que no llegaba a aceptar.

En Lugo cogieron el expreso que llegaba hasta Ávila. La estación estaba muy animada por ser el punto de enlace de los asturianos que deseaban viajar al interior. Era el primer viaje largo en tren que José Manuel realizaba. Le habían asegurado que al pasar por primera vez el Puerto de Pajares hacia León, normalmente en busca de mejorar su vida, todos los asturianos sentían que el corazón se les encogía de pena y añoranza. Él había aprendido a mantener el control de sus emociones y, además, iba a fortalecer sus conocimientos militares para vencer en las batallas que quedaban, no a ganarse el sustento como los paisanos del pasado. Era una misión específica de corta duración por lo que no creía ser afectado por el sentimiento. Pajares estaba lejos. Pero, atisbando los montes gallegos y los macizos de El Bierzo horadando el cielo estrellado, le llegó el pálpito insobornable. Porque al otro lado de esas montañas estaba la Cordillera Cantábrica y en ella su pueblo, su madre, su mundo intocado, su niñez albergada en sus recuerdos imperecederos. Tanto tiempo y tan corto. Tantas cosas y tan llenas de vacíos. Seguramente sus hermanos y Jesús estarían luchando y tenía pocas dudas de que cada uno lo estaba haciendo en el bando adecuado a sus fidelidades. Se sintió desfallecer y más cuando sus compañeros empezaron a cantar con voces quebradas el *Asturias patria querida*. Él no cantó pero notó la auténtica sensación de pérdida que albergaba la canción. Pero había algo más, algo que en ocasiones alteraba su sosiego y lo llenaba de un sentimiento infinito, impreciso, como una ventana a lo favorable de la vida. Y tan secreto que intentaba ocultárselo a sí mismo, mintiéndose en el suspiro: Soledad, aquella moza dorada que a veces le parecía inventada.

Luego los páramos de León al otro lado de las ventanillas y los paisajes planos de Castilla llenos de frío, aparentemente vacíos de vida. Paisajes helados, de nieve escarchada donde patinaba la luna. Las murallas de Ávila le subyugaron. Era como volver a los tiempos de la frontera, cuando se luchaba a espada y la guerra se enganchaba en los siglos. La ciudad castellana aparecía en soledad, plantada en medio de enormes campos llanos esquivados de arbolado y verdor. El cierzo prodigaría las nieves y pronto lo más feroz del invierno se abatiría.

La Academia Militar estaba en el convento de Santo Tomás y había sido trasladada desde Fuencaliente, en Burgos. Era la primera promoción que se celebraba allí. El director era un teniente coronel de Infantería y tenía como profesores a capitanes de Artillería, Infantería y Caballería, además de un director espiritual. Concurrían ciento cuarenta y cuatro alumnos procedentes de diversos puntos a quienes se exigía el título de Bachillerato. En el caso de los seminaristas, su formación tenía la misma consideración. La mayoría eran falangistas y alumnos de la Academia de Toledo que no querían esperar a terminar los cursos de tenientes para participar en los combates. Eran unos jóvenes de sorprendente formación. Casi todos tenían una particularidad. Había uno que escribía églogas y otro cantaba aedos con voz barítona. El ambiente era de euforia e impaciencia y, dado el lugar donde se celebraba, todo estaba cubierto de genuina mística. Parecían convencidos de estar participando en una auténtica cruzada contra infieles, término que repetían constantemente y que sólo de pasada había oído en Asturias. Los religiosos del convento mostraban gran contento al saber que entre el alumnado había seminaristas y de que volviera la presencia de la Iglesia en tareas guerreras, como fue tradición en los primeros siglos.

El monasterio se edificó en tiempos de los Reyes Católicos. En el centro de la iglesia, frente al retablo de cinco tablas, se encontraba el sepulcro del príncipe don Juan, heredero de la Corona de Castilla, hijo de Isabel y Fernando, y muerto a los diecinueve años. La estatua yacente fue realizada en alabastro por un escultor italiano en vida de los reyes y su perfección inflamaba de fervor guerrero los pechos de los cadetes. José Manuel no participaba de ese ardor aunque a diario, en cada misa, se rendía ante el poder de la Monarquía que rigió desde la unificación de España.

Como los dominicos permanecían en una parte del edificio, el horario se ajustó para todos. Se levantaban a las cuatro y media y se pasaba revista a las seis. La instrucción práctica era intensa de día y de noche, con marchas kilométricas, combates simulados, intensos ejercicios de tiro y manejo de armamento. En lo técnico, estudiaban táctica, topografía, logística, armamentística y códigos.

En los escasos ratos libres José Manuel salía a pisar las viejas baldosas. Visitó la catedral y también entró en el convento de San José, el primero que fundó santa Teresa, quien, según los testimonios, estaba imbuida por una incalmable determinación de reformar la Orden del Carmelo, o de los Carmelitas Descalzos, para devolverle su esplendor por medio de la más extrema austeridad. En realidad el edificio no era el original sino otro construido medio siglo después sobre el anterior. Pero allí estaba todavía el viejo pozo que la santa mandó abrir para disponer de agua propia y ahorrar al rey el costo de llevársela, lo que tenía por obligación al estar, como otros conventos, bajo su jurisdicción.

Se sintió subyugado por la personalidad de aquella mujer que, pese a su fragilidad y a estar aquejada de enfermedades, fundó dieciocho conventos en sólo veinte años, durante los que vagó descalza por caminos duros bajo inclementes climas, extremosa en el rigor de la alimentación y del lecho como si tuviera avidez de privaciones. Vio una reproducción de su celda con el madero que usaba como almohada. Compró varios de sus libros, que leyó quitando horas al sueño, primero con curiosidad y luego con incrédula admiración. José Manuel llegó a su máxima aproximación a Dios leyendo a aquella santa. Tanto tesón no hubiera sido posible sin estar alentado por fervor divino. ¿O acaso pasión? El éxtasis en que cae en su amor por Dios llega a lo incomprensible sin una conjunción con el gozo fisiológico, aun la contradicción aparente. Recordó su episodio con Loli y la transfiguración interna que experimentó por causa del engolfamiento en algo tan bello que ninguna palabra puede describir. ¿El camino hacia Dios pasaba por esa cosa indescriptible? ¿Los mayores santos y santas se dejaron acunar por el roce prohibido antes de la sublimación? Si ello fuera tan cierto como la sospecha que emanaba de los escritos de Teresa, entonces la versión del sexto mandamiento sostenido por la Iglesia era una falacia, como con toda rotundidad afirmaba Loli. Un viento limpió su preocupación porque significaba que podría dejar de agobiarse de culpabilidad por la efímera e inolvidable unión con la hermana de su amigo y encontrar en otras perfecciones el camino del sacerdocio.

También hizo una escapada a Salamanca y se sintió alcanzado por las dos catedrales y el color dorado de los edificios. Al principio, el paso desde el verdor montañoso de Asturias a los llanos casi esteparios de Castilla le habían hecho considerar que su tierra estaba muy por encima en belleza. Pero ahora le había llegado otra certeza. Existía un mágico atractivo en la llanura infinita, dura, de aire tan puro que la mirada acercaba los lejanos promontorios y las desperdigadas iglesias. Nada había en Asturias que igualara a las Murallas de Ávila. Los hombres que hicieron esas maravillas y que luego conquistaron mundos merecieron su admiración. Había estudiado mucha geografía e historia pero sólo ahora caía en la cuenta de que Asturias no era el centro del mundo, sino un apéndice provinciano de algo gigantesco.

El cursillo duró algo más de un mes. No se pronunciaron discursos ni se entregaron diplomas, sólo la estrella indicativa del grado de alférez provisional en la gorra y en el uniforme. La Jura de Bandera tendría que esperar. Esa misma noche de finales de enero de 1937 cogieron el tren que les había de devolver a los frentes del norte. Otros iban a los frentes de Aragón. La estación castellana estaba rodeada de un manto blanco y de silencio. Parecía una ciudad monacal perdida en la noche de los tiempos. Muy cerca estaba Madrid, la capital, que resistía con la misma heroicidad que Oviedo, cada una cercada por un ejército distinto. La España partida que, como el menor de los Machado, José Manuel no comprendía.

En Venta de Baños se separaron los que iban a Bilbao. Ya de vuelta al cuartel de Pelayo a José Manuel le dieron el mando de una sección de infantería. Seguía sin poder desplazarse a su pueblo, en zona republicana, y no tenía noticias de su familia por el bloqueo. En Oviedo seguía la presión artillera y los derrumbes eran constantes. Las imágenes de tanta destrucción chocaban con la visión que aportaban las palabras de su maestro, con vida tan ejemplarizante como la de ese Jesucristo que nunca acabó de ver. Hasta que le llegara la Verdad tendría que hacer pecho de lo hecho.

Un mes después supo de una noticia terrible. Aranda estaba firmando más ejecuciones y entre los fusilados destacaba el rector de la Universidad Leopoldo Alas, hijo del famoso Clarín. ¿Por qué esa atrocidad? ¿Qué había hecho el honorable catedrático, ex ministro y hombre dedicado a la enseñanza? Los verdugos no habían sido los bárbaros rojos sino los guardianes de la fe y la justicia. Quizá porque nunca perdonaron a su padre el retrato que hizo de la carca sociedad ovetense en *La Regenta*.

La noticia saltó los parapetos y se esparció extramuros de Oviedo. Un rugido se extendió saltando de una trinchera a otra, llenando de ira a los mineros que cercaban la ciudad. Los gritos y las amenazas no cesaron. Les llegó información de que preparaban una gran ofensiva para los próximos días, como la fallida de octubre. Esta vez las fuerzas acumuladas eran tan poderosas como el odio y no podrían resistirlas. La capital sería arrasada y los defensores, aniquilados. José Manuel se dispuso a cumplir con su destino.

45

Residencia La Rosa de Plata, Llanes, Asturias, junio de 2005

—Ahora es un buen momento para que la saludes —dijo Rosa.

El aire estaba lavado y las hojas de los avellanos y castaños, henchidas de verdor, todavía retenían miles de gotículas cristalinas desafiando la débil imposición solar. Yo la miraba, imposibilitado de evadirme de su contemplación. Ella sonrió y hubo más razones para la fascinación.

—Aquel anuncio —añadió—. Ese que decía: «Si sigues mirándome así van a tener que presentarnos.»

—Pues tendrán que presentarnos constantemente —dije, tratando de parecer reprendido. Cambié de tercio—. Si saludo a esa señora querrá contarme su vida.

—La culpa es mía. Le hablé de ti y de lo que haces. —Cogió mi mano—. Vamos, es una mujer llana. Te encantará.

—¿Por qué está aquí?

—No está enferma. Dice encontrarse más a gusto que en otros sitios.

—En eso coincidimos. Claro que yo tengo una razón de la que otros carecen —dije, devorando su sonrisa.

La residencia ofrecía la mejor imagen. Sol tras el campo llorado. Los pacientes paseaban solos o con cuidadores. Era estimulante ver a esa gente disfrutar de sí mismos en ese marco de difícil parangón. La señora estaba sentada en uno de los bancos de madera situados en zona de sol. Sabía que tenía setenta y cinco años y que se saturaba de buenos paseos, como para apaciguar la urgencia del tiempo.

—Así que se llama Corazón. ¿Qué nombre ye ese para un home? —dijo, llenando de provocación sus chispeantes ojos y acicalándose el arreglado cabello entrecano en un gesto ausente de coquetería.

Me senté esquinado, mirándola de frente.

—Dice Rosa que un tío suyo fue echado de casa.

—Sí. Llamábase José Manuel.

—¿Quién lo echó?

—Adriano, el moirazo. ¿Quién si no, ho?

—¿Cuándo ocurrió?

—Déjeme pensar... Acabara la guerra... Empezara el año 38, sí.

—¿No han sabido nada de él en tantos años?

—Usted lo ha dicho. Marchara, sin más.

—¿Quién le contó eso?

—¿Cómo dice? Yo taba presente. Vilo con mis propios ojos.

—¿Hubo alguna discusión, se pelearon?

—No. José Manuel no taba entrenao pa la pelea. Fuera seminarista, mejor dicho, fuéralo.

—¿Tenía derecho de herencia?

—Sí, pero dejárala. Marchara y nunca la reclamara.

Tenía muchas preguntas empujando, pugnando por salir. Me aconsejé prudencia.

—¿Han pensado que quizá muriera?

—Bueno, habrá muerto ya o estará muy vieyo. Tendrá ahora noventa o más.

—No, digo que hubiera muerto de joven. Y por eso no reclamó nada.

—Pudiera ser, pero dame el corazón que no.

—Me pregunto por qué quiere usted saberlo tan tardíamente.

Ella me miró. A través de las gafas sus ojos estaban ausentes de fatiga, pero en el filo del desmoronamiento.

—Siempre tuve intrigada, pensando en él. Eso de que echárale a gritos, como si de un apestado tratárase, y nunca apareciera... Fuera una gran crueldad. ¿Adónde pudiera ir si ya había dejao el seminario...? Y luego, la vida, ya sabe... Pásase volando. Ahora, muchas veces, cuando estoy sola, lléganme tantos recuerdos de los que... —Se ensimismó un momento—. Me gustaría, pero... Bueno, tamién está lo de la cueva. Él estuviera en ella.

—¿Qué cueva?

—La del tesoro.

Miré a Rosa, que afirmó con la cabeza.

—Disculpe —dije—, ¿qué es eso de la cueva del tesoro?

—Allá para la Ballota hay una cueva. Dijeran que hubiera un tesoro. Mi abuelo, padre de José Manuel, y su hermano, buscáronlo durante años. Nada encontraran a pesar de gastar sus pocos dineros, sus energías, su tiempo y su humor. Pero José Manuel tuvo en ella.

—¿Él estuvo allí?

—Sí, siendo guaje. Convenciera a su primo Jesús, que siempre siguiérale a todas partes, y ambos marcharan por esas cumbres. Buscaran en la cueva durante dos días.

—¿Lo encontraron?

—No, claro que no. Hubiéranos cambiado la vida a tóos.

—Me refiero a si lo encontraron en búsquedas posteriores, años después.

—Ya digo que José Manuel marchara y nunca volviera. No pudiera buscar nada.

—¿Jesús también desapareció?

—Sí, estuviera ausente durante muchos años por otras razones. Pero volviera, ya mayor.

—Si Jesús era tan amigo de José Manuel quizá pudiera aportar alguna pista sobre su paradero y sobre el tesoro.

—No lo creo. Pero si al final tien curiosidad vaya a Lena. Allí está mi prima Georgina. Sigue viviendo en el pueblo. Tien buena memoria. Ella puede decirle.

Ya la tarde se arrimaba hacia el bosque, el sol abatido, y por la cordillera se insinuaban azules oscuros. Nos levantamos y fuimos despacio hacia el hotel, al que iban convergiendo otros residentes.

—¿Qué piensas hacer? —dijo Rosa, más tarde, cuando todo parecía estar en paz.

Desde la ventana del dormitorio se veía una parte del inmenso parque residencial, con faroles sembrados estratégicamente. De vez en cuando la figura blanca de un vigilante rompía la quieta estampa.

—Respecto a qué.

—A lo de la cueva del tesoro de la señora Adonina.

—Que no es un tema singular. Hay miles de relatos en nuestro país acerca de tesoros escondidos. En cada región, casi en cada pueblo, se conservan testimonios y leyendas de fortunas ocultas en lugares diversos, sobre todo en cuevas. Asturias no es una excepción a esa tradición romántica. Hubo un tiempo largo en que muchos hicieron profesión de la búsqueda de tesoros. Una forma de ganarse la vida. Pocos consiguieron resultados y esos Alí Babás dejaron de existir. Yo también caí en tentación similar. Con diez años fui en busca de un tesoro.

—Nunca dejas de sorprenderme —dijo, mirándome de tal forma que sentí como si mis huesos se licuaran—. No me lo contaste.

—A mi padre, siendo niño, alguien le dio un plano. Lo escondió en un libro cuyo título olvidó. Un día, años después, lo encontró al hojear el libro olvidado. Me lo mostró con cierta excitación. El papel estaba muy gastado en los bordes y tenía trazos torpes. Parecía auténtico por su aspecto de viejo. Me invitó a que fuéramos a buscarlo el domingo siguiente. El lugar señalado estaba por el antiguo Pozo del Tío Raimundo, más allá del Puente de Vallecas, donde él nació. Por entonces era un campo con muchas chabolas, según dijo. Fuimos en metro y autobús porque mi padre no tenía coche y el sitio estaba lejos. Puedes imaginar cómo temblaba yo de contento. Iba en busca de un tesoro con mi padre, el hombre serio y equilibrado. ¿Qué te parece? —dije. Rosa tenía la misma mirada que su hijo cuando le leía novelas de Emilio Salgari.

—No sé, pero creo que te lo estás inventando.

—Para nada. Absolutamente cierto.

—¿Y qué pasó?

—Todas aquellas chabolas y campos habían desaparecido. En su lugar, un barrio entero de casas altas. Nuestros sueños desvanecidos. Mi padre no pareció muy afectado pero yo tuve una gran desilusión.

—Ahora tienes oportunidad de resarcirte con el tesoro de esa gente. Hay una cueva concreta y una búsqueda familiar.

—Que no ha dado frutos. No me llama la atención. Por el contrario sí me es sugerente lo de ese hombre que echaron y del que nunca se volvió a saber.

—Bueno, ya tienes algo que investigar.

—Sería un fracaso. Probablemente todos los testigos han dejado de existir.

—Ella está viva. Y puede que algunos más. El tema de la edad no es un freno para ti. Estás acostumbrado a buscar gente mayor.

—No tengo mucho tiempo. Estoy en lo de Méjico.

—Éste sería otro caso sugerente. Deberías pensarlo. Me gustaría ayudar a esa mujer.

—Te olvidas de algo importante. ¿Quién pagaría la investigación? Ella no me ha contratado.

—¿Necesitas ese estímulo para tu curiosidad? Además, hasta es posible que encuentres el tesoro.

Se inclinó y me besó. Y para mí sobraron todos los tesoros del mundo.

46

Voljov, Rusia, octubre de 1941

La negra noche horrenda y espantosa,
cubriendo tierra y mar cayó del cielo,
dejando antes de tiempo presurosa
envuelto el mundo en tenebroso velo.

ALONSO DE ERCILLA

Desde la bombardeada Smiesko, ahora en manos divisionarias, debían salir para tomar Sitno, dos kilómetros al sur en el mismo lado del ancho Voljov. Para ello tendrían que avanzar unos quinientos metros por un campo nevado y despejado, a tumba abierta y sin más defensa que su propia suerte. Y luego atravesar el oscuro bosque donde los rusos esperaban atrincherados en sus nidos de ametralladoras y pozos de fusileros.

Desde temprana hora el 2.º del 269 estaba listo en sus posiciones, el armamento presto, esperando la orden de ataque. Pero no estaban preparados para morir. Ahora

Carlos veía los gestos forzados, las miradas huidizas, las manos agarrando los fusiles como si su contacto fuera un asidero a la vida. De las trincheras salía una nube de humo de tabaco. Los hombres fumaban compulsivamente tratando de recobrar la fortaleza huida con la incertidumbre. Hacía un frío demoledor y en la espera angustiada él recordó a aquel teniente de las SS que le regalara la estilográfica dos meses atrás, cuando se quejaban del calor y se esperaba ansiosamente el enfrentamiento con los soviéticos como si fuera una aventura de retorno asegurado. Ya estaban en la cruda guerra y la División iba sumando muertos a diario.

Primero cayeron algunos por accidente. Luego muchos empezaron a desfallecer por el cansancio acumulado y a sumar dolencias en pies y hombros, despellejados por el peso del equipo en la inacabable marcha. Después apareció fugazmente, como ajeno a lo cotidiano, el rostro de la guerra cuando las minas y los ametrallamientos nocturnos abatieron a algunos hombres.

Tras un descanso en Vilna, la siguiente caminata de otros cien kilómetros les llevó a Minsk, la capital de la Rusia Blanca. Y luego más y más kilómetros avanzando sobre aldeas de nombres olvidados, iguales, viendo casas desperdigadas, la mayoría sólo restos, gente miserable reconstruyendo sus hogares deshechos o asomando su miseria de siglos en las isbas. De vez en cuando aldehuelas plantadas entre campos de girasoles. Vieron paisajes hundidos en la desolación, muertos no alemanes sin enterrar, tumbas con una cruz rústica y nombres en letras góticas; coronándolas, cascos como si además de un último recuerdo quisieran protegerles en la otra vida.

Contemplaron cráteres de bombas con restos humanos, puentes volados, cañones, tanques y camiones convertidos en chatarra entre martirizados bosques de brisas fragantes y ondulados prados de hierba calcinada.

Sorpresivamente, cuando ya habían cruzado el Dnieper y vivaqueaban a tan sólo cuarenta kilómetros de Smolensko, llegó la orden de dar la vuelta y dirigirse a Vitebsk, cien kilómetros al noroeste. Los soldados se limitaron a obedecer pero oyeron jurar y blasfemar a los oficiales y jefes porque se les negaba participar en la gloria de tomar Moscú y desfilar por la Plaza Roja. Más tarde supieron que la División había de integrarse en el 16 Ejército del Grupo de Ejércitos Norte porque su frente de actuación sería el sur de Leningrado y sus tareas básicamente defensivas. La mención confusa de tantas fuerzas armadas dejó de serlo para Carlos cuando se informó de la magnitud de dichas fuerzas. Los Grupos de Ejército estaban integrados por Ejércitos, que a su vez se formaban por Cuerpos de Ejército y éstos por Divisiones. La Azul estaba en una marea de unas treinta divisiones alemanas formadas por cerca de cuatrocientos mil soldados.

En Vitebsk fueron embarcados en vagones de mercancías para cubrir los quinientos kilómetros que les separaban de los frentes asignados, lo que fue recibido con gran alegría por los soldados. Por fin cesaba la incomprensible y salvaje marcha de tantos kilómetros que les hizo perder inútilmente más de un mes y desgastarse por los caminos, como si el mando alemán no supiera qué hacer con ellos. Una marcha sin ningún beneficio para nadie salvo para el enemigo. Porque al pasar cuentas en Vitebsk se vieron los hombres que habían muerto y los miles que habían quedado inutilizados y que fueron enviados a hospitales, muchos de ellos regresados a España. También las bajas de los animales y de los vehículos.

Todo pasó a hacerse a gran velocidad entonces, como si hubiera habido conciencia por parte alemana de que había una división española desperdiciada. Fueron enviados a un sector del norte de Novgorod, la ciudad dorada, la capital más antigua de Rusia, situada justo donde el río Voljov vertía sus aguas en el enorme lago Ilmen. Ahora la ciudad sólo conservaba los muros del Kremlin y las bulbosas cúpulas apenas castigadas de la catedral de Santa Sofía. Casi todo había sido destruido. Primero por los bombardeos de los Stukas alemanes, y luego al ser incendiado por los soviéticos en su retirada. Pocos de los treinta mil habitantes quedaban como fantasmales testigos.

Reemplazaron a dos regimientos de la 126 División alemana y a toda la 18 motorizada, que habían tomado casi todas las poblaciones al este del Voljov. El 2.º del 269 del coronel Esparza fue posicionado en el extremo norte, cerca de la carretera y del ferrocarril que subían a Leningrado. Al otro lado del río veían las aldeas de Russa, Sitno y Tigoda que estaban en posesión de los rusos. Era preciso cruzarlo, lo que no pudieron hacer los alemanes debido a la artillería roja. Si ellos no lo consiguieron a pesar de su gran potencial parecía imposible que pudieran lograrlo los no fogueados españoles. Pero unos días después, una sección al mando del teniente Escobedo atravesó audazmente las aguas sobre botes neumáticos sorprendiendo a los soviéticos y estableciendo una cabeza de puente en una colina a la que denominaron Capitán

Navarro. A continuación el batallón tomó Smiesko a costa de grandes pérdidas.

Y ahora esperaban. Alberto y Braulio fumaban silenciosamente al lado de Carlos. Indalecio ya no estaba con ellos. Como tantos otros había sucumbido bajo la pertinaz acción de la artillería rusa.

El ataque fue precedido por un intenso cañoneo de las piezas del 75 de la 13 Compañía artillera, tirando a cero. Los árboles se desmochaban y algunos se partían por los obuses sin que los soviéticos, bien parapetados en pozos de tirador, respondieran. La orden de acometida llegó y la sección de Asalto dirigida por el teniente Galiana se impulsó hacia delante y tiró del batallón. Ochocientos cincuenta hombres se lanzaron hacia el azar contra una barrera de fuego. Corrían en zigzag, se arrojaban a tierra y volvían a levantarse sin dejar de disparar mientras camuflaban su miedo cantando *El novio de la muerte* y *Cara al sol.* Muchos no se levantaron. Pero la furiosa marea llegó al bosque y se batió como en tiempos de las espadas, luchando a bayonetazos hasta barrerlo de enemigos. Sitno, que estaba siendo bombardeada por la artillería española, ardía a menos de un kilómetro. Desde el conjunto de isbas que formaban la aldea los rusos disparaban sus pesadas ametralladoras de carrito y las piezas antitanque. La ola divisionaria llegó al escenario y se fundió en la locura colectiva.

Cuando la noche llamaba, la aldea había caído. Pero no fue una conquista fácil. Ahora, mientras unos intentaban apagar las llamas otros cargaban a los heridos en las ambulancias y en los trineos para llevarlos al hospital de Udarnik. Los oficiales buscaron las isbas más adecuadas para aposentar el mando, y los soldados procedieron a recoger los muertos y depositarlos en el sótano de un castigado edificio de mampostería hasta que pudieran ser enterrados en el cementerio. Allí quedaron rígidos, en segundos, sus ojos ya de cristal y sus rostros despersonalizados. Carlos y Alberto buscaron a Braulio. Lo llevaron adonde los demás muertos, desprendiéndole de sus documentos y chapas. Creyeron que tendrían que romperle los congelados dedos para arrancarle el fusil. Luego se miraron largamente mientras a su alrededor el pandemónium no cesaba.

47

Gijón, septiembre de 1937

Varios días ha muerto aquí el disparo
y ha muerto el cuerpo en su papel de espíritu
y el alma es ya nuestra alma, compañeros.

CÉSAR VALLEJO

Los aviones Heinkel He 111 de la Legión Cóndor procedentes de la base aérea de Valladolid tardaron poco en alcanzar su objetivo: Gijón. Eran bimotores estilizados, manejables y alcanzaban una velocidad de cuatrocientos kilómetros por hora. Orgullo de la industria aeronáutica alemana, los pilotos estaban encantados de su rendimiento en las pruebas a que los sometían en esa guerra lejana e incomprendida. Con las primeras claridades dejaron caer sus bombas de cuatrocientos kilos sobre el puerto de El Musel donde se resguardaban los restos de la escuadra republicana del Cantábrico. Los mortíferos cilindros buscaron los buques, alcanzando a algunos levemente y levantando grandes surtidores de agua. En una progresión colateral, accidental o voluntaria, algunos proyectiles impactaron en la ciudad matando e hiriendo a numerosos civiles.

Un clamor de indignación corrió entre la población de Gijón. Eso no era una acción de guerra sino de exterminio. Había que tomar represalias. El Consejo Soberano de Asturias y León se reunió con carácter de urgencia y dictó una disposición tendente a apaciguar el ansia de venganza. Una hora más tarde varios camiones del Ejército se acercaron a la Iglesiona, que perteneciera a la Compañía de Jesús hasta su incautación en enero del 32 de acuerdo con el Decreto de disolución dictado por el Gobierno. Allí se hacinaban unos setecientos presos adictos a los sublevados. Sacaron a trescientos, entre ellos clérigos y mujeres. Su destino, ingresar en las bodegas del carguero inactivo *Luis Caso de los Cobos*, por estimar que el mando alemán tomaría en consideración el riesgo que correrían los allí encerrados si proseguían con su destructiva labor aérea. En muchos de los inundados de iracundia latía la esperanza de que el hendiente de un proyectil diera de lleno en el barco y lo hundiera con su carga humana.

Tiempo después de que los camiones partieran apareció otro camión militar. De él descendieron soldados armados bajo el mando de un sargento y entraron en la iglesia. Al poco fue saliendo una tanda de presos que obligaron a subir al vehículo. En eso estaban cuando un militar alto y delgado se aproximó y ordenó detener el embarque. Llevaba botas de cordones, chaquetón largo de cuero marrón y una gorra de plato con la estrella y las dos barretas de teniente. Su rostro se cubría con una densa barba negra y sus ojos estaban agredidos de cansancio. En ese momento un hermano paúl de edad indefinida, interrumpido en sus movimientos, enredó la sotana por la trampilla y cayó al suelo. El oficial se agachó y le ayudó a levantarse.

—¿Se encuentra bien?

—Sí, creo que sí, no se preocupe —respondió sin apenas creer lo que estaba ocurriendo.

El teniente se dirigió al sargento.

—¿Adónde lleváis a esta gente?

—A la cárcel del Coto.

Ambos hombres se miraron. El suboficial tenía el rostro crispado y la ira a flor de piel.

—De la cárcel del Coto sacaron doscientos presos para llevarlos también al buque prisión. No tiene sentido lo que dices. Enséñame la orden.

—No la tengo —dijo el otro, levantando la barbilla.

—Entonces ye lo que creo, ¿verdad?

—¿Has visto a las mujeres y los niños muertos por el bombardeo? —gritó el sargento—. ¿Van a quedar sin venganza?

El oficial señaló al camión.

—Que bajen todos y vuelvan a la iglesia. No tomaré tus datos ni voy a informar de ello. A no ser que no obedezcas. ¿Qué prefieres?

No se movió hasta que sus órdenes fueron cumplidas. Miró al grupo de curiosos. Luego devolvió el saludo a los soldados de guardia en el templo y caminó hacia la calle de San Bernardo donde frente al Instituto Jovellanos estaba la Casa Blanca, sede del Consejo.

48

Pradoluz, Asturias, julio de 2005

El hombre, de unos sesenta años, me esperaba en Campomanes. Identificó enseguida mi BMW 320. Era de estatura racionada, sólido y pausado de sonrisas.

—Soy José María, hijo de Georgina y sobrino de Adonina —dijo con voz carrasposa, dándome una mano grande y dura—. Sígueme. Es mejor que dejes tu coche en Espinedo, donde vivo. Allí estará seguro. Luego seguiremos en el mío.

—¿No vives con tu madre?

—Ella no necesita a nadie. Tien gran salud y se maneja bien. No quiere dejar el pueblo en que naciera.

En su Peugeot 406 me llevó por la carretera LN-8, que subía a los pueblos del margen derecho del Huerna, la autopista A-66 por medio. Había obras en grandes tramos, llenando la pista de piedras y polvo.

—Son obras de saneamiento para que la mierda de los pueblos no caiga al río —indicó—. Todo esto formará parte del Parque Natural de Las Ubiñas.

Tomamos un ramal y ascendimos a Pradoluz. El sol

no incordiaba pero sí la luminosidad esparcida en todo lo que la vista abarcaba. Llegamos al pueblo, enquistado en la pronunciada ladera. Dejó el coche en una entrada. Supuse que conducir por la estrecha y curva calle en cuesta sería como hacer un rally. Echamos a caminar. Más adelante miré una placa. «CAMINO REAL QUE COMUNICABA EL ALTO HUERNA Y CAMPOMANES. IGLESIA DE SAN TIRSO, SIGLO XVI. FUENTE ROMANA O FUENTE EL CAÑO. PERTENECIENTE AL CONCEJO DE LENA.» La iglesia estaba semi escondida, abajo, en un recodo de la zigzagueante carretera.

—La parroquia, como el cementerio, está en Piñera. Aquí sólo hay misa una vez al año, en la fiesta de San Tirso, el 28 de enero.

La vista, no por reiterada en cualquier lugar serrano de Asturias, resultaba menos impresionante. Enfrente, al otro lado del valle, dos pueblos de apretadas casas se destacaban airosos en una amplia ladera cubierta de verde, como si fuera una pintura.

—Jomezana bayo y Jomezana riba.

—¿Y esos montes?

—Son monte bayo: el Bobias, el Hueria, aquello llámase el Tronco, allá la Vega el Pando. Pero esos picos rocosos —señaló con un dedo— son de arboleda: la Portiella, la Mesa, y aquél la Tesa. Por allá conservamos la cabaña y vamos en ocasiones. Aquello si ye guapo. Meyor que los Lagos de Europa; llano, natural, sólo el prao y el cielo. Nos cuesta dejarlo al volver a casa. Ahora ta lleno de ganao. Tienlo pastando hasta septiembre los herederos de las familias, los que quedan. Hay muchos praos dejaos de Dios. Nadie quiere comprarlos.

El murmurio del agua se nos acercó. A la derecha estaba la fuente, un caño continuo. El líquido caía sobre un pilón que se alargaba hacia los lados.

—Aquí beben los animales y no hace mucho, menos de veinte años, también nosotros. Ye la misma agua canalizada de las casas. Antiguamente las muyeres lavaban la ropa en estos pilones y bañábanse de noche, cuando no había luna. También nosotros, cuando ellas no taban.

Vi una fecha: 1903. Miré al hombre.

—Sí, hízose cien años atrás, antes de que llegara la luz, el teléfono y los coches; cuando nevaba todos los inviernos y rondaban los llobos y los osos.

Era como si estuviéramos invadiendo un santuario. Metí las manos, hice un cuenco y bebí. Estaba fría. La verdad es que había que tener gran determinación para bañarse en esas aguas, y más en aquellos tiempos en que bajarían más gélidas. Me mojé la cara mientras José María me miraba un tanto desconcertado.

La casa era de piedra, grande y con una gran balconada. A un lado había una construcción singular restaurada, como el hueco de una chimenea.

—Eso fuera el forno, pa'cer el pan. No se usa. Quisiéramos conservarlo y el arquitecto hiciera ese diseño.

Georgina era delgada y su rostro portaba arrugas limitadas. Tenía el cabello arreglado y la ropa aseada. Se parecía a la señora de la residencia, lo que evidenciaba su consanguinidad. Puso una jarra de agua con tres vasos en la mesa del comedor y me miró, ya los tres sentados en duras sillas. Todo estaba limpio y me dio la sensación de que ella misma se encargaba de ello.

—Su cuñada me dijo que un sobrino de ambas...

—No ye mi cuñada sino mi prima —me interrumpió—. Ella es fiya de Eladio y yo de Tomás, hermanos de José Manuel, que no ye sobrino sino tío de las dos. Pusiéronnos los mismos nombres de nuestras madres.

—Feliz decisión. Bien. Parece que Adriano echó de esta casa a José Manuel. ¿Eso podía hacerse, sin más?

—Ye una ley de muchos años. El mayor que rige la casa cuando falta el padre, ye el amo.

—¿Cuál fue la causa? ¿José Manuel hizo algo malo?

—No, no. Echáralo porque no quisiera seguir en lo de cura. Faltábale poco para diácono.

—Tengo entendido que usted fue testigo.

—Sí. Yo tuviera siete años y recuérdolo como si fuera hoy. Hay cosas que fíjanse en la memoria. Hiciera poco que fueran las Navidades.

—¿José Manuel se limitó a obedecer? ¿No ofreció resistencia?

—Fuera muy callado, la educación recibida. El mayor sí gritaba, aspaventaba y hasta zarandeáralo. Fuera grande y fuerte. Dábame mucho miedo. Pero José Manuel mirábalo sin temor y creo, paréceme ahora, que con pena. Sólo dijera que no volvería. Y cumplíolo. Nunca regresara. Ni pa reclamar su parte de la herencia.

—¿Hubo más testigos?

—Los hermanos, nuestras madres... Toa la familia. Ninguno tuvo de acuerdo, pero Adriano no permitiera que nadie opinara. Todos callaran. La madre muriera un año antes.

—Pero después, con el paso del tiempo, ¿ninguno intentó la reconciliación, saber de él?

—Dijeran que lo buscaran aunque no toy segura gastaran mucho en ello. Porque, ¿qué tiempo tuvieran para indagar, con to el trabayo por hacer? ¿Y dónde buscarlo? Además hubiera interés en taparlo porque fuera algo malo. Una tontería porque eso conociéralo to el pueblo. Pero José Manuel no dejara huellas. Nadie supiera dónde pudiera estar. Ni siquiera un primo, que era militar, pudiera encontrarlo porque ya no taba en el Ejército.

—¿Quién no estaba en el ejército?

—José Manuel. Fuera alférez durante la guerra.

—¿Alférez? ¿No era seminarista?

—¿Y qué? Muchos seminaristas se apuntaran a la guerra para combatir a los rojos. Los que no murieran, unos siguieran y otros no, como José Manuel.

—¿Qué recuerda de él?

—La primera vez que viéralo taba cerca la Navidad, como un mes antes de que lo echara. Él apareciera como algo extraordinario. Nunca viera hombre tan arrogante, con su vistoso uniforme verde. Fuera alto, guapo. Muy cariñoso, dábanos besos a Adonina y a mí y hacíanos bromas. Dejara ponernos su gorra redonda, que nos cayera en los ojos y provocara la risa. Yo enamoreme, tan chiquitaja. Doliome su ausencia, lloré muchas lágrimas cuando le recordara. Y todavía hoy...

—¿Estaba de uniforme cuando su hermano le echó?

—No, ho. Viniera con ropa de pana, como si fuera obrero o labriego. Pero aún así resultara muy atractivo, diferente a los homes de la familia.

—Su prima me dijo que usted tiene fotografías de él.

—Adriano quemáralas todas, quería borrar los rastros, como si no fuera de la familia. Pero yo guardo dos que él me diera. Luego se las muestro.

—¿Tanto rencor guardaba hacia su hermano?

—Si, entonces. Al paso de los años arrepintióse. Pero ya no tuviera remedio.

—¿Vive alguno de los hermanos?

—No. Hay que ver... Tantos como fuéramos y ahora... ¿Usted vio el pueblo? ¿Cuánta gente cruzóse al venir acá?

—Madre quiere decir que pocas gentes siguen viviendo en el pueblo —apuntó José María—. Hay veintiocho casas, las mismas que antes aunque están arregladas y algunas fueran compradas por forasteros para pasar los veranos. En días festivos hay mucha animación porque vien los paisanos, sobre todo en verano. Pero en la semana hay cuatro monos. Tóos trabayan y viven en Pola, Oviedo, Avilés... Y los jóvenes a la Universidad. Por estos pueblos vamos quedando pocos.

—Entonces —añadió ella— fuéramos muchos en toas las aldeas. Calcule, si cada familia tenía una media de ocho rapaces, en Pradoluz pasáramos de trescientos, entre abuelos, padres y fiyos. To el valle rebosara de gente. Eso no fuera bueno porque multiplicaba la miseria y la fame. Luchábase por sobrevivir. En esas terribles condiciones el amor por los fiyos se mitigaba. Tantos hubieran.

—No comprendo.

—Bueno, que no hubiera ese amor de ahora. No fuera falta de cariño, no, pero sí desapego. Y si acontecían accidentes no tomábanlo por la tremenda. Le contaré un caso que ocurriera a un conocido de mi padre, dueño de una alfarería por Siero. Tuviera diez fiyos. Al rapacín, que mojárase por la lluvia, pusiéralo a secar junto al gran forno, mientras cocía la cerámica. Olvidóse de él y cuando cayera en la cuenta el fiyo taba muerto, quemao por el enorme calor. Enterráranlo sin apremios de llantos, como una desgracia más a añadir a otras calamidades.

—¿Quiere decir que en su familia se dio ese caso de indiferencia hacia los hijos?

—No como ése, pero más o menos. El padre de José Manuel no se prodigaba en ternuras con los fiyos, especialmente con él. Fuera hombre severo, to el tiempo trabayando pa combatir la pobreza. Quizá ahí radicara también la falta de comprensión de Adriano hacia su hermano.

—¿Tan mal se vivía?

—Muy mal, de la labranza, la huerta, las cuatro vacas rumiando en el prao. Comíamos patatas, berzas, vainas...

—Castañas, farinas, maíz —aportó José María.

—Por Navidades, el que pudiera, pocos, matara un *gochu*, que duraba to el año, racionando el tocino y lo demás. Algunos tuvieran una gocha y vendieran las crías. Pero no fuera fácil porque hubiera que alimentarlas y no compensaba.

—No hubiera panaderos ni con lo que comprar, porque no había perres —precisó José María—. Por eso el pan fuera de escanda, un trigo especial, más negro y ácido pero que aguanta días. No se pone duro y puedes comerlo una semana después. Ahora en algunos praos siémbrase porque dicen que tien propiedades curativas.

Como tantas cosas que antes fueran sólo comida pa probes y ahora platos caros en restaurantes.

—Poca gente vive hoy del campo. No hay huertas, salvo las que como pasatiempo tien algunos jubilaos y vieyas como yo. Nadie coge castañas, ni nisus. Púdrense o cómenlo los jabalíes. Fíjese usted: siendo mocina, cuando los mozos vinieran a cortejarnos, llevaran bolsinas con avellanas, como ahora llevan bombones, tan apreciadas fueran.

Su repentina tristeza me pareció que no era sólo por la costumbre perdida sino también por los años marchados.

—Creo que es el momento de que hablemos de esa cueva del tesoro.

—¡Ah, la cueva! ¿Cómo lo sabe usted?

—Su prima me informó. Dijo que su familia estuvo buscando en ella.

—Sí, porque precisamente la gran necesidad hacía creer a la gente que pudieran existir esas cosas. Así lo creyeran mi abuelo y su hermano. En todos los Conceyos de Asturias hay creencias de muchos tesoros, buscados durante cantidad de años. Hubiera gente que enloqueciera dándole a la cabeza con eso.

—¿Cómo llegó a su conocimiento la posibilidad de que existiera tal cosa en tal lugar?

—En las ferias de ganao, algunos charranes fueran ofreciendo las gacetas o estafetas, como llamaran a esos papeles. Dijeran, por ejemplo, que debían marchar urgente a Xixón o a Madrid y no pudieran entretenerse en lo buscar, pero que fuera cosa segura. Por eso con gran dolor tuvieran que desprenderse de ellas.

—A cambio de dinero, claro.

—A los abuelos costoles doscientos reales. Una barbaridad. Pusieran el dinero a medias.

—No pensaban que sonaba a timo.

—El ansia nubloles la razón.

—¿De dónde procedían esas gacetas?

—Vaya usted a saber. Unos dijeran que fueran de hacendaos pa señalar lo que guardaran cuando la invasión de los franceses, que se apropiaban de to. Otros afirmaran que las hicieran los moros cuando marcharan de Andalucía pa que cuando volvieran sus fiyos o nietos pudieran saber dónde guardaran los tesoros.

—Su prima dice que sus familiares no encontraron el tesoro.

—No lo encontraran, qué va. Y eso que gastaran todos sus ahorros y energías en buscarlo. Varios años picando aquí y allá, más tarde con dinamita, pa nada.

—Porque no existió, seguramente.

Ella me miró sopesando su respuesta.

—Pues no sé qué decirle. Ellos no lo hallaran pero puede que otros sí.

—¿Quién? ¿José Manuel? Su prima me dijo que estuvo allá siendo un crío.

—Sí, con su primo Jesús, mi tío, y partióse una pierna. Curara bien y no tuviera cojera, pero quedárale una tremenda cicatriz. Eso evitárale la paliza, que sí recibiera Jesús por los dos, porque crearan mucha inquietud con su escapada. To el pueblo saliera a buscarlos, temiendo los comieran los llobos. Y en ello un hermano de José Manuel ahogóse. Pero él apareciera con las manos vacías, ni rastro del tesoro.

—Vaya, entonces...

—Vinieron unos espeleólogos de Córdoba, allá por los setenta. Llevaron focos y detector de metales, figúrese. Si mi abuelo hubiera tenido esas cosas...

—¿Ellos encontraron el tesoro?

—Nunca lo aclararan, no dijeran ni pío. Pero pusieran una placa en recuerdo de mi abuelo y su hermano. ¿Por qué hacer tal cosa si no encontraran nada?

—¿Cree usted realmente que allí había un tesoro?

—Qué sé yo.

—¿Y que clase de tesoro podría ser?

—¿Usted lo sabe? Pues eso, ni idea. Nadie lo viera nunca. O puede que esos cordobeses...

—A José Manuel no volvieron a verle. ¿Ocurrió lo mismo con Jesús?

—No, qué va. A él no echolo nadie.

—¿Qué fue de él?

—Está vivo y coleando. Tien buena salud a pesar de los años.

—¿Vive en el pueblo?

—No, en Piñera. Comprara una hermosa casa que perteneciera a un indiano.

Algo no me sonaba con la lógica debida.

—¿Compró una casa?

—Bueno, en realidad no la compró él sino su muyer, Soledad, que ye mi tía carnal. Él taba perseguido por las autoridades. Ella viniera varias veces y tramitara la compraventa y luego mandara reformarla. Quedara muy guapa. Desde entonces no dejaran de venir, ella, mis primas y luego los nietos.

—¿Cuándo fue eso?¿Cuándo la compró?

—En 1954. Recuerdo lo guapina y lozana que taba mi tía. A sus treinta y siete años deslumbrara por su lozanía y por sus modales y forma de hablar. Pareciera una francesa, como su fiya mayor, la que naciera aquí, ya una moza de dieciocho añinos. Yo tuviera para entonces veintitrés. Nos hiciéramos muy amigas las tres.

—¿Quién vivía en la casa?

—Nadie. Taba abandonada. —Observó mi gesto—. Sí. Hacía años que muriera el dueño. Unos sobrinos que vivieran fuera de Asturias heredaran sus dineros pero el viejo hizo donación de la casa al pueblo. De ella hízose cargo el Concejo, que fue quien hizo la venta.

—¿Qué ocurrió con Jesús? Los amigos inseparables en la niñez suelen conservar la amistad de por vida. Él debe saber dónde está José Manuel.

—La vida les separara siendo guajes. Tien historias bien distintas. No creo que volvieran a ser amigos, en caso de haber vuelto a verse.

José María satisfizo mi muda pregunta.

—José Manuel fuera al seminario y luego sirviera de oficial del ejército de Franco. Jesús hízose minero y estuviera con los rojos. Fuera muy activo en la guerra y en defensa del sindicalismo socialista. Cuando el frente terminara buscáronlo pa fusilarlo, como hicieran con dos de sus hermanos. Pero él lograra escapar de Xixón en uno de los pocos barcos que salieron pa Francia. Pasara a combatir en el Ebro. Al acabar la guerra escapose de nuevo a Francia. En el año 80, con la amnistía general, volviera a Asturias y ya pudo ver su casa y vivir en ella con Soledad y las fiyas y nietas. Ta bien cuidao por toda la familia.

—Han dicho que la casa era de un indiano. Conozco esos edificios. Son casi palacios.

—Sí. Perteneciera a don Abelardo, que curiosamente pagara los gastos del seminario de José Manuel los primeros años.

Estuve un rato en silencio. Miré a José María.

—¿Te importaría llevarme a esa famosa cueva?

—Ningún problema. Pero, ¿quieres ir a pie o en coche?

Sorprendí una chispa en sus ojos azules. Me estaba probando.

—¿Cuánto se tarda andando?

—No menos de cinco horas.

—Bien, vamos allá. Prefiero caminar.

Su risa sonó como un serrucho actuando sobre un tronco duro.

—Valiente. Pero si el asunto ye ver la cueva no tien sentido caminar. No tamos de vacaciones. Iremos en coche.

—Y... —Me frené inducido por el temor de que pudiera estar abusando de su participativa disposición. Pero sus socarrones ojos no mostraban fatiga sino curiosidad—. Bien. Me gustaría que me presentaras a Jesús.

De repente se tornó cauteloso.

—No ye posible. No quiso hablarnos a su vuelta. Tantos años ya.

—¿Por qué?

—Sigue con sus ideas revolucionarias, a pesar de ser rico —terció Georgina—. Tien muy dentro el rencor. No olvida que estuviéramos a favor de Franco en la guerra y, a su modo, nos culpa de la muerte de sus hermanos. Ya ve usted.

—¿No tienen ninguna relación?

—Sí, con mi tía Soledad, que ye un encanto, y con mis primas. Él mantiene cerrado su corazón hacia nosotros.

—¿Es rico, realmente?

—Bueno, no tanto. Pero viven sin estrecheces a pesar de ser muitos de familia.

49

Oviedo, octubre de 1937

Audacem fecerat ipse timor.
(El temor mismo lo había hecho audaz.)

OVIDIO

Desde días antes tronaban las campanas y la gente llenaba las calles ya libres de disparos, la artillería enmudecida. No importaban el frío ni los cascotes. Por encima de los llantos volaban las sonrisas, ahora que el enemigo había sido vencido.

El Hospital Manicomio Provincial de Llamaquique, que en su día sustituyera al Hospital Provincial del Convento de San Francisco, había sido destruido completamente en febrero de ese año por el intenso cañoneo. Por las mismas causas, el Hospital Psiquiátrico de la Cadellada estaba con tal deterioro que era imposible su utilización. Los heridos y enfermos del bando nacional se distribuyeron por varios establecimientos hasta que un mes antes, y por orden de incautación emitida por el coronel Aranda, la Diputación procedió a habilitar el Orfanato Minero, en el barrio de Fitoria, como Hospital Provincial provisional, si bien bajo control del Ejército. A la sazón era el único centro hospitalario en funcionamiento que quedaba en la ciudad. El edificio había sido respetado por los obuses republicanos por consideraciones de orden sentimental, contrarias a la lógica militar. Construido a instancias del Sindicato Minero socialista tras superar grandes dificultades económicas y políticas, era un lugar venerado donde tantos mineros tuvieron el último espasmo en los socavados pulmones y donde otros curaron de sus traumatismos por acción de la dinamita y los derrumbes de las inseguras galerías. Pero no sólo funcionó como lugar de curación. También, y principalmente desde su construcción años antes, fue centro docente y lugar de protección para una infancia desvalida y con ausencia familiar. Allí eran acogidos los niños y niñas cuyos padres habían perecido en o por causa de los trabajos mineros, la mayoría malviviendo en la recogida de carbón en las escombreras y engolfándose por la vida miserable. Sus principios estatutarios establecían que era una institución «ajena a tendencias políticas y confesionales» y su actuación pedagógica se sustentaba en el espíritu de la Institución Libre de Enseñanza, igual que la Universidad. Empero, había una diferencia notoria entre ambos centros pues el alumnado era de muy distinta extracción, lo que marcaba su destino. El SOMA cubría económicamente la enseñanza y alimentación de esos niños hasta culminar la primaria. Allí acababa la similitud educacional. Ningún niño del orfanato accedería a la educación superior ni a la media. José Manuel tuvo que reconocer la razón de los argumentos de su viejo maestro respecto a la Universidad. Y en lo hospitalario, allí sólo eran tratados los mineros enfermos o descalabrados, además de los niños con padecimientos. Ahora seguía siendo hospital de una parte, pero esta vez de los vencedores. No había rastro de los mineros.

Desde las ventanas se veían los castigados edificios de la ciudad y las colinas que subían hasta el Naranco. También se veía la Cárcel Modelo, llena de presos a la sazón, mujeres y hombres. Sabía que debido a la gran cantidad de reclusos se había habilitado para parte de las reclusas el viejo y casi destruido complejo de las Adoratrices, en el Postigo Bajo, que antaño sirviera como convento a las monjas de clausura de la Orden, y que muchos hombres fueron enviados a Madrid. Y se rumoreaba que durante la noche funcionaban las *sacas* para los fusilamientos sin juicio previo.

José Manuel tenía cama en la larga sala destinada a la recuperación de oficiales. Su herida del brazo había cicatrizado bien y podía pasear por los pasillos. Pero ahora que el furor había cesado meditaba sobre su futuro. Amador y Juan Manuel Espíritu Santo le habían ido a ver y le expresaron su intención de ir a la Academia Militar de Toledo. Su propósito era hacerse con el título de teniente para seguir combatiendo en los frentes de Aragón y Madrid.

—¿Es que pensáis quedaros en el Ejército?

—Tenemos claro que debemos seguir en la lucha hasta que desaparezcan todos los comunistas de España —dijo Amador por los dos.

Eso había ocurrido una semana antes, cuando las tropas republicanas se batían en retirada hacia Gijón, su último baluarte. Ahora que los frentes bélicos en Asturias habían terminado no se veía a sí mismo en la carrera militar. Durante la guerra los seminarios habían sido interrumpidos. Cuando todo acabara, si finalmente vencían los nacionales en toda España, tendría que ver si retomaba los estudios. Eran muchos los pecados cometidos y no menor el haber disparado un fusil. Porque aunque los capellanes garantizaban que el participar en los combates contra los rojos no infringía los preceptos religiosos, él dudaba que haber matado con bendición dejara de ser un hecho terrible, algo que por lógica cristiana y humana debería imponer remordimientos en las conciencias. Pensó en su madre. Estaba deseando verla después de tanto tiempo. Y también a sus hermanos. Volver al pueblo, transformar la nostalgia en un renacimiento. E intentar saber de Jesús. Por él tenía gran preocupación. Era un minero socialista, bravo como las aguas que se despeñan para formar cataratas. Se habría significado y, de haber sobrevivido a los quince meses de guerra, sería objeto de atención especial por parte de los grupos falangistas y paisanos revanchistas con la delación bailando en sus lenguas.

Se levantó y dio unas suaves caminatas por el pasillo. Había visitantes, personas bien vestidas, militares de graduación alta y clérigos. La clase dominante volviendo a disfrutar de sus fueros. Disimuladamente volvió a solazarse en la contemplación de las bellas jóvenes y, dado que era un pensamiento pecaminoso y de prohibido comentario, tuvo el buen sentido de guardarse para sí su consideración sobre las carbayonas, para él las más atractivas de toda Asturias. A su vez tampoco escapaba a las miradas de las féminas, necesitadas de encontrar respuestas en la escasa población masculina. Pocas rehuían contemplar la apostura de ese alto mozo de ojos claros y expresión serena.

Sin propósito definido bajó las escaleras por primera vez, mezclándose con la gente, y miró por un ventanal. El tiempo no invitaba al paseo por los jardines, que aparecían desiertos. Recordó a los niños huérfanos, los moradores habituales. Sabía que al inicio de las hostilidades muchos estaban fuera por vacaciones y que unos cincuenta quedaron atrapados con su director Ernesto Winter cuando Aranda cerró Oviedo. El profesor fue fusilado poco después, pero se ignoraba adónde fueron a parar los niños y niñas. Seguramente los repartirían por conventos. José Manuel tuvo una visión de esos niños jugando y riendo en ese lugar con el esplendor del tiempo bueno y los sueños sin barreras. Volvió a vislumbrar los momentos vividos con Jesús en sus años inocentes cuando la vida era difícil pero no habían oído todavía el ruido estremecedor de los disparos. *Fugit irreparabile tempus*, dijo Virgilio. Pero su llanto no era por la brevedad del tiempo huyente sino por el sufrimiento con el que muchos inocentes cargaban mientras su vida se diluía.

Entre unos árboles distinguió un pabellón con un cartel de «Prohibido el paso» custodiado por soldados armados. ¿Qué habría allí? Vio salir a dos enfermeras y de pronto supo que sería un lugar para albergar a soldados rojos heridos, lo que le sorprendió porque había oído que a esos hombres se les enviaba fuera de la ciudad.

Ahora veía que no era cierto del todo. Tuvo una súbita inquietud que se hizo irresistible. Subió a su sala, se puso una guerrera sobre el pijama blanco y bajó al jardín en zapatillas.Caminó hasta la puerta vigilada.

—Perdón, señor. No se puede pasar.

De un bolsillo sacó el cartón con la estrella de seis puntas. Los soldados se cuadraron y le abrieron. La sala era más pequeña que la asignada a los vencedores. Hacía frío. Una doble fila de camas de hierro a cada lado del estrecho pasillo central, los cabeceros pegados a los pies de las camas. Observó que no todas estaban ocupadas, lo que le extrañó. En cada cabecera, un cartel con un número. No había espacio para sillas y apenas entre los lechos. Algunas enfermeras atendían a los enfermos. Fue avanzando por el pasillo central. El aspecto de los pacientes le estremeció no tanto por sus rasgos como por el vacío que percibía en sus ojos. Eran los perdedores y muchos serían llevados ante tribunales poco dispuestos al examen desapasionado de cargos. Como si de él tirara un imán siguió progresando. Hacia la mitad vio a un clérigo de espaldas junto a una cama, su cuerpo tapando la visión del ocupante. Le identificó como paúl por la faja negra que rodeaba su sotana. Se acercó despacio y el rostro del herido fue apareciendo por detrás de la sotana. Se paró. Era él. El minero de imborrable semblante que le salvara en el 34. Le vio abrir los ojos, los que creía mirar en mañanas de enajenamiento en el espejo del lavabo. El puente visual los enganchó de nuevo. Sintió la punzada del distinto destino.

50

Oviedo, octubre de 1937

Homo sum humani nihil a me alienum puto. (Hombre soy y nada humano me resulta extraño.)

TERENCIO

En su mente se originó un torbellino. Le fue difícil encontrar un estímulo para analizar con sosiego el inesperado encuentro. El hombre desconocido le sugería una llamada a algo impreciso, como el regreso a la inocencia perdida. Era también como si intentara recordarle que detrás de la lluvia siempre aparece el aire purificado. Y lo más impactante: tuvo la tremenda impresión de estar contemplando la resurrección de Cristo dos mil años atrás, algo que durante sus años de seminario nunca consiguió imaginar a pesar de haberlo intentado. No podía apartar la mirada de ese rostro macilento y barbado, y de esos ojos que se abrían y cerraban no sabía si buscando algo o emitiendo señales, como el faro en la noche tormentosa.

—¿No me oyes? Digo que si le conoces —oyó a su lado. Miró al paúl.

—No, no. ¿Y usted?

—Me salvó la vida el mes pasado ante la Iglesiona de Gijón. Apareció como un ángel en un momento terrible y luego desapareció. Por casualidad le vi ayer mientras buscaba a un familiar.

—¿Qué sabe de él?

—Carlos Rodríguez, dice su ficha.

—Eso es bien poco. ¿Me acompaña?

Fueron al fondo, al despacho del médico. Era un hombre alto, de rostro encendido y agradecido de vientre. No tenía insignias en su bata impecable por lo que no parecía haber prestado servicio en el Ejército. Daba la impresión de que la guerra había pasado por su lado sin rozarle. Estaba leyendo unos documentos. Se levantó con no fingida amabilidad, mostrándose refinado de modales.

—El herido de la cama 24 —dijo José Manuel—. ¿Podemos saber de él, además de su nombre?

El médico miró un listado.

—Sí. Cuando lo trajeron conservaba su documentación, lo que es raro.

—¿Por qué es raro?

—Normalmente llegan sin documentos. Se deshacen de ellos para evitar depuraciones, sobre todo los que han tenido función de mando. La mayoría de los que ven están sin identificar. Han dado nombres, que serán falsos. Comprobar los verdaderos tardará, salvo que sean reconocidos por alguien. ¿Ven allí? —Señaló un grupo de tres hombres jóvenes rodeando una cama—. Son de la Comisión de Depuración y Clasificación, falangistas, y actúan, según dicen, con autorización judicial. Están interrogando al herido, intentando establecer su verdadero nombre.

—¿Tiene la documentación de Carlos?

—No. Hubimos de entregarla a esa Comisión. Pero tenemos los datos transcritos. Veamos. —Se caló las gafas y leyó—: Natural de Madrid, vecino de Sama de Langreo, soltero, veinte años, minero de profesión. Ha sido teniente del Ejército republicano. —Movió la cabeza—. Lo tiene difícil. Todos los que tuvieron mando están siendo juzgados por consejos de guerra.

José Manuel había oído de esos consejos y sabía que sin excepción todos eran sumarísimos. Los desdichados carecían de posibilidades y sus destinos terminaban en el paredón.

—¿Cuánto lleva aquí?

—Una semana. Recibió una bala en el pecho. Está reponiéndose de la cirugía.

En ese momento vieron llegar a cuatro hombres jóvenes por el pasillo central. Por la abertura de sus chaquetones asomaban los cuellos de camisas azules. Apenas saludaron, como si tuvieran mucha prisa.

—Estos hombres —dijo uno, tendiendo un papel.

El médico leyó la orden y luego buscó en un cuaderno. Puso el número de cama en cada margen. Los falangistas salieron e hicieron levantarse a los heridos. Eran tres, uno en tan mal estado que no se tenía en pie. Los emisarios no esperaron a que se vistieran. José Manuel les vio cubrirse con la manta de la cama y caminar entre empujones hasta desaparecer por la puerta del fondo. Comprendió de pronto por qué había camas vacías.

—¿Adónde los llevan? —preguntó el paúl al médico, que había permanecido de espectador.

—A otro hospital.

—No hay ningún otro hospital en Oviedo —dijo José Manuel notando que la voz le temblaba—. Usted lo sabe. Los van a matar. También lo sabe y no ha hecho nada por impedirlo.

El médico enfrió su sonrisa y no evitó que su mirada se pusiera a la defensiva.

—¿Impedirlo? Ése no es mi cometido. ¿Qué poder cree que tengo?

—Todo el poder. Es la máxima autoridad en un hospital. Nadie está por encima de un director médico.

—No soy el director médico. Él está en la sala de oficiales. El escrito traía su firma.

José Manuel quedó un momento bloqueado. Pero estaba lanzado.

—Pero es el responsable de esta sala.

—Está loco. ¿Sabe quiénes son? Tienen campo libre para actuar. Además, seguimos estando en guerra. ¿Y quién sabe lo que esos hombres hicieron? Si están en las listas por algo será.

—¡Médico! —enfatizó José Manuel sin levantar la voz—. ¿Se lo recuerdo? Su deber es curar, es el fundamento de su profesión. Mientras no sean curados, los enfermos están bajo su responsabilidad. Me avergüenzo de lo que acabo de ver.

—Debo pedirle que se marche —dijo el facultativo con voz temblada.

José Manuel salió seguido del sacerdote pero se detuvo en la cama de Carlos. Le puso la mano en la frente y luego miró al médico, que se acercaba remolonamente.

—Tiene fiebre. —Alzó la sábana. Las vendas del pecho estaban sangrantes—. Y ya sabemos la causa. ¿Qué dijo sobre su cometido?

El galeno hizo un palpable esfuerzo para dominar su ira. Llamó a una enfermera y le dio instrucciones. De inmediato la mujer volvió con los útiles necesarios. Lavaron al herido, le pusieron unos polvos y le vendaron de nuevo. Le hicieron tomar un calmante y cambiaron la sábana de arriba. El herido tenía los ojos cerrados y pareció respirar más calmado. José Manuel miró al facultativo.

—Tenga muy claro lo que voy a decirle. Este herido no debe ser sacado de este hospital por nadie ni por motivo alguno. Vendré a hacerme cargo de él. Le responsabilizo de su custodia. Y como usted dijo seguimos estando en tiempo de guerra... todos.

El médico tenía la cara haciendo juego con el color de la bata. Fue consciente de la amenaza implícita. José Manuel se apartó y llamó al clérigo.

—Voy a buscar ayuda. No se aparte de él mientras pueda. Y si le echan quédese en la puerta.

—No me echarán. Ve tranquilo.

—¿Quién es ese oficial tan engreído? —dijo el médico tratando de desfogarse mientras veía alejarse a José Manuel—. ¿Qué coño le pasa? ¿No sabe cómo están las cosas?

—Yo también quiero salvar a ese herido de un fusilamiento precipitado.

—Lo tienen difícil.

—Quizás usted puede hacer más de lo que ha hecho por esos desgraciados.

—¿Por qué tengo que meterme en complicaciones?

—Por caridad cristiana. ¿Tiene tiempo para que le cuente brevemente por qué deseo que ese hombre sea salvado?

El médico señaló su despacho con gesto de resignación.

La calle Uría estaba muy animada de gente y circulación. Los escombros habían ido desapareciendo y volvía a recuperar su prestancia de primera avenida. José Manuel fue recibido con alborozo por los padres de Amador. Insistían en que era como un hijo para ellos. Las dos hijas le cubrieron de abrazos. Loli tenía su mirada cargada de doble sentido y por un momento José Manuel se vio perdido en el recuerdo constante. Se sobrepuso pero apreció lo arduo de su misión. Sabía que iba a crear un cisma en la tranquilidad familiar. Todavía se sorprendía de la amenaza hecha al doctor porque no disponía de posibilidades para sostenerla. Fue un farol, como en una partida de mus entre jugadores experimentados. Y él nunca había echado un pulso a nadie. El resumen que percibía era que, aunque convencido de lo contrario, podría estar añadiendo más pecados en su conciencia según las normas de comportamiento fijadas para el camino hacia Dios, con lo que su carrera sacerdotal se llenaba de más lagunas.

—Amador está en Toledo, en el curso de teniente. Quizá debiste ir con él.

—Hay que empezar a reconstruir Asturias en todos sus aspectos. Es mucha la tarea y alguien debe quedarse para echar una mano.

—Tienes razón. Bien. Nos complace mucho tu visita.

—En realidad vine a pedirle un favor. Mejor dicho, a usar de su influencia.

—Lo que me pidas. A un héroe no se le niega nada.

—Quiero que me ayude a sacar a un herido del hospital. Un preso.

—¿Un preso? —Su mirada se volvió gris—. ¿Un rojo?

—Sí.

—¡Ni hablar! Antes me corto una mano que salvar a uno de esos.

—No sabe quién es ni lo que ha hecho.

—No me importa.

—Salvó la vida de Eduardo.

—¿Cómo? ¿Qué estás diciendo? Fuiste tú quien lo hizo.

—Ese hombre salvó mi vida en el 34. Pude estar vivo para salvar a su hijo. Es como si lo hubiera hecho él a través de los pliegues del destino.

Don Amador le miró intentando captar el sentido. José Manuel volvió a admirarse del poder que le iba naciendo y que parecía desplazar sus permanentes inseguridades. Mirando al desconcertado hacendado supo que no sólo le estaba planteando una peliaguda toma de posición. Era algo más. Una amenaza sibilina a su conciencia, no como la directa hecha al médico pero con mayor fuerza de convencimiento. Algo especial, como si el negarse a pagar una deuda de sangre pudiera suponerle no entrar en el reino de los cielos. Un panorama difícil de enfrentar para hombre tan religioso.

—Y, dado que no tiene dónde ser atendido, quisiera que lo trajeran a esta casa para cuidarle —añadió José Manuel haciendo caso omiso del gesto escandalizado del magnate—. Una vida por otra. Piense en Eduardo.

—¡Estás loco si crees que voy a hacer una cosa así! —Dio unos pasos a un lado y a otro tratando de vencer la ira—. ¡Traerle aquí, infectar esta santa casa! ¡Cuidarle! ¿Crees que no tenemos otra cosa que hacer? ¿Quién le cuidaría?

—Yo —dijo Loli con decisión—. Tengo tiempo y lo haría con el mayor agrado porque lo pide José Manuel.

El hombre bufó y paseó la mirada por el salón, deteniéndola en los ojos de su mujer. En ellos estaba la respuesta.

51

Voljov, Rusia, diciembre de 1941

> *¿RECUERDAS?*
> *Junto al lago, entre llanuras y estrellas.*
> *¿Recuerdas?*
> *¿Recuerdas el bosque de abedules blancos*
> *iluminado de luz violeta?*
> *¿Recuerdas la música de acentos pánicos,*
> *el pájaro, la ardilla,*
> *el manto de hielo sobre la estepa*
> *y la mirada aquella?*
> *La Patria tan lejos, la muerte tan cerca...*
> *¿Recuerdas?*
>
> JUAN PABLO D'ORS

Las «Posiciones Intermedias A y B» estaban situadas en ribazos y equidistantes entre los cuatro kilómetros que separaban Possad de Otenskij. No llegaban a ser blocaos sino zanjas reforzadas con rollizos de madera, protegidas por alambradas en la parte exterior que daba al bosque. Eran defensas más psicológicas que efectivas porque sólo servían como vigilancia y barrera para los movimientos de los ivanes, nunca para aguantar un ataque artillero o de aviación, o un despliegue masivo de la infantería rusa.

En el túnel de la «Posición Intermedia B», que iba desde el extremo del pozo de tirador hasta la cuneta, Carlos evaporó de golpe su sopor. Un ancho espacio sembrado de blanco se perdía hacia límites imprecisos entre la carretera y un amedrentador bosque de pinos erizados de nieve. Por allí, como por cada zona boscosa, podían aparecer los partisanos de repente. Su duermevela no fue interrumpida por el cañoneo constante de la artillería rusa sobre las dos aldeas y, más al este, sobre Posselok. Los terribles «Órganos de Stalin», una variable de artillería ligera, eran piezas con dieciséis tubos lanzacohetes unidos de 130 mm que disparaban con una rapidez de vértigo y machacaban amplias zonas, dejándolas arrasadas. Iban instaladas en camiones, que variaban de posición para no ser localizadas. El ulular de los cohetes, lanzados en andanadas, causaba una impresión aterradora en muchos combatientes. Pero aunque nunca llegara a acostumbrarse, Carlos, como otros, lo había situado en las coordenadas de sus sentidos. No. Lo que le había puesto alerta era un ruido más cercano y distinto.

La noche, como todas desde que irrumpió el invierno, no había llegado acompañada de la negrura lógica. Lo impedía la nieve, que pintaba la explanada de una tétrica palidez y llenaba de amenazas el umbrío bosque. Carlos volvió reptando al pozo donde estaban sus cuatro compañeros. En la luz difusa no captó ningún movimiento. Quizá no habían podido evitar el dormitar, como le ocurrió a él, por la acumulación de cansancio y frío. Llegó hasta ellos lentamente, examinándolos con precaución. Estaban muertos y la helada había transformado sus rostros en caretas de espanto. Cada uno mostraba un agujero en la cabeza. Tal precisión sólo podía deberse a un fusil automático con mira telescópica, de los que había oído hablar. Significaba que había un tirador especializado, quizá más, emboscado entre el arbolado. De nada les había servido llevar el casco pintado de blanco para disimularse en el terreno ni tener los fusiles envueltos en telas blancas para ocultar incluso el agujero por donde salía la muerte. Retrocedió y se apostó en la boca del túnel, esperando, aguantando la mordedura del frío mientras apuntaba con su arma automática.

La tropa divisionaria fue dotada con el mosquetón KAR-98K alemán, similar al Máuser recortado 1898 de cinco cartuchos y 7,92 mm fabricado en Oviedo, que se usaba en la Legión. Pero él tenía en sus manos un subfusil MP-40 de 9 mm Parabellum con peine de treinta y dos cartuchos, arma que sólo manejaban los oficiales y suboficiales. Perteneció al sargento Serradilla, caído en la mañana con otros compañeros al repeler un ataque. La ambulancia se había llevado a los muertos y heridos, quedando él al mando del resto del pelotón.

Tiempo después el limpio aire trajo el chasquido del alambre al ser cortado. El enemigo se acercaba al pozo. Carlos oyó el crujir de sus pasos en la nieve y vio sus sombras perfilarse en el borde de la zanja. Eran cinco, quizás alguno más oculto a sus ojos. Le extrañó que fuera un grupo tan reducido. La infantería rusa atacaba en oleadas al grito de *Urrah! Ispanskii kaput!*, tratando de imponer la fuerza de su masa, como el vómito imparable de los volcanes. Por el contrario, los partisanos irrumpían desde las arboledas en partidas medianas, si bien dispersadas para desorientar a los defensores enemigos. Eran golpes de mano, sorpresivos, de corta duración. Pero esos hombres no eran ni lo uno ni lo otro. Actuaban de forma sigilosa, como el tigre de las nieves. Procuró aguantar la respiración dentro del tapabocas que le cubría casi hasta las nevadas pestañas, simulando un cuerpo sin vida. Los oyó hablar. Uno de ellos encendió una linterna y la enfocó por toda la zanja. Cerró los ojos. Notó el haz luminoso rebotar en él y luego alejarse. Entreabrió los párpados. Vio a dos de ellos saltar abajo, ponerse a rebuscar en los bolsillos de los abatidos y despojarles de los relojes y carteras. Luego les abrieron la boca para ver si tenían piezas de oro y se hicieron con las sortijas y anillos quebrándoles los dedos congelados. Así que era eso. Ahí estaba la explicación. Además de partisanos era una partida de aprovechados en río revuelto. Comprobó que arriba seguían los otros. Cuando uno de los saqueadores se dirigía hacia él, apretó el disparador. Dos ráfagas precisas. La primera a los del borde y la otra a los del pozo. La sorpresa del ruso, a un metro, duró un segundo y quedó grabada en su rostro oscuro. Esperó a que el sonido se disipara y activó al máximo sus oídos. No oyó nada, ni un ruido. Parecía no haber más en la partida de caza. Regresó hacia el fondo del túnel y se asomó por la boca que daba a la cuneta. Miró. No había movimientos. Se dio un plazo de espera y luego retornó adonde estaban los muertos, asomó una mano y tiró a la zanja los tres cadáveres del exterior. Arrastró los cuerpos de sus camaradas, dejándolos juntos, como si estuvieran descansando. Se hizo con las chapas de latón que colgaban de sus cuellos y que indicaban el grupo sanguíneo y un número. También recogió las medallas que llevaban: la *Winterschlacht im oslen* (Campaña de invierno), la *Erinnerungs* (Campaña contra el bolchevismo) y la de los Divisionarios. Tocó sus bolsillos y comprobó que habían sido vaciados. Después registró a los rusos y puso en un macuto todo lo que llevaban, incluyendo las pertenencias robadas a sus compañeros. Los soviéticos llevaban largos capotes de piel forrada, gorros de fieltro con orejeras y botas altas de cuero con lana interior. Era ropa adecuada para soportar el terrible frío, superior a la que vestían los divisionarios. Tanteó y quitó el calzado de uno de ellos, poniéndoselo. Notó el calorcillo en sus pies. También tomó uno de los abrigos y las gruesas manoplas de guata. Los treinta grados bajo cero le hostigaban, pero se sintió más confortado. Buscó los fusiles. Sólo uno era de lentes y diferente. Los demás eran los normales Mosin-N modelo 1891. Estuvo considerando lo que debía hacer. Decidió esperar a que llegara alguna de las patrullas de vigilancia que recorrían audazmente el espacio entre las dos aldeas.

Pasó la noche vigilante. De vez en cuando se subyugaba al cielo y veía tiritar las constelaciones. Quizás ese temblor era del frío sideral y no de la irradiación. Pudiera ser que el cosmos hubiera quedado congelado. Cuando se aclararon las sombras con el amanecer vio venir una patrulla. Se trataba de una sección de zapadores que a diario recorría las posiciones para localizar minas colocadas por los partisanos durante la noche y reparar los cables de comunicación cortados.

—Creo que debes ir a Otenskij —dijo el sargento, una vez informado de lo ocurrido—. Allí están jodidos, pero peor lo tienen los de Possad. Dejaré aquí unos hombres.

Carlos se quitó el capote ruso y se cobijó en el suyo. Salto ágilmente el parapeto y echó a caminar al descubierto con el bosque a su derecha. Todo estaba cubierto de nieve y apenas se adivinaba la cinta de la carretera. Pasó la abandonada «Posición Intermedia A» y alcanzó el monasterio donde estaba la fuerza divisionaria. Recordó cuando el 8 del mes anterior llegó con una sección de su compañía para reforzar la 1.ª del 269, que había sido encargada de relevar al 30 Regimiento de Infantería Motorizada de la 18 División alemana al mando del teniente coronel Von Erdmannsdorff. Recordaba a los soldados germanos marchando disciplinados, los rostros serios, la mirada alta. Eran el mejor ejército del mundo y sólo cosechaban victorias. Se fueron con sus camiones, sus coches-oruga, sus ambulancias y su artillería del 7,5, y más de alguno notó como si se hubieran marchado los hermanos mayores. Iban a tomar Tichvin, a sólo doscientos kilómetros al este de Leningrado, lo que consiguieron al día siguiente, conjuntamente con la 12 División Pánzer, cortando la comunicación rusa a la capital de los zares por el lago Ladoga.

Otenskij era, en realidad, sólo un monasterio ortodoxo, construido en el medievo por los Caballeros de la Orden Teutónica, fundada por los teutones, un pueblo germánico que ya antes de Cristo se había establecido en las costas del mar Báltico y que siglos después pasó a ser el núcleo de la Prusia oriental. Ello, aunque secundariamente, ponía razones en el énfasis alemán por entrar en esas tierras. Para muchos no era una invasión sino la recuperación de algo que un día les perteneció. La fortaleza, un enorme edificio cuadrado con altos muros de fábrica y torres bulbosas en cada esquina, se erguía en medio de una pradera alrededor de la cual varias isbas daban apariencia de aldea. Las isbas, casas labriegas hechas con troncos de abeto y techos de paja, habían quedado desmanteladas en su mayoría por los bombardeos, y en las habitaciones del convento se refugiaban parte de sus humildes habitantes, ayudando a la guarnición española en las tareas de fortificación, desescombrado y reposición de leña. Más allá había un viejo cementerio que se iba agrandando a diario con los cadáveres de los españoles. Al otro lado, un gran lago helado y los koljoses arruinados de los lugareños.

El monasterio había sido tomado por los alemanes el 27 de octubre, sin apenas causar daños en el mismo. El combate fue encarnizado, llegándose al cuerpo a cuerpo con los desesperados rusos que resistieron hasta su total aniquilación. La forma de batallar en ese punto contrastaba con la habitual de la Wehrmacht en todas las poblaciones que ocupaba, consistente en derribar a cañonazos cuantos edificios servían de parapeto al enemigo. Posiblemente hubo una orden del mando para no destruirlo. En la misma fecha rindieron Possad y Posselok tras avanzar los dieciocho kilómetros de carretera que se iniciaba en Schevelevo, con lo que la Wehrmacht dominaba la amplia zona comprendida entre los ríos Voljov y Vishera antes de confiársela a la División Azul para ir al cerco de Leningrado. Hacía menos de un mes, pero todo había ido a peor para los españoles. Desde entonces la artillería soviética no había dejado de machacar las aldeas perdidas. El monasterio iba deshaciéndose a cada bombazo, por lo que de nada sirvió el cuidado que para su toma tuvieron los alemanes. Ahora los divisionarios apenas disponían de tiempo para enterrar a tantos muertos.

Le recibió el capitán Rosado, a quien entregó el macuto con las pertenencias de los rusos y de sus compañeros, y el fusil de mira telescópica. Fue con él al despacho del comandante Román García, jefe del batallón.

—Vaya, vaya —dijo, después de inspeccionar el arma—. Un SVT-40, con lentes añadidas. Es un fusil indeformable a bajas temperaturas, superior al alemán. Y encima con un telescopio. —Hablaba en voz alta para dominar el estrépito de los obuses—. Y decían que los *ruskis* no renovaban su arsenal.

—Ya lo creo que lo renuevan —dijo Rosado—. No hay más que ver la que nos cae encima a cada momento.

Carlos bajó a los pozos de tirador en el momento en que un lienzo del monasterio estallaba por un proyectil. El impacto fue tan grande que hizo desaparecer entre cascotes a todos los soldados que estaban en ese espacio. Escarbaron frenéticamente, pero nada pudieron hacer por ellos. Entre las bombas y el intenso frío los hombres rezaban y juraban a favor y en contra de sus santos.

Alberto le recibió con un abrazo. Tenía grandes hundimientos en su rostro, con los ojos muy retrocedidos, como si algo tirara de ellos para dentro. Parecía muy castigado por las batallas o por algo. No estaba herido pero se comportaba como tal. Al atardecer, y sin que cesara el espantoso cañoneo soviético, el teniente Martín se acercó a los dos amigos. Carlos creyó percibir en sus ojos una turbación como cuando se mira a un barco que se aleja.

—Venís conmigo ahora mismo. El comandante manda una sección en socorro de Posselok.

Mientras se equipaban, Carlos fue consciente del grado de compañerismo suicida que la desesperación ponía en los mandos. Otenskij necesitaba refuerzos y, sin embargo, Román se desprendía de cuarenta hombres para lanzarlos a la hoguera de Posselok en ayuda de sus maltrechos defensores. La aldea había sido conquistada por el regimiento motorizado alemán y se lo había confiado a la Azul, que la ocupó con la 2.ª Compañía del 1.º del 269, una sección de la 4.ª y otra de la 2.ª Anticarros 250. Unos cuatrocientos hombres. No se sabía los que aún resistían y si podían conservar el bastión.

A toda prisa los veinticinco divisionarios anduvieron los cinco kilómetros que separaban las dos poblaciones. A su paso, sin detenerse por Possad, que estaba siendo terriblemente bombardeada, vieron ya las hogueras de la aldea a la que iban. Aquello era un infierno, un espectáculo sobrecogedor. Los hombres gritaban mientras luchaban a bayoneta y disparaban a bocajarro en la oscuridad explosionada por las bombas de mano. Las isbas ardían y el proyector de las llamas reflejándose en las aguas del Vishera silueteaba los cuerpos enzarzados en una locura colectiva donde el único instinto era el golpear ciego, el matar mecánicamente para no morir, ausentes las mentes de otros pensamientos en esos instantes fuera del tiempo.

La sección entró en la escena y se disolvió en el drama. Más tarde, una eternidad, cuando ya no había esperanzas frente a las oleadas de hombres con ojos oblicuos, el capitán dio la orden de replegarse. Un enlace corrió de puesto en puesto, avisando. Rápidamente, sin apenas tiempo para recoger los víveres y las armas automáticas pesadas, los divisionarios retrocedieron hacia el norte formando una caravana, con los heridos y enfermos sobre camillas o a hombros de sus compañeros. Los indemnes llevaban sobre sus espaldas insensibles varios macutos y todos ellos las escenas de dolor y muerte en sus pupilas. Cerrando la retaguardia, un pequeño grupo de fusileros experimentados. Pero nadie les perseguía. Los rusos sabían adónde se dirigían y allí intentarían aniquilarles. Atrás quedaban los camaradas muertos, sin enterrar. Y mucho más. Era su primera derrota, la pérdida de una posición que les fuera confiada por los germanos.

El grupo superviviente llegó a Possad, sólo a un kilómetro y con los obuses cayendo. El oficial saludó al comandante García-Rebull, jefe del 1.º del 269.

—Posselok se ha perdido, mi comandante.

—¿Cuántos hombres útiles le quedan?

—Treinta y cinco.

En el hospitalillo instalado en uno de los sótanos, Carlos buscó entre los heridos. En esos profundos refugios ardían pequeñas hogueras y se conservaban la leña, los alimentos y las municiones. Era un espacio de calor y seguridad ante el terrible frío y el continuo bombardeo de la artillería soviética. La luz tambaleante procedía de unos candiles. El cabo Alberto Calvo estaba sobre el suelo, en un rincón, entre otros. Tenía el pecho vendado bajo el pesado capote. Había recibido una ráfaga de ametralladora. El teniente médico le había extraído las balas, pero había perdido mucha sangre. Se miraron, sabiendo que no había esperanzas. Alberto emitió una pálida sonrisa.

—¿Te acuerdas de África, de aquel sol, de aquel mar azul...?

—Sí.

—¿Sabes? De todos aquéllos, Braulio, Antonio, Indalecio, los sargentos Ramos y Serradilla, el teniente Martín y ahora el capitán Rosado... Sólo quedamos tú y yo... por poco tiempo. Quedarás tú sólo. La verdad es que tienes una suerte endiablada. Nunca te rozan las balas. —Tosió y la boca se le manchó de sangre—. Quiero decirte una cosa, un secreto que me oprime. No quiero irme con ese peso.

Grigorovo, a un kilómetro de la ciudad de Nowgorod, era una pequeña aldea con apeadero de ferrocarril adonde llegaban distantes los ecos de las batallas. Estaba rodeada de árboles y tenía un minúsculo cementerio que iba creciendo casi a diario con las tumbas de los españoles hasta sobrepasar el perímetro del propio pueblo. En el campamento español, un hospital de campaña funcionaba ininterrumpidamente. Muñoz Grandes, en su Cuartel General de la División instalado en un antiguo polvorín del Ejército Rojo, llamó por teléfono al coronel Esparza, que se hallaba en su PC avanzado de Schevelevo, aldea arrimada a la ribera este del Voljov. La temperatura se había hundido más allá de los treinta grados bajo cero haciendo que el río quedara helado. Ya conocía la pérdida de Posselok.

—¿Cuál es la situación de Román en Ostenskij?

—De los ochocientos hombres iniciales de su 2.º Batallón, quedan diez oficiales y alrededor de ciento ochenta soldados.

—¿Y en Possad, qué dice García-Rebull?

—Sólo viven ciento cincuenta hombres de su Batallón, de la 2.ª Compañía del Grupo Anticarros 250 y de la 1.ª de Zapadores. Teníamos novecientos hombres allí, señor. —No había mucho tiempo para un silencio asimilatorio de tal descalabro—. De la forma que está la cosa, los *ruskis* no necesitan mostrarse para desalojarnos de esas dos aldeas. Los enfrentamientos han sido cuerpo a cuerpo, a bayoneta, y les hemos causado cuantiosas bajas. Ahora machacan con artillería y con los bombardeos de los Martin Bomber intentando acabar con nosotros sin sacrificar más hombres. O puede que intenten un ataque final para aniquilarnos como en Posselok. Necesitamos refuerzos, que la Luftwaffe eche una mano...

—No puedo garantizarle ni una cosa ni otra. Los alemanes tienen grandes pérdidas. La 18 motorizada que reemplazamos ha tenido que retirarse de Tichvin tras perder cientos de hombres de sus batallones, lo mismo que en otras divisiones, gran parte de ellos congelados. Von Chappuis manda que todos los puestos se mantengan. Diga a sus hombres que aguanten, que lo hagan por España.

Al otro lado de la línea retumbaba el estruendo de los

estallidos inacabables. El coronel no ignoraba que Friedrich-Wilhelm von Chappuis era el general al mando del XXXVIII Cuerpo de Ejército del que la Azul dependía.

—¿Me oye, Esparza?

—Señor... Es posible que en la próxima comunicación no quede ninguno para contestarnos.

—Venga, Esparza, no se desmoralice ahora.

—Para nada, señor. Resistiremos. Aunque me gustaría disponer de medios para hacer un contraataque y luchar como Dios manda.

—Resistir es una forma de luchar porque es la contención que necesitan otras unidades. Si caen esas posiciones, puede derrumbarse el frente. Usted no lo ignora. Y nuestra resistencia no pasa desapercibida. ¿Sabe qué dice Goering? Dice que nuestros hombres, la Wehrmacht en general, estamos pasando a la Historia grande como los trescientos griegos que en el 480 antes de Cristo frenaron el avance de las masas asiáticas de Jerjes en el paso de las Termópilas. Estamos salvando la civilización.

—Bueno, es un consuelo.

Muñoz Grandes colgó el teléfono. Si Von Chappuis no daba la orden de retirada, tomaría él la decisión. Era inevitable el abandono de Possad y Ostenskij, y posiblemente de Schevelevo. Los restos del regimiento tendrían que dejar lo conquistado semanas antes y pasar al lado oeste del Voljov.

52

Pradoluz, Asturias, julio de 2005

Ya metido en harina no podía dejar de pensar en Jesús. ¿De dónde sacó el dinero que le permitió comprar la casona y tener una vida desahogada?

No había que ser el más listo de la clase para imaginar que Jesús no tendría ningún deseo de hablar de su pasado con un desconocido. A su edad, y dado del pie que cojeaba, sus ganas serían las de seguir denostando todo lo que oliera a religión y burguesía tradicional, por más que su modo de vida actual se acercara a lo que criticaba. Pero ahí estaba el reto. Me había propuesto abrir una fisura en las defensas del viejo revolucionario para vencer mi curiosidad.

—Tengo una pregunta que hacerte —propuse a José María.

—¿Una? No paras de hacerlas.

—No pareces muy interesado en lo que ocurrió con José Manuel, el tío de tu madre, su desaparición.

—Nada. Quédame muy lejos. Eso ye de otro tiempo.

—¿Tus hermanos y primos participan de esa indiferencia?

—Tuviéramos curiosidad, cuando guajes. No quitáranos el sueño nunca. —Hizo un gesto con la mano como zanjando el asunto—. Aquí, en Pradoluz, los fines de semana se abre un chigre, el Fontán, donde se reúne la gente a conseyo para planificar algunos trabayos comunales. Realmente ye el Centro Cívico y propiedad de la comunidad. Luego los homes jugamos cartas y dominó y las muyeres al parchís. Jesús vien tóos los sábados y juega con el presidente de la Asociación de Vecinos, el pedáneo y un médico ya jubilao que anda por acá. Jesús siempre pone una ayuda económica pa los proyectos que mejoran el pueblo. Te acompañaré este sábado, si vienes.

El bar no era muy grande y en una parte había varias mesas con hombres y mujeres jugando bajo un estrepitoso ruido de conversaciones. En la barra el encargado me señaló a Jesús.

—Pero no debe interrumpirle. No permite que nadie lo haga cuando juega. Le gusta ganar siempre. Consciente de ello, el presidente de la Asociación no se emplea a fondo.

—¿Quién es el presidente?

Me señaló a un hombre sobre los cincuenta, fuerte, que sonreía de vez en cuando. Me dijo que tenía una fábrica de ventanas en un polígono de Gijón y que era el promotor de las iniciativas vecinales para que el pueblo avanzara en mejoras y servicios.

—¿Les queda mucho?

—Una media hora, más o menos.

Observé a mi hombre. Jugaba con tranquilidad, sin apenas hablar. Por los datos sabía que tendría unos noventa años. No aparentaba estar muy influido por ello. Poseía manos fuertes, la cabeza grande y los hombros separados. Me entretuve haciendo un crucigrama hasta que le vi levantarse. Alto, lleno de carnes pero no grueso. A su lado se colocó un hombre joven. Supuse que sería un cuidador. Me estaba mirando cuando me acerqué a él.

—¿Don Jesús González?

—Sólo Jesús, quítame el don —dijo con voz gruesa—. Te vi llegar. Sabía que vienes por mí. ¿Qué quieres?

Los otros nos miraban sin perder detalle, enmudecidos de repente.

—Soy arquitecto. Estoy haciendo un trabajo sobre las casas de indianos; su diseño, estructura, materiales... Estuve en la Quinta Guadalupe, en Colombres, que es Archivo de Indianos. Pero no tienen el censo completo. Les faltan muchos palacios, como el suyo.

—Me lo dijeran. Allá ellos. No me preocupa.

—Quizá no sería mucho pedirle que me permita ver su casa. Ya ve que no traigo cámara. No fotografiaré nada, sólo tomar notas.

—No home. Te mostraré. Y puedes sacar las fotos que quieras. En casa hay muchas cámaras de mis hijas y nietas. No vas a hacer el trabajo a medias.

Caminamos despacio por un camino trillado, el joven atento a los movimientos de Jesús aunque él no flaqueaba en sus zancadas.

El palacio tenía tres plantas y un patio central cubierto con lámina transparente, alrededor del cual estaban todas las habitaciones y servicios. Estaba lleno de mujeres y críos y algún que otro hombre de las cuatro familias que lo habitaban. Me presentó a su mujer y hube de reconocer que Georgina no exageraba. En el umbral de los noventa, Soledad guardaba brillos de esplendores pasados. Hice mi papel, tomando apuntes y trazando dibujos.

—Disculpe. Esta casa debió de costarle un buen dinero.

Me miró con insistencia, intentando traspasar mi mente.

—Sí, pero teníalo.

—¿Qué impulsa a un hombre a adquirir una casa de indiano, sin serlo —dije, más tarde. Me miró algo desconcertado.

—Ye una pregunta estúpida. ¿Y los que compran palacios vieyos sin ser aristócratas?

—Lo mismo. Pero no ha contestado a la pregunta.

—Yo nací en estos montes. Creciera viendo la casa y envidiándola.

—No creo que la comprara para calmar ese antiguo sentimiento. No le veo capaz de sentir envidia.

—Me gusta lo que dices porque ye la verdad. Nunca sintiera envidia, sí mucho rencor. Verás. Tuve un amigo, el meyor. Fuera seminarista. El indiano de esta casa pagole la estancia durante sus primeros años hasta que falleciera. Adquirió gran formación y gracias a eso yo también pudiera tener posibilidad de conseguir esta finca. Comprela en su honor.

—O sea, no la adquirió para lo que me dijeron.

—¿Qué te dijeran?

—Que el indiano enterró un tesoro en alguna parte y usted la compró para buscarlo —aventuré con el mayor aplomo.

—¿Qué... tochada ye ésa? ¿Quién lo dijera?

—Bueno, por ahí...

—Nunca oyera tal majadería. ¿Un tesoro en una casa? La xente ye idiota. ¡Tesoros...! —Esbozó una sonrisa—. Siguen creyendo esas historias de ayalgas escondidas. Yo también creyérelas.

—¿Usted? Luego es verdad lo de...

—Quita allá. Hablo de cuando guaje. Dijeran que hubiera uno en una cueva, allá lejos, para la Ballota. Incluso fuera con mi amigo a lo buscar. Una chiquillada que costome una buena tunda.

—¿Pero lo encontraron?

—¿Encontrar? ¿Preguntas en serio? Nunca hubo tal cosa. Ni en la casa. En ningún sitio. ¡Tesoros...!

—¿Por qué su amigo no adquirió la casa si fue el beneficiado del indiano?

—Muriera en el 39. Pero si hubiera vivido, no estuviera por la labor. Lo echaran de la familia, de Pradoluz. No fuera de los que muestran altanería ni sentimientos de venganza. No hubiera venido a darles en las narices. Nunca existiera nadie como él.

Horas más tarde estaba ante los ojos de Rosa.

—Así que la cueva no despertó tu curiosidad.

—Es un lugar vacío. Para explorarlo sería necesario disponer de un equipo adecuado. Pero no entra en mi consideración. Creo que no existió tal tesoro.

—Dices que ese Jesús compró una casona.

—Sí. Pero no tiene sentido indagar dónde obtuvo los medios. Su vida no nos pertenece.

Quedó un momento abstraída.

—¿Sabes? Me conmueve eso que ocurrió con aquel hombre que echaron. Pienso en ello de vez en cuando. Sin duda que habrá miles de casos semejantes. Pero no sé. Éste me llegó.

Rosa aportaba una razón romántica a un caso desvanecido en el tiempo. Dejé que la sombra de ese hombre se alejara de mí. Su amigo dijo que había muerto. Me mintiera o no, la realidad era que a nadie parecía interesar su trayectoria salvo a un par de nostálgicas ancianas. Y a Rosa.

53

Sama de Langreo, diciembre de 1937

Difficile est tristi gingere mente iocum.
(El que tiene tristeza en el corazón es difícil que la pueda disimular.)

TIBULO

No hablaron mucho durante el viaje desde Oviedo. Ambos eran de palabras comedidas y cargaban con vidas llenas de sombras, que no deseaban destapar en los primeros actos. Tácitamente entendieron que les resultaría mejor establecer su presente antes que escudriñar lo que habían sido.

El tren estaba lleno de abollones y raspaduras. Era un testimonio de supervivencia del intenso enfrentamiento recién acabado. Como los pueblos por donde circulaba. Caseríos con impactos de metralla, restos de casas volatilizadas por los bombardeos. Durante el recorrido vieron numerosos soldados armados, la mayoría del Tercio y moros de Regulares. También muchos números de la Guardia Civil, sobre todo en los cruces de las poblaciones. Apenas se veían jóvenes de paisano. Mujeres y ancianos se disolvían, como los escasos niños, en los uniformes verdes y de color garbanzo.

Cruzaron el Nalón por Barros, dejándolo a la derecha. Las casas de La Felguera fueron apareciendo a la izquierda con el fondo de las chimeneas y torres de refrigeración de la siderúrgica arrojando columnas de humo y vapor. La estación estaba llena de militares y ajetreo. Duro-Felguera era la mayor empresa siderometalúrgica y minera de España y ello marcaba una actividad industrial desconocida en otros puntos del Principado. A un lado de la carretera había un enorme embudo producido por las bombas. El agua que lo inundaba le confería apariencia de estanque.

El tren cruzó otra vez el Nalón y se detuvo en la estación de Sama. Una hora para recorrer los veinticinco kilómetros que la separaban de Oviedo. Carlos y José Manuel bajaron, cada uno portando su maleta. La de Carlos era nueva, de madera y fina construcción, donación de doña Dolores, como su atuendo: pantalón y chaqueta de pana marrones a juego con el chaquetón. No llevaba corbata y tampoco boina, que no reclamó. No estaban los tiempos para esa prenda como tampoco para las barbas. Cuando se presentó a la familia para la despedida parecía que tras el baño postrero y la muda había nacido otro hombre, irreconocible del astroso que durante seis semanas estuvo luchando contra la fiebre y la rendición. El rostro afilado decía lo joven que era y el desarrollado esqueleto prometía fortaleza cuando se eliminara la extrema delgadez. José Manuel vestía su uniforme oficial con el que no llegaba a identificarse. Era enemigo de las armas y el traje le señalaba como conductor de acciones guerreras, lo que le responsabilizaba en la destrucción y dolor derivados de las mismas.

Cruzaron las vías y comenzaron a subir el monte. A media ladera Carlos se detuvo en una de las casas de una planta desparramadas por las cuestas y de similares trazas. Sacó una llave y abrió la puerta. Era un lugar con dos espacios, uno para dormitorio donde se centraba una cama y, al lado, un armario. El otro era cocina y comedor con un fogón simple de chapa en una esquina. Una alacena y una mesa con cuatro banquetas completaban el mobiliario. Por detrás, un patio abierto al campo para retrete y tendedero. Todo ello en unos veinte metros, aparte de un pequeño terreno adosado para huerto. Costaba imaginar la casa de don Amador desde lugar tan humilde.

José Manuel se extrañó de verlo todo tan limpio y ordenado.

—Mi vecina, Mariana. Es como una madre —aclaró Carlos.

En ese momento se abrió la puerta y apareció una mujer delgada, aún joven, vestida de negro. José Manuel se quitó la gorra de plato, tanto por educación como por entender que constituía un elemento demasiado llamativo para el momento.

—¿Qué hacen ustedes aquí?

Sus ojos se fijaron en el uniforme de José Manuel y su rostro experimentó una inmediata transformación.

Ambos hombres vieron el gesto de miedo, ira y asco en su más pura esencia.

—¿Qué quieren? ¿No tien bastante? ¿Cuándo terminarán con el terror?

—Mariana, soy yo —dijo Carlos avanzando hacia ella, que tardó en reconocerle. Se abrazó a él y descargó un sentido sollozo sobre su pecho. Al cabo se echó hacia atrás.

—¿Qué haces con ese hombre? ¿Te pasaste a ellos?

—No ye lo que piensas. Salvome la vida. Ya te contaré. ¿Y Ramón? ¿Y tus hijos?

Ella volvió a agarrarse a su cuerpo. No era sólo un abrazo sino la necesidad de asirse a algo seguro y fiable para encontrar un alivio a su infortunio y evitar el total desmoronamiento. Destilaba un llanto mudo y hondo que Carlos sentía traspasarle la ropa y llegarle a la piel. La condujo a la salida sin romper el abrazo. En la puerta se volvió a mirar a José Manuel, que estaba quieto como un poste. Señaló el hogar.

—Hay leña cortada y carbón. Puedes encender un fuego mientras vengo.

Salieron. José Manuel se despojó de la guerrera y procedió. Cuando más tarde apareció Carlos con una jarra humeante, un agradable calorcillo había expulsado el intenso frío. Carlos requirió dos vasos de hojalata y vertió en ellos un líquido oscuro.

—Achicoria —dijo—. Imaginemos que ye café. No estamos ya en casa de don Amador.

Se sentaron a cada lado de la mesa y se miraron en profundidad dejando deslizar su mutuo agrado y también el temor de que la breve relación pudiera fragmentarse, aun intuyendo que el destino les asignaría una vida separada.

—Lamento que mi uniforme haya hecho sufrir a tu vecina. ¿Qué le ocurrió?

—A primeros del mes pasado presentose un grupo, soldados y civiles, y lleváronse al marido y a los dos hijos mayores, de mi edad uno de ellos y un año mayor el otro. Cargáronlos en camiones con otros que iban recogiendo. Había muchos heridos, desalojados sin contemplaciones del hospital Adaro. No volvió a saberse de ellos. Alguien dijo que fueron fusilados y enterrados en las trincheras que rodean Oviedo. —Se tomó un tiempo para tomar un sorbo—. Sabrás que Sama fue capital del movimiento revolucionario del 34 y, desde julio del 36, sede del Comité Provincial del Frente Popular, representación en Asturias del Gobierno de la nación hasta la creación del Comité Interprovincial de Asturias y León con base en Gijón. Era, por tanto, el núcleo del sentimiento revolucionario, el alma de los mineros. Había que evitar que volviera a serlo, erradicar el mal. Y lo han hecho a fondo. No queda un solo minero de izquierdas libre en la ciudad ni en el Concejo. Bueno, uno: yo. La Casa del Pueblo, el teatro Llaneza y otros lugares están llenos de presos. Sama fuera señalada como una segunda Guernica aunque desistieron de arrasarla como la ciudad vizcaína por la reacción mundial que aquel hecho produjo. No obstante, tras las incursiones aéreas sobre El Musel, la fábrica de cañones de Trubia y la de pólvora de Las Segadas, algún mando de la Legión Cóndor decidió hacer una pasada de escarmiento. Fuera sólo un bombardeo. Ya vimos las huellas al venir, pero no las muertes que produjo.

Se calló y dejaron que se perdiera el tiempo inservible. Ninguno esperaba nada del otro pero se sentían a gusto con la presencia mutua.

—¿La casa es tuya?

—Tengo una hipoteca. Debo ver la situación en el banco ya que dejé de atender los pagos por razones evidentes. Tendré que empezar a trabajar pronto. Estoy sin blanca y debo salir adelante. Seguramente empezarán las confiscaciones y sacarán a subasta las casas. Pocos de los supervivientes podrán conservar sus hogares. Espero que me renueven el contrato.

—No estás restablecido del todo. Debiste quedarte más tiempo en casa de don Amador.

—Creo que nunca podré pagar la generosidad de esa familia. Pero me daba angustia ver la mirada de reproche de ese hombre.

—No todo era él.

—No, afortunadamente. Loli y su madre... La verdad ye que me hicieron añorar un hogar tradicional. Esa mujer y sus ratos de piano... Qué armonía.

Se levantó e invitó a José Manuel a mirar por una ventana.

—¿Ves allí esos castilletes y edificios? Señalan el pozo Fondón. Allí trabajaba. Espero que me readmitan. Soy buen trabajador.

—Con el salvoconducto de Aranda y los certificados de Falange y los paúles tienes el camino expedito para lo que quieras.

—En realidad no tengo ganas de hacer nada. No sé cómo decirte. Llevo el peso de la derrota en el alma.

—No creo que lo derrotado sea tu alma, quizá tus ilusiones. Pero las recuperarás.

—No. Sé lo que digo.

—El alma es mucho más que un sentimiento.

—No ye lo que significa para la Iglesia. Ye el pálpito de la vida, lo que impulsa nuestro movimiento. Y no la siento capaz de sostener nada.

—Recuperarás tus ánimos cuando veas a tus amigos —dijo José Manuel, sorprendido por la profundidad del pensamiento del otro. Tenía cierta semejanza con las dudas que él mismo expresara al rector de Valdediós hacía tiempo.

—¿Amigos? Seguramente no quedará ninguno. Ya ves lo que está pasando.

—¿No tienes familia?

—En Madrid, una tía y un primo. Hace siglos que no los veo. Y están los recuerdos.

—¿Y aquí? No me digas que con tu estampa no hay mozas que te ronden.

—Haylas. Pero no convivo. No encontré una mujer como... —Hizo una pausa cautelosa—. Bueno, por qué no decirlo. Sería magnífico tener a alguien como doña Dolores.

—Vaya. Tienes un gusto exquisito. ¿Sabes una cosa? También yo dejaría todo por una mujer así.

Ambos rompieron a reír por primera vez desde que se conocieron. Y nunca dos hombres estuvieron tan compenetrados y felices por causa de un sueño imposible, olvidando momentáneamente el largo camino que les quedaba por recorrer.

—Si fuera a Madrid, lo primero que haría sería ir al

Cristo de Medinaceli —dijo Carlos, cuando recuperaron la gravedad—. Mi madre era ferviente de esa imagen.

—¿Dónde está ella?

Carlos señaló al otro lado del monte, paralelo a la línea del ferrocarril que huía hacia El Entrego.

—Hay un cementerio. La enterramos allí. Procuré que nunca le faltaran flores.

—¿Y tu padre?

—No sé quién fue. Ni siquiera ella lo supo con certeza. Era muy joven. Apareció por el barrio madrileño donde vivía y luego se esfumó. Nunca regresó.

—Estás en una encrucijada. Terminar de pagar la casa o volver a Madrid.

—Oh, no. Lo de Madrid no sería para quedarme. Soy minero y allí no hay minas. Tendría que trabajar de peón en empleos manuales. No tengo estudios como tú. —Le miró—. Hablemos de ti. ¿Qué harás?

—No sé. Tú tienes una casa y un oficio. Yo no soy nada. Ni hortelano, ni minero, ni cura, ni militar. No sé hacer nada concreto. Hasta ahora mi vida ha sido baldía de resultados. Soy tan inútil con mi cultura como el pasajero del barquero, el del chiste.

—Tienes el camino abierto para la milicia o el sacerdocio.

—Este uniforme es una usurpación. Los alféreces provisionales somos eso, provisionales. Ese rango no existe en la escala militar. Es un título fugaz para una situación de emergencia. El paso lógico es ir a la Academia para obtener las estrellas de teniente, algo que ni me pasa por la cabeza. En cuanto a seguir en lo del sacerdocio... No depende sólo de mi disposición, ahora perdida.

Tiempo después se levantaron y caminaron hacia la puerta.

—Dame tus señas —dijo José Manuel—. Te escribiré.

Carlos le vio bajar ágilmente por el sendero. En ese momento empezó a llover. José Manuel llegó a las primeras casas apostadas junto a las vías férreas. Le vio volverse y agitar una mano hacia él durante un tiempo largo, a pesar de la lluvia, como si más que una despedida fuera una señal de algo indefinido.

Tomó un destartalado autobús de la línea Autocares Luarca que paraba en todos los pueblos antes de hacerlo en la plaza del Ayuntamiento de Pola de Lena, donde se bajó. Apreció los mismos signos de irrealidad en la población, también femenina en su mayoría por razones obvias. Por todas partes uniformes y soldados nunca vistos en esas tierras. Era como si un ejército invasor hubiera ocupado el hogar ancestral. Recordó su pasó por allí a la muerte de su padre, seis años antes. Ya no había miradas burlonas ni niños provocadores. Su atuendo le precedía en el respeto y el temor, sensaciones que no motivaban su agrado.

La lluvia había cesado y era el *orbayu* quien manejaba la grisácea atmósfera. Se dirigió al cuartel de zapadores de montaña situado frente a la estación de ferrocarril. No podía ir caminando los trece kilómetros que había hasta Pradoluz, con todos los caminos embarrados. El cuartel era de dos plantas, grande, con varias dependencias. La dotación normal se había incrementado con varias compañías de infantería regular.

—Cómo no llevarte a tu pueblo —dijo el capitán, que

le recibió en un despacho lleno de banderas—. Será un pequeño pago a alguien que hizo tan heroica resistencia en Oviedo, sin la cual nunca hubiéramos conquistado Asturias. Dispondré de una ambulancia. Irás mejor. —Miró sus botas llenas de barro—. No puedes llevarlas así. Quítatelas. —Llamó a un soldado—. Que limpien las botas del alférez. Como un espejo. Marchando.

Más tarde en el vehículo, mientras circulaba por los sinuosos caminos en pendiente, recordó el panegírico del militar. Dijo que habían conquistado Asturias, como si fuera un territorio distinto del país. También lo tildó de héroe, lo que le llenaba de dudas ya que él distaba de concederse tal calificativo. ¿Sólo son héroes los que ganan batallas? ¿Se es héroe simplemente por estar en el lado vencedor?

El *orbayu* no permitía una visión larga. Pero apreció que los parajes y aldeas seguían inmutables. Por allí no había pasado la ola de destrucciones que asolaron las grandes poblaciones. Sólo una nota diferente en el paisaje: la Guardia Civil había multiplicado sus efectivos y se les veía por todos los lugares.

La ambulancia lo dejó al pie de su casa para expectación de los vecinos, recibiendo la bienvenida de algunos al reconocerle. Salieron a recibirle Manolín, sus cuñadas y una tropa de críos. Adriano, Eladio y Tomás estaban en las minas. De inmediato echó a faltar a dos mujeres, la más importante y la más anhelada.

—¿Dónde está madre?

Manolín era sólo un año mayor pero nunca tuvo con él la misma relación que con Eladio. Era quien cuidaba las huertas y el ganado, ahora guarecido en el establo.

—Madre murió. Ya va para un año.

La sorpresa le paralizó. En su corta vida había adquirido una afirmada madurez. Suponía que no era diferente a la de tantos paisanos, involucrados todos en una turbulencia excepcional. Creía que ninguna muerte le sorprendería ya. Pero todavía tenía muchas fibras sensibles a flor de piel. Notó en sus ojos la fuerza de las lágrimas intentando tomar presencia. Su hermano dijo que no pudieron avisarle. Asturias estaba partida y no funcionaron las comunicaciones de una a otra parte.

Se quitó las botas y la guerrera y pidió unas madreñas y un tabardo. No quiso que nadie le acompañara al cementerio. Todo estaba mojado y la lápida parecía llorar. Sacó el rosario de azabache que pudo adquirir para ella y que guardó durante dos años para entregárselo. Sabía de los pocos regalos que recibió en su vida y ahora ése llegaba tarde. Lo puso sobre la piedra, tras acariciarla con una mano. Quizá, solo quizá, el calor de sus dedos alcanzaría los huesos queridos y no sería demasiado tarde. Estuvo un buen rato empapándose y unificándose con el agua que golpeaba la tumba.

Quisieron prepararle algo de comer pero él prefirió esperar a que llegaran sus tres hermanos.

—Había una muchacha, Soledad —dijo como de pasada, mirando a Georgina—. Tu hermana.

Todos se miraron con la turbación haciendo ronda, como si hubiera ocurrido algo embarazoso.

—Ella... Bueno, claro, cómo ibas a saberlo. Ye la muyer de Jesús. Tien ya una fiya. Vive en casa de los padres de Jesús, con ellos y sus otros hermanos. Quitáronle la casa. Tapiáronla con todo dentro.

Tuvo un estremecimiento, como si le hubieran despojado de las partes más tiernas. A la vez. Pero no se avino a la desolación. In mente lo celebró por Jesús.

Sus hermanos aparecieron con fatiga, si bien se apreciaba en ellos cierto contento. Fue un encuentro de sensaciones dispares para él. No les notó cohibimiento por sus vestiduras como en la vez anterior, entonces sotana ahora uniforme.

Ya en la cena, todos amontonados en el *escanu* menos los críos, las miradas iban invariablemente a él. Aunque tenía apetito al no haber comido desde que en la mañana saliera con Carlos de la casa de don Amador, fue templado en el yantar. Le hicieron muchas preguntas, relacionadas con el seminario y su acción en la guerra. Adriano, Tomás y Eladio se mostraban satisfechos de sí mismos. Consecuentes con sus posiciones, al principio de las hostilidades habían escapado a León para no ser reclutados por el Gobierno.

—Fuimos incorporados a la columna del comandante López Iglesias, que procedía de Lugo y pretendía subir a Leitariegos —explicó Adriano con tufillo ufano—. Luego pasamos a depender del comandante Gómez Pita y conquistamos Cangas del Narcea y Tineo. La verdad ye que tuvimos poca resistencia y apenas pegamos un tiro. Eso sí, nos dimos buenas caminatas arriba y abajo por esas montañas. Luego los rojos retrocedieron hacia Gijón en desbandada, sin oponer resistencia. El mes pasao nos licenciaron a los tres. Hace falta gente para la industria civil y el campo, que están en ruinas.

Pidió ropas para ir a visitar a los padres de Jesús. No quería reeditar el descontento que notó en la visita anterior cuando le vieron con sotana. Su tía se apretujó contra él y lloró agarrada a su cuello mientras su tío le miraba sin complacencia y su primo pequeño ponía equidistancia en su gesto. No encontró rechazo en los ojos de sus dos primas pero sintió su silencio atormentado. Soledad le miró con intensidad antes de abrazarle. Un estremecimiento que culminaba y deshacía una ilusión de cinco años. Sus carnes eran prietas y olía a campo después de la lluvia. Había ganado en hermosura, superando la que en sus sueños se proyectaba. José Manuel tuvo que hacer un esfuerzo para que no se apreciara su profunda decepción.

—De Jesús, Félix y Arturo nada sabemos, pero tememos lo peor. Estuvieron hasta el último momento en los frentes. Están prendiendo a todos los que lucharan por la legalidad. Se hablan barbaridades. Vinieran de Lugo unos que llámanse Camisas Azules de la Bandera de Falange. Unidos a la Contrapartida anduvieran por los pueblos del Concejo sembrando el terror en las familias mineras. Aparecieran aquí y registraran toda la casa. No se llevaran a José porque él no fuera llamado a filas y pudiéramos demostrarlo.

Notó las huellas de los años pasados con prisa sobre la mujer, una segunda madre para él. Apreció que la presencia de Soledad y la niña, copia en miniatura de la madre, atenuaba la pena de ese otrora alegre hogar.

El día siguiente amaneció lluvioso y el agua estuvo cayendo sordamente sin signos de desfallecimiento. Los caminos del pueblo eran riachuelos y poco se podía hacer en las huertas y con el ganado, sólo darles de comer y retirarles los excrementos. Intentó horadar la llovizna con los ojos. No lo consiguió, pero sí lo hizo con el pensamiento. Durante años, ése fue su paisaje invernal rutinario. Pero ahora no lo veía igual. Había habido muchos cambios en las familias y en el Concejo, y eso trascendía al entorno. El último invierno pasado allí fue en 1932. Media vida de la adolescencia. Echaba a faltar algo con fuerza, no sólo a su madre y a Jesús. Era una sensación tan profunda como su niñez diluida, igual de indefinida que la línea del horizonte en un mar tormentoso. Entonces se lanzaba a caminar por las trochas, llenándose de lluvia y de fatiga. Recordó a su padre. «Non sirve ni pa...» Si viviera quizá dijera lo mismo porque estaba sin hacer nada especial mientras sus hermanos iban a diario a las minas. No podía seguir viviendo así.

—Ya acabáronse los disturbios, la violencia, las huelgas —le dijo Adriano—. Ahora podemos trabayar y vivir en paz en Asturias. Y tú ties que graduarte de cura. Ye lo que madre quería. La gente sabe que este ye un hogar católico pero cuando cantes misa nos darás prestigio en el Conceyo. Además, no sabes hacer otra cosa. Porque no creo que cogieras cariño al Ejército.

Era cierto. Los mejores destinos volvían a estar, como durante siglos, en la Iglesia y la Milicia. Pero ahora esa tradición era más acentuada porque el régimen instaurado tenía voluntad de permanencia. A cientos se apuntaban a las dos instituciones seculares. Lo razonable sería seguir el consejo de su hermano mayor.

Marcharía, ya mismo, sin esperar la Navidad. No se veía con fuerzas para sostener una obligada armonía en la casa aposentada de extrañeza, porque faltaba su madre, lo que más quería. Además, al lado estaba el hogar de sus tíos, los padres de Jesús. Ellos estarían renegando de esas fiestas porque el niño Dios les había dado la espalda. Y Soledad, cuyos ojos le atormentaban en el pensamiento de la dicha perdida. Iría a Valdediós, desarmado de estímulos. Era el único lugar donde podría encontrar respuestas a su indecisión.

54

Voljov, Rusia, enero de 1942

Qué luz la de aquella noche,
qué oscuridad aquel día.
En la infinita llanura blanca,
qué música de lejanía.

JUAN PABLO D'ORS

Carlos recobró el conocimiento, sintiendo su cuerpo atrapado por algo pesado. Abrió los ojos a duras penas, enceguecido por partículas de nieve que arremolinaban un viento suave. Justo frente a su rostro la mueca horrible y paralizada de otro. Poco a poco recobró la percepción del lugar. Se hallaba en un socavón producido por impacto de mortero. Encima y junto a él yacían varios compañeros inertes, desfigurados por la metralla y la congelación. Todos estaban descalzos, lo que certificaba que en los impactos por bomba a la mayoría de los muertos les salía despedido el calzado. Movió el cuerpo que tenía encima y recuperó parte de sus movimientos. El frío era atroz. Se tocó buscando heridas. Comprobó que la suerte le seguía siendo propicia. La honda expansiva le había desmayado pero el proyectil no le afectó en el cuerpo. Sentía pesadez en el rostro. Se quitó un guante y se tocó, despejando el barniz de hielo. Tenía pequeñas esquirlas en la piel. Rápidamente volvió a colocarse el guante y aguzó los oídos. No se oían disparos, como si hubiera acabado la guerra. Se negó a considerar que podría estar muerto. Sacó fuerzas para moverse y se aupó hasta asomar los ojos por encima del blanco borde del hoyo. El cielo estaba tapado por una capa blancuzca infinita que se juntaba con la interminable nieve para unificar el paisaje. No nevaba pero pequeños remolinos barrían la superficie y obstaculizaban la visión. Era de día, aunque la luz llegaba difusa. Rebuscó en sus ropas y sacó el reloj. Pasaban de las once. Había estado desvanecido algo más de una hora y no había quedado congelado gracias a los cuerpos de los que cayeron con él.

—¿Quién está ahí? ¿Alguien me oye? —se escuchó la voz implorada en el aire limpio.

Miró intentando zafarse del revoltijo de copos. Había muchos cuerpos desparramados y medio sepultados hasta donde llegaba la vista.

—¿No me oyes? ¿Estás ahí?

Localizó la voz. Salía de un cráter similar al que él ocupaba, a unos diez metros.

—Sí, estoy aquí.

—Estoy herido, no puedo moverme. Ayúdame.

—Espera.

—No veo bien. Estoy muy mal.

Carlos levantó más la cabeza con precaución. Estaba en tierra de nadie, al descubierto. Allá, a unos quinientos metros reconoció Temerets, población situada en una carretera secundaria paralela a la vía del ferrocarril que subía a Leningrado por el oeste del río Voljov. Dos días antes estaba en poder de los alemanes, y ahora había pasado a manos rusas por la presión de fuerzas muy superiores. Recordó que, para recuperar la posición, esa misma mañana participó en un ataque combinado del 2.º del 269 y del 424 Regimiento de la 126 División alemana al mando del coronel Harry Hoppe. Lucharon despiadadamente, llenando el amanecer de fuego y sangre. Tras dos horas de duro combate hubo orden de replegarse. Al hacerlo sobre la espesa nieve de un metro de altura, los rusos les cañonearon con antitanques y morteros. Carlos vio caer a sus compañeros entre explosiones. Y luego el silencio.

—¿Estás ahí? —dijo la voz.

—Sí.

—No me dejes. No te vayas.

—No lo haré. Voy a ayudarte. Espera.

Sacó unos prismáticos de pequeño tamaño que compró en Grozno. Miró con precaución. En Temerets los anticarros y las barricadas de los rusos formaban una barrera entre las casas. El hoyo del herido estaba justo en esa dirección. Volvió la mirada. En la parte contraria había un bosque a más de un kilómetro. Vio los blancos ropajes invernales de la Wehrmacht moviéndose entre los árboles. Unidades artilleras estaban emplazadas en primera línea y también asomaban varios carros de la División Pánzer. No le cupo duda de que sus camaradas volverían a intentar tomar el pueblo al día siguiente. Ambos contendientes estaban preparados. Y él en medio.

—¿Estás ahí?

—Sí. Estoy aquí.

—Tengo mucho frío.

Buscó las armas. No vio ninguna. Estarían enterradas en cualquier sitio. Si salía ofrecería un blanco ideal para los tiradores rusos. Algunos se adiestraban disparando a soldados heridos y desorientados que intentaban escapar. Como cazar conejos. Era mucho más seguro y razonable esperar a que anocheciera y luego ir hacia el bosque donde estaban los suyos. Seguramente su camarada desconocido estaría malherido o, incluso, a punto de morir. Pero no consideró ninguna opción salvo la de auxiliarle. Tal vez no hubiera cazadores.

Salió del hoyo con precaución y reptó hacia el herido. *¡Tsiú!* El proyectil silbó cerca. Se aplastó fundiendo en la nieve su blanca vestimenta y retrocedió hasta la fosa. Trazó una línea en el espacio, cogió la pala del equipamiento y comenzó a abrir un camino en la dura nieve, como los topos, clavando los codos y echándola hacia atrás, apoyando los pies en los montoncitos para impelerse. Era un gran esfuerzo pero no podía detenerse. *¡Tsing!* Los proyectiles seguían buscándole. Sabía que un fusil normal podía ser efectivo a los dos mil metros aunque el mejor porcentaje de acierto estaba sobre los trescientos. Los que tiraban tendrían fusiles normales porque si los usaran de alza telescópica, con alta eficacia hasta los seiscientos metros, ya le habrían dado. O acaso no eran tiradores de élite. O puede que no le vieran en el túnel-zanja que iba abriendo y simplemente tiraran al azar. Finalmente cesaron los disparos. Llegó al pozo, oyendo gemir al herido. Se dejó caer a su lado y le observó. Tenía el rostro embadurnado de sangre helada. A través de la capa de nieve que le cubría el capote apreció un boquete en su vientre y el intestino asomando. El intenso frío habría detenido la hemorragia. No le sorprendió la resistencia del soldado porque había visto sobrevivir a heridos imposibles.

—¿Estás aquí?

—Sí —dijo, tocándole.

—Gracias, amigo. ¿Quién eres?

—Un cabo de la 5.ª Compañía.

—Yo soy de la 7.ª. No te veo bien. Tengo algo en los ojos. No quiero morir.

—No morirás. Esperaremos a que lleguen los nuestros con las ambulancias.

—¿Cuándo vendrán?

—Pronto. Al amanecer.

Carlos quitó los capotes a dos de los muertos. Cubrió con uno a su compañero y se puso el otro sobre el suyo. Una hora después la luz declinó y la noche acudió, aunque una luz espectral surgía de la nieve impidiendo que la oscuridad se adueñara del paisaje. Pasó toda la noche frotándose los miembros y haciéndolo con el herido para evitar las congelaciones.

—¿Estás ahí?

—Sí, aquí, a tu lado.

—No siento nada. Madre mía...

Amaneció antes de las cuatro de la mañana. Carlos oyó el ajetreo de las fuerzas apostadas en el bosque.

Pronto empezaría el cañoneo y luego avanzarían hacia donde él estaba y podría interceptar una ambulancia.

—Ánimo, amigo.

Le miró. Parecía estar contemplando las luces del nuevo día. No pudo cerrarle los congelados párpados. Buscó su chapa de identificación, las medallas y los documentos. Se los guardó. Si sobrevivía se las enviaría a su madre personalmente y le diría que su hijo murió heroicamente batallando a su lado y que su última palabra fue para ella.

55

Madrid, julio de 2005

—Llamó López, desde Santo Domingo —dijo Sara—. Parece que encontró la pista de Manuel Martín. Tendrás que ir allá, me temo.

—¿Santo Domingo? Bueno. Lo dejaré hasta otoño. Allí empezará la estación veraniega. Espero terminar antes el asunto de Carlos.

—¿No lo habías terminado?

—Sí, pero sólo en lo formal.

Como bien señalaba Sara, el caso de Carlos Rodríguez había concluido. Podía estar satisfecho ya que establecí su inocencia y la autoría del que mató a aquellos dos hermanos asesinos. Por consideraciones morales, quizás emocionales, no dije a la policía lo acontecido con Graziela. Guardaba las evidencias de su doble intento de asesinato sin saber exactamente por qué. Quizás, inconscientemente, para hacer sufrir a Alfonso en una mínima proporción al acoso que sin culpa alguna acompañó a Carlos durante años.

Carlos. Como en otras ocasiones en que los asuntos

dejaban de tener validez, esa criatura fantasmal se había enganchado en mi conciencia. El hombre que se perdió en la nada. Era tan sugerente como aquel otro asturiano de la cueva del tesoro, aunque sobre él nunca recibí contrato de búsqueda y toda mi actuación se desarrolló a título de anécdota. Así que, consciente de que Carlos seguiría golpeando mi tranquilidad, me decidí a continuar con su búsqueda para mi propia satisfacción. Un trabajo extra y gratuito, como el ser presidente de una comunidad de vecinos. Pero notablemente más satisfactorio si conseguía un éxito final en mis averiguaciones.

Había llegado al tope máximo en lo policial. De la información obtenida pude determinar que no era un criminal, pero por ese camino se habían agotado todas las posibilidades en cuanto a situar su paradero. Sin embargo quedaba una vía no investigada: la militar. Racionalmente ahí debería encontrar más pistas porque en la Legión y en la División Azul estuvo los últimos años conocidos de su vida.

Según mi costumbre fui desgranando mis reflexiones sobre el cuaderno, negro sobre blanco; las dudas y las respuestas derivadas, como en matemáticas.

Se me planteaban las siguientes incógnitas:

a) Carlos había sido reclamado por la policía al Tercio. Entonces, ¿cómo pudo pasar a la División Azul sin ser interceptado?

b) La unidad de reclutamiento para la Azul era la Región Militar. Por tanto, a los de Marruecos les correspondía la II, Sevilla, donde se concentró la fuerza «africana» expedicionaria para su encuadramiento. La mayoría eran voluntarios del Ejército, por lo que no necesitaron instrucción previa, como ocurrió en otras Regiones, por ejemplo en Madrid, donde el grueso fueron estudiantes falangistas, empleados y gente de clase media urbana sin conocimientos militares. Así, las expediciones que salieron de Sevilla, parece que un total de cuatro, fueron directamente a la frontera de Hendaya.

c) Pero en Madrid estaba el Cuartel General de la División, al que habría llegado la hoja de reclutamiento del legionario Carlos Rodríguez. El candidato, según la directriz emitida por el Estado Mayor Central, debería tener buenas condiciones físicas, adecuada presencia y ser fiel al «Movimiento del 18 de Julio». Por lógica quedarían descartados todos aquellos implicados en una búsqueda policial. Si Carlos había llegado a Madrid desde Sevilla, se supone que alguna parada, por pequeña que fuera, debería haber tenido la expedición africana antes de seguir camino hacia el norte. En ella debería haber sido aprehendido por los agentes del Servicio de Información Militar para su entrega a quien lo reclamaba: la Brigada de Investigación Criminal.

d) Mas, suponiendo que hubiera conseguido saltarse esos controles y llegar al campamento de concentración e instrucción de la División en Grafenwöhr, debería haber sido detectado por el Servicio de Información de la misma, especialmente por parte de la Segunda Sección bis. Esta subsección tenía como misión localizar a los desafectos, indeseables y espías. Y, por supuesto, gente que al estar reclamada por la Justicia se habría alistado para desertar.

¿Por qué Carlos Rodríguez pasó todos esos controles sin ser detectada su presencia?

Me tomé el tiempo necesario. Fui al Instituto de Historia y Cultura Militar, antes denominado Servicio Histórico del Ejército. Allí conservan los historiales de todas las unidades desde su creación. El archivero me atendió con toda amabilidad y me pasó al técnico de bibliotecas y archivos, a quien pedí los documentos correspondientes al Primer Tercio Gran Capitán durante los años 40 y 41. No había nada relevante salvo el envío de gran parte de sus efectivos a la División Azul y, secundariamente, sólo los nombres de los oficiales que pasaron a la División.

—¿Qué busca usted realmente? —dijo el bibliotecario al ver mi decepción.

—Busco a un hombre.

—Haber empezado por ahí. ¿Era oficial o clase?

—¿Hay diferencia?

—Claro. Hay dos Archivos Generales, el de Segovia y el de Guadalajara. El primero tiene los expedientes personales de oficiales y jefes, y el segundo los de los soldados; mejor dicho, los de los no profesionales. Todos sus datos. Son como un libro donde se consigna la trayectoria del soldado, capítulo a capítulo. Ahí es donde debe usted buscar.

El Archivo General Militar de Guadalajara está frente al Palacio del Infantado. Hice una solicitud indicando los datos de Carlos Rodríguez Flores y la unidad donde estuvo. Desconocía el nombre de los padres y no tenía exactitud en la fecha de su nacimiento. Unos días después me llamaron. En una sala me tendieron el historial completo. Estaba su paso por el Tercio y por la División Azul. Y más atrás, como si hubiera sido descubierto con posterioridad, se indicaba que había participado en la guerra civil en el frente de Asturias, primero como miliciano y luego como soldado del Consejo Interprovincial de Asturias y León, delegado del Frente Popular cuando se disolvieron los Comités de Guerra minerometalúrgicos. Y entre tanta letra algo se enganchó en mi visión. Había sido citado en una Orden del Día por un acto meritorio estando en Tauima. Las órdenes del día son hojas que se emiten en todos los cuarteles y en ellos se informa de los servicios, cambios orgánicos, actos, menús, incluyendo en ocasiones castigos ejemplares o premios por comportamientos heroicos. Estas hojas se destruyen cada cinco años y no pude conocer cuál fue el acto meritorio de Carlos Rodríguez. Pero estaba relacionado con otro legionario: Javier Vivas. Así que pedí el historial de este inopinado testigo.

56

Sama de Langreo, febrero de 1938

Labor omnia vincit improbus.
(El trabajo constante todo lo vence.)

VIRGILIO

De donde vive el amigo viene
un vientecillo que es manso y lene.

IBN BAQUI
(traducción de Emilio García Gómez)

Carlos subió la pendiente pero ya había visto la larga figura parada al pie de su casa. Era un atardecer grisáceo y deshabitado de esperanzas. Pero aquel hombre le traía vibraciones no identificadas.

—Te esperaba —dijo José Manuel.

—Ya veo. —Abrió la puerta—. Pasa.

El habitáculo estaba igual de arreglado y sin cambios. No había pasado tanto desde que estuviera allí. Más tarde, ambos se acodaron sobre la mesa. No necesitaron preguntas mientras se miraban a los ojos.

—Hablé con Mariana —dijo José Manuel—. Se le pasó la fila que me tenía. Me invitó a una taza de achicoria y vi su casa. Ahora que ninguno tenemos barba se maravilló del gran parecido que tenemos.

—Ye una buena mujer. Y ye verdad lo del parecido. Qué cosas tien la vida.

—Me dijo que sin tu ayuda no podrían vivir ella ni sus tres guajes.

—Hago lo que puedo. Va a limpiar casas por ahí y a recoger carbón de las escombreras e intentar venderlo. Hay mucha competencia en eso, con tantas viudas haciendo lo mismo.

—Parece que el banco te embargó.

—Hice un trato con ellos. La casa no ye mía ya. Me dejan vivir aquí de alquiler hasta que la vendan. No será fácil que lo consigan tal y como están los tiempos. —Bebió un vaso de agua—. Te ha dicho unas cuantas cosas, según veo.

—Tiene gran amargor dentro.

—Sí.

—Quiero trabajar en la mina. Podrías presentarme a algún encargado o jefe.

—Bueno —asumió Carlos, sin doblegarse a la curiosidad—. ¿Conoces algo sobre minería?

—No, pero estoy dispuesto a aprender si me ayudas.

—¿Tienes dónde dormir?

—No.

—Puedes quedarte aquí.

—Gracias. Al pasar he visto la mina Fondón cercada con alambrada y vigilada por guardias civiles.

—Ye una colonia penitenciaria. Necesítanse mineros pero la mayoría está en cárceles. Las autoridades militares los sacaron y los obligan a trabajar en las minas. Todas las mañanas la Guardia Civil les conduce a los pozos y luego les devuelve a los barracones que viste. En realidad ye un campo de concentración. Hay un barracón para los presos, un pabellón para los guardias y otro destinado a cocina y almacén. La cerca impide que los presos escapen y que se cuelen los familiares. Hay unos cientos. Dicen que así les conmutan parte de sus penas.

—¿Todos los mineros del Fondón son presos?

—La mayoría. Los libres estaban en el sindicato católico.

—¿Cómo te desenvuelves en esta situación?

—No estoy en el Fondón. Me despedí. —Hizo un gesto con los hombros—. Mis antiguos compañeros supervivientes míranme mal. Creen que soy un delator y por eso no estoy preso como ellos. No puedo decirles por qué Aranda me extendió el salvoconducto. No lo entenderían.

—¿En qué mina estás?

—Al otro extremo, en Ciaño, en el pozo Santa María, el de la famosa canción. —Notó un parpadeo en los ojos de José Manuel—. Sí, esa que empieza: «En el pozo María Luisa, murieron cuatro mineros...» Supongo que la escuchaste.

—Sí, la he oído.

—Allí no me conocen. Pero, ¿sabes? En realidad me gustaría marchar. Aquí me agobia el dolor.

—¿Adónde irías?

—A otra zona minera, pero lejana.

José Manuel quedó pensativo.

—Te diré algo. También a mí me gustaría estar lejos.

—¿En serio? Puede que seas el estímulo que necesitaba para dar el paso.

57

Grigorovo, Rusia, abril de 1942

Así en las horas de ventura y calma
y dulce desvarío
hay en mi alma una gota de tu alma
donde se baña el pensamiento mío.

RAFAEL OBLIGADO

La 2.ª Sección del Estado Mayor era la encargada del Servicio de Información de la División. Dentro de ella existía la Subsección bis, cuya misión específica era el control de los divisionarios para detectar posibles infiltrados comunistas o izquierdistas con el objeto de sembrar la agitación y el derrotismo en la soldadesca. En los primeros meses no hubo una esmerada dedicación de los agentes dado el entusiasmo general de la tropa, lo que inducía al descarte de elementos subversivos. Pero durante el transcurso del terrible y recién acabado invierno, donde tantos habían sido muertos o heridos, se detectó un ambiente de pesimismo, incluso en gran parte de los siempre animosos falangistas, que alarmó a los mandos. Aunque las deserciones fueron pocas hasta entonces, se temía que aumentaran, al igual que las automutilaciones para conseguir bajas médicas. Los de la Sección bis extremaron su celo no sólo en analizar los expedientes de aquellos que formaban las expediciones de relevo que ya estaban llegando, en los que había muchos obligados a alistarse por presiones políticas, sino a examinar con más atención las fichas y correspondencia de los aún vivos llegados en la primera recluta del año anterior.

El sargento Pereira, escribiente de profesión y meticuloso en su tarea, miraba atentamente los documentos: cartas, órdenes e informes recibidos en su momento y concernientes a los divisionarios que integraron originariamente la División. En la mayor parte no había nada sospechoso. De repente quedó rígido. Volvió a leer el documento. Luego buscó en el fichero general y contrastó los nombres. No perdió tiempo en plantarse en el despacho del jefe de la bis, capitán de la Guardia Civil. El oficial leyó los folios y quedó tan sorprendido como el subordinado. Miró unas listas y luego pasó al despacho de su superior jerárquico, el teniente coronel jefe del Servicio de Información.

—¿Este hombre vive? —preguntó, tras leer el comunicado y examinar la ficha.

—No lo sabemos. Está en el 2.º del 269, a las órdenes del comandante Román.

—Ya veo. Y ahora andan en el lío de Krutik. —Movió la cabeza—. Este hombre tiene la Medalla Militar Individual y la Cruz Roja del Mérito Militar. Los alemanes no le dieron la Cruz de Hierro al no ser oficial ni suboficial, pero sí la Medalla de la Campaña de Invierno y el Distintivo por la destrucción de carros en solitario. —Se miraron—. Tenemos aquí a un buen combatiente.

—Que no excluye la acusación, señor.

—Veamos. Esta petición nos llegó, según veo en la fecha, estando todavía la División en Grafenwöhr. Está claro que se nos pasó. Pero si lo hubiéramos detectado y cumplido la orden, ahora no tendríamos un buen soldado que, a tenor de sus medallas, ha debido de destruir importantes fuerzas enemigas, lo que supone haber salvado la vida de muchos de los nuestros.

—Así es, señor.

El jefe dio unos pasos de un lado a otro. Se paró y miró al capitán.

—Bien, informaremos al general. Él decidirá.

Muñoz Grandes leyó el memorial y luego miró a sus ayudantes.

—¿Cómo se os ha colado esto?

—Ese Carlos estaba en la Legión, en Melilla. Se alistó allí para la División. La responsabilidad era de los mandos del Tercio o de la Capitanía de Sevilla porque, según el escrito, otro fue enviado anteriormente a Tauima.

—No nos interesa lo que otros hayan hecho mal sino lo que hicimos nosotros —dijo el general volviendo a los papeles. Tras una pausa añadió—: Vamos a ver cómo se desarrolla lo de Krutik. Si ese hombre sobrevive tendremos que dar cumplimiento a esta orden. No podemos buscar disculpas por buenas que sean porque entonces esto sería un coladero. Deberá salir en el primer grupo de repatriados, debidamente custodiado, junto a los «indeseables» detectados. Por supuesto tenéis que informar de su condición de héroe. Espero que sea merecedor de un buen trato.

Días antes, Krutik, situada junto a la carretera de Leningrado y a varios kilómetros al norte de Grigorovo, había sido ocupada por el 2.º del 269 tras una cruenta batalla. Ahora, en plena Semana Santa, los soviéticos volvieron a cruzar el Voljov y se lanzaron en oleadas sobre las posiciones españolas con apoyo de la artillería. La obstinada resistencia hizo flaquear a los soviéticos, que retrocedieron en desbandada dejando el campo sembrado de cadáveres. En la pausa, aprovechada para atender a los heridos y organizar la defensa, oyeron ruidos chirriantes. Consternados vieron acercarse una treintena de carros T-34. No tenían armas para repeler a esos monstruos de hierro.

—¿Dónde están los antitanques? —preguntó un capitán.

El comandante Román le miró sin hablarle. Tendrían que defenderse con lo que tenían.

Los carros llegaron en formación abierta, disparando sus cañones y ametralladoras. Román apostó por un envite desesperado.

—Dejaremos pasar los tanques y tiraremos contra los infantes. Atacaremos luego a los carros por detrás con bombas de mano y «cócteles».

Los T-34 penetraron en la aldea derribando los muros y aplastando escombros y cuerpos. Varios hombres saltaron sobre las máquinas y dejaron sus bombas sobre las orugas. La desventaja era insufrible. En ese crítico momento entraron en liza carros Pánzer III y antiaéreos de 88 milímetros del 424 Regimiento alemán. La posición pudo ser mantenida.

Muñoz Grandes llamó a Román.

—Resistimos, mi general, aunque hemos perdido muchos oficiales y soldados.

—Pero conserváis la posición.

El comandante miró los derruidos muros. La aldea había desaparecido y ellos intentaban cubrirse en el bosque.

—Sí, mi general. La conservamos.

—Por curiosidad. ¿Qué es del cabo Carlos Rodríguez, el de la Medalla Individual?

—Ha destruido dos carros enemigos él solo. ¿Sabe una cosa? El batallón no sería lo que es sin tíos como ése. Se merece otra medalla. Como a mí, le protege la suerte y ha sobrevivido a la escabechina. Estuvo en el Hospital de Riga con pulmonía. Sanó increíblemente y regresó al frente. Es un superviviente nato.

—¿Qué hombres le quedan?

—Ciento diez.

El general en jefe guardó un silencio.

—Bien. Es nuestra contribución a la victoria. Notificaré al general Lindemann. Espero que se sienta satisfecho.

58

Madrid, abril de 1942

¿Dónde está aquel hombre
que en los días y noches del destierro
erraba por el mundo como un perro
y decía que nadie era su nombre?

JORGE LUIS BORGES, *Odisea*

La parte alta de la calle Serrano, en conjunción con el adivinado paseo de Ronda, se diluía en un campo natural de suaves colinas salpicadas de bosquecillos de pinos y abetos. Aquí y allá, los hotelitos de gente adinerada, con sus dotaciones de arbolado, transmitían una diferenciada calidad de vida frente a los súbditos, que se arracimaban en miserables casuchas en todos los barrios de Madrid excepto en la zona de Argüelles, Salamanca y alguna otra. Por esos campos la guerra no había pasado o, al menos, no había dejado huella.

La Maternidad, a cargo de Auxilio Social, era un edificio de tres plantas, no muy grande, al que se accedía por una cuestita frente a un pequeño corro de pinos y plantas. Las cocinas estaban en la planta baja y tenían gran actividad porque había muchas gestantes a las que alimentar. En una de las habitaciones para diez camas Cristina esperaba desde dos días antes el momento único del primer parto, ese instante en que la mujer pierde un poco la noción de sí misma y se disocia de lo que fue hasta ese momento porque después su vida ya nunca será igual. Ese vientre monstruoso del que se avergonzaba, como todas las embarazadas desde largos tramos de la historia, pronto desaparecería y surgiría un ser nuevo. Una criatura que siempre sería de ella en un cien por cien, porque ese cuerpo era un trozo suyo únicamente, carne única de su carne, siendo la aportación del padre un infinitesimal espermatozoide desaparecido. Ello se lo había explicado muy bien Josefina, una enfermera que, a escondidas, transmitía su progresismo feminista y su desilusión por el cambio social frustrado.

Cristina no sabía si el feto era niño o niña. Y durante meses no supo si en el fondo deseaba tenerlo. Como en todas las madres de clase obrera que llegaban a ese momento, tanto las que practicaron intentos fallidos de abortos como las que dejaron que el tiempo llegara, persistía en ella la intensa y sufriente lucha entre el amor hacia el vástago inocente, sus propias entrañas, y la imposibilidad de hacer frente a lo que parecía una tarea inmensa: ser madre sin marido.

Miró a las demás compañeras de habitación. Varias habían parido y tenían a sus niños en una cuna, a su lado. Todas eran muy jóvenes, algunas con marido y otras desasistidas de compañero, como ella. Por las noches oía llorar, lo que indicaba que la felicidad no era completa en todas. Vidas desguazadas, con la existencia marcada por las penurias y la desesperanza.

El lugar era muy agradable. Había mucha luz y a diario fregaban los suelos, cambiaban las sábanas y lavaban a las parturientas. Todo era muy blanco: las paredes, las camas, los uniformes. A los niños les limpiaban con frecuencia y preparaban biberones a las pocas que no tenían leche suficiente. Les daban cuatro comidas al día. Nunca se habían alimentado tan bien. Todo era gratuito y estaba claro que el Estado quería demostrar que todos los niños que nacieran tendrían total amparo, al menos durante los ocho días posteriores al parto, tiempo máximo que les permitían quedar.

Las enfermeras y matronas, con sus impolutos uniformes, eran de una amabilidad extrema además de eficaces, algo que a la mayoría, mujeres de izquierdas, llenaba de confusión por considerar que todos los fachas eran malos y dar por sentado que las enfermeras pertenecían al bando conservador.

Cristina miró desde su cama la cima de los abetos que se movían ligeramente, el brillo del sol sobre los tallos húmedos por las últimas lluvias. Oía el trinar de los pájaros y supo que eran momentos para la paz. Pero no conseguía vencer su desaliento. Sus padres, al principio afectados negativamente por la situación, no dudaron en darle el mayor amparo y aceptaron acompañarla en ese peregrinar por la adversidad.

¿Qué sería del amado, del que hacía tiempo carecía de noticias? ¿Qué le habría ocurrido? Decidió que el bebé nacería porque era algo de ese hombre misterioso del que se enamorara con toda la fuerza de su adolescencia cuando el mundo se había desgarrado y seguía destruyéndose en lejanas tierras.

Dio a luz en el paritorio, auxiliada por dos animosas matronas. Le dijeron que era una niña. Cuando después de limpiarla y vestirla se la entregaron, ya de nuevo en la cama, lloró durante largo tiempo. Era la niña más bonita que jamás viera. Lloró por ella, por la alegría reencontrada en su padre y por su hombre lejano. Las compañeras de habitación, desconocidas pero cercanas, la felicitaron. Cada nacimiento era celebrado como si hubiera sido realizado por todas a la vez, como si el nuevo ser les perteneciera por igual. Puede que nunca volviera a verlas. Pero en ese momento se sintió confortada con su presencia.

Se notó débil y poco predispuesta a enfrentar lo que le venía encima. Le hubiera gustado permanecer allí por tiempo indefinido. Nunca jamás iban a estar mejor cuidadas ella y la niña. Pero lo bueno casi nunca coincide con los deseos. Cuando las despedían, les daban un paquete de pañales, un biberón y un chupete. Y luego, a la estrechez acostumbrada, a la rutina mecánica del subsistir.

¿Qué nombre le pondría? Había confiado en que él estuviera presente cuando ocurriera. Ahora tendría que decidir ella sola. El bautizo era obligado, lo que aportaba un grado más de seriedad en el malestar aún latente de su padre, hombre sembrado de agnosticismo y que consideraba que el bautizo debía ser decidido por cada persona en edad de razón. La convicción contra el ritual.

El cura apareció al día siguiente. Era uno de los párrocos de la iglesia de San Agustín, a la vuelta del paseo de Ronda. Después del habitual saludo preguntó por el padre del nacido.

—Está en Rusia.

—Dame el certificado matrimonial.

Ella notó que la sangre le zarandeaba las mejillas.

—No... No lo tengo.

—¿Lo perdiste? Dime dónde te casaste. Pediremos una copia y bautizaremos a la niña mañana.

—No hay certificado —dijo el padre de Cristina, alzando la barbilla y tratando de que sus ojos no centellearan—. No hubo matrimonio.

El cura se tomó un tiempo para asegurarse de que su autoridad no era algo a cuestionar.

—La niña nació bajo pecado. No puede ser bautizada.

—Tanto mejor —espetó el agnóstico.

—Hay que hacer las cosas como Dios manda —añadió el sacerdote, como si no hubiera oído, dirigiéndose a Cristina—. Si tanta excitación tenías, podías haber tenido la misma exigencia en pasar antes por el Santo sacramento. Así hubieras evitado la fornicación, que es contraria a la Ley de Dios. Lo olvidaste, lo mismo que al niño que podría nacer como accidente no deseado. Secuelas del amor libre que se practicaba en la República. Como los animales.

La mañana, que empezó con las esperanzas que traen todos los amaneceres, se tornó irrespirable. Las otras mujeres intentaban apartar sus miradas. Pero algo sombrío se había apoderado de la blancura de la sala. La enfermera Josefina miró al párroco.

—Él está luchando en la División Azul. ¿Oyó? Tuvo que salir urgente, como muchos sacerdotes.

El cura miró a la enfermera durante un rato. Había notado un mayor énfasis en lo de «muchos sacerdotes».

—He estado de páter en un batallón en el frente del Ebro. Sé lo que es estar luchando en primera línea. —Volvió sus ojos a Cristina—. Bueno, veamos. Doy por hecho que os casaréis cuando él regrese. Ningún niño debe vivir sin padres unidos por matrimonio. Quiero verte por la parroquia cuando ya estés en casa. Vamos con el bautizo. ¿Quiénes son los padrinos?

—En el fondo no es mala persona ni desea humillaros —dijo la enfermera, más tarde, una vez ido el religioso—. Lo que desea es forzaros para que comulguéis con la doctrina de la Iglesia lo antes posible.

Cristina miró a su padre. Fue la primera vez que le vio llorar, la impotencia nadando entre sus lágrimas.

Mucho más tarde, después de la cena, Cristina miró a la niña, arrebujada contra ella como si aún no hubiera nacido. No quiso que durmiera en el nido. Ambas necesitaban estar juntas. Le dio de mamar y se prometió que lucharía porque tuviera una vida feliz, lo que significaba que tendría que encontrar, antes o después, al hombre que sembró dentro de ella.

59

Villablino, León, octubre de 1938

Consuetudine levior est labor.
(Todo trabajo resulta más ligero con la costumbre.)

TITO LIVIO

José Manuel abrió los ojos. Una tenue claridad procedente de un farol de la calle prestaba cierta resistencia a la oscuridad de la habitación. Desde su cama miró al otro extremo donde en otra cama dormía Carlos. Le oyó respirar acompasadamente, como a diario. Era reconfortante comprobar su total integración en el dormir. Lo hacía sin condiciones, como un adolescente, rendido al descanso. Al contrario que él, que con frecuencia despertaba en la noche profunda y sin ruidos para extraer de las lentas horas lo que atormentaba sus recuerdos. En la mesilla, el reloj apuntaba las cinco. Era domingo. Tardaría en amanecer y Carlos sólo despertaría cuando el aire fuera golpeado por la «Campanona» de la iglesia de San Miguel, que colgaba en uno de los vanos de la espadaña. Aunque dinámico en el madrugar diario, había acostumbrado su mente a relajarse en los días festivos para obtener el mejor descanso.

Volvió a recrear su vida de los últimos meses. Estaban en el pueblo de San Miguel, pegado a Villablino por su extremo noroeste. Lo eligieron tras sopesar distintas alternativas. Pensaban que el valle de Laciana estaba lo suficientemente alejado de su tierra. En cierto modo podía considerarse un escondrijo. La cuenca de Villablino era la principal de hulla en la provincia de León, con grandes yacimientos de antracita. Había sido difícilmente accesible hasta que en 1919 construyeron la vía férrea que lo unía a Ponferrada. A partir de ese momento empezaron a llegar gentes de fuera para trabajar en las minas, sobre todo de Galicia y Portugal.

Al llegar pidieron trabajo en la empresa Minero Siderúrgica de Ponferrada, la más grande en la zona. Fueron admitidos, previo examen de las documentaciones, Carlos como barrenista y José Manuel como ayudante. Al recordarlo, siempre le hacía sonreír la expresión del jefe de personal.

—Si sois hermanos, ¿por qué lleváis distintos nombres?

—No lo somos.

—Joder, quién lo diría. Sois iguales.

Echando la vista atrás se sorprendió de lo lejano que le parecía todo. Fue como si al pasar al sur de la Cordillera Cantábrica hubieran cruzado el umbral de otro mundo. Allí nadie les conocía y lo que ocurría en un pueblo apenas tenía eco en los cercanos y menos en otras provincias. En las afueras de la población, cerca del arroyo, alquilaron la vieja casa de una planta con dos espacios y techo de pizarra, y allí empezaron a reorganizar sus vidas. Era una zona con casonas y hórreos de solera que parecían surgir del verdor y les recordaba su tierra. Ahora, meses después, los dos eran barrenistas. Desde el principio, y de forma semiconsciente por sus especiales circunstancias, no se mezclaron mucho con los otros mineros, muchos de ellos presos y otros fieles al nuevo régimen. Los sindicatos habían sido suprimidos y funcionaba un sistema de vigilancia basado en delaciones del que ambos amigos procuraron escapar. Normalmente iban siempre juntos a las tabernas y bodegones del valle procurando evitar encuentros con los numerosos guardias civiles que pululaban por la zona, no por temor, ya que sus documentos les protegían, sino por la arbitrariedad de sus acciones.

En Villablino había poco que hacer durante los festivos, y menos en San Miguel. Él leía pero no dejaba de acompañar a su amigo en las ocasionales partidas de billar o ajedrez a los que era aficionado. Buscaron alguna chica para salir, pero el ambiente era tan recatado que los jóvenes debían verse en grupos, a plena luz del día. Un lugar de encuentro habitual era a la salida de las misas a las que tácitamente ellos no acudían. Las mujeres llevaban velo y devocionario y algunas incluso rosarios colgando, objetos con los que paseaban por la calle Mayor sin desprenderse de ellos hasta la vuelta a casa a la hora de comer. Ese modo de vida acuñado por el nuevo Régimen, y la barrera establecida obligatoriamente entre mujeres y hombres, llenaba de impaciencia a Carlos.

—No puedes hablar con una chica a solas. ¿Y besarla, sólo un puñetero beso? Hay que casarse para ello. ¿Y mientras?

—¿Qué hacías durante el régimen anterior?

—Nada que ver. No era necesario recurrir a las prostitutas para tener una relación sexual. Había libertad y muchas mujeres la aprovechaban. ¿Por qué no?

—¿Cómo era eso? ¿Se le juraba matrimonio?

—¿Qué dices? El matrimonio tal y como estaba establecido, y como ahora ye de nuevo, cayó en desuso. Húbolos, sin duda, pero la gente emparejábase por amor o por deseo. Lo más parecido a la sociedad natural.

—Me sorprendes con tus razonamientos de filósofo.

—No estudié como tú pero tuviera profesores.

—Los aprovechaste.

—Tú sin embargo no pareces tener esas urgencias. ¿Tanto freno imponía el seminario en esa cuestión?

—Un freno absoluto. Es la cosa más importante a reprimir.

—Lo siento por los seminaristas.

—Yo también. En mi caso aquello pasó. Caí en tentaciones. Lo que ocurre es que no me llama con la acucia que a ti.

—Quizás hubieras necesitado una visita de Loli, la hija de don Amador.

Y fue entonces cuando supieron que ambos habían pasado por las redes de la joven. Habían reído tras la sorpresa mutua y luego, en el comentario, reconocieron sentir admiración por la mujer y su disposición a expresar su amor por la vida de forma tan contundente.

—El desenfado con que Loli actuaba era lo normal que te comentaba, antes de que Aranda se hiciera con el mando —añadió—. Ella resultó un aventajado ejemplo. Me gratificó con varios encuentros mientras convalecía. Y era tan... Bueno, qué decirte. En el fondo no sé si estaba dispuesto a ser curado, lo que suponía tener que abandonar la casa y dejar sus caricias. —Suspiró—. Fue algo magnífico. Pero ahora que me hablaste de tu encuentro con ella, quédame la duda de si pensaba en ti cuando retozara conmigo. Por lo del parecido.

—Bueno, en todo caso supongo que sentiría doble satisfacción.

—Claro, espero —dijo, enganchando las sonrisas.

—Parece que esa chica te llegó.

—Ella ye algo más que sexo, aunque en ese campo ye inmejorable.

—Coincido plenamente a pesar de que tuve poco tiempo para disfrutar de sus razonamientos.

—Tien una actitud crítica con la Iglesia, lo que entonces me extrañaba. Ahora veo tu influencia en ello.

—¿Qué decía?

—Cosas. Por ejemplo, en las misas. No entiende que el oficiante se coloque de espaldas a los fieles, que venle trastear e imaginan lo que hace, sin verlo. Dice que no ye tan difícil trasladar el altar a una mesa y que el presbítero dé cara a la gente y no el culo. A los Cristos de madera, que normalmente están altos en las paredes, no se les desmerece. Y ellos, concediendo que puedan estar animados por colaboración divina, pueden ver el Sacramento desde su altura y sería como si ayudaran a la eucaristía.

Las vacaciones de verano las pasaron en La Coruña

viendo el mar y las gentes que parecían felices, lo que según algunos era el rasgo diferenciador de los gallegos. Ellos no estallaban con la virulencia astur y siempre tenían la palabra amable. Claro que esa parte de España no fue tocada por ninguna revolución, como la que tuvo Asturias en el 34, y permaneció a salvo de la guerra que azotaba al país desde hacía dos años y medio.

José Manuel se levantó y fue a la parte trasera, donde estaba el *ochadero*. Regresó ya lavado en el momento en que las campanas empezaban a reclamar. Carlos ya estaba en pie, desperezándose.

Después de desayunar fueron caminando a la estación, que estaba en el otro extremo de Villablino, cerca del río Sil. El día anterior habían decidido ir a Ponferrada. El tren era de vía estrecha y había dos diarios: el Correo, únicamente para viajeros, y el Mixto, para carbón, mercancías y viajeros. Al ser domingo sólo había un Correo, que se llenó. La mayoría eran jóvenes mineros dispuestos a dejarse gran parte del sueldo semanal en cada viaje festivo. Los coches estaban sin compartimentar y los asientos eran de tablillas. Había muchos soldados con gesto de haber conseguido un permiso y gente con ropas domingueras. Aun siendo frecuente, el ver a guardias civiles armados custodiando una docena de presos esposados restaba vivacidad a las conversaciones. Aunque la distancia era de sesenta y dos kilómetros, el trayecto se hacía largo debido a la lentitud de la máquina. Las vías se enredaban en las anchas curvas y el chorro de humo negro quedaba encajado entre las enormes montañas, que parecían querer precipitarse sobre ellos.

Media hora después de la salida José Manuel miró al cielo, invisible tras nubes negruzcas.

—Lloverá seguramente.

No obtuvo respuesta de su amigo. Carlos había caído en un mutismo reincidente. El grupo de presos y guardianes ocupaba un extremo del vagón. Los reclusos miraban a los demás pasajeros como pidiéndoles una ayuda que nadie podía darles, o acaso un signo de comprensión en los rostros esquivos. Seguramente habían sido reclamados por autoridades de la capital y ello justificaba la zozobra que expresaban sus caras. José Manuel miró a su amigo. Los ojos de Carlos estaban sangrantes. Hizo un esfuerzo por liberar a ambos de ese agobio.

—Oí que la compañía ha adquirido martillos neumáticos para hacer más eficiente el picado. —Carlos asintió con la cabeza sin dejar de contemplar las montañas, aunque sus ojos no las miraban—. Y también que van a traer cascos con lámparas, como una linterna pegada al mismo. Serán caras pero creo que deberíamos comprarlas, si es que en verdad llegan a los almacenes.

—Las noticias que nos permiten conocer indican que las fuerzas republicanas están al borde de la derrota —habló por fin Carlos, arrastrando las palabras y en la oreja del amigo para no ser oído por los vecinos de asiento—. Pero siguen luchando, confiando en una victoria.

—Sí —concedió José Manuel.

—Y yo aquí, como si nada estuviera ocurriendo en el resto del país. Gente muriendo por una causa.

—Sí, pero creo que...

—¿Qué hago aquí? Debería estar en Madrid, con mi gente.

—Me dijiste que sólo tienes una tía y un primo.

—Los míos son todos los que luchan.

—¿Cómo podrías pasar allí? Está cercada y nadie puede salir ni entrar. Incluso de aquí no es fácil salir.

—Ni siquiera lo intento. Ye lo que me mortifica.

—No debes decir eso. No se puede estar en todas las batallas. Cumpliste de sobra en nuestra tierra. ¿No te cansaste de pegar tiros?

Carlos guardó silencio. Seguramente su amigo tenía razón.

—Quiero volver a Madrid, pero no de visita como te dije en una ocasión, sino para quedarme. Quiero ver mi barrio, saber qué fue de mis antiguos amigos, abrazar a mi tía, sentir mi ciudad. ¿Vendrías conmigo?

José Manuel era profundamente asturiano. Había sido arrojado de su casa pero Asturias tenía muchos sitios donde reiniciar su vida. Sin embargo, su amigo no le estaba haciendo una pregunta. Era más que eso. Tuvo la sensación de que reclamaba su presencia como si al haberse salvado mutuamente no pudiera desprenderse de su compañía. No estaba seguro de haber fallado a Jesús, pero tampoco de haber estado a la altura requerida aunque tuviera el atenuante de las difíciles circunstancias. En cualquier caso, no podía fallar a su nuevo amigo.

—Sí, iré contigo. Así conoceré a tu tía en persona.

Su comentario no acabó con la tristeza de Carlos. José Manuel volvió a mirar a su amigo, que no parecía tener ganas de seguir hablando. Luego miró las montañas, que corrían hacia atrás, y al Sil, unas veces a la izquierda y otras a la derecha. Los ingenieros habían construido el tendido ferroviario siguiendo el serpenteante curso pero trazando rectas sobre el mismo.

Dos horas después llegaron a Ponferrada. La estación, de tres vías terminales, era grande y estaba a unos cuatrocientos metros de la de los grandes expresos Madrid-La Coruña, a la que vieron dirigirse a otros pasajeros y a los presos en custodia. El funcional edificio de dos plantas destacaba del arrabal casi despoblado donde se asentaban las casuchas de una incipiente barriada llamada El Bosque. Aunque hacía frío bajo un sol engañoso, vieron a mujeres y niños en el margen del río donde estaban las chabolas de los desalojados de la vida digna. Ellas, casi todas de negro; los críos, luciendo sus harapos mientras corrían y le daban a la pelota de trapo. Como siempre, Carlos se paró un largo rato en la contemplación de esas familias, truncadas la mayoría seguramente. Pero las risas de los niños hacían pensar que quizás hubiera una esperanza para ellos. Luego echaron a caminar hacia la ciudad propiamente dicha, instalada en un promontorio y en la que sobresalía la blanca torre colmada de campanas de la Basílica de la Encina. Cruzaron el río sobre el viejo puente de hierro, único que salvaba el cauce. Sintieron de nuevo la sensación extraída del tiempo porque Ponferrada fue ciudad amurallada y lo primero que veía el forastero era una parte de esas murallas, condensadas en los restos de la enorme fortaleza de los Caballeros Templarios. Cualquiera podía rendirse a la imaginación y situarse en los tiempos en que se cruzaba el foso para tomar la ciudad.

Ya arriba volvieron a admirar la enorme ciudadela, evidencia de que la población era importante en la Edad

Media. Estaba en ruinas, desmoronado su esplendor. El abandono de siglos, al que se unían las constantes depredaciones de sus piedras, demolían sus muros inexorablemente. Quizá nunca se restauraría. No estaba el país para esas tareas, y lo mejor para muchos de sus habitantes sería arrasar el lugar y hacer un parque de esparcimiento. Pasaron a la calle del Reloj, atestada de gente. Se mezclaban los paisanos, encopetados de galas reservadas para festivos, con los colores grises de la policía, azules de los falangistas, verdes de los tricornios y del Ejército, y el crudo de los Regulares. Era una ciudad de aluvión, sostenida con los beneficios derivados de las extracciones mineras. Al estar en retaguardia casi desde el principio de la guerra, su economía no se vio afectada por la pasión bélica que seguía estragando otras partes del país. Como valor añadido, el de esas fuerzas militares y policiales llegadas para combatir el incipiente Maquis, lo que dejaba buenos dineros en la economía de la zona.

Entraron en el bar El Turco, donde todo el mundo se reunía. Había personajes indudablemente extranjeros. Rubios, altos, bien vestidos, con sombrero. Eran agentes alemanes y británicos que se movían en el negocio del wolframio, una de las materias primas estratégicas en los tiempos de auge armamentístico. En esos momentos sonaban presagios de una conflagración europea y las potencias llamadas a la pelea imprimían demanda urgente de ese material, tan necesario para la industria militar por su capacidad de endurecer el acero. No se escondían porque el Gobierno de Burgos, a pesar de su inclinación por Alemania, dejaba que el mercado impusiera la lógica de la demanda para vender el producto al mejor postor.

Tomaron asiento en uno de los bancos de la plaza del Ayuntamiento. Entre los grupos de conversadores vieron niños lustrosos jugando al aro. Correteaban y reían.

—¿Te fijaste? —dijo Carlos, sin dejar de mirarles—. Las risas de estos niños son como la de los chavales del río.

—Sí, en esas edades todas las risas son iguales.

—¿Te conté? Yo no tuve juegos en Asturias. Pasara la edad. Enseguida pusiéronme a trabajar. Mis años guajes los pasé en Madrid. Allí sí jugábamos, casi todo el día en la calle. Nunca lo olvidaré. En Langreo no vi chiquillos jugar ni apenas intercambiar risas. Parecíanme desguarnecidos de cariño. No era tal sino la necesidad de que todos contribuyéramos, aún pequeñajos.

—Tienes un bagaje que a mí me falta. Yo apenas tuve juegos de chiquitajo, por lo mismo que dices. Sólo con un amigo, que ahora tengo perdido.

Tras deambular por la barahúnda pasaron a La Obrera, una asociación gremial de trabajadores de distintos oficios. En el local siempre había música y baile. Y buena comida. Como todos los bares, estaba lleno de mujeres y hombres. Las conversaciones en alta diapasón hacían característico el ambiente de quienes no tienen que enmascarar sus modales. Uno de los encargados, delantal rayado protegiendo su bien adobado vientre, les hizo una seña y les llevó a una mesa reservada. La sonrisa mostraba su complacencia en recibirles. Trajo un frasco de vino y vasos, y se sentó con ellos.

—No vinisteis la semana pasada.

—Nos prestó hacer caminada por los montes de San Miguel. Ya vemos que tienes clientes suficientes.

—No faltan. ¿Veis aquellos? —Señaló discretamente una mesa donde porfiaban gesticulantes una decena de hombres—. Son nuevos, otros que se apuntan a la fiebre del wolframio. La mayoría campesinos que han conseguido pequeñas concesiones. Y en aquella otra mesa están los «aventureros», esos que se dedican a trabajar en concesiones de otros y se alzan con cantidades de mineral. Todos se están forrando con eso. —Tomó su vino—. ¿Por qué no dejáis el carbón y os buscáis un trabajo en una mina de ese metal?

—No nos llama —dijo Carlos por los dos—. No todos necesitamos enriquecernos. Nos gusta la vida sencilla.

—Os traeré el menú.

Más tarde volvieron a cruzar el río y buscaron por las casas de El Bosque. Todo el enorme ángulo situado entre las carreteras que iban a La Coruña y a Orense era monte, salpicado de huertas, que se perdían en la distancia. La zona afirmaba su voluntad de expandirse porque era donde estaban los sitios para el alterne. La prostitución era admitida e, incluso, favorecida por las autoridades, quizá porque al ser un régimen militar sus dirigentes sabían lo importante que era tener satisfechas las necesidades sexuales de la tropa y, ahora, por extensión, de la población masculina. Había locales pequeños como El Chigrín y El Descanso, donde los hombres bebían y jugaban la partida bajo los quejumbrosos sones de un gramófono mientras definían las chicas a elegir, casi todas gallegas, portuguesas y andaluzas. De mayor entidad estaba El Dólar. Allí, la menguada luz y la atmósfera humosa se complementaban con la música que un hombre vestido de esmoquin extraía de un piano. Las chicas circulaban con los pechos al aire y el ambiente se llenaba de hedonismo. En su línea, El Rosmarí, con el añadido de tener habitaciones con ducha y bidé. Estos establecimientos eran los más frecuentados por los agentes extranjeros, y también por los dos amigos.

Doña Rosa les dio la bienvenida con gestos elocuentes.

—Os echaba de menos.

Era mujer de alto nivel, tratando de mantener con afeites los bellos trazos de su fisonomía. No perdía la esperanza de satisfacerse personalmente con esos dos singulares mineros, a los que se ofrecía gratis y reiteradamente. Los dos amigos bailaron, cenaron y dejaron que las cosas siguieran su curso.

Al día siguiente tomaron el tren que salía a las nueve. No iba tan lleno porque casi todos los que volvían eran mineros. Durante el trayecto recogerían a los de los pueblos intermedios. Mientras el tren subía por el pendiente recorrido, Carlos habló con voz donde latían mil melodías inéditas.

—No me gusta depender de esas mujeres. Quiero tener otra vida, casarme, tener hijos. Un trabajo que me entretenga y dé para los míos —dijo con voz melancólica, como si oyera el rasgueo de una guitarra de madrugada en un viejo cementerio.

—Eso es lo que desea todo el mundo.

—Sí y no. Dejaré la mina antes de que me devore. Deseo seguir trabajando con las manos, notar que con ellas estoy creando algo. No quiero riquezas ni sinecuras. Sólo ver la risa de mis hijos y procurar que nunca tengan que esconderlas. —Hizo una pausa—. ¿Y tú?

—Iré contigo a Madrid. Luego ya veré —dijo José Manuel pausadamente, antes de refugiarse en sus pensamientos. Tener una familia, una mujer. Doña Dolores, Loli, Soledad... Las tres desarticularon su tranquilidad pero nunca le pertenecerían. Quizás en Madrid encontrara una oportunidad. Ojalá fuera como Soledad. Intentó entrever el futuro y dejó el tiempo pasar.

60

Plasencia, agosto de 2005

En la confluencia de las zonas naturales más bellas del norte extremeño, y rodeada de un verde inacabable, se yergue una ciudad que en tiempos de fronteras fundó el rey Alfonso VIII para asegurar el dominio cristiano en esas tierras extremas. Es Plasencia, una de las pocas ciudades monumentales que se vanagloria de tener dos catedrales y una concurridísima Plaza Mayor donde se concentra la vida de sus habitantes.

En ella busqué a mi hombre una mañana mediada, con el sol sembrando contraluces en las fachadas y en los rostros de los paseantes. Rosa quiso acompañarme, lo que agradecí con mi mayor expresividad. A su lado todo era más fácil. En el bar Español estaba Javier Vivas. Le reconocí a pesar de no haberle visto nunca. Tenía la figura airosa a pesar de la intromisión de los años. Fuerte, la mirada alta, las manos sufridas. Mantenía su cabello y no usaba gafas, signos externos de una querencia de juventud. Fumaba un cigarro puro que al ver a Rosa apagó y echó a un recipiente. No tuvo reparos en mirarla con descaro. A partir de ese momento, y como era de esperar, quedé anulado, sólo como el acompañante que hacía preguntas. Nos presentó al dueño, Emilio Valencia, y a otros amigos, haciendo gala del trato vecinal que aún queda en algunos lugares, desaparecidos ya en las grandes ciudades. Nos llevó a una mesa esquinada donde se veía todo el panorama de la plaza, con el Ayuntamiento adornado por ondeantes banderas. Emilio puso una botella de vino y una fuente con jamón y lomo embuchado de bellota.

—Así que está haciendo una novela sobre la Legión —comentó mirando a Rosa, como si fuera ella la interlocutora.

—Bueno, no exactamente —dije, asumiendo mi condición de consorte—. No es una novela y sólo hablo de la antigua Legión. Es un homenaje a ese cuerpo. Intento destacar hechos heroicos o que pudieran ser considerados como tales.

—Excelente idea. Hay mucho que contar todavía. He tenido un largo camino pero los años que pasé en el Tercio fueron los mejores —sonrió, mostrando una blanca dentadura.

—Sucede que las vivencias más intensas son las que se recuerdan en positivo, por muy desagradables que hayan sido —dije para sus oídos, no para sus ojos—. Un ejemplo es la Guerra Civil. Los que estuvieron en ella recuerdan lo más grato y emocionante de ese triste periodo.

—Puede que tenga razón —respondió, terco en su contemplación de Rosa—. Tuve muchas cosas tremendamente desagradables.

—Y alguna de enorme intensidad. Por ejemplo, la muerte de su esposa.

Volvió sus ojos hacia mí de golpe.

—¿Cómo sabe eso?

—Soy escritor, le dije. Necesitamos investigar datos precisos si queremos que la obra sea creíble.

—No me gusta hablar de ello.

—Leí que usted y un compañero, allá por el año 41, protagonizaron una hermosa acción de compañerismo. Él casi muere al defender a la mujer de usted.

No pudo reprimir un gesto de sorpresa.

—¿Lo ha leído, dice? ¡Que bárbaro! Tantos años... ¿Y eso está escrito? ¿Dónde?

—En el Archivo General Militar. Consta el historial concreto de cada legionario.

—O sea, que estamos ahí. ¡Qué cosas...! —musitó, repentinamente ensimismado—. Carlos... Él sí era un buen legionario.

—Significa que no todos lo eran.

—Ni mucho menos. Había amigos de lo ajeno, recalcitrantes en la indisciplina, pendencieros, dados a la bebida y al juego. No escarmentaban y una y otra vez regresaban al calabozo, aparte de cumplir con el pelotón de castigo. Claro que esto último merece comentario aparte.

—¿Qué me dice de aquel hombre?

—¿Que qué le digo? Nunca tuve un amigo como él. Cuando partió a la División Azul fue como si me quedara huérfano.

—¿Él estuvo en la División Azul? —dije, haciéndome el tonto.

—Sí, ya lo creo.

—¿Por qué no le secundó, yendo con él?

—¿Cree que fue por miedo? —Enarcó una ceja—. Nunca me eché para atrás en nada que la vida me pusiera por delante. Pero tenía una misión personal que cumplir.

—Me imagino que sería la de buscar al asesino de su esposa. ¿Lo encontró? Es un dato importante para el libro —mentí, adentrándome en su confianza—. La justicia, finalmente.

—No lo encontré. Y sabe Dios que lo busqué. Y la policía. Pero nada. Ahora ya todo está en el recuerdo, la herida cicatrizada.

—A propósito de policía, encontré una orden de la antigua Dirección General de Seguridad. Se pedía el apresamiento de Carlos para su traslado a Madrid. Pero usted dice que estuvo en la División Azul. ¿Cómo es posible?

—Ahí entró el espíritu del Tercio.

—No le entiendo bien.

—Sí. Él había protagonizado una acción de compañerismo por encima de la propia vida, resaltando los valores del Credo legionario. Además, era uno de los más completos, con la mejor puntuación en todas las actividades. Un hombre así no podía ser un delincuente. Y aunque lo hubiera sido, ahora era un perfecto soldado. Así que todos los mandos se confabularon para camuflarle y protegerle.

—¿Camuflarle? ¿De qué forma?

—Ignorar la petición de la Criminal. El coronel del Tercio asumió la responsabilidad de dejar dormir la orden por no estar dictada por ningún juzgado. En aquellos años había una tentación en los mandos policiales de emitir órdenes de búsqueda sin freno, muchas de ellas injustas. Parece que el coronel intervino ante el Cuartel General de la División y su Estado Mayor y la cosa se solucionó entre colegas. Más tarde, el coronel Martínez Esparza, jefe del Regimiento 269, fue informado. Había sido legionario y tenía el alma llena de amor al Cuerpo. No dudó en involucrarse. Dio instrucciones al Servicio de Información de que bloquearan su ficha.

—¿Cómo sabe usted eso?

—Lo sé, ocurrió así —dijo con tal convencimiento que parecía que él había dirigido la pretendida operación.

—Es una pena que muriera en Rusia.

—¿Morir en Rusia? —me miró y soltó una risita—. ¿De dónde sacó esa conclusión?

—Bueno, murieron muchos. Imaginé...

—Pero él no. Está vivito y coleando.

—¿De veras? Me alegro, en verdad. Podría presentármelo.

—No es posible. Vive en Méjico. Tendría que ir allí para verle.

—¿Por qué no? ¿Tiene su dirección?

—¿Para qué? —dijo, apartándose de la contemplación en Rosa, un destello de sospecha en sus ojos—. Yo le diré todo sobre el Tercio. Usted no necesita otras fuentes.

—Disculpe. He hablado con muchos legionarios y no todos tienen la misma visión. Depende de sus vivencias.

—Carlos y yo vivimos las mismas cosas. Siempre estuvimos juntos.

—Menos cuando usted se casó, supongo.

Esta vez la sonrisa se le quedó encajada.

—Quiere decir —intervino Rosa— que nunca se puede compartir una misma visión de las cosas aunque las personas estén juntas.

—La disposición a efectuar una operación de ayuda sin pensar en el riesgo. Es más de lo que sucede hoy día —dije—. Nadie puede saber lo que guía a un hombre a portarse así. Por eso me gustaría saludarle. A ver si puedo ser capaz de realizar algo parecido.

Cogió la cigarrera de encima de la mesa e hizo intención de sacar un puro. Luego se frenó, sin duda por Rosa.

—Bueno —dijo, totalmente recobrado al parecer—. Está bien. Pero ahora vamos a comer. Otro amigo tiene un restaurante al aire libre junto al río y entre chopos. Por eso le llama La Chopera. No sé si oyeron hablar de él. Su ensalada «La catedral» es muy conocida por los buenos gastrónomos. Les hará chuparse los dedos.

En verdad que fue una buena comida, salpicada de anécdotas y risas. Al final sacó un habano y, tras pedir permiso a Rosa, se apostó a remolque de él, procediendo a echar humo con gesto de enorme satisfacción.

—Mencionó algo sobre el pelotón de castigo.

—En realidad se llamaba «el Pelotón», a secas. Allí se mandaba a los que vulneraban las reglas —dijo, volviendo a su contemplación favorita, como si Rosa tirara de sus ojos—. Al cargo estaban soldados y cabos veteranos que se esmeraban para superarse en cuanto a maldad. Mandaban cavar fosos para rellenarlos luego con la misma tierra extraída. Marchas a paso ligero con un saco terrero sobre los hombros o con el fusil terciado y todo el equipo. Arrastradas por zonas de piedras y espinos con el fusil y el equipo. Carreras... y golpes. La lista es larga. Una verdadera tortura. Los castigados quedaban muy marcados y con gran predisposición a odiar a la humanidad.

—Usted estuvo en ese pelotón —sostuve.

—Sí, precisamente por escaparme a ver a mi novia de entonces. Me tocó uno que la tomó como algo personal, quizá por la envidia de haber conquistado a la chica más bella del entorno. Me las hizo pasar realmente putas. Luego, cuando ella murió en tan especiales circunstancias, el cabrón trató de reconciliarse. Le dejé creer que todo estaba olvidado.

—¿No lo volvió a ver?

Esta vez me hizo objeto de su total atención. Sus ojos tenían la mirada del lobo.

—La mayoría de estos tipos se largaba al Paralelo de Barcelona al licenciarse. Trabajaban de vigilantes en los locales, espiando a las chicas y ejerciendo de matones. En realidad estaban refugiados, como en esas películas del oeste donde los malhechores tenían una guarida oculta. Pero a algunos de nada les valió.

—¿Qué quiere decir?

—Bueno, algunos torturados buscaron a sus antiguos verdugos. Era muy difícil olvidar. No fueron pocos los cabrones que aparecieron muertos —la mirada subrayó su gesto triunfante—. Sí, le relevo de hacer la pregunta. Fue un amigo quien dio con mi hijoputa particular y no se le escapó. Me aseguró que cuando le rebanó el gaznate fue como si cumpliera con el maldito que acabó con mi mujer.

—¿Eso hizo un amigo por usted?

—Sí.

—Tuvo que ser un gran amigo para decidirse a cometer un asesinato —dije, y de nuevo nos miramos a los ojos.

—Mi mejor amigo.

—Dijo que el mejor fue Carlos.

—Otro más cercano que él —aseguró iluminando su rostro con una sonrisa desafiante.

Consideré que el momento era adecuado, así que miré a Rosa, que me entendió.

—Ese amigo de usted, Carlos, no vive en Méjico, ¿verdad? —dijo como de pasada, hechizando al hombre.

61

Villablino, León, febrero de 1939

> Con gran ilusión nos pusimos a caminar, pero nos perdimos en el primer recodo del sendero.
>
> José Elgarresta

La alarma se encendió en las instalaciones de la mina. Los mineros corrieron al túnel de entrada. Esperaron. Poco después, la noticia.

—¡Derrumbe en la galería cinco!

—¿Quién estaba en el tajo? —preguntó el ingeniero director.

—El turno correspondía a los gemelos, a José Pérez, a Esteban Gómez...

—¿Qué se sabe?

—Nada aún. Ya está allí la brigada de salvamento. Tenemos que esperar.

Una hora más tarde ya sabían quiénes estaban atrapados.

—¿Por qué les llamáis los gemelos?

—Se les identifica más rápido porque son iguales y siempre van juntos —dijo el encargado general—. Pero no son familia ni tienen la misma edad. Carlos es un año más joven.

—Son un tanto raros, ¿no?

—¿A qué se refiere?

—Bueno, ya me entiende,

—Nada más lejos. Es pura amistad. En esta guerra hemos visto ejemplos semejantes. Estos muchachos hablan poco con los demás pero no desdeñan una ayuda. De hecho, cuando no están de turno suelen formar parte de la brigada de salvamento, voluntarios.

—No parece que tuvieran mucha mina.

—Llevaban un año aquí, pero uno ya trabajó en las cuencas de Asturias. No son nuevos. Conocían los riesgos.

Llovía tenazmente y toda la zona estaba enlodada. A través de los dardos de agua se veían bajar pequeñas cascadas por los montes. Todos los hombres sin turno de trabajo esperaban noticias fumando mecánicamente, sin hablar apenas, ecuánimes ante la desgracia reiterada. Sabían que bien poco valía una vida en las minas. Y más en esos tiempos. Desprendimientos, accidentes mecánicos o de circulación en las galerías, fracturas craneales, explosiones de grisú, caídas, asfixia por gases, enfermedades pulmonares por la silicosis... Siempre acechando, siempre cobrándose vidas.

Tres horas después subieron a ambos mineros, uno muerto, el otro herido no de gravedad. El ingeniero acudió al botiquín de urgencias junto al encargado. El superviviente era Carlos Rodríguez y estaba siendo curado de sus magulladuras. Tenía un ojo tumefacto, un labio partido y le sangraban la cabeza y las manos. El practicante le limpió y restañó las heridas. Luego colocó un vendaje y aplicó pomada y esparadrapos en los cortes de la cara. Finalmente le vendó las manos. Carlos explicó que el derrumbe fue repentino y que él pudo salvarse gracias a un hueco.

—¿Cómo te encuentras? —preguntó el ingeniero, intentando no parecer acostumbrado a las tragedias.

—Bien, físicamente.

—Has demostrado una gran entereza mental. No es fácil estar sepultado más de tres horas.

—Lo difícil es haber sobrevivido con casi ausencia de aire —señaló el enfermero.

Carlos no hizo ningún comentario. Su mirada indicaba que había caído en un ámbito cerrado para ellos.

El médico vino de Ponferrada para certificar la muerte de José Manuel González. En el informe señaló fractura craneal y hemorragias como causas.

—¿Qué familia tenía? —formuló el ingeniero.

—Unos hermanos en Mieres —dijo Carlos.

—Habrá que decirles algo.

—Yo me encargo, y de sus cosas, si me da unos días libres.

—Claro. Cúrate esas heridas y descansa. Cobrarás los días de ausencia. —Miró su hinchada cara y le dio la sensación de que había escondido sus ojos—. ¿Seguirás con nosotros cuando te restablezcas o regresas a Asturias?

—Me quedo aquí. Ye una buena mina.

El entierro fue al día siguiente en el cementerio de Villablino. Caía una lluvia mansa y pertinaz, y todos los presentes iban en sus chubasqueros. El cura hizo un discurso rápido mientras un monaguillo le cubría con un paraguas. Carlos y otros dos compañeros palearon la tierra empapada sobre el féretro. Formaron un túmulo en el que fueron naciendo pequeños regueros disgregantes. Luego la comitiva se disolvió con cierta prisa hasta desaparecer como hojas de otoño navegando en el viento. El fallecido no tenía mujer ni hijos. Sólo ese amigo que permanecía quieto, solo, indiferente a la lluvia como si el tiempo no le importara.

62

Blanca, Murcia, septiembre de 2005

Necesito que me veles cada noche
en mi blanco ataúd de hábitos y zarzas.
Cada mañana para honrarme
con guirnaldas sencillas de tu huerto.
Regrésame a mi nombre,
a la dócil revelación de estar viva
sin que yo me dé cuenta.

CECILIA QUÍLEZ

Blanca es una pequeña población emplazada en la fértil huerta de la Vega Alta del Segura y arrimada a un enorme macizo pétreo donde persisten las ruinas de un castillo. Se accede desde la cercana autovía de Madrid a Murcia por una estrecha carretera que serpea entre calcinadas llanuras. El río Segura la cruza por el lado oeste y está rodeada por elevaciones despejadas de arbolado y sin casi vegetación. Antes de iniciar mis pesquisas exploré el lugar para situarme, como hago siempre. Desde un entramado puente de hierro miré discurrir las mansas aguas. Reconozco que me encantan las poblaciones con ríos. Tienen algo, ya sean grandes ciudades o villorrios, que las diferencia por su aire evocador. Uno se asoma a un río y ve las luces, eléctricas o de las estrellas, lavándose en el constante discurrir. Allá van las aguas camino de otras, dulces o saladas, llevándose los suspiros de tantos soñadores de lugares lejanos. ¿Quién no ha navegado con la imaginación por las aguas de un río en busca de remedio a la impaciencia?

La plaza de la Iglesia está cercada de casas de fuste, unifamiliares, de varias alturas y cuidadas fachadas. Llamé a la puerta grande de una de ellas, de tres plantas balconadas, que hace esquina. No tardó en abrirme una señora de rasgos mezclados, en la cincuentena. Se me quedó mirando y tuve la impresión de que esperaba mi llegada; mejor dicho, la llegada de un forastero.

—Pregunto por el señor Gino Maccione.

—Aquí no vive nadie con ese nombre.

Era una mentira inútil porque en el Consistorio me habían indicado esa casa.

—Quizá pueda decirme dónde puedo encontrarle.

—Pierde su tiempo, señor. Ya le he dicho...

—Disculpe, ¿quién es usted?

—La sirvienta, el ama de casa.

—¿Podría anunciarme a los dueños?

—No están. Fueron a Campoamor a pasar unos días.

—¿En qué sitio exacto? Necesito verles.

—Lo siento. No puedo decirle nada más. Vaya usted con Dios —dijo antes de cerrar la puerta en mis narices.

El bar Dulcinea está en la calle principal del pueblo, a unos doscientos metros de la plaza. Apenas había clientes a esas horas. Me senté en una mesa junto a la pared de cristal. El hombre, de unos cincuenta años, vino con la amabilidad característica de la gente murciana. Cuando volvió con el café ya tenía yo colocado mi bloc sobre la mesa y simulaba estar concentrado en escribir.

—Un pueblo muy bonito.

—Y tranquilo, señor. ¿Viene de vacaciones?

—Lo voy a considerar. Soy escritor y un ambiente como éste me parece ideal.

—No lo dude. Aquí el único ruido es el piar de los pájaros.

—Blanca. Curioso nombre.

—Sí, es mejor que el que tenía antes. —Le miré—. Cuando el dominio de los musulmanes se llamaba Negra.

—Un cambio drástico —dije, tras un obligado silencio ponderador—. Intento ver al señor Gino Maccione pero no me ha sido posible.

—¡Ah!, el viejo profesor italiano. Una de las personas importantes del pueblo. No pudo resistir la pérdida de su mujer. Estaba muy enamorado de ella.

—¿Me dice que está muerto?

—Oh, no. Sólo que no pudo seguir viviendo donde lo hiciera tantos años con su mujer. Se le caía la casa encima.

—¿Vivían solos?

—Con tres hijas, casadas. Marisa, Raquel y Esther, francesas. Bueno, las dos últimas. Marisa nació en España aunque las tres se criaron en Francia. Todas con hijos. No crea que les sobraba mucho sitio.

—¿Siguen todos en la casa?

—No, sólo Marisa y su marido. Tienen cinco hijos que trabajan y viven fuera de aquí. Vienen a menudo. Y las hermanas viven una en Madrid y otra en Santander. Todos los veranos se dejan caer.

—Caramba, es usted una enciclopedia. No será también de la familia.

—No —rio—. Ésta es una comunidad pequeña. Conocemos vida y milagros de cada vecino. ¿Por qué busca a don Gino?

—Un amigo suyo me dijo cosas de su pasado que creo pueden dar lugar a una buena historia.

—¿De veras? Él ha vivido siempre de forma discreta desde que compraran la casa en el 75.

—Es rasgo de quienes hicieron cosas notables en su juventud. Y ahora, ¿podría decirme dónde puedo encontrarle?

63

Gringorovo-Orléans, mayo de 1942

En un cofre de plomo
guardo hebras doradas
que nadie va a quitarme si no quiero.
Yo mando en lo que encierra la muralla.

CARMEN JODRA DAVÓ

En la estación de Gringorovo los vagones de ganado habilitados se fueron llenando con los mil trescientos veinte hombres escogidos para el 1.er Batallón de repatriados. Casi un año después de la llegada. No llevaban armas, pero muchos cargaban con algún objeto de recuerdo, distraído de los lugares ocupados. Habían entrado en combate tarde, pero todos llevaban en sus mentes los horrores vividos y, la mayoría, cicatrices en sus cuerpos. El contingente lo componían mutilados, convalecientes, casados, mayores de treinta años y los reclamados policialmente, además de varios «indeseables», término aplicado a los sospechosos de agitación política debido a su pasado izquierdista. Y también casi todos los jerarcas del partido azul supervivientes, que meses atrás se apuntaron deslumbrados a esa aventura quebrada. Viendo su clara espantada, Carlos se preguntaba si alguno de ellos estuvo físicamente en las trincheras de la guerra española. Porque todas las guerras eran iguales: la muerte como guion y colofón. Si hubieran estado no habría prendido en ellos la hipnótica llamada que les hizo dejar sus cómodas vidas en busca de una gloria no garantizada.

El Voljov se había transformado. Ahora era un río mucho más alto y sus aguas habían invadido las riberas centenares de metros. Las placas de hielo se desprendían para lanzarse al fuerte flujo y diluirse camino del norte hacia el lago Ladoga. El deshielo traía sonidos aletargados durante el feroz invierno y descubría más testimonios de las despiadadas batallas. Cadáveres sin rostro, los uniformes en jirones por la hinchazón tremenda, flotaban junto a los grandes bloques blancos, troncos de árboles y animales reventados. De repente a Carlos le pareció que aun sin vida los soldados seguían contendiendo; los españoles y alemanes intentando alcanzar Leningrado para tomarla y los rusos tratando de impedirlo. Incluso creyó oírlos gritar mientras giraban y chocaban en la veloz corriente.

El tren partió y muchos rostros expresaron la satisfacción por el retorno. Era un tipo de alegría diferente a la de un año antes, aunque igual de incontenible. El no haber muerto y la primavera que entraba por las puertas del vagón hicieron que muchos volvieran a cantar las viejas canciones, aunque con distinto sentimiento que durante el viaje de ida. Entre ellas, la que sonaba en todos los frentes de Europa, la alemana *Lili Marleen*.

Vor der Kaserne, vor dem grossen Tor
Stand eine Laterne, und steht sie noch davor...

Hablaba de un soldado que se despide de su novia, Lili Marleen, a la puerta del cuartel bajo la luz de una farola. Ya en el frente piensa en su amada sin cesar y se pregunta quién será, en el caso de no regresar, el que la bese junto a la farola.

Había muchas canciones que recordaban a la tierra, a la familia y a la novia añorada. Pero el pulso arrastrado de la melodía alemana y el lamento profundo del enamorado para con esa muchacha sin rostro de nombre tan sugerente, que quizá no volvería a ver, hermanó a millones de jóvenes combatientes. Carlos vio llorar a algunos soldados en sus asientos. Posiblemente de alegría o por haber recibido noticias de que la novia ya no lo era. Cerró los ojos y vio a Cristina. De ella no se despidió bajo una farola, sino en una nada romántica estación de metro después de viajar juntos a la gloria. Pero tuvo la misma angustia que el soldado alemán de la canción. Tanto la recordaba que a veces sentía resquebrajarse su confianza. Había leído sobre amantes que languidecían en la lejanía y dejaban que les abandonase la vida, como el sol cuando se rinde ante la noche. Pero él quería vivir, volver a sentir la frescura de los labios apenas besados. Y sin embargo ella estaba cada vez más lejos porque él no podía regresar a España.

De forma distraída topó con los ojos de Luis. Recordó al cabo Alberto Calvo y lo último que le dijo en los sótanos del monasterio de Otenskij.

—Quise matarte varias veces, Dios me perdone.

—¿Por qué quisiste matarme?

—Cabrón de mí. El inspector Perales dijo que eras un criminal y que habías matado a cuatro personas. Él sabía dónde estabas y había dado orden de atraparte pero prefirió actuar por la vía rápida. Me prometió una buena cantidad si acababa contigo. Contactó conmigo durante un permiso. Prometió también, y esto fue lo que más me decidió, que sacaría a mi padre de la cárcel de Porlier, donde permanecía por haber luchado con la República. —Hablaba entrecortadamente, entre toses. Consciente de su gravedad parecía tener prisa en aliviar su conciencia antes de cruzar el umbral misterioso—. No me aclaró el porqué de sus prisas. Y no hice preguntas cuando me dio un generoso anticipo. Sólo pensé que matarte sería un acto de justicia por el que obtendría, además, las ayudas que tanto necesitaba mi familia.

La vida se le escapaba junto a la sangre.

—No sé qué le hiciste a ese tío, pero me mintió. Te he visto en estos meses y no puedes ser un criminal. Necesito tu perdón. Estoy intentando compensar mi conducta hacia ti. Alguien se comunicará contigo en algún momento. Hazle caso y no te dejes coger.

Y fue en el Spanischs Kriegs-Lazarett, el Gran Hospital de Riga bajo control médico español, donde tuvo el contacto. Ocurrió dos meses antes, al ser ingresado con principio de pulmonía. Nunca tuvo la suficiente grasa natural en su cuerpo para protegerse de aquellos fríos. Cuando pudo pasear por los limpios y cálidos pasillos, erradicadas la fiebre y la enfermedad por la acción de las sulfamidas y la buena alimentación, se le acercó un herido. Dijo llamarse Luis Carmona y pertenecer a la 2.ª Compañía del 1.º del 269. Tenía veintiséis años y se curaba de los efectos de un balazo en un hombro. Su rostro estaba cincelado de penurias y Carlos se preguntó si él ofrecería el mismo aspecto a los demás. Le confesó que era uno de los declarados «indeseables» y que sería deportado. Añadió que Alberto Calvo había sido gran amigo suyo por nacer en el mismo barrio madrileño y que le informó de su problema con el inspector perseguidor, obligándole a jurar que le incluiría en la escapada que ambos proyectaban, en caso de que él no pudiera estar.

—¿Qué diablos tenías con Alberto para que me pidiera tal juramento?

—Era un buen amigo —respondió Carlos, declinando remover el pasado.

La huida no sería exactamente una deserción, y menos al campo ruso, donde tenía seguridad de que ello sería un destino peor. Su plan era escapar en el viaje de regreso a España. Era un riesgo pero tenía contactos con miembros de su familia exiliados en Francia, con los que se comunicaba mediante cartas en clave. Intentó la escapada en la venida, lo que no le fue posible. No podría fallar en la vuelta.

—Tengo un problema contigo —dijo—. Creo que no te irás de la lengua porque Alberto hizo glorias de ti. Pero no sé si eres un facha. Si lo eres y estás dispuesto a jugártela, tendrás que cambiar de inclinaciones.

—Soy totalmente apolítico.

—¿Por qué viniste a luchar contra la Unión Soviética?

—¿Se te ha olvidado lo del policía perseguidor?

—¿Hiciste eso de lo que te acusa?

—¿Tú qué crees?

—¿Qué hacías antes de entrar en la Legión?

—Era minero. —Sostuvo la mirada y luego añadió—: Si vas a seguir preguntando lo dejamos. No te he pedido ayuda. No me interesa pasar a manos de la NKWD por escapar de un perseguidor machacón.

—Nada más lejos. Pero tengo que responder por ti allá donde hemos de ir. No quiero caer en errores que supongan peligro para nuestros futuros compañeros.

Ahora ambos estaban en el mismo tren que les devolvía a España, aunque, de acuerdo con la estrategia, procuraban no tener contacto entre sí.

Durante el viaje volvieron a pasar por Riga y luego por Koenigsberg. Se alejaban de los escenarios de guerra y volvieron a ver tierras y gentes en paz. Sólo cuando debían detenerse en estaciones secundarias para dejar paso a convoyes llenos de soldados y con grandes plataformas cargando todo tipo de material bélico, les llegaba la realidad de que miles de hombres estaban deshaciéndose en el este. Llegaron a Hof, ya en Baviera, una población mediana típica, de casas bajas, techos puntiagudos y fachadas con vigas de madera cruzadas, amplias zonas verdes y gentes exhibiendo rostros saludables. En las afueras, la División Azul había establecido un campamento base en julio anterior similar al de Grafenwöhr, con barracones perfectamente acondicionados. Ya estaban haciendo prácticas los componentes de un batallón de relevo, novecientos hombres procedentes de España y destinados a cubrir las bajas por los caídos y los repatriados. Allí tuvieron unas jornadas de descanso y cambiaron el verde uniforme alemán por el caqui español, el cuello de la camisa azul por encima de la guerrera, y la gorra por la boina roja. Días después cruzaron el Rin y entraron en Francia sin cambiar de tren.

Los hombres se trasladaban con frecuencia de un vagón a otro en las largas paradas para charlar con colegas y hacer más soportable el monótono viaje. Pasado Troyes, Luis se cruzó con Carlos y discretamente le puso en la mano un papelito que él leyó con la misma cautela. «La próxima. Prepárate. Nos vemos en la X.» Había un pequeño plano con la marca en el centro.

El largo convoy entró en la enorme estación ferroviaria de Orléans situada en el centro de la población, donde convergían las diferentes líneas que llegaban a otros puntos del país. Estaban en la Francia ocupada y por todos lados se veían soldados alemanes armados. El tren se apostó en un apartadero y los hombres dispusieron de permiso para bajar a los bares durante el largo tiempo que duraran los trámites con las autoridades. Las boinas rojas se desparramaron por el gran espacio mezclándose con otros militares y civiles y llenándolo todo de risas, voces y colorido. En la aglomeración, Carlos y Luis, cada uno por su lado, dieron esquinazo a los vigilantes y caminaron a la rue Pierre Segelle, el Monument de la Victoire destacando al fondo. Había coches estacionados y una ristra de taxis esperando. Justo en el punto señalado estaba un coche con el capó levantado y un hombre inclinado sobre el motor en marcha. Cuando los españoles se aproximaban, bajó la tapa y entró en el turismo a la vez que ellos. Velozmente se desplazaron hacia el norte y entraron en el Grand Cimetière, un enorme cementerio que a Carlos le recordó al de La Almudena de Madrid. En una zona de mausoleos penetraron en uno con muestras de abandono. Cambiaron sus ropas por otras corrientes de paisano y enterraron los uniformes en una de las tumbas derruidas. Salieron del camposanto por otra puerta y en otro coche y se dirigieron a una parte muy animada de la ciudad. Pararon en una plaza donde estaba el Halles Descartes, un gran mercado de barriada con mucho movimiento de personas y vehículos. En una calle adyacente entraron a un portal abierto y subieron hasta las buhardillas. El desgastado piso de madera del estrecho y mal iluminado pasillo circular crujía a cada paso. Tocaron en una de las puertas la señal convenida. Un hombre les abrió y pasaron. Era un espacio muy reducido en el que había una cama, una mesa y tres sillas. Se obligaron a sentarse porque el techo inclinado les impedía estar de pie a los cuatro. El hombre era joven. Llevaba una chaqueta sobre una camisa abierta y una gorra de visera.

—*Bienvenus. Vous êtes dans la Résistance.*

64

Águilas, Murcia, septiembre de 2005

Que no sea tuyo el desconsuelo
de las manos agitando vientos,
que no sean tuyas las culpas
de esta incertidumbre
y deja que cabalgue la presencia
por los campos del recuerdo.

BRANCA VILELA

Casi al límite con Almería y mucho antes de la playa de los Cocederos, el paisaje rocoso se quiebra en erosiones y salientes, colinas no despiadadas de donde bajan aromas de romero, espliego y tomillo. A media ladera está la casa, única en el entorno. Es de madera, prefabricada, una forma de construcción no muy usual todavía en España. Había un camino artesano que descendía directamente a la alejada y recóndita playa. Miré a los bañistas moviéndose como muñecos en la mar calmada bajo un clima ideal. A unos seis kilómetros se veía Águilas, agostada bajo el cielo esplendente, no tan invasora del mar con sus modernas construcciones como en otras partes del Mediterráneo. El lugar es uno de tantos parajes de ensueño que he podido contemplar a lo largo de mis correrías.

Había llegado en taxi, por lo que no tenía problemas de coche. Me senté en una piedra y esperé. Un ave rapacera planeaba en círculo. El silencio aportado por la ausencia de humanos y sus actividades se llenaba con el siseo de los insectos. Era tan vivo que tuve la sensación de que oía lo que se decían en sus formas de comunicación. Tuve un momento de alegría interna cuando avisté varias lagartijas merodear vigilantes e intrépidas. Hacía años que no las veía y recordé lo que contaba mi padre. Cuando él era niño las capturaban y las mataban, cortándoles los rabos. La crueldad consentida, la impiedad para los animales. El animal moría pero el apéndice se convulsionaba como si estuviera vivo. En tanto que mantenía su movimiento, los chicos recitaban «hijoputa cabrón», salmo heredado de generaciones perdidas, hasta que el trocito de órgano se rendía. Noté un punto de melancolía. No suelo pensar mucho en mi niñez, que pasó como una exhalación. Pero en aquel paraje de quietud bíblica sentí el peso de los años desperdiciados.

Tiempo después vi llegar a dos hombres en bañador y un perro saltarín. Uno era joven, de pelo dorado y de fuerte complexión. Supuse que el otro era el que buscaba. Alto y delgado, desligado de grasas, no entorpecido por la edad. Venían despacio, mostrando tal tostado que parecían anunciantes de una crema bronceadora. Haciendo juego con otras del pecho, una desvaída cicatriz destacaba en una de las flacas pantorrillas del hombre grande. Llegaron hasta mí y me miraron, el joven un paso adelantado y en actitud protectora.

—Le esperaba —dijo el anciano—. Sea usted bienvenido. Ya que hizo tan largo paseo le invitamos a comer.

Entramos en la casa, de una sola planta, y accedimos al salón-comedor-cocina, según diseño americano. Me señaló una silla del salón y desapareció en el interior mientras el joven no me quitaba ojo. Poco después volvió vestido con un pantalón vaquero y una camisa de manga corta.

—¿Por qué no nos preparas una de tus paellas? —dijo—. Así nos das unos minutos para charlar y este hombre marchará satisfecho de nuestra hospitalidad. —Ya solos en la mesa, aclaró—: Es un gran cocinero y más que mi ayudante. Con él estoy seguro.

—¿Alemán?

—Yugoslavo.

—¿Cómo yugoslavo?

—Sí. Aunque Yugoslavia no existe, él se niega a ser considerado sólo serbio. Le sale el rencor cuando se habla de este asunto. No comprende que la OTAN bombardeara Belgrado matando civiles, entre ellos su mujer, cuando llevan siglos sufriendo afrentas de los mahometanos, desde que fuera invadida por los turcos. No puede entender que Alemania, que luchó por su unificación, reconociera a Eslovenia, lo que fue el principio de la desmembración del país que le vio nacer.

Hablaba lentamente, con educada pronunciación y sin enfatizar el tema, antes al contrario, como de pasada, consciente de que el joven nos estaba oyendo.

—Parece que viva usted expatriado de la familia.

—¿Le parece? Nada más lejos. La casa de Blanca me aplastaba. Aquí me encuentro más libre. Hay dos habitaciones, un baño y un taller-estudio con retrete en la parte de atrás. De vez en cuando aparecen por aquí mi hija Marisa y los nietos. Vienen más de lo que quisiera. No me gusta tanto ruido.

—Éste parece un espacio protegido.

—Lo es. Paisaje Natural Protegido. La zona se llama Cuatro Calas y Cañada Brusca. Como ve, todo el litoral es silvestre, rocoso, con pequeñas calas de playas rubias y arenas limpias.

—Ya veo. ¿Y cómo le permitieron plantar la casa?

—Hice generosas donaciones a la Comunidad durante años. Cuando decidí aislarme pulsé los resortes correspondientes. Me dieron permiso como puesto de estudio y observación para la naturaleza. Me ayudó el ser ornitólogo. Hago informes censales sobre la flora y la fauna. Esto es un biotopo donde se desarrolla una biocenosis característica de animales y plantas. Una maravilla.

—Puedo afirmarlo. No he visto postes de tendido eléctrico.

—Tenemos un generador con motor Diésel que nos da suficiente luz.

—¿Y el agua?

—Un pozo en la parte trasera. Es excelente.

—Me recuerdan a Robinson Crusoe y a Viernes.

—Nada que ver. No estamos aislados.

Miré al balcánico. Se había puesto un delantal y un gorro blanco y trasteaba, aparentemente a lo suyo.

—Me escribió Javier Vivas. Al igual que yo, él no usa

la red. Se disculpa por haber roto el juramento y facilitarle mi dirección. Me habló de una mujer joven que le encandiló y le rompió las defensas. —Inició una sonrisa exculpatoria—. Siempre ha claudicado ante los encantos femeninos.

—No soy escritor, como le habrá dicho. Soy detective privado. Me encargaron localizarle.

Por un extremo de mi campo visual noté que el yugoslavo se paraba y volvía, alerta como una pantera.

—Vaya. Al fin dieron conmigo. Tantos años detrás.

—Sólo llevo en esto unos meses.

—No me diga. —Sus ojos se llenaron de admiración—. ¿Tan listo es usted?

—Tuve suerte y busqué la lógica.

—¿Y ahora qué?

—Nada absolutamente. No estoy aquí como profesional.

—¿En calidad de qué, entonces?

—De investigador propio. Yo soy mi cliente.

—¿Qué significa eso?

—Que seguirá en dirección desconocida y nadie sabrá por mí que se llama Carlos Rodríguez. Pero mi investigación ha sido positiva para usted. Le exoneré de culpa al descubrir al verdadero asesino de aquellos hombres. Ya sé que a estas alturas puede parecerle carente de utilidad. No lo es para mí. Me cabe la satisfacción de haber reparado una injusticia que duraba demasiado tiempo.

—Vaya, qué sorpresas trae la vida. ¿Conozco al asesino?

—No lo sé. Era un falangista del grupo de su primo Alfonso llamado David Navarro.

—¿Qué motivos tenía ese hombre para cometer esa acción?

—En realidad estaba inducido por su primo, ansiado de venganza por...

—¿Por haber intentado asesinarme?

—Mucho más sentimental. Era el amante de Andrés Espinosa, supongo que le recuerda.

—Andrés... —Dejó que el tiempo retrocediera y le alcanzara. Tras un rato de meditación, añadió—: Acláreme una cosa. He creído entender que le contrataron para encontrarme. Por tanto, les habrá informado de su hallazgo.

—No. Son familia del inspector Perales, primo de los asesinos de Andrés. No pienso darles esa inmerecida satisfacción. Cancelé mi relación con ellos. Tampoco informaré a Alfonso, en el caso de que no sepa dónde se encuentra usted. Ya le dije que es una investigación para mi propio sosiego.

—¿Sosiego? Quizá debería explicarse mejor.

—Su vida me interesó desde el principio. Una historia seductora. El hombre acusado de crueles asesinatos que se desvaneció en el misterio. Casi muero por usted.

—¿Cómo dice?

—Satisfaré su curiosidad ampliamente.

—Bien. Lo hará mientras comemos. ¿Le parece?

Dimos cuenta de la paella, que no fue acompañada por vino sino por agua, y de un gran postre de frutas. Le puse al tanto de mis investigaciones y actuaciones, y él me habló de sus experiencias en el Tercio y en la División Azul. Tuve la sensación de que era una confesión reprimida durante años y que le estaba escarbando por dentro. El hombre apenas gesticulaba. Tocaba los objetos con tanta suavidad que parecía extraer de ellos notas musicales. Y el tiempo fue empujando lentamente y ninguno teníamos deseos de que acabara. Me encontraba realmente a gusto. A pesar de ello, mi espíritu investigador me conducía a intentar que los secretos del hombre dejaran de serlo para mí.

—Cuando en el Tercio su capitán le habló de la orden de aprehensión, ¿sospechó por qué le buscaban?

—No. Me lo dijo por carta Alfonso, tiempo después.

—Si usted no era culpable, ¿por qué no se presentó?

—No estaban los tiempos para caer en manos de la policía. Entonces, cuando a algún mando policial se le metía en la cabeza inculpar a alguien de algo, no tenía dificultad en obtener la declaración de culpabilidad. Disponían de métodos muy persuasivos. Podían conseguir que declarara lo que ellos deseaban. Así resolvían todos los casos porque siempre atrapaban a los autores de los crímenes, aunque en muchas ocasiones fueran inocentes. Comprenderá que, sabiendo cómo era Perales, procurara no facilitarle la tarea.

—Usted comprobó la constancia de ese policía. Aun sin saber el parentesco con los dos hermanos, ¿no le extrañó tan permanente fijación, incluso tras saber que pagó por matarle?

—No, dada la personalidad del sujeto. Había sido desobedecido y burlado. Me enteré de que fue uno de los primeros miembros de la Brigada Político-Social creada en ese año 41. Quería una hoja brillante en su expediente. Cumplía con la función que le fue asignada en la vida. Yo debía ser capturado vivo o muerto, como en los *westerns*.

—Y sus primos, ¿tanto se podía robar en la estación?

—Tanto como en cualquier sitio si se dan las circunstancias y se tiene formada una organización montada sobre sobornos. Ahora, en el pasado y en el futuro. La delincuencia es congénita de la sociedad humana.

—Supongo que el botín estaría a la altura necesaria como para que el asesinato tuviera justificación.

—En las personas normales no cabe tal justificación. Pero hablamos de mentes criminales, gente predispuesta a ello. Además, en aquellos años la vida de un obrero valía poco para algunos.

—¿En qué consistía el material robado?

—Bueno. Todo aquello susceptible de ser alzado con rapidez y de fácil transporte. Debo recordarle que Atocha era una estación con una enorme actividad, un centro económico y laboral de gran importancia. A diario se descargaban más de trescientos vagones de mercancías, aparte de las líneas de viajeros. Figúrese el tránsito y el trabajo.

—Supongo que los trenes de viajeros estarían separados de los de mercancías.

—En la parte central, la que va pegada a Méndez Álvaro, había seis vías para Gran Velocidad destinadas a viajeros. Hacia la avenida de Barcelona, más allá de un barranco, estaban las vías de Pequeña Velocidad, la mercancía de detalle. Pero también en los trenes de viajeros ponían algunos coches para mercancías menores, aparte de la paquetería y equipajes en consignación.

—¿Quién hacía la descarga?

—Aunque la compañía disponía de mozos, eran las

contratas ferroviarias quienes se encargaban de eso y de las cargas.

—¿Quién controlaba todo eso?

—En primer lugar los encargados de las contratas, que eran varias. Atendían a un montón de mozos porque había trenes de hasta sesenta vagones, imagínese el espacio lineal que ocupaban. Por parte de la compañía había un factor encargado de las descargas, que tenía varios factores ayudantes para clasificar la documentación y contrastarla con la que manejaban las contratas.

—¿Los factores estaban presentes en las descargas?

—No habitualmente. Era un trabajo aburrido y repetido. Se fiaban de los encargados contratistas, salvo que hubiera incidentes.

—¿Qué hacían con las mercancías?

—Las más grandes se las llevaban directamente los consignatarios. Las otras se depositaban en almacenes para ser entregadas o repartidas en su momento. Lo que venía en trenes de viajeros, como maletas, baúles y paquetes, se quedaba en consigna, en otros grandes almacenes separados. Aquí los controladores encargados se llamaban factores de circulación.

—Parece que todo estaba debidamente vigilado.

—Sobre el papel. Los robos se hacían una vez que las mercancías pasaban a los depósitos de detalle o al de consigna.

—¿Exactamente qué robaba la banda?

—En detalle, muchas cosas. Vino, cemento, frutas, aceite de oliva y para máquinas, café de Portugal, huevos, frutos secos, calzado de calle y de casa, maquinaria menor, rollos de tela para trajes, prendas de vestir...

—Eso parece difícil de manejar.

—No, si se tiene una red. La banda tenía sus propias camionetas y actuaba durante las madrugadas. Pero era en consigna donde más artículos de valor obtenían. No puede imaginarse la de bultos que se manejaban. La nave siempre estaba llena porque, aunque la mayoría de los envíos salía en una o dos fechas, cada día venían más en una rueda inacabable. Abrían las valijas y cajas, sacaban prendas y cuantos objetos de valor hubiera y luego las cerraban y volvían a precintarlas. No todas se desvalijaban, desde luego, pero sí las suficientes para mantener la actividad. Era perfecto.

—¿Eso funcionó mucho tiempo?

—No sé si ocurría antes pero la banda de referencia empezó a actuar obviamente desde el término de la guerra, con el control militar del país. En esos años no existía la Renfe. Operaban varias compañías ferroviarias siendo las más importantes la MZA, la de los Caminos de Hierro del Norte de España y la de Ferrocarriles del Oeste y Andalucía. La red estatal fue creada en 1941, pero no empezó a actuar como tal hasta 1945. Tuvo un trabajo inmenso, no sólo para hacer un balance del estado de las vías, trenes y estaciones, sino para clasificar al personal. La nueva reglamentación los unificó en nuevas categorías, pues hasta entonces cada compañía tenía las propias, que diferían unas de otras. Fue un largo proceso que necesitó ese tiempo. La regulación total impondría un mayor control, lo que llevaría a la inevitable extinción de los robos en escala. Supongo que Perales y sus primos apreciarían esa realidad y trataron de activar sus operaciones para sacarles el máximo jugo en los breves años que durara. Pero al desaparecer los primos, el negocio secreto de Perales terminó abruptamente. Y eso es lo que nunca perdonó mi infatigable perseguidor.

—Entiendo que la constante gravitación de ese hombre sobre usted le llegaría a desesperar.

—Sí, en ocasiones. No me dejó hacer una vida normal. Pero con el tiempo todo se atenúa. Luego tuve compensaciones. Es una regla de vida. Unas veces te quita y otras te da.

—No es una regla. Hay quien sólo tiene desgracias en su vida y otros lo contrario.

—No me puedo quejar. Desde mi atalaya busco la riqueza de mi soledad, donde se vuelven a vivir los recuerdos y donde el alma se ensancha. ¿Ve este paisaje? Es una invitación a lo trascendental.

Le observé con atención y empezó a germinar en mí una sospecha. Tendí las redes.

—Habla del alma. Nunca entendí no ya de su existencia sino de la importancia que se le da, fundamentalmente por la Iglesia.

—¿Por qué no lo entiende?

—Eso de que es la depositaria de la resurrección, todas las almas apretujadas en el cielo esperando les llegue el día de instalarse en cuerpos nuevos.

—Téngala entonces como la definición científica de materia intangible.

—Siempre he sentido decepción por la importancia que los filósofos y teólogos han venido dando al alma, que en sí misma es sólo la sustancia que da vida a cualquier cuerpo animal, cuando lo importante del hombre es su intelecto.

Noté que lograba abrir brecha en su impasibilidad.

—Continúe.

—Cuando muere un gran pensador, pongamos un científico o un creador de arte, o cualquiera que destaque del nivel general, con él desaparecen muchas más cosas de las que ha realizado y dejado escritas o plasmadas. Años de estudio e ilustración, proyectos no puestos en práctica, un mundo ilimitado de ideas y sensaciones no expresadas aún... Todo ese bagaje irrepetible se pierde. Creo que si algo hay que guardar para esa resurrección final debería ser el cerebro de esos hombres, no su alma. Recuperar esos conocimientos sería lo beneficioso para esa nueva Humanidad, puesto que esa sabiduría de miles de años no habría que volver a aprenderla.

—Hay mucha razón en su argumentación. En todo caso, la inteligencia no está reñida con el alma. Son cosas distintas y no tienen por qué ser contradictorias en ese escenario final.

De repente noté que su mirada se alertaba. Estuvo un rato mirándome como si cayera en la cuenta de que había sido lo suficientemente incauto como para perder su disfraz. Comprendió. Le costó trabajo volver a tomar la palabra.

—Estoy seguro de que intenta decirme algo.

—Sí, que usted no es Carlos Rodríguez. En realidad es José Manuel González, el hombre del que nunca se supo desde que su hermano mayor lo echara de casa hace tantos años.

65

Águilas, Murcia, septiembre de 2005

> *Puras Deus non plenas adspieit manus.*
> (Dios mira las manos limpias, no las llenas.)
>
> PUBLIO SIRO

Mi hombre permaneció imperturbable, como si llevara largo tiempo esperando ese momento.

—Admiro su voluntariedad en mantener abiertas sus dotes de observación. Es un tiro al azar. Seguramente es ésa su forma de actuar.

—A veces. Pero en esta ocasión creo haber dado en el blanco.

—Cree usted. Quizá la impresión le vino de algún comentario inocuo de Jesús.

—No. Él me dijo que usted había muerto. Aun dando por hecho que la edad hace que todo se acepte como inevitable, no le noté muy apesadumbrado. No le creí, pero no confiaba en encontrarle. En realidad no le estaba buscando. José Manuel no formaba parte de mis impulsos.

—Entonces, ¿cómo se le ocurrió semejante cosa?

—No habla usted como minero. Su discurso es profundo, meditado, como el de un filósofo. Y además, está la cicatriz de su pierna. Recuerdo lo que me dijeron, el costurón que le produjo aquella rotura de pierna cuando de niño escapó con su amigo Jesús. Até cabos. No ha sido difícil. Soy detective.

—¿Qué empeño tiene usted en esto?

—Ya le dije. Me siento incómodo cuando me intereso por algo y no queda resuelto a mi satisfacción. Por otra parte, ¿y qué si es usted José Manuel? No es un delito ni un acto reprobable. No se enriqueció al cambiarse por Carlos, nadie resultó perjudicado. ¿No le parece que podría ser hora de ensanchar su espíritu? Seguro que no contó a nadie el proceso mental que le llevó a tomar esa decisión. Lo tiene dentro, golpeándole.

—Para nada. Soy un hombre feliz. ¿Usted lo es?

—Sí, y no tengo secretos.

—¿Qué pretende sacar de todo esto? ¿La venta de la historia a alguna revista sensacionalista?

—Si ésa es la impresión que le doy es que he perdido fiabilidad. Lo siento. No tiene sentido que sigamos. Es mejor que me marche —dije, levantándome.

—Espere. Contésteme. ¿Por qué cree que debo ir más allá de lo contado? ¿Qué reportará a mi tranquilidad?

—Durante varios años usted hizo hábito de la confesión. Con seguridad lleva mucho tiempo sin expresarle a nadie sus más recónditas sensaciones. Puede seguir así. O quizás es momento de renovar el aire que custodia sus recuerdos.

Se levantó sin aparente esfuerzo, como si tuviera los huesos elásticos. Se acercó a una ventana y miró a través durante largo rato, dándome la espalda. Luego retornó a la silla.

—Un hombre que estuvo a punto de morir en mi búsqueda no puede tener bajos instintos —dijo, sin licenciarme de su mirada—. Bien. Soy José Manuel González. Cabe volver a preguntarle. ¿Y ahora qué?

—No tenga preocupación. Como cuando creí que era Carlos. Todo seguirá lo oculto que usted desee.

—Es tranquilizador saberlo. Aunque no le veo predispuesto a dejar las cosas sin más.

—Le aseguro que es una sorpresa para mí. Ni por asomo imaginaba este hallazgo. Pero dado que ha ocurrido, sí me gustaría conocer más cosas de su vida.

—No tiene por qué aceptarlo, don Gino —dijo Jeliko mostrando su intención de llevar su protección al extremo.

—No pasa nada. Me fío de este hombre —dijo José Manuel, después de indagar en mis ojos.

—Gracias. ¿Qué sucedió con el verdadero Carlos?

—Le atrapó un derrumbamiento en una mina. Estábamos juntos. No pudo salvarse. Pero vive en mí. —Y por un momento noté gran intensidad en su mirada, como si hubiera más de dos ojos mirándome.

—Dejó usted el seminario y parece que nadie supo nunca el porqué.

—Por qué, cuándo y dónde sería la pregunta correcta. —Su mirada se volvió opaca mientras escarbaba en sus recuerdos—. Fue en febrero del 38, en Valdediós, precisamente adonde había llegado para continuar mis estudios. Estaba más obligado que convencido, pero me quedaban pocas salidas. Además, tenía que aclararme del todo después de dolorosas experiencias. Intentar atrapar la gracia o descartarla para siempre. El seminario estaba funcionando con normalidad desde poco después de terminada la guerra en Asturias y todo parecía haber recobrado la beatitud. Yo procuraba centrarme en el aprendizaje. Pero allí, en octubre del año anterior, había ocurrido un hecho terrible. Un batallón del Ejército nacional cayó en la maldad pura. No me lo podía creer. El testigo confidente estaba aterrorizado cuando me lo contó. A escondidas me mostró el terreno donde enterraron a las víctimas. ¿Cómo podían cometerse tales atrocidades y en un lugar sagrado? Se dice que Dios nunca está de vacaciones. Entonces, ¿cómo permitió tal brutalidad en un templo dedicado a Él, en un valle que incluso lleva su nombre? Con lúcida claridad sentí de golpe que no podía pertenecer al mundo de la Iglesia porque los religiosos responsables del convento sabían lo sucedido y lo ocultaban, destacando sin embargo, y como una justificación general, los asesinatos cometidos por los rojos, que no fueron pocos y muchos de ellos también injustificables. Y hasta allí llegué en mi intención de encontrar el camino hacia Dios. Volví a Pradoluz, a casa. Fue cuando mi hermano mayor me echó.

—¿Tan duro fue como para tomar tan drástica decisión, su rotundo cambio hacia un futuro incierto?

—Sí, lo fue. Luego puedo contárselo y usted juzgará.

Cada vez que rememoraba algo se quedaba abstraído, como si volviera físicamente al lugar de los hechos. Le acompañé unos momentos en el silencio.

—En cuanto a la religión, me parece que no lo dejó del todo. Veo una talla en esa repisa.

—¿Sabe? Nadie lo deja del todo aunque viva en el ateísmo. Es algo así como volver a casa. Hemos nacido inmersos en la religión cristiana. Con los años de vigor la despreciamos. Pero está ahí, latente siempre, esperando la oportunidad de instalarse de nuevo en nosotros.

—¿En serio cree que está agazapada para reengancharnos? ¿Acaso tiene que ver con la vejez?

—No sé exactamente cómo ocurre. Le diré una cosa. Tras lo de Valdediós, y con ocasión del derrumbe en la mina de Villablino donde Carlos encontró la muerte, intenté un pacto con Dios. Pero Él no me lo cumplió. Las dudas que tenía sobre su existencia se despejaron. Estaba claro que no existía, que era mejor que lo contrario, porque entonces sería una inteligencia capaz de las mayores crueldades. Intenté desasirme de pleitear en la eterna cuestión. Pero cuando pensaba en Él rugía mi odio inacabable. Así estuve años. Y un día, ya en estos parajes, tuve que apreciar la mano de un poder omnisciente. La creación de este tinglado debe tener una explicación. Me di a reflexionar en profundidad y recapacité sobre mi pertinaz aversión. No se odia a quien no tiene ser o esencia. Nadie odia a una piedra o a una silla, valga el ejemplo como regla general, aunque hay gente para todo. Por tanto, y sin quererlo, el rencor me concedía la existencia de ese ser omnímodo.

»Consideré los hechos desde la lejanía del dolor. Lo que motivó mi rechazo fue algo muy duro, pero en ese momento Dios podía estar ocupado en otros asuntos más importantes desde un punto de vista global. O podría ser una prueba, como otros tantos aconteceres que tuve con posterioridad. Analicé mi recorrido por la vida y apreció que había sido muy generosa conmigo. Sobrevivir a cuatro guerras. En momentos de vulnerabilidad anímica me atrevo a pensar que algo me protegió para salir indemne de todo aquello. Y luego, ser concedido del amor más puro que desearse pueda. —Volvió a reclamar una pausa para afianzar lo dicho o acaso para avalar su próxima confesión—. Y también está la persistencia del ser amado en aparecer en ciertos momentos como si no se hubiera ido. Veo y hablo con mi mujer cada día, con el mismo amor inextinguible. Así que he recuperado la duda que tuve y puede que llegue a ver a ese Dios que no quiso mostrárseme durante tantos años. Quién sabe.

Vivir para ver. Mi anfitrión tenía las mismas visiones que mi viejo maestro Ishimi y que miles de personas en el mundo, gente que habla con los del otro lado. He llegado a la conclusión de que incluso para los ateos no es asunto para tomar a broma.

—Menciona a su mujer. Disculpe. Me imagino que sería aquella joven que le cuidó en el hospital cuando intentaron asesinarle.

—Sí —admitió, tras un silencio prolongado—. Ella, la única desde que mis ojos atraparon su imagen.

—¿Tardaron en reencontrarse?

—Unos años, lentos como un tren averiado. Luego, una vida juntos, tan fugaz... Cuando se fue, volví a sentirme airado contra Dios y le reclamé por su indiferencia ante el dolor. —Tenía la mirada plagada de añoranzas—. Pero, ya le dije. Todo pasó.

—Según todas esas impresiones, ¿volvería usted al seminario, si el tiempo pudiera retroceder?

—No. No es el único camino para alcanzar la bondad. Esto, aquí y para mí, es como estar en el camino de prueba. Sin embargo, guardo entrañable recuerdo de Valdediós. Quizá porque fue una etapa dura, que son las que más se graban. Y también por la bondad de la mayoría de los profesores. No sé si seguirá funcionando como escuela, pero es un lugar único para la búsqueda de la perfección.

—Hay algo que me resulta difícil de entender en lo de Carlos. ¿Tanto se parecían?

—En efecto. En la mina nos conocían por los Gemelos.

—A pesar de ello es sorprendente que nadie se percatara de la suplantación. Incluso en los gemelos auténticos existen diferencias significativas para quienes están en la convivencia. El timbre de voz, la forma de mirar, el peinado...

—Es cierto. Pero es que éramos más que gemelos. Instintivamente habíamos ido adquiriendo los mismos gestos y actitudes. Le diré que me pidió que escribiera a una tía suya como si fuera él. Le aburría coger el lápiz, por eso hacía tiempo que no le escribía. Imité su letra y la buena mujer no sospechó; al contrario, mostró su alegría por esas cartas negadas en años de silencio. Parecía que Carlos y yo estuviéramos predestinados a fundirnos, sin tenerlo por imaginado. Esas cosas que algunos atribuyen a la obra de un alto designio. —Se apoyó en un respiro—. En aquel horrible momento, el escenario minero ayudaba a dar verosimilitud al cambio. Primaba la tragedia en sí misma y nadie buscaba las diferencias entre el muerto y el magullado, ambos con los rostros deformados por acción de las piedras. Por otra parte, ¿quién podía tener motivos de sospecha? ¿Qué sentido tendría para nadie la sustitución? No había dolo ni herencia a percibir.

—¿Cómo es que la familia no se enteró?

—Fui el encargado de transmitírselo, pero no lo hice, obviamente. Además, ya no era su familia. Lo habían echado. Y tampoco tuvieron forma de enterarse porque las comunicaciones no eran como ahora, que al momento se sabe lo que pasa en cualquier parte del mundo. No era noticia la muerte de un minero en el tajo, la de un albañil en la obra o la de un camionero en la carretera. Las cosas apenas transcendían de un pueblo a otro. Sólo en el periódico regional se hacía alguna mención. Y no debe olvidar que ocurrió empezando 1939. España seguía en guerra contra sí misma. Muchos hombres morían en el frente y eso tampoco era noticia.

—¿Por qué se hizo pasar por Carlos?

—Fue un impulso, el deseo de resucitarle en mí. Imborrable el instante de la decisión. Quizá se lo cuente luego, si aprecio que el avivarlo no me resulta insoportable.

—Escuchándole todo se llena de sentido.

—Porque es auténtico. Pero usted tiene razón. Alguien apreció el cambio. Fue Mariana, una amiga suya de Sama de Langreo. Debía visitarla aun sabiendo que mis noticias la desesperarían. Carlos y yo habíamos hecho testamento ante un notario de Ponferrada, algo que pudiera parecer sorprendente en hombres tan jóvenes. Eso da idea de cómo éramos. En caso de accidente de uno, el otro cobraría las indemnizaciones. Todo el dinero que recibí de la compañía se lo ofrecería a Mariana, lo que mi amigo hubiera hecho de ser el receptor. Al principio me presenté como Carlos. Curiosamente ella me creyó, pero enseguida quedó en desacuerdo con esa impresión. Cuando le conté lo ocurrido, su alegría desapareció como el fuego bajo la lluvia. No me fue fácil mitigar tanto dolor, que llegó al culmen cuando le entregué el dinero, algo que no esperaba y que intentó rechazar. La casa que fuera de Carlos estaba sin ocupar, como muchas otras. El banco no encontraba inquilinos porque faltaba gente después de la hecatombe. Me acompañó al cementerio donde sepultaron a su madre. Tenía una lápida sencilla que Mariana mantenía limpia. En ella Carlos había mandado grabar: «Una lágrima incesante hasta el fin de los tiempos.»

»Era un ejemplo más de la diferenciación que tanto me sorprendió en él, dada su escasa formación cultural.

»La guerra había terminado un año antes en España y se veían muchas mujeres de luto y a la Guardia Civil por todos lados. Mariana me entregó una cajita de madera de Carlos, que había ocultado en un hueco de la pared. Guardaba fotografías de cuando era niño y de él con su madre y su padrastro, así como su documentación. También cartas, dos estrellas de cinco puntas, trece monedas "rubias" de la República, dos medallitas de oro de la Milagrosa y del Cristo de Medinaceli y... la pistola FN y dos cargadores.

»Cuando nos despedimos ella se abrazó a mí como la había visto hacer con Carlos, apoyando su rostro en mi pecho y sembrándolo con su corazón licuado. Sentí que era realmente Carlos, trasplantada no solo su personalidad sino su entraña toda. Y, sorprendentemente, cuando ella se separó me miró con ojos llenos de confusión, como si hubiera sentido la misma sensación.

La luz del largo atardecer estaba dorando los objetos. Debería haber dejado de indagar. Me lo impedía mi deformación profesional.

—¿Por qué se hizo minero?

—No había muchas salidas. Podía haber entrado en la industria siderúrgica. Pero intervino un factor emocional. Necesitaba un buen amigo, como lo había sido el desaparecido Jesús. Alguien con el que notara una identificación especial. Pensé en Carlos y ello decidió mi opción.

—Antes habló de Jesús. ¿Le tuvo al tanto de su doble personalidad?

—No. Jesús nunca supo que una vez fui Carlos, lo mismo que Javier, pero al revés. No sabe que soy José Manuel, al igual que Alfonso.

—¿Mantiene relación con su primo?

—No. Nos escribíamos en mis tiempos de París; mejor dicho, lo hacía Cristina, mi mujer. Después de... Bueno. El tiempo impuso la distancia.

—¿Qué me dice del tesoro?

—¿Qué tesoro?

—Estuve en esa cueva. Me llevó un hijo de Georgina, su sobrina.

—Georgina... ¿Cómo está?

—Magnífica. Quisiera yo estar así a sus años.

—La recuerdo de niña, sus rizos dorados, sus ojos como girasoles, sus preguntas sin sonidos.

—No le ha olvidado. En cierto modo me indujo a buscarle. Sólo la he visto una vez. ¿Quiere que le diga que le encontré?

—Prefiero dejar las cosas como están, cada uno con las imágenes en sus recuerdos. —Se obsequió con una pausa—. ¿Encontró algo en la cueva?

—No fui como buscador. Miré parte de aquellas galerías, que me parecieron catacumbas. Sólo había el sonido de un riachuelo, que no vimos. Lo que sí vi fue la placa a la entrada.

—Qué placa.

—Unos espeleólogos la pusieron en honor de los esfuerzos realizados por su padre de usted y su tío. —Sentí que en su mirada se introducía la chispa de algo. Me dejé caer—. Sería muy decepcionante, mejor diría que injusto, que ellos hubieran encontrado el famoso tesoro que, por su empeño denodado, merecería haber sido hallado por su padre o por usted. Pero usted no lo consiguió porque nunca volvió, ¿verdad?

Me miró y distendió el rostro.

—No suelta la presa.

—Bueno, ya sabe...

—Sí, que es detective. Y supongo que tiene formada su opinión.

—Creo que consiguieron ese tesoro.

—Vaya. ¿Por qué lo cree?

—No es normal que Jesús volviera de Francia sobrado de dinero. Parece ser que estuvo más de cuarenta años en París, pero ni allí ni en ningún sitio nadie se hace rico trabajando de obrero aunque labore toda su vida, y mucho menos en sólo quince años, el tiempo transcurrido desde que en 1939 él pasó a Francia y la vuelta de Soledad a Asturias para adquirir el palacio indiano. Por tanto, su riqueza no provenía de sus madrugadas. Esa compra se hizo con dinero en efectivo, como averigüé. ¿Un crédito de entidad francesa? ¿Lotería, quizá? Improbable, dada la cuantía. En cualquier caso y por encima de ello, está su historial de usted. No me lo imagino dejando sin solucionar ese punto de su vida. Además hace poco dudó cuando lo de Alfonso. Dijo *después de...* ¿Qué podía ser? Conclusión: si Jesús se hizo con el tesoro, necesariamente usted estuvo a su lado.

—Su constancia merece el final que le gustaría. Lamento desilusionarle. No buscamos ese tesoro ni sé si existió.

A pesar de la negación, supe que ocultaba la verdad. No entendía el porqué, ya que en ese hecho no hubo acción delictiva. Pero, ¿acaso no era demasiado esperar que me leyera todas las páginas de su biografía? Como él dijo, ¿qué ganaría con decírmelo? Le miré en profundidad. Y entonces...

—Bueno. Por qué ocultárselo a quien tantos trabajos padeció buscándome. Sí. Conseguimos el tesoro.

No quise enjuiciar su cambio de idea. Quizá valieron los argumentos que expuse cuando le identifiqué como José Manuel. Me aposté a la escucha procurando un gesto neutro que le transmitiera serenidad. Pero estaba impresionado. Porque tenía delante a uno de esos tipos de excepción que pasan por la vida iluminando perplejidades; un hombre que había conseguido un tesoro, escondido desde tiempo inmemorial. Nada menos. Y lo realmente sorprendente era que en su aspecto nada había que lo identificara con una persona capaz de esa hazaña, como tampoco de otras acontecidas en su largo peregrinar.

—En honor a la verdad debo decir que se debió a la tenacidad de mi amigo, no a mí. Nunca estuve tentado por ese asunto. Formaba parte de una etapa del pasado tan irrecuperable como la niñez. —Bebió un sorbo de agua—. Jesús y yo habíamos recorrido un largo camino, cada uno por su lado. Ambos estábamos en París, él desde 1939 y yo desde el 42. Tomamos la decisión en 1948. Yo trabajaba en una pajarería con un naturalista. Él me enseñó todo acerca de los pájaros y me hice tan experto que hasta me dieron el título. Jesús no encontró un trabajo a su gusto y cuando nos veíamos miraba sus ojos llenos de frustración. A la sazón estaba de conserje en un edificio cerca de la place de l'Étoile...

»—Hemos hecho dos guerras, tres en realidad, ¿y de qué coño ha servido? Míranos.

»—¿Qué quieres realmente? Estamos sanos, tenemos trabajo y familia. ¿No es suficiente?

»—No. Soy minero, no peón de cualquier cosa, ni portero. Claro, ¿por qué no voy a las minas de aquí o de Bélgica? ¿Y qué si voy? ¿Cambiaría algo mi vida y la de mi familia, que es la que más me importa? Además, no lo comprendo. ¿No te pica la curiosidad de comprobar si viste algo en aquella cueva?

»Ése era el tema que le corroía.

»—Esa comprobación significa volver a España cuidando de que nadie nos vea. Eso, ahora y no sabemos hasta cuándo, comporta el peligro de que nos agarre la Guardia Civil. Para ti sería el fusilamiento. ¿Estás dispuesto a ese riesgo?

»—Sí, en cuanto se pueda. Sólo te pido que lo pienses de una puñetera vez.

»—Lo he pensado muchas veces aunque no te lo dije. Atiende. Sería una apuesta a una carta. Sólo puede haber una exploración. Si se presentaran dificultades de cualquier tipo en la cueva o en la andadura por nuestra tierra, al margen de los picoletos, no podríamos volver. Tendríamos una sola oportunidad para la que debería haber conjunción de varios factores: poder viajar a Asturias, hacerlo en la fecha y con la meteorología adecuadas, disponer ambos de la salud necesaria y pasar desapercibidos en lugares que ningún forastero visitaría y donde siempre hay ojos escondidos mirando. ¿Te haces cargo? Uno que falle haría irrepetible la acción. Un enorme esfuerzo de preparación y actuación que podría resultar baldío.

»—Lo complicas demasiado. Puede hacerse. Y no sería necesario un segundo viaje porque buscaríamos en el lugar exacto de la gruta donde viste lo que viste.

»—No me has contestado a lo esencial. Suponiendo que llegáramos a entrar en la cueva y resultara que no hay ningún tesoro...

»—A pesar de ello. Todo menos la incertidumbre de no saber si allí hay algo esperándonos para cambiar nuestras vidas. Escucha. Ésta es una gran ciudad pero gris y fría, dura para los emigrantes. No hay verdor puro, sólo fachadas ennegrecidas para que los turistas pongan redondas sus bocas. No me imagino pasar aquí el resto de mi vida. Y no pienso en mí. Sé que Soledad añora nuestra tierra, aunque nunca dice nada. Sus ojos están perdiendo el color. No puedo soportarlo. Quisiera que volviera joven allá y que mis hijas pudieran respirar en aquellos montes. Y eso sólo es posible si...

»Estuve analizándolo. Llevaba años fallando a mi mejor amigo. Además, de tarde en tarde en mi interior aparecía el centelleo, aquello que prendió mis ojos con el vibrar de lo ignoto. Y también estaba Cristina. Como la mujer de mi amigo, ella tampoco reclamaba nada aunque yo sabía de sus nostalgias.

»—Bien —me decidí—. Buscaremos ese tesoro. Volveremos a la tierra amada donde no podemos vivir.

»Nunca vi tanta alegría en su rostro. Ese inmenso hombre se transformó de pronto en aquel chiquillo que recibió su paliza y la mía por seguirme en pos de un sueño. Pero, ¿cómo entrar en el país y cómo acceder a la cueva? Sabíamos que toda la Cordillera Cantábrica estaba sometida a una gran vigilancia por las fuerzas policiales españolas debido a la acción de los maquis. Tendríamos que esperar a que desapareciera esa situación de excepción, en la que los guerrilleros seguían embarcados por la creencia de un triunfo final cuando los aliados ayudaran a expulsar a Franco. Pero las realidades políticas estaban en su contra. Era cosa de tiempo que fueran eliminados. En cuanto a entrar en el país lo más aconsejable sería hacerlo por las fronteras normales, legalmente. Analizadas todas las posibilidades nos pusimos en marcha. Yo tenía pasaporte y documentos, todos falsos, que me identificaban como ciudadano italiano, nacido en la Lombardía, y que me fueron facilitados por la organización a la que pertenecía el que escapó conmigo cuando en el 42 regresábamos como repatriados de la División Azul. Era factible porque yo hablaba italiano. Con ese nombre he seguido desde entonces. Jesús conservaba su vieja cédula española y el documento francés de estancia como refugiado político. Yo podía pasar por la aduana española pero él no. Así que recurrimos a la organización que, obviamente, ya no se dedicaba a la lucha contra los nazis. Los supervivientes, acostumbrados a estar al otro lado de la línea, siguieron en la falsificación y en la venta de armas cortas. Esa gente trabajaba muy bien. Tenían un enorme archivo. Los nombres que ponían eran de personas de edades semejantes que realmente habían existido y que formaban parte de los miles de desaparecidos en toda Europa por la guerra; gente que, al no dar señales de vida durante años, se suponía que yacería en fosas comunes. El pasaporte que prepararon a Jesús mostraba incluso sellos de entradas y salidas a Bélgica y Holanda y estaba rozado para darle la vejez necesaria. Para entonces Jesús hablaba bien el francés por lo que no había incongruencia.

»El siguiente paso fue presentarnos en las oficinas de la Compagnie Maritime Française, una de las navieras de prestigio. Nos hicimos marineros simples. Empezamos en los cargueros de vapor, ejercitándonos en ese oficio nuevo hasta que llegara el momento. Ya podíamos entrar en España sin más riesgo que el improbable de topar con alguien conocido. Simplemente había que tener gran paciencia y convicción, lo que no nos faltaba.

El tiempo pasaba y los maquis aguantaban, si bien cada vez más acosados. En 1951 el Régimen dio oficialmente por eliminada la guerrilla y con ella la situación de inseguridad en todas las poblaciones montañosas de Asturias y León. Ya podíamos llevar a cabo nuestros planes. Y fuimos en busca del tesoro.

—¿Puedo saber en qué consistía?

—Monedas de oro.

—¿En serio? ¿Me está diciendo que encontraron monedas de oro?

—Doblones —continuó él, imperturbable ante mi incredulidad—. Evidentemente, el valor intrínseco del oro era importante. Pero cuando llevé una pieza a un notable anticuario de la place Vendôme de París y me enteré de que el valor numismático era no solo superior sino inestimable, quedamos impresionados porque superaba con creces nuestros cálculos. Así supimos que las 6.851 monedas encontradas habían sido acuñadas en la ceca del Nuevo Reino de Granada, ahora Colombia, sobre 1630; que pesaban alrededor de 6,600 gramos de ley de 22 quilates y conservación flor de cuño, y que estaban recortadas a la forma hexagonal, no en cordoncillo, lo que garantizaba, además de otros detalles técnicos, su antigüedad y autenticidad.

—¿Cómo fue la aventura de encontrarlo? ¿Estaba en esa cueva, según señalaba la gaceta?

—Más tarde le daré los detalles, si lo considera necesario. Lo importante es que conseguimos esa fortuna.

—Me imagino que sería obligado declarar la procedencia de las monedas.

—No había leyes en esas fechas sobre los derechos

de propiedad de tesoros encontrados. Ahora son los países los que tienen esos derechos. Si se encuentran en tierra, el Estado es el propietario exclusivo. Si es en el mar, las naciones que quieran exhibir su jurisdicción deben consultar registros en los archivos, a no ser que se encuentren en pecios hundidos fuera de las veinticuatro millas, zona de soberanía que las leyes conceden a cada Estado. Por otra parte, cuando encontramos el tesoro la vida era más fácil en muchos aspectos. Los viajes por avión eran poco usados, por caros. El barco y el tren eran los habituales y nadie registraba los equipajes porque no existía la droga ni el terrorismo como actividades. —Se tomó un respiro—. Los tesoros, fuera en lingotes, joyas o monedas, pertenecían a quienes los encontraban aunque lo normal era que no lo hicieran público. En cuanto a la numismática, si bien incipiente y sin la categoría de ciencia, ya estaba extendida en los países anglosajones y en Francia. Por eso la satisfacción del anticuario al ver la primera pieza.

—¿Cómo fue la transacción? Tantas monedas...

—Cuando le dijimos la cantidad casi se desmaya. Se mostró cauteloso, diría que tembloroso. Dijo que volviéramos al día siguiente. Tenía que contactar con alguien ya que el asunto era de gran envergadura. Ese día nos apostamos Jesús y yo en un lugar de la plaza desde bien temprano para vigilar los movimientos por si era una trampa y acudía la policía. Tal fortuna podía sugerir un robo y quizás el hombre tuviera reparos en entrar en algo cuya procedencia ignoraba. Si ello ocurría caeríamos en una situación de enorme gravedad ya que seríamos investigados a fondo y descubrirían nuestros secretos. No fue así. Probablemente porque el comprador tendría luego impedimentos legales para adquirir las piezas codiciadas. A las diez en punto un Rolls se detuvo, salió un caballero y entró en la tienda mientras el auto se alejaba. Ese hombre era un coleccionista. Le recuerdo como si lo tuviera delante. Tenía una pátina acorde. Casi exquisito en el vestir. Él mismo parecía una bien conservada antigüedad. No le diré los movimientos pero sí que se quedó con todas las monedas menos veintiséis. Un juego de arras para Jesús y otro para mí.

—¿Consideraría una indiscreción preguntarle lo que ese hombre les pagó?

—Nos dijo que el valor de subasta o mercado podía estar sobre los sesenta dólares, unos veintiún mil quinientos *ancien francs* la pieza. Redondeando, ciento cincuenta millones de francos viejos. Cerramos por un total de cien millones de francos, unos once millones y medio de pesetas.

—Caramba. Eso era mucho dinero entonces.

—Lo era.

—¿Lo pagó de golpe, en metálico?

—En metálico, pero no de una vez. Hicimos varias entregas.

—¿Qué hizo él con las monedas?

—Lo ignoro. No volvimos a verle. Al principio me interesé por las noticias numismáticas y las subastas de monedas. Ninguna era de las nuestras. Luego dejé de interesarme. Supongo que las conservaría.

—¿No sintió curiosidad por saber cómo llegaron esos cofres a la cueva, y quién pudo llevarlos?

—La tuve al principio, pero luego lo dejé estar. Eso

es tarea de investigadores y yo no lo soy. Ni les voy a dar oportunidad de averiguarlo.

—¿Cómo pasaron el dinero a España?

—De la forma más sencilla. En las maletas. No nos miraron en la aduana.

—Está claro que volvieron con la amnistía del 79.

—Volvió Jesús, ya con su verdadero nombre rescatado, su pasaporte expedido por el Consulado Español. Yo lo había hecho en ocasiones, con mi mujer, de turista, con mi nombre italiano.

—Lo ha conservado siempre. ¿Por qué no recuperó el suyo verdadero cuando la democracia puso punto cero en la convivencia?

—¿Cuál de ellos? Los dos están en mí pero llevan muchos años escondidos. Gino me ha acompañado la mayor parte de mi vida. Le he tomado cariño. No podría abandonarle ahora, además de que no tendría sentido. Carlos desapareció en 1942 y José Manuel tres años antes. Tanto tiempo. No. —Se ratificó con un gesto de la cabeza—. No puedo renacer a estas alturas.

—¿Desde su huida en Orléans en el 42 estuvo todo el tiempo en Francia hasta la liberación de París?

—Sí. Al principio hubo muchos grupos guerrilleros tanto en la zona ocupada como en la de Vichy. Actuábamos por cuenta propia, desconectados unos de otros. Cayeron muchos, entre ellos mi guía en esas actividades, Luis Carmona, y cambiamos de grupos. Quien nos unificó fue Londres, a través de sus mensajes radiados y los comandos enviados en vuelos nocturnos. Al final se creó el Consejo Nacional de la Resistencia y todos estuvimos integrados en una única red.

—¿Cómo asumió el pasar de estar luchando junto a los alemanes a combatirlos?

—Lo acepté como algo inevitable. Aunque le parezca mentira casi nunca he decidido mi destino. Otros tomaron esa tarea por mí, salvo en contadas ocasiones. Supongo que eso les habrá ocurrido a otros.

Contaba sus vivencias con un tinte de nostalgia, como si al rememorarlas estuviera desprendiéndose de ellas y nunca volviera a recuperarlas. No me era fácil desasirme de esa influencia y tuve que respetar las necesarias pausas, algunas de minutos.

—¿No pensó, en su momento, en pasar a España y actuar con los maquis de su tierra?

—Nadie me invitó a hacerlo, quizás en la creencia general de que era primordial acabar primero con los nazis, lo que facilitaría las cosas con España. Pero dudo que hubiera aceptado volver con ese objetivo. Se me habían quitado las ganas de estar en escenarios bélicos, una casi constante maldición desde julio del 39. Y menos después de vivir la liberación de París.

—¿A qué se refiere? Aquello debió de ser muy emocionante.

—Lo fue. Y también terrible. Vi a mujeres y hombres abalanzarse sobre soldados alemanes indefensos que se habían rendido. Los despojaban de sus pertenencias y luego los mataban fríamente a golpes de adoquín o pateados. Algunos de esos alemanes eran adolescentes, casi niños, llegados hacía poco para cubrir el vacío dejado por los soldados muertos. Sin duda inocentes de actos punibles. Su único delito consistió en vestir el uniforme alemán. Recuerdo sus miradas antes de morir. Las llevo, como tantas otras cosas, clavadas en mis sensibilidades.

Volvió a interrumpirse. Yo había quedado vacío de preguntas. Pero él continuó desmenuzando sus experiencias, con la morosidad de un beso de enamorado. Parecía decidido a aprovechar la oportunidad, consciente de que quizá no podría explayarse con nadie más. Fue casi un monólogo, largo, detallado. Hasta que llegó el momento en que sus palabras se agotaron. Lo comprendí por el silencio sobrevenido. Temí que hubiera sido demasiado. Me puse en pie. Él abrió un cajón, sacó una cuartilla y una estilográfica Montblanc, y escribió.

—Si quisiera saber algo más, escríbame a esta dirección y, claro, a mi nombre italiano. Me gusta la comunicación postal. Es más entrañable.

—Bonita pluma.

—Sí —dijo melancólicamente—. Un recuerdo de un oficial alemán.

Se levantó. Por la ventana miré al mar, que se resistía a vestirse de sombras. Los bañistas habían desaparecido y el paisaje volvía a ser como al principio de los tiempos. José Manuel y Jeliko me acompañaron hasta la carretera, donde esperamos al taxi. El hombre tenía algo en el rostro, no la expresión de cuando le conocí.

—Gracias —dijo al darme la mano—. Vuelva a vernos.

—Lo haré.

Entré en el coche y miré por la ventanilla trasera. Los vi empequeñecerse en la distancia hasta desaparecer en una curva.

Epílogo

Uno

Valdediós, Asturias, octubre de 1937

Cartas de muerte llegaron
la muerte detrás del yugo,
cartas del mismo patrón
con un sello de verdugo.

MANUEL GERENA

El IV Batallón de Montaña Arapiles n.º 7, perteneciente a uno de los dos regimientos de la VI Brigada Navarra, había llegado el día 22 al monasterio cisterciense, habilitado como centro hospitalario por la Consejería de Sanidad del Gobierno republicano en octubre del 36, justo un año antes.

Todo el personal sanitario, de mantenimiento y cocinas, así como los enfermos crónicos y otros con neurosis y trastornos mentales producidos por los duros combates, procedían del Hospital Psiquiátrico de La Cadellada de Oviedo, centro que hubieron de abandonar cuando se convirtió en objetivo de la artillería nacionalista. Al llegar a Valdediós, la mayoría se había afiliado al Socorro Rojo Internacional, Sección Villaviciosa.

Cuando la tropa invasora se presentó, todos se echaron a temblar. Ese batallón en concreto venía precedido de una fama de extrema crueldad desde que las cuatro Brigadas Navarras vencedoras de Bilbao avanzaran por Santander y pasaran a Asturias eliminando, no sin esfuerzo en las montañas del Mazuco, cualquier foco de resistencia con su artillería ligera y sus bien entrenadas unidades. Hablaban de que el día 19, y tras enconados combates, habían tomado Cereceda y otras poblaciones, capturando a una compañía de jóvenes milicianos reclutados a la desesperada. Todos ellos fueron pasados a bayoneta, una forma de ejemplo para aterrorizar a los empecinados en mostrar resistencia armada.

Ahora estaban allí las cuatro compañías, algo diezmadas. Unos setecientos hombres envalentonados por las victorias, descansando y alimentándose con generosidad mientras ocupaban los aposentos que en su día tuvieron los seminaristas. Todos los empleados se desvivían tratando de aplacar el desprecio y el rencor que notaban en las miradas de los mandos. Además, confiaban en que por ser personal civil sin participación en hechos de guerra, simples funcionarios dedicados a la cura y cuidado de enfermos, no serían sometidos a las represiones y violencias que sabían estaban ocurriendo en toda Asturias.

Habían pasado cinco días desde su arribo. Tras instalarse, hubo misa mayor oficiada por el capellán de la unidad. Había que restituir al lugar la devoción perdida en los años rojos. Luego, toda la plantilla fue agrupada. Alguien llegó de Oviedo con una lista, de la que un oficial citó a cinco hombres, que se llevaron detenidos a Villaviciosa, según dijeron. Fueron momentos de intensa inquietud mientras leían los nombres. Eran compañeros desde hacía meses y, dada la impunidad con que actuaban las fuerzas represoras, cualquiera de ellos podía ser llamado también. Pero no hubo más citaciones. La tropa ya estaba haciendo los preparativos para marchar en uno o dos días hacia el Musel, donde embarcarían para acudir al frente del Ebro.

Pero en el amanecer del día 26 el cielo acentuó su color de acero, eliminando el verde de los montes. Estaban llegando las lluvias y pronto aparecerían las nieves. Y el sol se iría como las hojas de los robles, de los manzanos y de los castaños.

Algunos vieron venir despaciosamente a un hombre con traje, corbata y sombrero, todo negro, incluso los ojos, que miraban como si no vieran. A Conchita Moslares le recordó a uno de esos que veían en las películas del oeste americano haciendo el papel del verdugo que colgaba a los cuatreros. Le dio mala espina, y más cuando lo vio sacar un papel y entregárselo a un soldado de puesto para que lo hiciera llegar al alférez de guardia.

El alférez lo pasó al capitán de guardia, quien lo entregó al comandante del batallón. Éste convocó una reunión de oficiales, salvo los de servicio, en el despacho que fuera del rector.

—Nadie del hospital saldrá del monasterio desde este momento. Quedan retenidos hasta nuestra marcha.

—Paseó la mirada por los rostros expectantes—. Los que hay en esta lista serán fusilados.

La relación pasó de unas manos a otras. Los militares leyeron los nombres. Había mujeres y hombres, enfermeras y enfermeros en su mayoría.

—¿Sólo dieciséis? Yo los fusilaba a todos —dijo uno de los capitanes.

—Joder, a todos. ¿Por qué? —opuso un capitán.

—Son del Socorro Rojo, comunistas todos.

—Pero seguramente nunca han empuñado un arma. Los pirados que cuidan no son de ningún bando.

—He visto rojos heridos entre ellos. Habría que darles plomo de medicina.

—La guerra terminó aquí...

—¡No ha terminado! —gritó el comandante—. Sigue en muchos lugares de España. Esta gente de la lista será de la que ensucia el país. Acabar con todos es una misión. No hay lugar para discusiones.

—Perdone, mi comandante. Aquí no dice que deban ser fusilados —señaló un teniente.

—¿No? Dígame qué cojones dice.

—Bueno, que sean retenidos.

—¿Y qué más? No me haga perder el tiempo.

—Que hay cargos graves contra ellos. Y, dado el gran trabajo de los jueces producido por los numerosos expedientes, dejan que usted actúe a su discreción.

—¿Sabe leer entre líneas?

—Señor, somos combatientes, no...

—Usted dirigirá el pelotón. Es un soldado y obedecerá.

Estaban sentados alrededor de una mesa y en el hogar ardían unos troncos que daban un calorcillo confortable al recinto.

—¿Cuándo lo haremos? —dijo otro capitán.

—Mejor añadir cómo —señaló el comandante, tras un rato de pensativo silencio. Todos le miraron. No le tenían en gran estima. Sabían de su valor pero también de su rencor a causa de las heridas recibidas—. ¿Cuántas mujeres hay?

—Once.

—Es una pena que se desperdicien, ¿no les parece?

Los hombres se miraron entre sí.

—Lo haremos mañana, después de la cena. Digan que preparen una buena comida y que no escatimen la bebida. Será una fiesta de despedida, con baile incluido, la música alta. Al término, el pelotón elegido separará a los de la lista y los llevarán a la sala de física. Serán soldados decididos, tíos que sepan guardar un secreto. Aparte de nosotros, sólo ellos conocerán el plan. Nadie más podrá abandonar el comedor hasta el toque de silencio. No quiero ningún testigo. Una vez en la sala de física, inmovilizarán a los hombres y podrán holgarse con las mujeres, como en otras ocasiones. Algo deben obtener del trabajo extra —dijo, torciendo la boca en una sonrisa.

—¿Dónde se les fusilará?

—No hay que hacer un espectáculo. Cuando el pelotón se haya solazado con las rojas, llevará a todos los condenados al bosque de castaños y les harán cavar la fosa en una zona apartada, elegida previamente. No hace falta que sea muy honda. Les obligarán a tumbarse en ella y se les pegará un tiro, uno a uno. Nada de fusilamiento en grupo. Luego el pelotón cubrirá los cadáveres, teniendo cuidado de dejar todo bien disimulado, sin huellas que lo hagan destacar del entorno.

—El páter no estará de acuerdo.

—Él no debe oponer ningún reparo a una orden militar. De todas maneras, es mejor que no se entere. Estará en su aposento, lejos del lugar donde se actuará.

—¿Qué diremos si preguntan por su desaparición?

—Nadie preguntará. Dejaremos correr que fueron llevados a Oviedo.

En la mañana sin despertar, el toque de diana sacó a los soldados de sus camas. La mayoría cargaba aún con restos de borrachera. Pero, una vez aseados y desayunados, todos mostraron el aspecto que el Mando requería. El batallón fue abandonando el monasterio y subió hasta la carretera donde esperaban los camiones. Antes de montar, el comandante llamó al oficial encargado de la misión nocturna.

—¿Qué tal durmió, teniente?

—No dormí, señor.

—Mal hecho. Hay que descansar. Yo sí dormí, a pesar del ruido de la fiesta. Se lo pasaron en grande los muchachos.

—Eso parece, señor.

—¿Cómo fue nuestro asunto?

—Se hizo como usted dijo, señor.

—¿Algún testigo?

El oficial se tomó un tiempo y derivó su mirada hacia los soldados.

—No... ninguno.

—Parece que duda. ¿Qué ocurrió?

—Había una adolescente, parece que hija de una enfermera. Se asomó al oír los gritos. Uno de los hombres le pegó un tiro después de... entretenerse con ella.

—Bueno, son cosas que pasan. Espero que haya gozado lo necesario. O sea, que la lista se amplió a diecisiete. ¿Algún incidente más?

—Uno de los soldados se desmayó. Casi cae en la fosa.

—¿En serio? ¿Es de su compañía?

—No, está en la del capitán Romero.

—Dígale que le arreste. Cuando lleguemos a destino que lo metan en el calabozo. Quiero hombres, no mojigatos.

—A la orden, señor.

Dos

Villablino, León, febrero de 1939

Memento mori.
(Recuerda que eres mortal.)

SÓFOCLES

Lo primero fue un crujido como si algo se rompiera en alguna parte. Luego un temblor sostenido. Carlos, en la rampa, paró el martillo neumático.

—¡Sal de ahí! —gritó José Manuel.

Carlos soltó la máquina y retrocedió. Sus botas se hundían en el piso de carbón como si fuera un sembrado de quejidos.

—¡Vamos!

Ya llegaba al maderamen. Tan cerca. La ola negra se abalanzó sobre él por detrás y lo engulló. El desprendimiento golpeó el rostro de José Manuel, le arrojó a un lado y lo adentró en el túnel entibado, cegándolo.

José Manuel se levantó pasados los momentos de

aturdimiento y se sacudió las piedras, asombrado de sentirse libre de movimientos. Su farol Davy seguía encendido y le permitió ver que estaba en lo que se conocía como un hoyo. Parte del entramado había resistido y permitió la formación de una burbuja. No sabía lo que podía aguantar pero todo su ser tenía un solo afán. Miró a través del polvo negro que dificultaba la visión. Se inclinó sobre la antracita y empezó a escarbar levantando molinillos de partículas. Aparecieron las manos de Carlos, palmas hacia abajo. Las agarró y notó que le apretaban. Había esperanzas. Frenéticamente fue echando hacia un lado el carbón con las manos desnudas pero a medida que despejaba caía más material. No progresaba. Podría incluso provocar una nueva avalancha. Moderó el esfuerzo equilibrando sus movimientos con la presión de la masa. Poco a poco apareció la cabeza y luego los hombros. Hizo acopio de fuerza y arrastró con cuidado el cuerpo abatido. La montaña se alteró de nuevo y cubrió el espacio vaciado. José Manuel tosía y lloraba. Dio la vuelta a Carlos y le puso boca arriba. Tenía el rostro negro y sangrante. Sacó el pañuelo y lo mojó con el agua de la cantimplora que llevaba a la cintura. Lavó los ojos de su amigo y le despejó la nariz y la boca.

—¡Venga, venga! —animó al oído.

Ya se oían débiles gritos y ruidos en la parte del túnel, detrás de la pared bloqueadora. Se pasó el pañuelo por los ojos y su mirada se aclaró algo. Vio que los labios de Carlos se movían. Se inclinó y aplicó la oreja.

—Prometiste... que irías... a Madrid.

—¡Sí! Contigo. Espera, no hables. Ya vienen. Les oigo.

Pero el tiempo pasaba y la pared seguía intacta a pesar de los ruidos. José Manuel, instintivamente, empezó a rezar como nunca lo hiciera antes. Tuvo conciencia de que no era suficiente. Así que, con el alma desgarrada, pidió a Dios un pacto. Si Carlos sobrevivía él volvería al seminario y le consagraría su vida. No quería que sonara a reto sino a entrega total, sin otra condición que la vida de su amigo. Lo haría porque estaría inyectado de tal agradecimiento que supliría al don no recibido. Y más aún. Si su amigo moría, que él le acompañara en ese viaje. Nada le ataba a la vida salvo esa amistad surgida del misterio. La propuesta no debería ser difícil de aceptar por Dios. Un siervo juramentado a cambio de una vida joven. O dos vidas a la vez.

La mano que oprimía se aflojó. Buscó el aliento cesado, el pecho silencioso. Carlos había muerto.

El aire era ya casi irrespirable. Entendió que Dios prefirió su segunda propuesta, así que se predispuso para el final. Pero pasaron las horas y no moría. Se notó lleno de vitalidad y de furia. Entró en una encrucijada de reflexiones y entonces vio el camino que se le abría. Él no era nadie, nada había hecho en beneficio de los demás, no trabajó ni creó riqueza salvo en el último año. No tenía sueños ni nadie que le esperara en ningún rincón del mundo. En realidad no existía. Pero podía cambiar el destino. Quitó la documentación y demás objetos de los bolsillos de Carlos y los sustituyó por los que él llevaba. No sólo iría a Madrid a cumplir lo prometido sino que sería él, Carlos, quien lo viviría. Asumiría su personalidad y prolongaría su existencia truncada. Tantas veces le habló de lo que esperaba de la vida q ella se encargaría de guiarle, sin proyectos previos. Y esa sería la fuerza que le marcaría el camino.

Una hora más tarde, cuando al farol le había desertado la luz, la brigada de salvamento desbloqueó el lugar. Un chorro de aire y de luces cayó sobre él. Sintió que lo llevaban en brazos hasta una zona más ancha. Aunque herido en rostro y manos y magullado, no había perdido la noción en ningún momento. Algo le estaba preguntando el capataz del tajo pero no tenía oídos para nadie en ese momento. Se desasió y esperó a que sacaran el cadáver. Subió por su propio pie a la plataforma elevadora, que los sacó del pozo. Fuera, en la boca del túnel, había otros mineros esperando. Era como si se despidiera de un mundo y entrara en otro. Acompañó al cuerpo de su amigo hasta la caseta que hacía de depósito y luego entró en el botiquín de primeros auxilios.

Tres

Madrid-París, abril de 1946

Cierra los ojos, oye
cómo por fin florece la tormenta.

VANESA PÉREZ-SAUQUILLO

Alfonso les llevó a la estación del Norte en el coche de un amigo. Fue un gran favor porque hubieran tenido que ir andando desde casa. Aunque estaban acostumbrados a caminar, como casi todo el mundo, el peso de la niña y de la maleta les hubiera supuesto un gran esfuerzo. Podían haber cogido un taxi, pero había que racionar el dinero.

Alfonso hizo bromas durante el trayecto, tratando de inyectar el ánimo necesario. Pero las emociones estaban a flor de piel y el empeño resultó medianamente efectivo. Ya anochecía más tarde y las lluvias primaverales dejaban ver el verde brotando en los árboles de la plaza de España. El expreso hacia Irún salía a las diez y procuraron ir con tiempo por delante. La estación estaba muy animada y eran muchos los que subían al tren. Localizaron su reserva en un vagón de tercera y su padre colocó la maleta en su soporte. Luego descendieron todos al pie del coche, un paréntesis hasta la despedida. Cristina evitaba mirar a sus padres porque temía verles desfallecer. Ella iba gozosa a su aventura personal, todo su tiempo por delante, pero ellos quedaban en su obligada rutina, desarmados de lo que más querían. Sentía dentro de sí el golpeteo de su soledad ante la llamada del destino cuando ella y la niña, casi niña de ellos, se alejaran. Quizá no fuera un adiós porque ellos eran jóvenes aún. Pero en el ánimo de todos pesaba que sería una larga separación.

Cuando el tren arrancó, todas las ventanillas estaban bajadas y los viajeros forzaban los cuerpos y enarbolaban los brazos llenándose de temblores. Cristina se preguntó si habría despedidas más tristes que las obligadas ante un tren que parte. Estuvo mirando hasta que la distancia y la noche borraron las figuras de las que nunca antes se había separado. Luego las horas fueron pasando con lentitud. El departamento iba completo y ella tuvo que mantener a la niña sobre sí aunque a veces la dejaba dormida en el asiento para estirar las piernas en el pasillo.

Irún, en la mañana incipiente. La bajada, el control de pasaporte en el lado español. Como era soltera y mayor de edad no tuvo problemas para obtener el visado. Sólo hubo de mostrar la carta del pariente reclamándola, aunque no existía tal familiar. La niña miraba todo con no mayor curiosidad que ella. Nunca había salido tan lejos de Madrid. Cruzaron el puente sobre el Bidasoa. Al otro extremo, Hendaya, donde volvió a mostrar su pasaporte. Vio numerosos uniformes azules, tan distintos del gris español. Estaban en Francia.

Un tren de la SNCF tenía la salida rápida hacia París aunque con tiempo calculado para recibir a los viajeros procedentes de España. Encontró su asiento en un vagón de segunda clase y comprobó que en los ferrocarriles franceses ya no existía la tercera clase. Pero no fue lo único que le admiró, tanta era la diferencia de calidad entre el tren español y el francés. Ya en marcha, Cristina resolvió el desayuno con las galletas y la leche contenida en un termo. Aunque no había dormido en el largo trayecto no tenía sueño. El paisaje francés parecía de otro mundo, como el tren, que circulaba sin traqueteo. Y los viajeros franceses, tan educados, saludando al entrar en el departamento y al irse. Le resultaba un país superior. Miraba los verdes campos, los pueblos con techos de pizarra negra. Sabía que Francia tomó parte en la Guerra Mundial acabada un año antes. Sin embargo, no se veían rastros ni marcas del conflicto. Todo estaba entero, limpio y cuidado. El tren iba a gran velocidad y paró en pocas estaciones. Burdeos y el Garona. Nunca había visto un río tan ancho. Tours y el Loira. Lo observaba todo con ojos desbordados, la boca colgante. Orléans. Otra vez el Loira. La estación, cruce de líneas, estaba llena de gente, los andenes repletos de soldados con uniformes variados. Muchos de ellos llevaban turbantes como los usados por los de la Guardia Mora de Franco y tenían el rostro muy oscuro. Ni ella ni la niña habían visto antes un negro y la contemplación de tantos juntos les causó gran sorpresa. A pesar de ser madrileña tuvo sensación de inferioridad y temor por la actividad y el dinamismo, que no existían en su ciudad.

Y al filo del mediodía empezaron a desfilar casas a ambos lados del tren. Su nerviosismo creció. Iba a ver al hombre fugaz, tanto tiempo añorado. El hombre que se metió en sus entrañas para no salir. ¿Cómo sería el encuentro soñado, a veces no creído? Habían pasado cuatro años, justo en ese mes de abril, justo la edad de la niña. El tren entró en la inmensa Gare de Austerlitz, rebosante de gentío. Cuando se detuvo, bajó la ventanilla y miró, buscando. Pasó un rato, que fue haciéndose opresivo. No le veía. Los nervios empezaron a intimidarla. ¿Y si no aparecía? ¿Y si le hubiera pasado algo? ¿Y si, a pesar de las cartas y las promesas, todo era una ilusión? Se sintió abrumada por ese mundo diferente, tan extraño como el idioma que hablaban. Y entonces le vio. Avanzaba entre la muchedumbre como un barco cortando las olas.

—¡Mira! Es tu papá —dijo a la niña, señalando. Pero había imaginado tantas veces decirlo que ahora, al oírse, le sonó extraño, como si no estuvieran viviendo la realidad.

Carlos subió al vagón y sorteó en el pasillo a los que salían. Ella lo miró, a punto de derrumbarse. Observó que tenía los ojos cansados y pinceladas de plata en las sienes. Pero era él, su hombre para siempre. Cuando sintió sus brazos cerró los ojos y lloró.

Cuatro

Asturias, octubre de 1953

Potius sero quam nunquam.
(Mejor tarde que nunca.)

TITO LIVIO

El buque *Portrieux*, de ciento siete metros de eslora y cuatro mil toneladas de carga, atracó en el espigón Uno de El Musel cuando la noche se rendía a las primeras claridades. Navegaba bajo pabellón francés y llegaba de Amberes con desbastes para la industria metalúrgica, consignado por Duro-Felguera. El puerto, donde estaría una semana para la descarga de su bodega y posterior llenado con carbón, hervía de actividad, con los muelles llenos de mercantes procedentes de diversos países de Europa.

Al atardecer del primer día, varios marineros del carguero salieron para relajarse en los numerosos chigres del lugar o desahogarse en los lupanares del barrio viejo. En la aduana se cruzaron con otros que procedentes de otros barcos salían o volvían de sus rondas. Eran gentes rudas, trabajadas, con predominio de anatomías fornidas y cabellos dorados.

Dos hombres altos de distinta contextura, separados en el tumulto, enseñaron sus pasaportes y permisos de dos días en el control donde la policía portuaria ejercía una vigilancia extrema. Procuraban no llamar la atención de nadie y menos de los carabineros, a los que no debían mirar nunca a los ojos. Vestían los chaquetones corrientes de la gente del mar, iban bien afeitados y llevaban una mochila de lona oscura colgada al hombro. El funcionario del puesto miró sus documentos con la acostumbrada atención. Italiano y francés. Numerosos sellos de entrada y salida a diferentes puertos indicaban que eran marineros veteranos. Puso el sello y anotó la fecha límite de estancia. Los dos hombres, siempre por separado, salieron a la transitada calle y tomaron el lento y destartalado tranvía que unía el puerto con la ciudad. En la gran estación de Renfe sacaron billetes de tercera clase de ida y vuelta, uno para Madrid y el otro para León, en el expreso que saldría a las 22 horas hacia la capital. Cada uno por su lado consumió su tiempo en las sidrerías de Cimadevilla, único lugar animado de la ciudad a esas horas. Cuando el tren salió, ellos se situaron en distintos lugares, disimulados entre los numerosos viajeros. El tren se detuvo en Oviedo, donde terminó de llenarse. En esas primeras horas el guirigay de la gente era tremendo, con muchos hablando en voz alta de sus proyectos. No eran pocos los que emigraban a Alemania y otros lugares de Europa.

Reían, cargados de ilusiones. En Madrid tenían que integrarse en los grupos preparados por el Instituto Nacional de Emigración y partir luego hacia sus soñados destinos.

A las 23,30 los dos hombres se bajaron en Campomanes. Una pareja de la Guardia Civil miraba con aire aparentemente descuidado a los pocos pasajeros que descendían. Echaron sin prisas y sin titubeos hacia la salida y se desvanecieron en la noche en direcciones diferentes. Más adelante convergieron en senderos cercanos a la misma carretera, que discurría a tramos junto al Huerna, siempre hacia el sur. Pasado Espinedo se apartaron y echaron por trochas, ya en el monte. Precavidos, calzaban fuertes botas de cuero y llevaban los tobillos vendados para contrarrestar malas pisadas. Sabían que les quedaban unos dieciséis kilómetros, lo que suponía unas cuatro horas. Si no les surgían incidentes llegarían en la alta madrugada.

No había luna ni tampoco lluvia, coincidencia que les era imprescindible y que habían buscado. Eran empleados de la Naviera y, por lo tanto, no adscritos a un barco determinado. Atentos a las previsiones atmosféricas y a los próximos servicios, en este caso por su buena relación con los oficiales encargados de las consignaciones, pudieron conseguir que se les incluyera en la tripulación del *Portrieux.* La estación elegida era la más conveniente. En verano el sol se despedía tarde y el clima templado facilitaba las rondas, ahora normalizadas, de la Guardia Civil. Y en invierno y primavera las lluvias podían aposentarse casi a diario y durante semanas, como ocurrió el año anterior con la llegada prematura del tiempo lluvioso al Cantábrico que les obligó a hacer retraso de sus planes.

Ni una luz brotaba de las lejanas aldeas, pero el firmamento estrellado les iluminaba como si todo estuviera encendido. No habían pasado tantos años para que no recordaran la forma adecuada de caminar por los campos, las pendientes y los vericuetos. No tantos como para olvidar las mismas estrellas y las sombras imaginadas y, sin embargo, sí los suficientes para saber que todo había cambiado sobre la tierra inmutable. Entonces, cuando su cuerpo se volvía ingrávido, el músculo obediente a la orden cerebral, podían sentir un atisbo de la libertad envidiada de las aves. Eran momentos fugaces porque sabían que sus cuerpos cambiantes no les pertenecían, que estaban obligados por quienes creían tener derechos de propiedad sobre ellos durante toda la vida. Ahora, allí, ni siquiera existía la posibilidad de esa fugacidad. Toda libertad estaba bajo control y, si la suerte no les era propicia, ambos lo perderían todo y para uno de ellos sería el final.

El frío se hacía cortante a medida que ascendían, aunque el viento no tenía presencia. Caminaban a buen ritmo procurando asentar bien los pasos, y circundaban las aldeas para evitar alterar a los perros. En Teyeo dejaron de guiarse por los senderos que llevaban al puerto de La Cubilla. Echaron, en subida constante, por las praderías ausentes de pueblos y caminos, y luego por los pedreros, recogiendo los olores dormidos, las sensaciones casi olvidadas. La Sierra Negra se recortaba en el fondo como si hubiera devorado parte de las estrellas. Era la antesala de los picachos de la cordillera.

—¿Paramos un momento? —dijo Jesús.

—¿Estás cansado? Nos queda mucha faena.

—No. Sólo quiero...

—Vale —aceptó José Manuel. Sabía que la remembranza acuciaba a su amigo. A él también le hacía mella pero había aprendido a apaciguarla.

—Pasamos cerca de nuestras casas, de nuestras familias. Y no podemos visitarlas. Me cago en la madre de todos los santos... Bueno, perdona.

—No somos nosotros ya. Puede que nunca volvamos a serlo.

Más tarde culminaron las últimas cuestas. En el aprisco no había ganado descansando. El calendario marcaba y los anunciados fríos eran órdenes para que las vacas estuvieran en sus establos. Miraron las cabañas. La primera estaba cerrada, con los torcidos muros resistiendo. La otra ya no era un *teito.* Alguien había sustituido el techo de paja por trozos desiguales de pizarra. La notaron muy incrustada en la roca, como si la montaña la estuviera absorbiendo. Pasaron a inspeccionar, tomando la precaución de cerrar la puerta. José Manuel encendió una potente linterna. Todo estaba humillado de polvo y abandono. El tiempo también había desalojado la huella impalpable de sus progenitores del enrarecido aire. Salieron y escalaron las estribaciones de la montaña. Allí estaba la cueva, indiferente al paso de los siglos. Eran las tres de la madrugada. Entraron y se agazaparon en los bordes durante varios minutos para apreciar posibles movimientos del exterior. Luego encendieron una linterna, y para evitar roces y heridas, se colocaron unos gorros de cuero forrados de lana, como los que llevaban los aviadores. Dieron la vuelta a sus chaquetones para salvaguardarlos de los rasponazos y empezaron el recorrido. Hacía frío, lo que recordaban y tuvieron en cuenta al equipar el viaje. Ahora llevaban camisetas de felpa bajo las camisas de paño.

En la primera sala todavía estaban algunas de las herramientas que vieran la otra vez, ahora herrumbrosas. Había más detritos calizos y unos capachos de goma negros. No pasaron a la galería ancha, pero los focos concentrados de las linternas pusieron al descubierto pozos y escombros junto con restos de cartuchos. Testimonios del empleo de la dinamita en el lugar equivocado. Todo estaba sin recoger, como si la intención fuera volver en breve. Algunas galerías habían desaparecido para formar nuevos conductos. Los cambios eran grandes pero el hondo recuerdo no había sido alterado y José Manuel sabía por dónde seguir. Progresaron, salvando los hoyos y los amontonamientos. El cofre de piedra ya no estaba pero sí el reguero.

—No sé cómo puedes guiarte con tanta exactitud —susurró Jesús.

—En realidad yo tampoco. Es como si algo me dirigiera.

Pero la grieta no aparecía en todo el recorrido.

—Estará en otra galería.

—No, es ésta.

—Entonces olvidaste el sitio. No debiste romper el plano que hicieras.

José Manuel caminó hacia atrás y adelante examinando la roca.

—Es aquí. —Señaló un punto—. Está taponada con el escombro de excavaciones posteriores.

Sacó un pico de escalador y un cincel. Se quitaron los chaquetones, se tumbaron y procedieron. Aunque el tapón estaba muy incrustado, pudieron eliminarlo sin dificultades. La grieta quedó despejada y apreciaron que José Manuel, a pesar de su delgadez, no podía penetrar por ella. Su estructura ósea de adulto se lo impedía. Sin caer en el abatimiento empezó a romper los bordes de la piedra utilizando el cortafrío y golpeando con un mazo de madera. Los golpes eran apagados pero se extendían con gran sonoridad por la galería.

—Ve a la entrada de la cueva. En diez minutos empezaré a golpear y lo haré durante un minuto. Esperaré a que vuelvas y me digas si llega hasta allí el sonido.

Tiempo después asomó la luz de la linterna de Jesús.

—No se oye nada.

José Manuel volvió a su labor. Un rato más tarde había agrandado la abertura lo suficiente para pasar. Miraron la hora. Las tres y media. Todavía tardaría en llegar la luz a las montañas. José Manuel se ató la cuerda de escalador a la cintura, se colgó una mochila con los bártulos necesarios, pasó las piernas por el hueco y desapareció.

Recordaba perfectamente el lugar. A media altura del pozo vertical, a la derecha, había un conducto angosto en cuesta. Entró por él y fue descendiendo mientras notaba la fuerte corriente de aire. Y de nuevo, como surgiendo del más grande de los misterios, el destello que le apresó en el instante inolvidable. Se detuvo, sacó el detector de metales portátil y lo enfocó en torno. Era un aparato de pulso inducción cuyas ondas alcanzaban varios metros. No hubo emisión de sonido de fondo ni siquiera de alerta, lo que significaba que no había metales cerca. El brillo era sólo la reflexión de la luz sobre algo. Siguió bajando y llegó al final del conducto. Era como una chimenea sobre una sala. Descendió hasta la base. El potente haz de su linterna descubrió un espacio amplio y alto saturado de humedades. En una parte del techo, cerca del hueco por el que entró, pequeños agujeros se repartían el viento, lo que dejaba el fondo en tranquilidad. Las estalactitas parecían dientes de un animal estratificado. Conectó de nuevo el detector, que empezó a emitir señales. Se acercó a un extremo. La vibración era intensa. Y allí, tras un pequeño reborde, apareció lo que originó el vislumbre detectado tantos años antes: dos corroídos cofres de madera y chapa. Repasó minuciosamente con el detector todos los huecos. Encontró una espada tan oxidada que parecía de piedra. El candil que perdiera veintiséis años antes estaba pringado de orín, pero lo acarició como si el tiempo hubiera retrocedido. No había más metales ni cofres. Pero, ¿cómo los habrían llevado hasta allí? Imposible que hubieran seguido su mismo camino. Dado que la urgencia no le acuciaba buscó alguna pista de acuerdo con la lógica. Proyectó la luz en derredor. Tardó en descubrir una parte de las paredes imperceptiblemente diferente del resto. No estaba cuarteada ni presentaba tantos salientes. La examinó con atención. Era un tapón, una puerta. La habrían empujado desde el otro lado hasta encajarla, lo que le hizo deducir que había una galería detrás, por donde entrarían. El tiempo se encargó de unificarla con las otras y los bordes estaban casi fundidos. Significaba que existía otra entrada de más fácil acceso al otro lado de la montaña. El que nadie hablara de ella indicaba que no había sido descubierta porque también estaría bloqueada y disimulada en el entorno. La grieta que él exploró era un respiradero y en la cueva por donde entraron nunca hubo nada. La gaceta estaba equivocada en cuanto a la cueva. Era otra. Por eso nadie encontró ningún tesoro.

Volvió a los cofres. Uno de ellos había recibido el impacto de una estalactita. Por el boquete abierto la luz reverberó en las piezas doradas. Ahí estaba el origen del reflejo misterioso. El rayo luminoso del candil, y luego el de la linterna, habían llegado a las monedas al rebotar en las húmedas paredes y su reflejo se había proyectado de vuelta a la chimenea a través de los mismos planos inclinados que actuaron como espejos. Quitó la tapa y luego abrió la del otro. No perdió el tiempo en admirarse. Vació la mochila y vertió en ella el contenido de un arca. Dio un tirón a la cuerda y se aupó trabajosamente hacia la abertura donde esperaba Jesús.

—Toma —dijo, asomando la cabeza y empujando la mochila—. Dame la tuya.

Volvió a bajar y repitió la operación. Minutos más tarde estaba junto a su amigo contemplando el tesoro encontrado.

—¿Éstas son monedas, tan raras?

—Puedes jurarlo —sonrió José Manuel—. Pasaremos aquí el día. Bajaremos en la noche, dejando todo lo innecesario que trajimos. Tenemos que llegar a Campomanes al amanecer de mañana.

Salieron al exterior de la cueva. Comieron las provisiones mientras contemplaban el paisaje inédito. El techo de estrellas estaba tan próximo que inducía a la imaginación.

—Fíjate —dijo Jesús—. Pudiera pasarse una red desde un avión y llenarla con ellas.

La claridad les permitía ver la lejanía con toda nitidez. No se apreciaba un solo movimiento humano ni animal en todo el confín. Ni una luz, ni una presencia, ni un ruido ajeno al sutilizado de la tierra. Parecía el albor del mundo antes de que lo habitara el hombre, pensó José Manuel.

—Es como estar en el fin del mundo —dijo Jesús, estremecido, coincidiendo casi con su amigo en la desusada impresión.

—Sí.

—Nuestros padres experimentarían lo mismo durante aquellas largas búsquedas.

—No. Ellos estuvieron en pleno verano. Seguramente habría vacas por ahí delante y algún pastor que les diera charla. Tendrían fuego y candiles. No pudieron sentir esta belleza, como tampoco nosotros la sentimos cuando estuvimos aquí. Lo de ahora es irrepetible. La primera vez que disfrutamos de esta grandeza.

—Y la última —profetizó Jesús con tono de queja.

Eligieron un lugar dentro de la cueva para descansar, cerca de la entrada. La cabaña no era un sitio seguro por si había rondas de la Guardia Civil, además de que se había transformado en un habitáculo inhóspito. Se arrebujaron en sus chaquetones e intentaron dormir, despreocupados del despertar. Pero no había tregua en el silencio, lo que les impedía conciliar el sueño. Sus oídos habían dejado de sentir la sensación que produce el vacío de sonidos, y todos los recuerdos de la niñez les cayeron encima junto al convencimiento de que jamás volverían a esos parajes.

—¿Sabes una cosa? —susurró Jesús.

—Dime.

—Muchas veces he soñado con este momento. Me lo he imaginado durante los tiempos desesperados.

—Supongo que te refieres a los años bélicos.

—Sí, y antes.

—Dime una cosa. Si hubiéramos podido conseguir el oro en esos años, ¿qué camino habrías seguido? ¿Hubieras desistido de luchar en el lado que elegiste?

—Claro que no.

—Entonces puedes celebrar la forma en que ha ocurrido. Lo hubieras perdido todo porque tus bienes fueron incautados. Ahora no tendrías nada.

Jesús permitió que el silencio se colara entre ellos.

—Llegué a dudar de ti —añadió, al cabo.

—Lo sé. No te preocupes. También yo tuve siempre dudas de mí mismo.

Pasaron el día guarecidos en la cueva, atisbando el horizonte de vez en cuando. Ni a larga distancia se veía a nadie. Agotaron los alimentos y el agua. Tardaba mucho en llegar la segunda noche pero lo tenían asumido. No tuvieron tropiezos en la vuelta nocturna, bajo el parpadeo de los lejanos soles. Los morrales no pesaban excesivamente, unos veinticinco kilos cada uno. Para que las monedas no sonaran al moverse las habían envuelto con sus camisetas. En Campomanes subieron por separado en el expreso procedente de Madrid. Dos horas más tarde pasaban por el control aduanero de El Musel.

En menos de cuarenta y ocho horas habían hecho las paces con sus deberes, culminando una tarea mucho tiempo pendiente. Esperaban que no fuera demasiado tarde y que mereciera la pena. Y ello sólo lo sabrían cuando pudieran negociar con expertos en antigüedades.

A los dos días el barco se despegó del muelle. Los dos amigos no pudieron sustraerse de contemplar cómo el puerto iba quedando atrás. José Manuel miró la huella que el vapor dejaba en el mar. Las aguas estaban agitadas y el surco desaparecía rápidamente. Le pareció una señal. Como si todo su yo anterior estuviera desapareciendo también en ese remolino y ello fuera la promesa de una nueva vida.

Agradecimientos

Álvarez Fernández, Anita; vecina de Espinedo, Lena, Asturias.

Arias Gil, Leandro; maestro de la República y sindicalista de la CNT. En la memoria.

Barrero Menéndez, Marcelo; minero en mina asturiana durante treinta años. En la memoria.

Beheran García, Teófilo; empleado del Ayuntamiento de Madrid y vecino de la estación de Atocha desde los años veinte.

Correa Fernández, Florencio; del Laboratorio Central de Balística Forense.

Correa Pérez, Roberto; médico pediatra de Ponferrada, León.

De la Fuente Álvaro, Saulo; del Ilustre Colegio Oficial de Médicos de Madrid.

Feito Álvarez, José Manuel; poeta, ecónomo de Santo Domingo de Miranda, Avilés, y antiguo alumno del seminario de Valdediós, Asturias.

Fernández López, Eli; encargada de la Oficina Municipal de Turismo de Villablino, León.

Fernández Rodríguez, Manuel; sacerdote que estuvo en los seminarios de Valdediós, Tapia de Casariego y Covadonga, como alumno y luego como padre espiritual, antes de pasar a párroco en San José de Pumarín de Oviedo.

Flores Rodríguez, Carlos; legionario y soldado de la División Azul. En la memoria.

Fuentes Lázaro, Jesús; escritor, licenciado en Humanidades y antiguo alumno del Seminario de Toledo.

García Cuetos, Mónica; bibliotecaria responsable del Departamento de Documentación del Museo de la Siderurgia de Asturias, Sama de Langreo.

García Ramírez, José Manuel; militar, encargado de la Biblioteca de la Escuela de Guerra.

Gil Gandarillas, Alejandra; jefa del Servicio del Archivo General del Ministerio del Interior.

González Álvarez, José Manuel; industrial, nacido en Carraluz, Lena, Asturias, y actual presidente de la Asociación de Vecinos de esa población.

González García, David; técnico de Información Turística de Lena, Asturias.

Gutiérrez González, Pablo; inspector de la Brigada Central de Escoltas de la Comisaría General de Seguridad Ciudadana.

Hidalgo Expósito, Emilio; de la Hermandad y Fundación de la División Azul.

Hidalgo Girón, Antonio; aparejador e investigador de la historia y la geografía de España.

Menéndez Folgoso, Julián; maquinista de Renfe del Depósito de Madrid. En el recuerdo.

Momparler Sánchez, Juan; oficial de la Unidad Central de Protección de la Comisaría General de Seguridad Ciudadana.

Moreno Antón, Victoriano; subjefe de División de Renfe en la rama de Movimiento.

Reta Orzanco, Gregorio; hermano de la Congregación de la Misión de San Vicente de Paúl.

Rodríguez González, Armando; responsable de Comunicación e Imagen de la Autoridad Portuaria de Gijón.

Rodríguez Suárez, Carlos; periodista y cronista aficionado de Oviedo, Gijón y otros lugares de Asturias.

Ros Espinosa, Francisco; factor de la Renfe. En el recuerdo.

Sánchez Caravaca, Nuria; licenciada en Criminología y grafóloga diplomada.

Tomás Soto, Eva Esther; responsable de la Oficina Municipal de Turismo de Águilas, Murcia.

Quiero expresar mi agradecimiento sincero por las personas arriba citadas que desinteresadamente y con la mayor de las simpatías escucharon mis preguntas y me ilustraron sobre puntos que necesitaba reforzar. A todos ellos mis mejores deseos.